Biblioteca

VICTORIA HOLT

Victoria Holt. Su nombre real era Eleanor Burford Hibbert y falleció en 1993. Inició en 1969 una prolífica carrera literaria que la convirtió en una de las más conocidas representantes de la novela romántica, dentro de la cual descolló por sus recreaciones de los ambientes del siglo XIX. Cultivó además la novela histórica con los seudónimos de Jean Plaidy y Philippa Carr. Entre sus muchas obras destacan *La casa de las Siete Urracas* y *El señor de Far Island*.

VICTORIA HOLT

NIDO DE SERPIENTES

Traducción de
José Manuel Pomares

Holt, Victoria
   Nido de serpientes - 1ª ed. - Buenos Aires : Debolsillo, 2005.
   496 p. ; 119x13 cm. (Best seller)

   Traducido por: José Manuel Pomares

   ISBN 987-566-072-8

   1. Narrativa Estadounidense I. José Manuel Pomares, trad. II. Título
   CDD 813.

Título original: *Snare of Serpents*
Diseño de la portada: Equipo de diseño editorial
Fotografía de la portada: © Corbis/Cover

Primera edición en la Argentina: julio de 2005

Impreso en la Argentina

ISBN 987-566-072-8
Queda hecho el depósito que previene la ley 11.723

Fotocomposición: Víctor Igual, S.L.

www.edsudamericana.com.ar

Edimburgo

1

Un ladrón en la casa

Nunca había visto a nadie que tuviera menos aspecto de institutriz. Yo estaba mirando por la ventana cuando llegó. Permaneció un momento contemplando la casa y vi su rostro con claridad. Su cabello rojizo —ticiano, creo que se le llamaba— era visible bajo un sombrero negro con una pluma verde. Carecía por completo de aquel aire de amable pobreza que su predecesora, Lilias Milne, compartía con la mayoría de las de su clase. Esta mujer tenía un aspecto llamativo. Aparentaba estar a punto de unirse a algún grupo teatral, en lugar de venir para enseñar a la hija de uno de los ciudadanos más respetados de Edimburgo.

A Hamish Vosper, el hijo del cochero, se le había ordenado que acudiera con el carruaje a la estación para recibirla. Había transcurrido demasiado tiempo como para recordar la llegada de Lilias Milne, pero estaba segura de que no había llegado en el carruaje de la familia. Hamish la ayudó a bajar del carruaje como si ella fuera una invitada importante; luego se hizo cargo de su equipaje —bastante abundante— y le indicó el camino hacia la puerta de entrada.

Entonces bajé al vestíbulo. La señora Kirkwell, el ama de llaves, ya estaba allí.

—Es la nueva institutriz —me dijo.

La institutriz estaba en el vestíbulo. Tenía ojos muy

verdes, cuyo color indudablemente acentuaba la pluma verde del sombrero y la bufanda de seda que llevaba al cuello; pero lo que daba un aspecto más asombroso a su rostro eran las oscuras cejas y párpados, que contrastaban vívidamente con el color de su cabello; tenía una nariz corta y un tanto impertinente y un labio superior alargado, que le daban un aspecto picaresco y juguetón. Los labios pintados de rojo ofrecían otro contraste; revelaban unos dientes ligeramente prominentes que sugerían avidez y glotonería de algo que yo, a mis dieciséis años, no comprendía del todo.

Me miró directamente y tuve la sensación de que me sometía a un intenso examen.

—Tú debes de ser Davina —me dijo.

—Sí, yo soy —contesté.

—Nos llevaremos muy bien —dijo ella con una mirada especulativa en sus ojos verdes y un tono de voz engatusador que no se correspondía del todo con la mirada que me dirigió.

Yo sabía que ella no era escocesa.

Mi padre me había hablado de ella brevemente, diciéndome: «Vendrá una nueva institutriz. Yo mismo la he contratado, de modo que estoy seguro de que cumplirá su deber a mi entera satisfacción.»

Me sentí desfallecer. No quería una nueva institutriz. No tardaría en cumplir los diecisiete años, y ya creía llegado el momento de terminar con lo de tener una institutriz. Además, aún me sentía muy perturbada por lo que había sucedido con Lilias Milne. Ella había estado conmigo durante ocho años y nos habíamos hecho buenas amigas. No podía creer que fuera culpable de lo que la acusaban.

—Quizá quiera usted mostrarle a la señorita... la señorita... —empezó la señora Kirkwell.

—Grey —dijo la institutriz—. Zillah Grey.

¡Zillah! ¡Qué nombre tan extraño para una institutriz! ¿Y por qué nos lo decía? ¿Por qué no decir simplemente que era la señorita Grey? Yo había tardado mucho tiempo en descubrir que la señorita Milne se llamaba Lilias.

La conduje a su habitación y ella permaneció a mi lado, contemplándolo todo, estudiándolo con intensidad durante unos momentos, antes de volverse hacia mí para hacer lo mismo.

—Muy bonito —dijo, dirigiéndome una mirada luminosa—. Creo que aquí me sentiré muy feliz.

Los acontecimientos que condujeron a la llegada de la señorita Zillah Grey fueron dramáticos, tanto más cuanto que estallaron de forma inesperada en medio de nuestra pacífica existencia.

Todo empezó aquella mañana en que entré en el dormitorio de mi madre y la encontré muerta. Después de eso, una siniestra influencia empezó a extenderse lentamente por toda la casa, de una forma vaga e insidiosa al principio, hasta que culminó en la tragedia que amenazó con arruinar mi vida.

Aquella mañana me había levantado como siempre y bajaba para desayunar, cuando me encontré en la escalera a Kitty McLeod, nuestra doncella.

—La señora Glentyre no contesta —me dijo—. La he llamado dos o tres veces. No me gusta entrar en el dormitorio sin su permiso.

—Te acompañaré —le dije.

Subimos la escalera hasta el dormitorio principal, que mi madre ocupaba a solas desde hacía aproximadamente un año, pues no se sentía bien de salud y a veces mi padre estaba fuera de casa por asuntos de negocios, regresaba tarde y, no queriendo despertarla, ocupaba el dormitorio contiguo al de ella. Incluso había noches en que ni siquiera regresaba a casa.

Llamé a la puerta. No hubo respuesta, de modo que entré en el dormitorio. Era una estancia muy agradable. Había una gran cama doble con altos brazos rematados en pomos de latón pulido, y volantes a juego con las cortinas. Tenía ventanas altas desde las que se contemplaban las dignas casas de piedra gris situadas al otro lado de la amplia calle.

Me acerqué a la cama y allí estaba mi madre —pálida e inmóvil—, con una expresión de serenidad en su rostro.

Enseguida comprendí que estaba muerta. Me volví hacia Kitty, que permanecía a mi lado, y le dije:

—Dile al señor Kirkwell que venga inmediatamente.

Kirkwell, el mayordomo, apareció casi al instante, acompañado por la señora Kirkwell.

—Llamaremos al médico —dijo.

Todos nos sentimos conmocionados y asombrados, pero no pudimos hacer otra cosa que esperar la llegada del médico.

Cuando llegó, explicó que mi madre había muerto mientras dormía.

—Ha sido muy pacífico —dijo—, y no inesperado.

No pudimos avisar a mi padre, porque ignorábamos su paradero. Creíamos que se había marchado a Glasgow en viaje de negocios, pero esa era una idea demasiado vaga. Regresó a últimas horas de aquel día.

Jamás había visto una expresión de tanto horror como la de su cara cuando se le comunicó la noticia. Por muy extraño que resulte, me pareció detectar una expresión de culpabilidad.

Naturalmente, debió de ser porque no había estado en casa cuando sucedió. Pero ¿acaso podía culparse por eso?

Luego empezaron a producirse cambios. Eché profundamente de menos a mi madre.

Había vivido los dieciséis años de mi vida de modo ordenado, y jamás había imaginado que todo eso pudiera cambiar de forma tan drástica. Así pues, aprendí que, hasta que no las perdemos, no solemos valorar debidamente la paz, la seguridad y la felicidad.

Volviendo la vista atrás, hay tantas cosas que recordar: una mansión espaciosa y cómoda, con cálidos fuegos encendidos en las chimeneas en cuanto los vientos fríos del otoño nos indicaban la proximidad del invierno. No tenía necesidad de temer al frío. Disfrutaba del estímulo de salir a pasear envuelta en cálidas ropas, abrigos con cuellos y mangas de piel, bufandas de lana, guantes y un manguito de piel como protección adicional. Era consciente de pertenecer a una de las familias más altamente respetadas de Edimburgo.

Mi padre dirigía un banco en Princes Street, y yo siempre experimentaba una sensación de orgullo cuando pasaba por delante. De niña, siempre pensé que el dinero que entraba en el banco era de mi padre. Era maravilloso ser una Glentyre, miembro de una familia tan ilustre. Mi padre era David Ross Glentyre, y a mí se me había dado el nombre de Davina, lo más cercano que encontraron a David. De haber sido un muchacho, que era lo que habrían preferido, sin duda alguna me hubieran llamado David. Pero ese chico nunca llegó; mi madre estuvo demasiado delicada como para arriesgarse a un segundo embarazo.

Aquellos eran los recuerdos que tenía de aquella casa en que ahora se instalaba el luto.

Hasta más o menos un año antes de su muerte, mi madre y yo salíamos a menudo en el carruaje, para ir de compras o visitar a las amigas. En todas las importantes tiendas le atendían con gran deferencia. Hombres vestidos de negro acudían presurosos, frotándose las manos, untuosamente encantados por el hecho de que ella se dignara visitarlos.

—¿Cuándo quiere que se lo enviemos, señora Glentyre? Desde luego, desde luego, hoy mismo lo enviaremos a su casa. Señorita Davina... se ha convertido usted en una joven muy agraciada.

Sí, era todo muy gratificante.

Visitábamos a las amigas, personas tan bien situadas como nosotras, que vivían en mansiones similares. Tomábamos el té con pastas, y yo permanecía sentada dócilmente, escuchando las historias de los sinsabores y triunfos de nuestros vecinos. En ocasiones se dejaba entrever que había detalles más fascinantes, que serían comunicados en oportunidad más propicia, aunque por el momento sólo eran insinuaciones, debido a mi presencia, pronunciadas casi con los labios apretados, como si tuvieran que reprimir las palabras que amenazaban con escapar y mancillar mis oídos.

Cómo me gustaba pasear por Royal Mile, desde el castillo en la roca hasta el más encantador de todos los palacios, el Holyrood House. En cierta ocasión visité su interior, en especial la estancia donde Rizzio fue asesinado, a los pies de la reina María. Meses después de esa visita, aún me estremecía y soñaba al pensar en ello. Era todo tan terriblemente maravilloso.

Todos los domingos acompañaba a mi madre a la iglesia, junto con mi padre. Si él estaba fuera, mi madre y yo íbamos solas y, una vez terminado el servicio, pasábamos un rato delante de la iglesia, charlando con las amigas antes de subir al carruaje en que nos esperaba Vosper, el cochero. Luego, íbamos por las calles, con su quietud dominical, de regreso a la casa, a prepararnos para el almuerzo del domingo.

Eso pudo haber constituido una ocasión solemne, de no ser por mi madre. Ella reía bastante y hasta podía ser un tanto irreverente con respecto al sermón; cuando hablaba de la gente, tenía una forma tan precisa de imitarla que era como si hablaran los demás. Lo hacía con una actitud de afecto, antes que maliciosa; y nos divertíamos mucho. Hasta mi padre se permitía fruncir los labios, y Kirkwell se los cubría discretamente con la mano, intentando ocultar una sonrisa; Kitty sonreía satisfecha, y mi padre miraba con una suave expresión de reproche a mi madre, la única que se echaba a reír abiertamente.

Mi padre era un hombre muy solemne, muy religioso y esperaba que todos los habitantes de la casa siguieran su ejemplo. Cuando estaba en casa, todas las mañanas dirigía las oraciones en la biblioteca, a las que debíamos asistir todos, excepto mi madre. El médico le había dicho que necesitaba reposo, de modo que solía levantarse hacia las diez de la mañana.

Después del servicio religioso, en todas aquellas altas casas de granito se celebraba el almuerzo dominical. En la mayoría había el adecuado número de sirvientes, al igual que en la nuestra. Nosotros teníamos al señor y la señora Kirkwell, a Kitty, a Bess y a las criadas. Los Vosper no vivían en la casa, sino que tenían sus propias habitaciones en las caballerizas, donde estaban los caballos y el carruaje. Era una familia compuesta por el señor y la señora Vosper y por su hijo Hamish, de unos veinte años, que ayudaba a su padre. Si el viejo Vosper no era capaz de conducir el carruaje, lo hacía Hamish.

En Hamish había algo que me intrigaba. Era un joven de cabello muy oscuro, con ojos casi negros. La señora Kirkwell solía decir: «Hay algo más que un toque de insolencia en el joven Hamish. Aparenta sentirse superior a todos nosotros.»

Desde luego, se comportaba de un modo un tanto jactancioso. Era alto y ancho de espalda; más alto que mi padre y que el señor Kirkwell, y acostumbraba levantar una ceja y un labio al tiempo que observaba a los demás. Eso le hacía parecer desdeñoso, como si nos observara desde una posición más elevada debido a su gran sabiduría.

A mi padre parecía gustarle. Decía que sabía manejar muy bien los caballos, y prefería al joven Vosper antes que al viejo cuando se trataba de conducir el carruaje.

Me encantaban los momentos en que mi madre y yo estábamos a solas y podíamos hablar. Ella se sentía fascinada por lo que denominaba los antiguos tiempos, de los que hablaba constantemente. Sus ojos brillaban de excitación cuando discutía sobre los conflictos con nuestros enemigos, por debajo de la frontera. Se apasionaba con el gran William Wallace, que se había levantado contra el poderoso Eduardo cuando este le causó tanto daño a nuestro país que la historia terminó por conocerlo como el Martillo de los Escoceses.

—El gran Wallace fue capturado —decía, con los ojos relucientes por la cólera y luego con una amarga expresión de pena—. Lo ahorcaron y lo descuartizaron en Smithfield… como si fuera un vulgar traidor.

Luego estaban Bonnie Prince Charlie y la tragedia de Culloden; y el triunfo de Bannockburn; y, desde luego, la malograda y siempre romántica María, reina de los escoceses.

Eran veladas encantadoras, tanto que luego me costó mucho aceptar que hubieran podido desaparecer para siempre.

¡Cómo me encantaba nuestra ciudad gris, tan austera y tan hermosa cuando el sol brillaba sobre los edificios de piedra gris! Era una vida cómoda y agradable. Los asuntos de la casa se llevaban con suavidad, y si no era así, jamás llegaba otra cosa a nuestros oídos, preservados por los excelentes Kirkwell. Las comidas siempre se servían a tiempo. Las oraciones se rezaban cuando todo el mundo estaba en casa, y todos asistían, excepto mi madre y los Vosper, a quienes, desde luego, se excusaba de ello porque no vivían en la casa. Estaba segura de que en las habitaciones de las caballerizas no se rezaban ritualmente las oraciones.

Hasta cumplir los catorce años tomé las comidas con la señorita Milne. A partir de esa edad empecé a tomarlas en compañía de mis padres. Fue durante mi adolescencia cuando me convertí en una buena amiga de Lilias Milne. Aprendí muchas cosas sobre ella, y fue a través de ella que me enteré de la vida un tanto precaria y a menudo humillante que se veían obligadas a llevar las mujeres de su clase. Me alegraba de que Lilias estuviera con nosotros. Y ella también estaba contenta.

—Tu madre es una señora en toda la extensión de la palabra —me dijo en cierta ocasión—. Nunca me ha hecho sentir como una sirvienta. Al principio me hizo preguntas sobre mi familia, y me di cuenta enseguida de que comprendía y se preocupaba. Se interesaba por los demás, quería saber cómo eran sus vidas y trataba de ponerse en sus lugares. Siempre intentó no hacerle daño a los demás, de ningún modo. Eso es lo que yo llamo ser una señora.

—Oh, me alegro de que vinieras, Lilias —le dije.

La llamaba Lilias siempre que estábamos a solas, y reservaba el trato de señorita Milne para cuando no lo estábamos. Seguramente la señora Kirkwell, al igual que mi padre, habrían puesto objeciones al empleo del tuteo, pero a mi madre no le hubiera importado.

Lilias me habló de su familia, que vivía en Inglaterra, en el condado de Devon.

—Somos un total de seis —me dijo—. Todas chicas. Habría resultado mucho mejor que algunas fuéramos chicos, aunque, desde luego, su educación habría sido mucho más cara. Éramos realmente muy pobres. Teníamos que mantener una casa grande, siempre fría y llena de corrientes de aire. Cómo me gusta el calor de las chimeneas de esta casa. Claro que aquí se necesitan muchas más, porque hace más frío. Pero el ambiente es cálido, y eso es lo que me gusta.

—Háblame de la vicaría.

—Grande... llena de corrientes de aire... situada justo al lado de la iglesia. Es una iglesia antigua, como tantas otras, y siempre hay algo que parece funcionar mal. El reloj de la torre, la carcoma o las goteras del techo. Tenemos de todo. Sin embargo, es hermosa. Se encuentra en el corazón de Lakemere, uno de nuestros pueblos ingleses, con la vieja iglesia, las casas de campo y la mansión del señor. Eso es algo que no tenéis aquí. Una se da cuenta de la diferencia en cuanto cruza la frontera. Me gustan mucho los pueblecitos ingleses.

—¿Y la vieja vicaría con las corrientes de aire? Debes admitir que hace mucho más calor en nuestra casa.

—Claro que sí, desde luego. Y lo aprecio. Y luego me digo a mí misma: ¿durante cuánto tiempo? Eso es algo que debo afrontar, Davina. ¿Durante cuánto tiempo necesitarás una institutriz? Hace bastante que me lo vengo preguntando. Supongo que algún día te enviarán a la escuela.

—No lo harán ahora. Quizá me case y tú podrás ser la institutriz de mis hijos.

—Para eso aún falta algún tiempo —replicó ella secamente.

Ella tenía diez años más que yo, y yo contaba ocho años cuando llegó a nuestra casa. Yo fui su primera alumna.

Me habló de cómo era su vida antes de llegar aquí.

—Seis chicas. Siempre supimos que tendríamos que ganarnos la vida si no lográbamos casarnos. No podíamos quedarnos todas en casa. Las dos mayores, Grace y Emma, se casaron. Grace con un clérigo, y Emma con un procurador. Yo venía a continuación, y luego Alice, Mary y Jane. Mary se hizo misionera. Ahora está en alguna parte de África. Alice y Jane se quedaron en casa para ayudar en su manutención, porque mi madre había muerto.

—Y tú viniste aquí. Me alegro de que vinieras, Lilias.

Nuestra amistad fue haciéndose cada vez más íntima. Yo también llegué a sentir miedo de que un buen día mi padre decidiera que ya no necesitaba una institutriz. ¿Cuándo podría suceder eso? ¿Cuando cumpliera los diecisiete años? No me quedaba mucho tiempo.

En cierta ocasión, Lilias había estado a punto de casarse. Hablaba de ello con tristeza, nostálgicamente. Pero él nunca la había pedido.

—Supongo que todo fueron suposiciones —dije—. ¿Cómo sabías que él podía… pedirte?

—Yo le gustaba. Él era el hijo menor del señor de Lakemere. Habría sido un buen enlace para la hija del vicario. Sufrió una caída del caballo y quedó gravemente lisiado. Fue incapaz de volver a utilizar las piernas.

—¿No acudiste a su lado? ¿No le dijiste que lo cuidarías durante el resto de tu vida?

Lilias permaneció en silencio, hurgando en los recuerdos de su pasado.

—No me había pedido. Nadie sabía lo que había entre nosotros. Y me atrevo a suponer que habría existido oposición. ¿Qué podía hacer yo?

—Pues yo habría acudido a su lado. Lo hubiera pedido en matrimonio.

—Una mujer no puede hacer eso —me dijo, sonriéndome con indulgencia.

—¿Por qué no? —quise saber.

—Porque… es el hombre quien debe tomar la iniciativa. Después del accidente, él no me pediría, ¿verdad? Encontrándose en aquella situación, no podía ser. Eso era lo que estaba ordenado.

—¿Por quién?

—Por Dios. Por la suerte. Por el destino… como quieras llamarlo.

—Pues yo no lo habría permitido. Habría ido a verle y le hubiera dicho que estaba dispuesta a casarme con él.

—Tienes mucho que aprender, Davina.

—En ese caso, enséñame —repliqué.

—Ciertas cosas se aprenden por experiencia propia.

Pensé mucho en Lilias. A veces me preguntaba si no estaría enamorada de la idea de casarse, antes que del hombre, para de ese modo superar su condición de institutriz y ya no tener que preguntarse cuándo se vería obligada a buscar otro puesto de trabajo en una casa extraña.

Empezaba a gustarme mucho, y sabía que yo también le gustaba a ella. Durante las semanas anteriores a la muerte de mi madre, el temor por el futuro hizo que se acercara aún más a mí, de modo que tras la muerte de mi madre fuimos más amigas que nunca.

Pero yo estaba creciendo. Me enfrentaba a los hechos, y sabía que Lilias no podría quedarse durante mucho más tiempo en la casa.

Poco tiempo antes Nanny Grant se había marchado a vivir con una prima, en el campo. Su partida me entristeció profundamente. Había sido la niñera de mi madre, y había permanecido con ella hasta que se casó, luego acudió a esta casa y también fue mi niñera. Estuvo muy cerca de mí durante mi infancia. Ella era la que me consolaba cuando tenía pesadillas, o cuando me caía y me hacía daño. Siempre conservaría recuerdos de aquellos tiempos. Al llegar el invierno, después de una nevada, me sacaba al jardín trasero, entre las caballerizas y la casa, y se sentaba pacientemente en una silla, mientras yo construía un muñeco de nieve. Recuerdo haberla visto levantarse de repente, tomarme de la mano y gritar:

—Ya está bien. ¿Quieres convertir a tu vieja niñera en un muñeco de nieve? Mira cómo te pones sólo de pensarlo. Eres una chica traviesa, eso es lo que eres.

Recuerdo aquellos días lluviosos en los que permanecíamos sentadas junto a la ventana, esperando que aclarara el tiempo para poder salir. Las dos cantábamos:

> *Que llueva, que llueva,*
> *la Virgen de la cueva,*
> *las nubes se levantan...*

Ahora, Nanny Grant se había marchado, dejándome aquellos recuerdos maravillosos, como parte de una vida sobre la que se había cerrado una ventana el trágico día en que entré en el dormitorio de mi madre y la encontré muerta.

—La hija debe llevar luto durante un año —dijo la señora Kirkwell—. Para nosotros, creo que debe ser de tres a seis meses. Seis meses para el señor Kirkwell y para mí. En cuanto a las doncellas, será suficiente con tres meses.

Odiaba mis vestiduras negras. Cada vez que me las ponía recordaba a mi madre, muerta sobre la cama.

Ya nada era igual. A veces tenía la sensación de que todos esperábamos que sucediera algo, como esperanzados en resurgir de nuestro luto. Sabía que Lilias aguardaba ser llamada ante la presencia de mi padre, para escuchar que, puesto que yo estaba creciendo, ya no se necesitaban más sus servicios.

En cuanto a mi padre, estaba fuera de casa más que nunca. Eso me alegraba. Temía tener que comer con él. Ambos éramos demasiado conscientes de la presencia de la silla vacía.

No es que entre nosotros fuéramos muy comunicativos. Él siempre había parecido envuelto en un porte de formalidad. Mi madre, sin embargo, había sido capaz de atravesar esa actitud. Pensaba en cómo los labios de mi padre se retorcían tratando de contener las ganas de reír que sentía. Supuse que él se había sentido profundamente preocupado por ella, lo que resultaba extraño porque mi madre era muy diferente a él. Ella era capaz de dejar de lado los convencionalismos a los que mi padre tanto se aferraba. Recuerdo la voz de mi padre, con un ligero tono de reproche, cuando ella decía algo que él consideraba escandaloso. «Querida… querida…» murmuraba, sonriendo incluso a pesar de sí mismo. De haber sido por ella, nuestra casa habría sido mucho más feliz y alegre.

—Tu padre es un hombre de principios muy elevados —me dijo en cierta ocasión—. Es un buen hombre. Intenta vivir siempre de acuerdo con sus altas convicciones. Yo considero que en ocasiones resulta mucho más cómodo bajar un poco el listón de esos principios, para que así no tenga una que desilusionarse a sí misma.

No comprendí del todo a qué se refería, y al pedirle que se explicara, se limitó a echarse a reír y dijo:

—Estoy fantaseando. No es nada… —Luego se encogió de hombros y murmuró—: Pobre David.

Me pregunté por qué debería sentir lástima de mi padre. Pero ella no agregó nada más al respecto.

Unas tres semanas después de la muerte de mi madre vino a quedarse con nosotros la tía Roberta, hermana de mi padre. Había estado enferma en el momento del funeral y no pudo asistir, pero ya había recuperado su buena salud.

Era muy distinta de mi padre, quien se comportaba como un hombre reservado que siempre parecía muy por encima de nosotros. Tía Roberta no era así. Su voz se podía escuchar por toda la casa, con un tono alto y autoritario. Nos vigilaba a todos con la mano de hierro.

No se había casado. La señora Kirkwell, que al parecer sentía mucho su presencia en la casa, dijo en cierta ocasión que no le sorprendía nada que la señorita Glentyre no hubiera sido capaz de encontrar un hombre lo bastante audaz como para pedirla en matrimonio.

Tía Roberta anunció que había venido porque mi padre, tras perder a su esposa, necesitaba una mujer para supervisar su hogar. Como quiera que mi madre nunca había supervisado nada, este razonamiento fue inaceptable desde el principio. Además, provocó estremecimientos de recelo en toda la casa, puesto que implicaba que tía Roberta tenía la intención de quedarse de modo permanente.

Desde que llegó empezó a perturbar el buen funcionamiento del hogar. Surgió el resentimiento y a mí se me ocurrió que los sirvientes no tardarían en buscarse nuevos trabajos.

—Es una gran suerte que el señor Kirkwell sea un hombre paciente —le dijo la señora Kirkwell a Lilias, que me lo contó, y añadió—: Creo que por muy cómodos que hayan podido sentirse aquí, es muy posible que esto sea demasiado para ellos.

¡Cómo deseaba que tía Roberta se marchara!

Afortunadamente, mi padre era menos paciente que el señor Kirkwell. Una noche, durante la cena, hubo una ácida conversación entre ambos.

Y yo fui el objeto de esa conversación.

—David, deberías recordar que tienes una hija —empezó Roberta, sirviéndose de la bandeja de chirivías que le ofrecía Kitty.

—Eso es algo que seguramente no olvidaré —replicó mi padre.

—Está creciendo... rápidamente.

—Con la misma rapidez con la que siempre he pensado que crecen las chicas de su edad.

23

—Necesita que se ocupen de ella.

—Tiene una institutriz perfectamente adecuada. Creo que eso será suficiente durante un tiempo.

—¡Una institutriz! —espetó tía Roberta—. ¿Qué saben ellas de iniciar a una muchacha?

—¿Iniciar? —pregunté consternada.

—No estoy hablando contigo, Davina.

Me enfadó mucho que aún se me considerara como alguien que podía ser vista, pero no escuchada, y que sin embargo ya podía ser «iniciada».

—Hablabas de mí —repliqué con aspereza.

—Oh, Dios santo, ¿adónde iremos a parar?

—Roberta —dijo entonces mi padre con serenidad—. Eres bienvenida en esta casa, pero no permitiré que intentes dirigirla. Siempre ha sido dirigida con eficiencia, y no deseo que eso cambie.

—No te comprendo, David —dijo tía Roberta—. Creo que olvidas…

—Eres tú quien olvida que ya no eres la hermana mayor. Sé que tienes dos años más que yo, y es posible que eso tuviera alguna importancia cuando tú tenías ocho y yo seis años. Pero actualmente no necesito que te ocupes de mi hogar.

Ella quedó anonadada. Se encogió filosóficamente de hombros, con aire de resignación y murmuró:

—La ingratitud de algunas personas escapa a toda comprensión.

Creí que después de eso abandonaría la casa, pero al parecer se convenció de que, por poco que se la apreciara, su deber consistía en dirigirnos para que no nos precipitáramos hacia el desastre.

Entonces sucedió algo que nos conmocionó profundamente y tomó la decisión por ella.

Hamish conducía a mi padre casi todo el tiempo. La situación en las caballerizas había variado. Ya no era Hamish el que se ocupaba de conducir el carruaje cuando su padre estaba ocupado en otra cosa, sino que más bien se llamaba al padre cuando Hamish no estaba disponible. El joven Hamish se pavoneaba más que nunca. Había adquirido la costumbre de entrar en la cocina. Se sentaba en una silla, junto a la mesa, y los observaba a todos… incluso a mí, si yo andaba por allí. Estaba claro que su presencia resultaba excitante para Kitty, Bess y las criadas, y él se permitía flirtear condescendientemente con ellas.

Yo no comprendía cómo era posible que les gustara tanto. Sus brazos peludos me parecían repulsivos. Por lo visto, a él le gustaba mostrarlos y casi siempre llevaba las mangas de la camisa arremangadas por encima del codo, de modo que se los acariciaba con suavidad.

La señora Kirkwell lo miraba con recelo. Él había intentado mostrarse jovial con ella, pero sin éxito. Acostumbraba ponerle las manos encima a las chicas, algo que a ellas parecía gustarles, pero su encanto no se extendía a la señora Kirkwell, a quien, en cierta ocasión, le tocó el hombro y murmuró:

—Debió de haber sido usted una buena moza en sus tiempos, señora Kirkwell. Un poquito rellenita, si quiere saberlo… pero quizá no tanto, ¿eh?

—Te agradecería que recordaras con quién estás hablando, Hamish Vosper —replicó ella con la mayor dignidad.

—De modo que así están las cosas, ¿eh? —dijo él riendo—. Ya veo que tendré que andarme con cuidado.

—Y tampoco me gusta que revolotees por la cocina —añadió la señora Kirkwell.

—Oh, bueno, pero es que estoy esperando al señor.

—Pues bien, cuanto antes mande a buscarle, tanto mejor.

Lilias Milne entró en ese momento en la cocina. Quería preguntarle a Bess si aquella mañana había visto un paquete de ganchos para el cabello en su mesa.

Los había dejado allí pero habían desaparecido. Quizá Bess los hubiera tirado a la basura.

Hamish la observó con una mirada especulativa, no de la misma forma que miraba a las otras jóvenes, sino más intensamente... de un modo diferente.

Los problemas surgieron unos días más tarde.

Todo empezó cuando me encontré con tía Roberta en la escalera. Era después del almuerzo, y yo sabía que ella había descansado un poco. Era el único momento del día en que la casa se sumía en una pacífica quietud.

Tía Roberta se mostraba más tolerante desde el altercado con mi padre, pero aún seguía supervisando todo lo que sucedía en la casa, y su mirada de águila estaba constantemente alerta, desaprobando con un gesto la mayoría de las cosas que sucedían a su alrededor.

Yo me dirigía hacia mi dormitorio cuando ella me vio.

—Ah, eres tú, Davina. ¿Te has vestido para salir?

—Sí. La señorita Milne y yo solemos dar un paseo a esta hora del día. —Ella pareció a punto de hacer un comentario cuando se detuvo de pronto, escuchando—. ¿Sucede algo? —pregunté.

Se llevó los dedos a los labios y me acerqué a su lado sin hacer ruido.

—Escucha —me susurró.

Escuché el sonido de una risa y unos ruidos extraños, que surgían de una de las puertas cerradas.

Tía Roberta se dirigió hacia aquella puerta y la abrió de golpe. Yo estaba a su lado y lo que contemplé me dejó boquiabierta. Los cuerpos entrelazados de Kitty y Hamish estaban sobre la cama, ambos semidesnudos.

Nos miraron asombrados. Kitty tenía el rostro escarlata y hasta el propio Hamish parecía desconcertado.

Pude escuchar la rápida respiración de tía Roberta, cuyas primeras palabras fueron para mí.

—Déjanos, Davina —me gritó.

Pero no me moví. No podía dejar de observar los dos cuerpos en la cama, llena de fascinación. Tía Roberta entró en la habitación.

—Es nauseabundo… jamás había visto… Depravados… —balbuceó, incapaz por una vez de encontrar las palabras.

Hamish se levantó de la cama y empezó a vestirse a toda prisa. Adoptó una actitud de envalentonamiento truculento y sonrió con una mueca a tía Roberta.

—Bueno —dijo—, después de todo, es la naturaleza humana.

—Es usted una criatura nauseabunda. Salga inmediatamente de esta casa. Y en cuanto a usted… —Fue incapaz de pronunciar el nombre de Kitty—. Usted… desvergonzada, haga inmediatamente sus maletas y salga… Márchense los dos.

Hamish se encogió de hombros, pero Kitty parecía anonadada. Su rostro, que pocos momentos antes estaba tan rojo como una fresa, había adquirido el color blanco del papel.

Tía Roberta se volvió de improviso y casi tropezó conmigo.

—¡Davina! ¿Adónde iremos a parar? Te he dicho que te marcharas. Esto es… algo nauseabundo. Ya sabía yo que algo sucedía en esta casa. En cuanto llegue tu padre…

Me volví y salí corriendo. Me encerré en mi dormitorio. También me sentí conmocionada y con náuseas. «Naturaleza humana», había dicho Hamish. Hasta ese momento, jamás había estado tan cerca de la naturaleza humana.

La casa estaba en silencio. Los sirvientes se habían congregado en la cocina. Me los imaginé sentados alrededor de la mesa, hablando en susurros. Lilias acudió a mi dormitorio.

—Va a haber problemas —dijo—. Y tú estuviste allí. —Asentí con un gesto—. ¿Qué fue lo que viste?

—Los vi a los dos... en la cama. —Lilias se estremeció—. Fue tan repulsivo. Hamish tiene unas piernas peludas... como los brazos.

—Supongo que un hombre así tendrá cierta clase de atractivo para una joven como Kitty.

—¿Qué clase de atractivo?

—No lo sé con exactitud, pero puedo ver que es muy... viril. Podría ser abrumador para una muchacha joven. La despedirán, claro. Los despedirán a los dos. Me pregunto adónde se marchará Kitty. Y qué harán con él. Hamish vive aquí... en las caballerizas. En cuanto tu padre regrese a casa habrá muchos problemas a causa de todo esto.

No pude olvidar la expresión del rostro de Kitty. Había en ella un temor terrible. Llevaba cuatro años con nosotros, y cuando empezó a trabajar tenía catorce años y acababa de venir del campo.

—¿Adónde irá? —pregunté, y Lilias sacudió la cabeza.

Yo sabía que en cuanto llegara mi padre tía Roberta insistiría en que Kitty se marchara de la casa. No podía quitarme de la cabeza la imagen de Kitty, de pie sobre la acera, rodeada por sus pocas pertenencias, sin saber qué hacer.

Subí al dormitorio que ella compartía con Bess y Jenny, las criadas. Estaba allí, sola. Tía Roberta le había ordenado que permaneciera en su habitación. Estaba sentada sobre la cama, con una expresión desesperada y temerosa.

Entré y me senté a su lado. Parecía una persona diferente, con la falda y la blusa puestas, en comparación con la criatura semidesnuda que había visto en la cama.

—Oh, señorita Davina, no debería usted estar aquí. ¿Ha llegado ya el señor?

—Todavía no —contesté negando con un gesto de la cabeza.

—¿Y ella? —preguntó.

—¿Te refieres a mi tía? Mi padre ha dejado claro que ella no dirige esta casa.

—Tendré que marcharme cuando llegue el señor.

—¿Cómo has podido... hacer eso? —pregunté y añadí—: ¿Con él?

—Usted no lo comprende, señorita Davina —contestó, mirándome y agitando la cabeza—. Es algo natural... con él.

—La naturaleza humana —dije, citando las palabras de Hamish—. Pero parece tan...

—Bueno, es que él tiene algo.

—Con todos esos pelos —dije con un estremecimiento—. Le cubren las piernas y los brazos.

—Quizá...

—Kitty, ¿qué harás? —Ella agitó de nuevo la cabeza y empezó a llorar—. Si te despiden, ¿adónde irás?

—No lo sé, señorita.

—¿Puedes regresar a tu casa?

—Está muy lejos de aquí... cerca de John O' Groats. Vine a esta casa porque allí no había nada para mí. Ahora sólo queda mi anciano padre. Y él no podría mantenerme. No hay nada. No puedo regresar y decirle el motivo.

—Entonces, ¿adónde irás, Kitty?

—Quizá el señor me dé otra oportunidad —dijo esperanzada, pero comprendí que ni ella misma lo creía.

Pensé en mi padre leyendo la Biblia... en todas aquellas frases sobre la venganza del Señor, sin duda consideraría el pecado de Kitty demasiado grave como para perdonarlo. Siempre me había gustado Kitty. Había sido una muchacha jovial y feliz. Deseaba ayudarla.

Yo tenía una cajita en la que guardaba una moneda cada semana del dinero que me asignaban. Le daría lo que hubiera en ella. No era mucho, y seguía existiendo el problema de saber adónde iría.

—Tienes que ir a alguna parte —le dije.

Ella sacudió la cabeza, con un gesto de desesperación.

¿Qué sucedía con las jóvenes que pecaban como Kitty? Eran abandonadas a su suerte, bajo la nieve. No había nieve en aquellos momentos, pero eso no era ningún consuelo.

Había oído hablar de una monja a la que habían emparedado por un pecado similar. Al parecer, se trataba de uno de los mayores pecados. Debido a ello, algunas jóvenes tenían bebés y luego eran discriminadas para siempre.

Hice todo lo que pude por consolar a Kitty. Confié en que mi padre no regresara aquella noche, lo que podría darle cierto respiro, tiempo para pensar y encontrar alguna solución.

Fui a ver a Lilias y le conté el estado de desolación en que Kitty se hallaba.

—Es una tonta —dijo Lilias—. Haberse comportado así… y particularmente con un hombre como Hamish. No debe de estar en sus cabales.

—Está realmente desesperada, Lilias. No tiene ningún sitio adonde ir.

—Pobre muchacha.

—¿Qué hará? Se suicidará. Lilias, ¿qué pasaría si lo hiciera? Jamás olvidaría que no la ayudé.

—¿Qué podrías hacer tú?

—Podría darle el poco dinero que tengo.

—Dudo que eso le dure mucho.

—Hablé con ella sobre la posibilidad de que tuviera que marcharse. Tú podrías regresar a tu vicaría. Tú tienes un hogar. Pero con Kitty es diferente. Ella no tiene ningún sitio adonde ir. No serán tan crueles, ¿verdad? No podrán echarla cuando no puede ir a ningún lugar.

—Al parecer, ha cometido un pecado cardinal. Según la Biblia, la gente era lapidada por eso. Creo que algunas personas serían capaces de hacer lo mismo hoy en día.

—¿Qué podemos hacer por ella?

—Dices que no tiene adónde ir.

—Eso dice ella. Si la echan no le quedará más remedio que deambular por las calles. Lilias, no puedo soportarlo. Kitty era tan feliz aquí. No se me olvida cómo reía cuando él la miraba y bromeaba... y que todo eso condujo a esto.

Lilias permaneció pensativa un rato. De pronto, dijo:

—Siento lo mismo que tú con respecto a Kitty. Se ha visto atrapada por ese hombre. Él es un libertino y ella... bueno, ella es una muchacha estúpida y ligera de cascos. Él la abrumó, y ella cedió. Es fácil de comprender. Y por eso, su vida ha quedado arruinada para siempre, mientras que él seguirá contento su camino.

—Si mi padre despide a Kitty, tendrá que hacer lo mismo con Hamish, de modo que tendrá que marcharse de esta casa.

—¿Cómo va a despedir a toda la familia? Se me ha ocurrido algo: enviaré a Kitty a mi casa.

—¿A tu casa? ¿Y qué pueden hacer ellos?

—Mi padre es el vicario de Lakemere. Es un verdadero cristiano. Quiero decir que practica lo que predica. Son pocas las personas que lo hacen, ¿sabes? Es realmente un hombre bueno. Somos pobres... pero no se negará a darle cobijo. Es posible que pueda encontrarle un sitio. No sería la primera vez que ayuda a una muchacha con problemas. Le escribiré y se lo contaré.

—¿Y estará dispuesto a aceptarla... después de lo que ella ha hecho?

—Si yo le escribo, él comprenderá.

—Oh, Lilias, ¡sería maravilloso!

—De todos modos, no es más que una esperanza —dijo Lilias.

Le rodeé el cuello con los brazos.

—¿Escribirás esa carta? ¿Se lo dirás a ella? Iré a ver cuánto dinero tengo. Espero que podamos pagarle el pasaje.

—Supongo que le pagarán los salarios que se le adeudan, y que eso, junto con lo que nosotras podamos reunir...

—Voy a decírselo. Tengo que decírselo. No podía soportar ver esa terrible mirada de desolación en su rostro.

Subí a ver a Kitty y le comuniqué lo que estábamos planeando, y experimenté el placer de ver cómo su extrema desesperación se transformaba en esperanza.

Mi padre regresó tarde aquella noche. Tumbada en la cama, escuché su llegada. La tormenta no estallaría hasta el día siguiente.

A la mañana siguiente hizo llamar a Kitty. La muchacha, pálida, con el rostro avergonzado, pero no tan desesperado como el día anterior, acudió a su despacho. Yo esperé su salida en la escalera. Cuando apareció, me miró y asintió con un gesto. La acompañé a su habitación, donde se nos unió Lilias.

—Tengo que recoger mis cosas y marcharme. Ya las tenía preparadas.

—¿Enseguida? —pregunté.

—Me dijo que había sido una deshonra para la casa —contestó ella, asintiendo—, y que tenía una hija joven en quien pensar.

—Oh, Kitty. Siento mucho que tengas que marcharte así.

—Ha sido usted un ángel para mí, señorita Davina. Usted y la señorita Milne —su voz se quebró—. No sé qué habría hecho sin su ayuda.

—Aquí está la carta —dijo Lilias—. Tómala. Y aquí tienes un poco de dinero.

—Me han pagado los salarios que se me debían.

—Entonces tendrás un poco más. Será suficiente para llegar a Lakemere. Mi padre es un hombre bondadoso. De todos modos, no rechazará a una persona afligida. Rezará mucho, pero no todo serán oraciones. Hará todo lo posible por ayudarte. Ya lo ha hecho antes por otras personas con problemas.

Kitty estalló en sollozos y nos abrazó a ambas.

—Nunca las olvidaré —dijo entre sollozos—. Qué habría hecho yo sin...

Un coche la llevaría a la estación. En toda la casa reinaba un ambiente de solemnidad. Kitty había sido despedida en la deshonra. Una lección para las muchachas estúpidas. Y ahora le tocaba el turno a Hamish.

Se le ordenó que acudiera a ver al señor. Entró en la casa contoneándose, con las manos en los bolsillos. No había la menor señal de arrepentimiento en su rostro. Entró en el despacho de mi padre y la puerta se cerró tras él.

Lilias acudió a mi habitación.

—¿Qué ocurrirá? —me preguntó—. Va a ser todo muy violento... con su familia viviendo en las caballerizas.

—Le despedirán, desde luego. No podrá volver a entrar en la casa. Bueno, ya veremos.

Todos los de la casa esperábamos ver qué sucedería a continuación. La entrevista fue prolongada. Nadie escuchó voces altas procedentes del despacho. Finalmente, Hamish apareció y salió tranquilamente de la casa.

Al día siguiente comprendimos que Hamish con-

33

duciría a mi padre como siempre, y que el castigo impuesto a su compañera en el pecado, no se le iba a infligir a él.

Hubo desconcierto. Hamish continuó comportándose con el mismo aplomo de siempre, silbando como si nada hubiera sucedido. No podíamos comprenderlo.

Tía Roberta no tenía precisamente un carácter capaz de dejar las cosas como estaban, y aquella misma noche planteó el tema, durante la cena.

—La muchacha se ha marchado —dijo—. ¿Qué ocurre con él?

Mi padre aparentó no haber entendido sus palabras. Levantó las cejas y asumió aquella actitud fría que nos intimidaba a la mayoría de nosotras. Pero no a tía Roberta.

—Sabes muy bien a qué me refiero, David, de modo que no aparentes lo contrario.

—Quizá seas lo bastante amable como para explicarte —dijo él.

—Sin duda alguna, no se pueden pasar a la ligera incidentes como el producido recientemente en esta casa.

—Comprendo. Te refieres al despido de la doncella.

—No fue ella la única culpable —dijo tía Roberta.

—Ese hombre es uno de los mejores cocheros que he tenido nunca. No tengo la intención de prescindir de sus servicios… si es a eso a lo que te refieres.

—¿Qué? —gritó tía Roberta, olvidándose de su dignidad.

—Ya me he ocupado del asunto, y ha quedado cerrado —dijo mi padre con frialdad.

Tía Roberta lo miró fijamente durante un rato.

—No puedo creer lo que acabo de oír. Te digo que los vi a los dos. Los descubrí mientras lo hacían.

Mi padre siguió mirándola con frialdad, y luego me dirigió una mirada significativa, dando a entender que no podían discutir el tema en mi presencia, teniendo en cuenta mi juventud e inocencia.

Tía Roberta cerró los labios, los apretó y lo miró fijamente.

El resto de la cena transcurrió casi en silencio. Pero una vez terminada, ella le siguió a su despacho. Permaneció allí durante largo rato, y en cuanto salió se dirigió directamente a su dormitorio.

A la mañana siguiente se marchó de casa, con el aire del justo que abandona Sodoma y Gomorra antes de que el desastre descienda sobre todos.

No podía quedarse una sola noche más en una casa donde se disculpaba el pecado porque uno de los pecadores era «un buen cochero».

El tema fue ampliamente discutido en las dependencias de la planta baja, aunque no en mi presencia, pero buena parte de lo que se dijo me lo contó Lilias.

—Es muy extraño —me dijo—. Nadie lo comprende. Tu padre llamó a Hamish y todas pensamos que iba a ser despedido al igual que Kitty. Pero Hamish salió del despacho al parecer incluso más seguro de sí mismo. Nadie sabe lo que hablaron. Pero él sigue comportándose como siempre. ¡Y pensar que la pobre Kitty fue despedida en la deshonra! No tiene sentido. Pero de hecho, en casos como este, siempre se culpa a la mujer, y el hombre sale bien librado.

—No lo comprendo —dije—. Quizá sea porque él no vive en la casa.

—Pero entra en la casa. Y corrompe a las sirvientas.

—Me pregunto por qué… Me gustaría saberlo.

—Tu padre no es un hombre a quien se pueda comprender fácilmente.

—Pero es tan religioso, y Hamish...

—Es un bribón. Yo no necesitaba que ocurriera esto para saberlo. Todas podíamos ver lo que era. La pobre Kitty se comportó como una pequeña idiota al dejarse tentar por él. Admito que ese hombre tiene algo. Algo que a ella debió de parecerle irresistible.

—Conozco a alguien que piensa que es maravilloso —dije.

—¿Quién?

—Él mismo.

—Eso es cierto. Si existe un hombre enamorado de sí mismo, ese hombre es Hamish Vosper. Pero a los sirvientes no les gusta, ¿sabes? Kitty era una buena trabajadora... y se tenía buen concepto de ella.

—Espero que ahora esté bien.

—Sé que no será rechazada. Mi padre hará todo lo que pueda. Es un verdadero cristiano.

—Mi padre también se supone que lo es y, en cambio, la ha echado de casa.

—Tu padre es muy bueno rezando oraciones y teniendo aspecto de buen cristiano, pero el mío se ocupa sobre todo de serlo. Hay una gran diferencia.

—Espero que así sea, por el bien de Kitty.

—Él me escribirá contándome lo sucedido.

—Me alegro tanto de que estuvieras aquí para ayudar, Lilias.

Mis palabras hicieron que apareciera una arruga sobre sus cejas. ¿Durante cuánto tiempo?, pareció preguntarse. Mi padre había despedido a Kitty sin contemplaciones, y Lilias tendría que marcharse en cuanto no necesitara sus servicios. Ella tenía razón. Mi padre era muy bueno mostrando una actitud cristiana ante el mundo, pero tenía su propio credo sobre lo bueno y lo malo. Lilias había resumido su actitud general, y yo había visto lo que le había sucedido a Kitty.

Pero ¿cuál había sido la verdadera razón para que

se perdonara a Hamish? ¿Sólo porque era un buen cochero? ¿Sólo porque era un hombre?

Al cabo de un tiempo se dejó de hablar de modo permanente de aquel asunto. Se contrató a una nueva doncella para sustituir a Kitty. Ellen Farley, una mujer de unos treinta años. Mi padre dijo que se la habían recomendado personalmente.

En esta ocasión, el señor y la señora Kirkwell no tuvieron voz en el asunto. La contratación del personal era tarea suya, y no les gustaba que miembros del mismo fueran introducidos en la casa pasando por encima de sus cabezas, según expresó la señora Kirkwell. Aquello era un reproche, ya que ella misma y el señor Kirkwell habían elegido antes a Kitty. Pero si se le preguntaba a la señora Kirkwell, se podía estar segura de que el principal culpable de todo era Hamish Vosper, y el ama de llaves insistía en que le gustaría saber por qué se le permitió quedarse.

No obstante, Ellen llegó a la casa. Era una persona muy diferente a Kitty. Serena, eficiente y, según la señora Kirkwell, reservada.

Hamish continuaba entrando en la cocina y sentándose a la mesa, aparentemente divertido al ver que la señora Kirkwell fingía no advertir su presencia. Miraba a Bess y a Jenny, pero ellas, recordando lo sucedido con Kitty, se mantenían alerta.

Por lo visto, Hamish se consideraba impune; siempre actuaba como quería, porque así le parecía que debía ser. Así era la naturaleza humana, como había dicho en aquella ocasión. De un hombre como él, irresistible para el sexo femenino, no podía esperarse que se comportara de modo diferente a como le dictaba su naturaleza. Pero imaginé que tendría que buscar sus conquistas en otro sitio, porque no las encontraría en nuestra casa. El ejemplo de Kitty estaba demasiado fresco en la memoria de todas.

A su debido tiempo, se recibió una carta de la vicaría de Lakemere. Lilias la subió a su dormitorio y yo la acompañé para leerla juntas.

Kitty había llegado, y el vicario se había comportado exactamente como Lilias había dicho.

«Está tan agradecida —decía la carta—. Todas las alabanzas que te dedica son pocas, y a tu Davina. Me siento orgulloso de ti. La pobre muchacha, porque apenas si es poco más, se sentía muy afligida. Ha ayudado mucho a Alice y a Jane en la cocina, y en la casa. La señora Ellington, en Lakemere House, necesita a alguien en la cocina. Recordarás a la señora Ellington, una dama muy severa, pero con un corazón amable. Fui a verla y le conté la historia, algo que, evidentemente, tenía que hacer. Me prometió que le daría a Kitty una oportunidad, y estoy seguro de que la pobre muchacha no volverá a tropezar. Parece que una de las doncellas de la señora Ellington se marcha dentro de unas semanas para casarse, de modo que quedará vacante una plaza. Mientras espera, Kitty se quedará en casa y ayudará a Alice y a Jane. Lilias, me alegro mucho de que la enviaras aquí. No puedo imaginar lo que le habría ocurrido a la pobre Kitty de no haber sido por...»

Miré a Lilias y las lágrimas afloraron a mis ojos.

—Oh, Lilias —dije—, tu padre es un hombre maravilloso.

—Lo sé —asintió.

La respuesta del vicario de Lakemere me hizo pensar mucho en mi padre. Siempre lo había considerado un hombre recto y honorable. Pero haber despedido a Kitty como lo hizo, y no haber infligido el menor castigo a Hamish, excepto quizá una reprimenda verbal, me hizo cambiar la imagen que tenía de él. Siempre me había parecido muy remoto, pero ahora ya no se trataba de eso. En los viejos tiempos pensaba que era demasiado noble como para ser considerado uno más entre nosotros; ahora, mis sentimientos hacia él empezaban a cambiar. ¿Cómo podía haberse preocupado tan poco de lo que le ocurriría a otro ser humano, enviando a Kitty a enfrentarse con un mundo duro, mientras conservaba al otro culpable del pecado sólo porque era buen cochero? No actuaba con justicia, sino sólo por propia comodidad. La imagen del hombre bueno y noble se estaba desvaneciendo.

Si mi madre hubiera estado allí, podría haber hablado con ella. Pero nada de todo aquello habría sucedido si ella hubiera estado con nosotros. Jamás habría permitido que Kitty fuera despedida sin tener un sitio a donde ir.

Me sentí desconcertada e inquieta.

Un día, mi padre envió a buscarme y en cuanto entré en su despacho me miró enigmáticamente.

—Estás creciendo —me dijo—. Ya tienes casi diecisiete años, ¿verdad?

Asentí con un gesto, aterrorizada ante la posibilidad de que aquello fuera el preludio de la partida de Lilias, cuyos servicios ya no se necesitarían más, de modo que sería despedida con la misma rapidez que Kitty.

No obstante, eso no sucedería todavía. Mi padre se volvió hacia una caja que estaba sobre la mesa. Yo la conocía bien. Contenía las joyas de mi madre. Me había mostrado su contenido en más de una ocasión, sacando cada pieza y hablándome de ella.

Había un collar de perlas, regalo de su padre el día de su boda. Un anillo de rubíes que había pertenecido a su madre. Un brazalete de turquesas, con un collar a juego, dos broches de oro y otro de plata.

—Serán tuyas cuando seas mayor —me había dicho mi madre—, y más adelante se las podrás dar a tu hija. Es bastante agradable pensar que estas chucherías pasan de una generación a otra, ¿no te parece?

Así me lo parecía.

Mi padre tomó el collar de perlas y lo sostuvo en sus manos. Mi madre me había dicho que tenía sesenta perlas y que el cierre era de diamante, rodeado de aljófar. Se lo había visto puesto en varias ocasiones, del mismo modo que algunas veces le había visto llevar la mayoría de las joyas guardadas en la caja.

—Tu madre quería que tuvieras este collar —dijo mi padre—. Creo que aún eres demasiado joven para el resto de las joyas, pero el collar de perlas es diferente. Puedes tenerlo ahora. Dicen que las perlas pierden su lustre si no se las lleva.

Lo tomé de entre sus manos y mi primer pensamiento fue de alivio. Me consideraba demasiado joven para el resto de las joyas, de modo que aún no estaba preparada para prescindir de Lilias. Pero me gustó tener el collar de perlas. Me lo puse alrededor del cuello, y al pensar en mi madre me sentí invadida por la tristeza.

Más tarde, cuando me reuní con Lilias, ella enseguida observó el collar.

—Es maravilloso —exclamó—. De veras que lo es.

—Era de mi madre. Hay varios broches y otras cosas. Serán para mí cuando mi padre crea que he crecido lo suficiente para llevarlos. Pero es bueno que alguien se ponga las perlas.

—He oído hablar de eso —dijo ella. Acarició las perlas encantada. Me las quité y se las tendí—. El cierre es encantador. Sólo por eso ya valdría una buena cantidad.

—Oh... No creo que quiera venderlas.

—Pues claro que no. Pero sólo estaba pensando... que representan una buena y pequeña hucha.

—¿Quieres decir si alguna vez me encuentro en apuros?

—Bueno, siempre es un alivio tener esta clase de cosas.

Vi aquella mirada triste y lejana en sus ojos. Supuse que pensaba en un futuro en que le vendría muy bien disponer de una buena hucha.

Bajé a la cocina para saber si mi padre se quedará a cenar aquella noche. Habitualmente, le dejaba un mensaje a la señora Kirkwell. Allí abajo había aquella típica atmósfera de inquietud, porque Hamish estaba sentado a la mesa, con las mangas subidas, acariciándose ociosamente los pelos de los brazos.

Me dirigí a la señora Kirkwell, que agitaba algo en un tazón. Ella enseguida vio las perlas.

—¡Dios santo! —exclamó—. Son muy bonitas.

—Sí. Ahora son mías. Fueron de mi madre. Tengo que llevarlas puestas porque pierden el brillo si se las tiene guardadas mucho tiempo.

—¿Lo han estado ahora? —preguntó la señora Kirkwell.

—Eso me ha dicho mi padre.

—Bueno, él debe saberlo, ¿no le parece?

—Creo que ya había oído decir eso antes.

—Bueno, en cualquier caso son muy bonitas. Y le sientan muy bien, señorita Davina.

—El cierre también es muy valioso —añadí—. Es un diamante rodeado de pequeñas perlas.

—Sí que lo es.

—La señorita Milne me ha dicho que será una buena hucha… si alguna vez tengo necesidad de ellas.

—Oh, usted no, señorita Davina —dijo la señora Kirkwell echándose a reír—. Pero ella sí que lo pensaría así, ¿verdad? Pobre muchacha. Institutriz… Bueno, siempre he dicho que jamás querría serlo.

—¿Ha dicho mi padre si se quedará a cenar esta noche?

—No —contestó Hamish adelantándose a la señora Kirkwell—. No estará en casa. Lo sé. Voy a llevarlo en el carruaje.

De todos modos, la señora Kirkwell me contestó como si él no hubiera dicho nada.

—Me ha dejado una nota comunicándome que no estará en casa.

Poco después abandoné la cocina.

Al día siguiente hubo una gran consternación. Mi collar había desaparecido. Lo había guardado en su caja azul, en el cajón de mi mesita de noche, y no podía creérmelo cuando descubrí que la caja estaba allí, pero no el collar de perlas. Lo busqué frenéticamente por todos los cajones, pero no lo encontré. El collar había desaparecido. Era un verdadero misterio. Jamás se me habría ocurrido no guardarlo en su caja.

Todo el mundo quedó impresionado. La señora Kirkwell dijo que cuando desaparecía un objeto tan valioso como un collar de perlas, no resultaba nada agradable para los que estaban cerca.

Y tenía razón. El collar había estado en mi habitación. Ahora ya no estaba allí. ¿Dónde estaba? «Los collares no caminan», sentenció la señora Kirkwell. De sus palabras se desprendía que alguien se había apoderado de él. ¿Quién? Nadie estaba enteramente libre de sospecha.

Aquella noche mi padre no regresó hasta últimas horas, conducido a casa por Hamish, y como los habitantes de la casa nos retiramos a dormir él no se enteró de la desaparición del collar hasta la mañana siguiente.

Supongo que no fui la única que pasó una noche inquieta. Teníamos un ladrón en la casa. Naturalmente, mis sospechas se centraron en Hamish. Si había sido capaz de hacer aquello, ¿no podía haber creído que era su «naturaleza humana» la que se apoderaba del collar de alguien que no lo necesitaba, para que lo tuviera alguien que sí lo necesitaba, él en este caso?

Pero Hamish no iba más allá de la cocina. Desde que fuera descubierto en una de las habitaciones en compañía de Kitty, por una especie de acuerdo tácito las habitaciones superiores le estaban vedadas, a menos que fuera expresamente llamado por mi padre. Claro que siempre existía la posibilidad de que violara la regla, pero desde lo de Kitty, yo no había vuelto a encontrarlo en otro lugar de la casa que no fuera la cocina. A pesar de todo, no era imposible que hubiera subido a hurtadillas hasta mi habitación para apoderarse del collar. Si alguien lo hubiera visto allí, estoy segura de que habría encontrado una explicación para justificar su presencia.

Durante aquella noche en la que apenas pude dormir, repasé una y otra vez lo sucedido desde el momento en que me puse el collar, y estaba segura de haberlo dejado en la caja la última vez que me lo quité.

Naturalmente, mi padre se sintió horrorizado. Ordenó que se registrara a fondo mi habitación. Me hizo un montón de preguntas. ¿Recordaba yo haberme quitado el collar? ¿Recordaba haberlo dejado en la caja? ¿Quién había entrado en mi habitación desde entonces? Sólo la doncella, para limpiar, y, desde luego, la señorita Milne, que acudió para hablarme de algo. Ya había olvidado de qué.

Mi padre dijo que todos debían presentarse en la biblioteca.

—Es una cuestión muy lamentable —dijo a todos los reunidos—. Ha desaparecido una joya muy valiosa. A la persona que se haya apoderado de ella le daré la oportunidad de entregarla ahora. Si se hace así, consideraré la cuestión. Pero si no se me entrega hoy mismo, informaré a la policía. ¿Están aquí todos?

—¿Dónde está Ellen? —preguntó la señora Kirkwell.

—No lo sé —contestó Bess—. Me estaba ayudando a arreglar las habitaciones. La llamé cuando recibimos órdenes de bajar a la biblioteca.

—Alguien debería avisarle —dijo la señora Kirkwell—. Iré yo misma.

Pero la señora Kirkwell no tuvo que marcharse, porque precisamente en ese momento apareció Ellen. Sostenía el collar de perlas en la mano.

—¡Ellen! —gritó la señora Kirkwell.

—Oí decir a Bess que acudiéramos todos aquí —dijo Ellen—. Pero… me encontré con esto. No pude cerrar el cajón… Parecía en desorden… y estaba medio abierto. Así que abrí el cajón inferior. Eran unas enaguas lo que impedían cerrarlo. Las saqué y cayó esto. ¿Es el que se había perdido?

—¿En qué cajón encontró usted esto? —preguntó mi padre.

—En la habitación de la señorita Milne, señor.

Miré a Lilias. Su rostro enrojeció, y luego se puso mortalmente pálido. Fue como si una voz se me hubiera grabado en la mente. «Una hucha… una hucha…»

Pero no podía haber sido Lilias.

Sin embargo, todos la miraban.

—Señorita Milne, ¿puede explicarnos cómo fue a parar el collar a su cajón? —preguntó mi padre.

—En… en mi cajón no pudo haber estado.

—Pues eso es lo que acaba de decirnos Ellen. Y aquí está ahora el collar. Vamos, señorita Milne, exijo una explicación.

—Yo… Yo no lo puse allí. No lo… entiendo.

—Yo tampoco lo entiendo, señorita Milne —dijo mi padre, mirándola severamente—. Quiero una explicación.

—Tiene que haber una razón —me escuché decir con un tono de voz alto, casi histérico.

—Pues claro que hay una razón —dijo mi padre

con impaciencia—. Y la señorita Milne nos la dirá. Tomó usted el collar, ¿verdad, señorita Milne? Desgraciadamente para usted, no cerró bien el cajón, de modo que Ellen se dio cuenta de que algo estaba mal. Eso fue afortunado para nosotros... pero no para usted.

Jamás había visto una expresión de tanto horror en el rostro de alguien como la que vi en el de Lilias.

¿Cómo has podido, recuerdo que pensé. Yo siempre te habría ayudado. ¿Por qué te apoderaste del collar? ¡Y mi padre lo sabe! Mi padre es la clase de hombre que no tolera ningún pecado, y robar es un gran pecado. ¡No robarás! Ese es uno de los mandamientos. Piensa en Kitty. Hamish, desde luego, también hizo mal. Pero él es un buen cochero.

Deseaba dejar atrás aquella pesadilla. El silencio que se produjo fue terrible. Al cabo de un rato, lo rompió mi padre.

—Estoy esperando una explicación, señorita Milne.

—Yo... no sé cómo pudo llegar allí. No sabía que estuviera allí.

Mi padre emitió una risita suave y despectiva.

—Eso no le servirá de nada, señorita Milne. Ha sido usted descubierta. Desde luego, podría entregarla a la policía.

Ella contuvo la respiración. Por un momento, pensé que iba a desmayarse. Tuve que contenerme para no acudir a su lado, rodearla con mis brazos y decirle que seguía siendo mi amiga, a pesar de todo lo que hubiera podido hacer.

Levantó los ojos y me miró, con una expresión de ruego, como pidiéndome que la creyera. Y en ese momento la creí. No me cabía en la cabeza que Lilias hubiera podido haber robado mi collar de perlas, a pesar de lo mucho que anhelara una seguridad económica para su incierto futuro, una hucha, como había dicho.

Me asombré por haber dudado siquiera de su inocencia, y me maldije por ello.

—Ha cometido un delito —prosiguió mi padre—. Durante todos estos años ha estado usted en mi casa y yo he albergado a una ladrona bajo mi techo. Es algo muy inquietante para mí.

—Yo no lo hice —gritó Lilias—. No lo hice. Alguien debió dejarlas allí.

—Desde luego, alguien las dejó —replicó mi padre con una mueca—. Usted, señorita Milne. Es usted hija de un vicario. Debe haber recibido una educación religiosa. Lo cual no hace más que empeorar las cosas.

—Me condena usted sin la menor duda —replicó Lilias con los ojos encendidos.

Era el espíritu de la desesperación. ¿Quién podía haber dejado el collar en su habitación? ¿Con qué propósito? Si alguien lo había tomado, ¿de qué serviría haberlo robado para dejarlo allí, sólo para acusar a Lilias?

—Le he pedido una explicación —continuó mi padre—, pero usted no me ha ofrecido ninguna.

—Sólo puedo decirle que no me apoderé de ese collar.

—En tal caso, explíqueme cómo fue a parar a su habitación.

—Sólo puedo decirle que no me apoderé de ese collar —repitió.

—Señorita Milne, como ya le he dicho, puedo acusarla ante la policía. Entonces podrá ofrecer sus explicaciones ante un tribunal. Pero teniendo en cuenta a su familia, y el hecho de que ha estado usted en esta casa durante tantos años, durante los que no se ha descubierto ningún robo que la acusara, me siento inclinado a adoptar una actitud condescendiente. Pensaré que se ha visto usted abrumada por una repentina tentación, y que se ha dejado vencer por ella. De modo que voy a pedirle que haga sus maletas y abandone esta casa inmediatamente. La señora Kirkwell la acompañará y se asegurará de que no se lleva usted nada que no le pertenezca.

—¿Cómo puede usted hacer eso? —preguntó ella mirándole con odio—. ¿Cómo puede juzgarme de un modo tan injusto? No voy a permitir que se me trate como a un criminal.

—¿Prefiere que se juzgue su caso ante un tribunal? —ella se cubrió el rostro con las manos y entonces, sin decir una sola palabra más, se volvió y salió de la biblioteca. Mi padre dijo—: Es muy lamentable, pero el asunto ha quedado zanjado.

¿Zanjado? ¡Con Lilias expulsada por ladrona! Su reputación quedaría mancillada. Viviría toda su vida con temor a que saliera a la luz que había sido acusada de ladrona.

Me dirigí a su habitación. Estaba sentada en la cama, observando con mirada ausente lo que tenía delante. Corrí junto a ella y la rodeé con mis brazos.

—Oh, Lilias... Lilias —lloré—. Esto es terrible. Yo te creo.

—Gracias, Davina. ¿Quién ha podido hacerme una cosa así? ¿De qué le servirá?

—No lo sé. Primero la pobre Kitty y ahora tú. Es como si una terrible maldición hubiera caído sobre esta casa. Y todo ha sucedido desde la muerte de mi madre.

—Tendré que regresar a mi casa y contarlo todo. ¿Cómo puedo hacerlo?

—Tu padre lo comprenderá. Él te creerá. Es un hombre cristiano.

—Seré una carga para todos ellos. Ya no podré encontrar otro puesto de trabajo.

—¿Por qué no?

—Porque querrán saber dónde he trabajado antes, y por qué me marché.

—¿No podrías decir que fue porque yo me hice mayor? Eso es cierto.

—Se pondrán en contacto con tu padre.

—Quizá él no diga nada.

—Pues claro que dirá algo —dijo ella, echándose a reír sin alegría—. Consideraría injusto no decirlo. Es tan santurrón que ni siquiera puede dar a una mujer la oportunidad de defenderse. A las personas como él les encanta descubrir el pecado en los demás. Están tan ávidas de encontrarlo, que lo ven allí donde no existe. Eso les hace sentirse más buenas, dar gracias a Dios por no ser como los demás.

—Oh, Lilias, todo será tan deprimente sin ti. Ojalá no hubiera visto nunca ese collar.

—Debería haberme defendido. No debí permitir que se me acusara de algo de lo que soy completamente inocente. Debería haberme atrevido a desafiarlo para que lo demostrara.

—Oh, Lilias, ¿y por qué no lo has hecho?

—Podría haber sido aún peor. Él no me creía. Quizá otros tampoco me creyeran. Si hubiera llamado a la policía, la gente se habría enterado. La desgracia habría sido terrible, sobre todo para mi padre. Comprendí que tenía que marcharme.

—Tienes que escribirme, Lilias. Dame tu dirección. Me la dijiste, pero ahora quiero que me la anotes. Voy a descubrir quién ha sacado ese collar de mi habitación y lo ha dejado en la tuya. Sé que alguien lo hizo. Quizá fuera Hamish.

—¿Por qué? ¿Sólo porque fue descubierto en compañía de Kitty? Esto no es lo mismo. Comprendería que hubiera robado el collar, pero en tal caso habría querido venderlo inmediatamente. No hay razón alguna para que tratara de incriminarme.

—Quizá deseara venganza. ¿Has hecho algo que no le haya gustado?

—Apenas si lo conozco. Ni siquiera me mira.

—Pues alguien tiene que haberlo hecho. ¿Qué me dices de Ellen?

—¿Por qué? ¿De qué le habría servido?

—Lo mires como lo mires, no parece existir ninguna razón.

—Gracias, Davina, gracias por tu confianza. Nunca lo olvidaré.

—Oh, Lilias. Esto es lo que más había temido, que te marcharas. Aunque nunca pensé que sucedería así.

—Escríbeme y yo te escribiré. Te comunicaré lo que suceda.

—Al menos puedes regresar junto a tu familia. Ellos serán amables y comprensivos.

—Creerán en mi inocencia. Jamás aceptarán que yo sea una ladrona.

En ese momento entró la señora Kirkwell. Su expresión era severa y decidida.

—¡Señorita Davina! —exclamó reprobadora, sorprendida, supongo que por encontrarme allí.

—Creo que todo esto es un gran error —dije.

—¿Ha hecho usted sus maletas? —preguntó la señora Kirkwell ignorándome—. Ya veo que aún no ha empezado.

Regresé a mi habitación. Pensé en todo lo que había sucedido en tan corto tiempo: la muerte de mi madre, el mal comportamiento de Kitty que había tenido como resultado su despido, y ahora el de Lilias.

¡Qué triste quedó la casa sin ella! Había sido una amiga muy especial durante mucho tiempo y yo sabía que la echaría de menos, aunque no me había dado cuenta de hasta qué punto. Me sentía muy melancólica.

Pocos días después de la marcha de Lilias, mi padre

envió a buscarme. Estaba en su estudio, con expresión severa.

—Quiero hablar contigo, Davina. Es acerca de una institutriz —lo miré fijamente. Por un momento, pensé que había descubierto al verdadero ladrón y me permití imaginar que Lilias volvería a la casa—. Aún no estás completamente educada —prosiguió—. He considerado la idea de enviarte a una escuela para que termines tus estudios, pero finalmente he decidido que habrá una nueva institutriz.

—Una nueva institutriz. Pero…

—Una nueva, desde luego. Me aseguraré personalmente de que esta vez se contrata a alguien de confianza e incapaz de robar en nuestra propiedad —enrojecí de pronto y balbuceé: «No creo…», pero él me interrumpió y continuó como si yo no hubiera dicho nada—: Esta nueva institutriz podrá enseñarte muchas cosas que deberías saber. Deportes, buenas maneras. No será tanto una institutriz escolar como alguien capaz de transmitirte lo que una señorita como tú debe saber para comportarse en sociedad.

Yo no le escuchaba. ¡Qué estúpida había sido al pensar, siquiera por un momento, que iba a decirme que Lilias podía regresar a casa!

—La señorita Grey llegará a finales de esta misma semana.

—La señorita Grey…

—Estoy seguro de que la señorita Grey te dará toda clase de satisfacciones —dijo mi padre volviendo a mostrar su irritación.

Salí del despacho, aturdida y muy triste.

Sabía que esa señorita Grey no iba a gustarme. ¿Cómo iba a poder dejar de compararla con Lilias?

Pocos días más tarde llegó la señorita Zillah Grey.

2

La institutriz

Todo el mundo se hallaba en un estado de incredulidad. La señorita Zillah Grey asombró a todos; y lo más extraño fue que mi padre la contratara.

Era la clase de persona a quien la gente se vuelve a mirar cuando pasa por la calle. Tenía lo que sólo puedo denominar como una actitud ostentosa. Sus ropas, sus gestos, todo lo que la rodeaba parecía decir: «Mírame.»

Definitivamente, no era lo que la señora Kirkwell hubiera podido considerar como propio de una «dama», pero se mostró muy afable con todo el mundo, y poco tiempo después de conocernos ya me llamaba «querida». Había imaginado que odiaría a la sucesora de Lilias, pero no podía odiar a Zillah Grey. Lo único que podía hacer era sentirme maravillada.

Había traído consigo numerosos vestidos, según me pareció, todos bastante inadecuados.

Una vez que la acompañé a su habitación, inmediatamente después de su llegada, miró a su alrededor y dijo que sabía que iba a ser feliz allí. Luego se quitó el sombrero y los ganchos del cabello, dejándolo caer en seductoras oleadas sobre los hombros, como si fuera una capa rojiza.

—Eso está mejor —dijo—. Como ves, ya me siento como en casa.

Me extrañó la cantidad de botes y botellas que pronto quedaron alineados sobre la mesa de tocador. Pensé que en su equipaje habría algunos libros, pero no vi ninguno. Colgó sus ropas y luego me pidió más perchas.

Bess también se sorprendió. Me imaginaba lo que debió de comentar más tarde en la cocina.

Cuando llegó mi padre, preguntó si había llegado la señorita Grey, y al recibir una contestación afirmativa dijo que la vería en su despacho inmediatamente.

La miré bajar la escalera. Se había hecho un moño sobre la cabeza, lo que la hacía parecer muy alta, y vi que se había pintado los labios.

Estaba segura de que a mi padre le parecería de lo más adecuado. En cierto modo, a pesar de que lamentaba profundamente la partida de Lilias, tenía la sensación de que sería mucho más interesante una institutriz como la señorita Grey que lo que yo podría haber considerado como normal.

Me pregunté qué estarían pensando los sirvientes. Lilias ya no estaba allí para contarme lo que decían. Pero estaba segura de que los Kirkwell harían comentarios de desaprobación.

La entrevista con mi padre duró más de una hora. Eso me sorprendió, pues esperaba que fuera breve. Una vez que hubo terminado, mi padre envió a buscarme. Parecía bastante contento, o así me lo pareció, y me pregunté qué podría significar eso.

—Bien —dijo—, tu nueva institutriz está aquí. Según me dice ya te ha conocido.

—Sí. La conduje a su habitación y hablamos un rato.

—Bien. Estoy seguro de que será de gran ayuda para ti —me quedé asombrada. ¿Cómo podía haber llegado a esa conclusión?—. Ella cenará con nosotros. Me parece que esa es la disposición más adecuada.

—¿Tú... la apruebas?

—Creo que podrá enseñarte muchas cosas que deberías saber —contestó mi padre con expresión un tanto dolorida.

Era algo extraordinario. ¿Lo era porque la comparaba con Lilias, que había sido bastante convencional? ¿Por eso encontraba tan extraña a la señorita Grey? A mi padre, evidentemente, no le parecía así.

A la hora de cenar apareció con un vestido negro bastante ceñido a su figura. Tenía lo que Lilias hubiera denominado «una figura de reloj de arena». Llevaba el cabello rojizo recogido alrededor de la cabeza en lo que quería dar la impresión de un estilo severo, pero que en ella producía de algún modo el efecto contrario.

Mi padre se mostró cortés. Fue más como si tuviéramos una invitada a cenar que una institutriz.

—Desde luego, aún no ha tenido usted la posibilidad de valorar las capacidades de Davina, pero cuando lo haya hecho podrá decidir qué es lo mejor para ella.

—Davina y yo vamos a llevarnos maravillosamente bien —dijo ella, sonriéndole.

—Su institutriz tuvo que marcharse con bastante rapidez. Imagino que no fue excesivamente competente.

—La señorita Milne fue una buena institutriz, papá —intervine sin poder evitarlo—. Hizo que el aprendizaje fuera interesante.

—Así es como debería ser, desde luego —dijo la señorita Grey—. Y así es como tengo intención de que sea.

—Supongo que mi hija tendrá una especie de presentación en sociedad. Pero para eso, desde luego, todavía falta un poco. Podemos esperar a que cumpla los diecisiete años antes de considerarlo.

—Estoy segura de que tiene usted razón.

La conversación continuó por derroteros convencionales. Me enteré así de que la señorita Grey había llegado hacía poco a Edimburgo, y que había tenido su hogar en Londres.

—¿Y qué le parece nuestro estilo de vida escocés? —preguntó mi padre casi alegremente.

—Creo que es maravilloso —contestó ella.

Miré a mi padre, preguntándome si aquella respuesta le habría parecido en cierto modo blasfema. Utilizó la palabra en un contexto extraño. Pero ella bajó los ojos, de modo que las pestañas negras, como las plumas de un abanico, quedaron recatadamente posadas sobre la piel; los pletóricos labios rojos sonrieron y la pequeña nariz y el largo labio superior adoptaron una expresión juguetona. La mirada de mi padre fue indulgente. Sus labios se retorcieron un poco, como solía hacer cuando mi madre decía algo que le divertía y que, al mismo tiempo, le impresionaba un poco.

—Espero que continúe usted así —dijo.

Les dejé a solas tomando café en el salón.

Fue una velada extraordinaria. Todo parecía tan diferente, incluso mi padre.

Durante las semanas siguientes, y a pesar de que pasé bastante tiempo con Zillah Grey, tuve la sensación de no haber aprendido mucho sobre ella. Parecía dos personas distintas… no, en realidad más de dos. Era capaz de mostrar distintas personalidades con la mayor facilidad. Con mi padre representaba el papel de una dama repentinamente enfrentada a la necesidad de ganarse la vida. Eso era algo característico de la mayoría de las institutrices. Pero con ella era diferente. Habitualmente, las institutrices se mostraban comedidas, muy conscientes de que sus circunstancias personales eran limitadas, sin saber muy bien su posición, como instaladas entre las habitaciones superiores y las inferiores de la casa. Zillah Grey no me impresionó precisamente como una persona muy modesta, a pesar de su costumbre de bajar la mirada. Llegué a la conclusión de que utilizaba ese gesto como una forma excelente de llamar la atención hacia aquellas largas pestañas. Desde luego, no era una persona a la que le faltara astucia. Sabía exactamente cómo comportarse con mi padre, y él aprobaba por completo su actitud.

Conmigo su comportamiento era más volátil. A veces abandonaba toda pretensión. Reía alegremente y entonces yo notaba que su acento cambiaba un poco, que sus palabras se hacían más picantes. Pronto quedó claro que no habría lecciones organizadas.

—Según me dice tu padre, lo que tengo que hacer es prepararte para la sociedad —me anunció.

Quedé asombrada. No podía imaginármela como una persona capaz de alcanzar un gran éxito en la sociedad de Edimburgo, ni siquiera siendo aceptada en ella. ¿Qué iba, pues, a enseñarme? Le pregunté entonces qué necesitaba saber.

—Lo primero es la ropa —contestó—. Tienes que sacar el mejor partido de ti misma. Podrías tener un aspecto muy bueno.

—¿Podría? —repliqué—. Sin duda alguna eso es algo que una tiene o no tiene.

Me guiñó un ojo. Tenía la costumbre de hacerlo cuando se sentía de buen humor.

—Esa es una de las cosas que voy a enseñarte. Oh, nos divertiremos mucho juntas. —Después me dijo que debía aprender a bailar—. Bailes de salón, desde luego —se apresuró a añadir—. ¿Hay en la casa alguien capaz de tocar el piano?

—No lo creo. Yo he tomado lecciones. La señorita Milne, mi última institutriz, lo tocaba bien.

—El caso es que no puedes tocar el piano y bailar al mismo tiempo, ¿verdad? Ya veré qué podemos hacer al respecto. Yo misma puedo tocar un poco. Me pregunto si no habría alguien que pudiera acompañarte.

—¿Se refiere a una de las doncellas?

—Ya lo veremos. Además, te enseñaré a caminar.

—¿A caminar?

—Con gracia. Te enseñaré a sacar el mejor partido de ti misma.

—¿Y qué haremos con las otras lecciones, con los libros y todo eso?

—También nos ocuparemos de eso, ¿no te parece? —replicó arrugando su nariz de gatito y echándose a reír.

Estableció sus propias reglas. A veces se marchaba y permanecía fuera durante varias horas. Yo no tenía ni la menor idea de adónde iba.

—Es una extraña manera de comportarse, si quiere saber mi opinión —me dijo la señora Kirkwell—. Se lo comenté al señor y no obtuve más que un ligero tirón de orejas por mis preocupaciones. No sé adónde iremos a parar.

Desde luego, era una situación extraña.

Una semana después de su llegada, una tarde pidió que el carruaje la llevara a cierto lugar. Hamish llegó ante la puerta y se comportó como si ella fuera un miembro más de la familia. Los Kirkwell estaban observando por la ventana cuando me acerqué.

—¿A qué viene todo esto? —le preguntaba ella a su esposo, sin haber reparado en mi presencia.

—A mí también me parece un poco extraño —contestó él.

Entonces me vieron.

—La señorita Grey se marcha en el carruaje —explicó la señora Kirkwell.

—Sí, lo sé.

—Da la impresión de que se considera la dueña de la casa. Me pregunto qué tendrá que decir el señor al respecto.

No habría tenido por qué preguntárselo, porque no dijo nada.

Durante ese trayecto en el carruaje, debió de haber decidido que Hamish sería un buen compañero de baile para mí. Cuando envió a buscarlo, me sentí horrorizada. Hamish siempre me había parecido repulsivo, y ahora la intimidad del baile sería de lo más desagradable. No podía apartar de mi mente la imagen de él con Kitty, en la cama.

La señorita Grey demostró cómo era el baile, al principio conmigo y luego con Hamish. Cantó al tiempo que bailaba, y tuve que admitir que lo hacía con mucha desenvoltura. Parecía como si flotara, con los brazos extendidos, al tiempo que decía:

—¿Lo ves? Uno, dos, uno dos tres, la dama gira, el caballero la guía. ¿Lo ves? Permítame intentarlo con usted, Hamish, mientras Davina observa. Luego bailaré con Davina mientras usted observa. Y finalmente podrán bailar los dos juntos. Oh, querida, desearía disponer de alguien capaz de tocar el piano.

Se volvió hacia mí y me sostuvo con soltura. Olía a almizcle y a esencia de rosas. Observé de cerca sus dientes blancos y los labios llenos, y me pareció maravilloso bailar con ella. Fue mucho menos atractivo tener que hacerlo con Hamish.

Él me sonrió burlonamente. Creo que comprendía lo que yo sentía, y eso le divertía.

Yo habría podido disfrutar de las lecciones de baile de no haber sido por la presencia de Hamish.

La señora Kirkwell se asombró al enterarse de que él era mi compañero de baile, hasta el punto de que abordó a mi padre, en su despacho, para comunicarle lo que estaba sucediendo.

Al salir del despacho estaba tan desconcertada e indignada, que por una vez se olvidó de mi juventud y, en mi presencia, le contó a Bess lo que había pasado.

—Le dije: ¡Ahí estaba él, bailando con la señorita Davina, ese hombre tan culpable como Kitty de todo lo sucedido! ¿Y qué crees que me dijo? Pues con una actitud muy fría, me dijo: ¡Me gustaría no volver a oír hablar del asunto, señora Kirkwell! Entonces le hablé con toda franqueza porque en ese momento me pareció lo más correcto, así que le dije: ¡Bueno, señor, ver a ese hombre sosteniendo a la señorita Davina, como lo ha hecho mientras bailaban... bueno, eso supera lo que puede soportar la sangre y el cuerpo...! Pero él no me dejó terminar y dijo: ¡Confío en que la señorita Grey hará lo mejor para mi hija. Ella necesita un compañero de baile para sus prácticas, y él es el único joven disponible. Y este es el final de la cuestión! Se mostró más frío que un pez. Bueno, el caso es que yo no podía hacer nada más. Pero al menos expresé mis sentimientos y creo haber cumplido con mi deber.

Y Hamish continuó haciendo prácticas de baile conmigo.

Sin embargo, hubo muchas más demostraciones, y la señorita Grey bailó con Hamish mucho más que yo.

Recibí una carta de Lilias.

Mi querida Davina:

Me siento muy desgraciada. Tengo la sensación de haber traído el infortunio sobre mi familia. A veces no puedo creer que todo esto haya sucedido, y me siento llena de odio contra la persona que me puso esa trampa, porque estoy segura de que fue una trampa. Alguien debió de haberme odiado casi tanto como yo lo odio ahora, a pesar de no saber quién es.

Mi padre ha sido maravilloso. Me hace rezar con él. Dice que debo perdonar a este enemigo, pero no puedo hacerlo, Davina. Tengo la sensación de que esa retorcida persona ha arruinado mi vida.

Sé que tú crees en mí y eso me produce un gran alivio. Pero ahora estoy en mi casa y ya no podré ocupar otro puesto de trabajo. Arrastraré para siempre este terrible estigma.

Por el momento ayudo a Alice y a Jane, y Alice va a aceptar un puesto como institutriz, de modo que podré hacerme cargo de sus tareas. Me quedaré en la vicaría. Aunque mi familia cree en mí, me siento muy desgraciada. Debería sentirme agradecida por su confianza, lo sé, y lo estoy, pero aún sigo sufriendo a causa de esa maliciosa acusación.

El otro día vi a Kitty. Se ha instalado en Lakemere House, una de las dos grandes mansiones de aquí; la otra es el señorío. Parece que Kitty empieza a arreglárselas muy bien. Las dos hemos caído en desgracia, pero creo que ella podrá superar su vergonzosa humillación, incluso dejando atrás la culpabilidad, mientras que yo, inocente, seguiré sintiéndola.

Querida Davina, siempre te recordaré. Escribe y cuéntame cómo te van las cosas. Quizá podamos vernos algún día.

Te deseo toda clase de felicidad y te envío mi amor.

LILIAS

Le contesté.

Querida Lilias:
Gracias por tu carta, que me ha encantado recibir. Tengo un gran concepto de ti. Intentaré descubrir quién te hizo algo tan terrible. Ya sabes hacia dónde se dirigen mis sospechas, aunque no puedo explicarme la razón.

Le detesto. Mi nueva institutriz le ha permitido entrar en la casa para acompañarme. Estoy aprendiendo a bailar y necesito un compañero. La señorita Grey dice que no hay nadie más. De no ser por eso, podría disfrutar de las lecciones de baile.

La señorita Grey es la nueva institutriz. Llegó poco después de que te marcharas. Resulta difícil describírtela porque es más que una sola persona. Es hermosa, de una forma que induce a la gente a volver la mirada para verla. Tiene el cabello rojo y ojos verdes.

Mi padre parece aprobarla. Eso me sorprendió porque no me da las lecciones del modo habitual. Me dice qué ropa debo ponerme, cómo debo caminar, y, desde luego, me está enseñando a bailar. Creo que es una especie de preparación para mi presentación en sociedad. Supongo que ya empiezo a hacerme vieja.

Oh, Lilias, ¡cómo te echo de menos! Desearía que pudieras regresar.

Con mi amor, como siempre.

DAVINA

La señorita Grey dijo que ya no debía ponerme ropa de color negro.

—No es el color que más te favorece, Davina. Eres demasiado morena. Tienes el cabello negro, y los ojos azules, lo que resulta una combinación atractiva, pero no para ir vestida de negro. Yo puedo llevarlo, aunque no es mi color favorito. Es demasiado oscuro. Como verás, mi piel es bastante blanca. Apenas si existe una piel más blanca que la de las pelirrojas. De modo que me las arreglo bien con el negro, pero no es el color más apropiado para ti.

—La señora Kirkwell dijo que debía llevarlo durante un año.

—Pues yo digo que no debes llevar el negro —replicó levantando las manos con un gesto de horror—, y no lo llevarás.

Eso no me disgustó. En realidad, odiaba las ropas de color negro. No las necesitaba para recordar a mi madre.

Desde luego, los Kirkwell se escandalizaron, pero mi padre no opuso la menor objeción.

Descubrí que la señorita Grey se interesaba mucho por la familia. Quería saber cosas de mi madre y de todos mis parientes. Según le dije, había poca familia, a excepción de tía Roberta. Para mi sorpresa, me encontré hablando con bastante franqueza, pues ella tenía una curiosa forma de sonsacarme información. No tardé en decirle cómo tía Roberta nos había caído encima poco después de la muerte de mi madre, y cómo había descubierto a Hamish y a Kitty juntos en uno de los dormitorios. Pensé que de ese modo se daría cuenta de que Hamish no era precisamente la persona más adecuada para compañero de baile. Ella permaneció pensativa durante un rato.

—El joven diablo —dijo al fin.

—Sí. Yo me quedé muy sorprendida. Tía Roberta y yo estábamos juntas cuando ocurrió. Fue ella quien abrió la puerta, y allí estaban, en la cama.

—¡Pillados por sorpresa! Y tú fuiste testigo de todo. Oh, Davina, ¡qué espectáculo para ti! —se echó a reír y siguió riendo, con la boca abierta, los ojos verdes llenos de lágrimas, tan grande era su hilaridad—. Y la pequeña Kitty fue despedida, ¿verdad? Para que no volviera a ensombrecer esta casa.

—No fue nada divertido para Kitty.

—No, supongo que no.

—El padre de Lilias… quiero decir, la señorita Milne, es vicario. Él aceptó a Kitty en su casa.

—Un buen hombre de Dios, ¿verdad?

—Fue bueno con Kitty. Le encontró un puesto de trabajo en una casa cercana a la vicaría.

—Confiemos en que en esa casa no haya jóvenes bien parecidos como Hamish.

—¿Cree usted que es bien parecido?

—Tiene algo, de eso no cabe la menor duda. Supongo que Kitty no fue la única incapaz de resistírsele.

No quería hablar con ella de Hamish. Tenía la impresión de que podía decir demasiadas cosas, entre ellas, que sospechaba que él había robado el collar de perlas y lo había dejado en el cajón de Lilias. Y sabía que no debía comunicar mis sospechas a nadie, puesto que no tenía pruebas.

Me hizo un montón de preguntas sobre cómo era la casa en vida de mi madre. Le conté que solíamos ir de compras y a visitar a las amigas.

—De eso no hace tanto tiempo —dijo ella.

Descubrí que guardaba una botella de coñac en su habitación. Estaba en un armario que mantenía cerrado con llave. En cierta ocasión, me comunicó su secreto. Ese día había salido fuera a almorzar. Yo no sabía con quien, pero de vez en cuando ella hacía aquellas misteriosas excursiones y, en esta ocasión, regresó bastante animada y parlanchina. La forma de pronunciar las palabras me pareció diferente y se mostró más afectuosa que nunca.

Acudí a su habitación con algún pretexto —no recuerdo cuál—, y la encontré tumbada en la cama, completamente vestida, con el torso algo levantado sobre las almohadas.

—Hola, Davina —me dijo—. Entra y siéntate. Habla conmigo.

Me senté y ella me contó que había tenido un almuerzo muy bueno, demasiado bueno, en compañía de una gran amiga suya.

—Me siento soñolienta. Creo que me vendría bien un poco de tónico. Mira, ten la llave del cajón y abre el pequeño armario. Allí hay una botella y una copa. Sírveme un poco, ¿quieres? Eso es precisamente lo que necesito.

Por el aroma, supe que el tónico era coñac. Le serví un poco y se lo acerqué. Ella lo bebió con rapidez.

—Eso está mejor —dijo—. Deja la copa, querida. Ya la lavaré más tarde. Vuelve a dejar la llave en el cajón. Y ahora siéntate. Ahí. Hablemos un rato. He comido maravillosamente bien, y el vino estaba delicioso. Me encantan las personas que saben elegir un buen vino. Esa es una de las cosas que tendré que enseñarte, Davina.

—No creí que tendría que aprender cosas así. No sé absolutamente nada sobre vinos.

—Cuando estés viviendo en una gran mansión, con un marido amable que traiga invitados a casa, tendrás que saber atenderlos.

—¡Así que tengo que aprenderlo por eso!

—Es una razón tan buena como cualquier otra.

—¿Qué quiere decir con que es una razón tan buena como cualquier otra?

Ella vaciló. Me di cuenta de lo soñolienta que estaba. Pareció despertarse con un esfuerzo.

—No hago más que hablar. Me gusta hablar contigo, Davina. Creo que nos hemos hecho amigas, y eso es hermoso. Así es como yo lo quería. Eres una muchacha muy simpática. Sí, una muchacha simpática e inocente, y así es como deben ser las chicas de tu edad, ¿no crees?

—Supongo que sí.

—Qué época más bonita has debido de pasar, Davina. Has pasado toda tu vida viviendo en esta casa, con la amable mamá y el severo papa, el rico banquero, pilar de la sociedad en una gran ciudad —se echó a reír de pronto—. Deberías conocer Londres.

—Sí que me gustaría.

—Allí también tenemos grandes mansiones, ¿sabes? Incluso mucho más grandes que esta. Pero tenemos otras que no son tan grandes.

—Aquí también sucede lo mismo. Supongo que es como en todas partes.

—Sí, pero en las grandes ciudades los contrastes son mucho mayores.

—Esta es una ciudad grande.

—Estaba pensando en Londres.

—Es allí donde tiene usted su hogar, ¿verdad? —pregunté—. ¿Por qué ha venido aquí?

—Vine a pasar una temporada y decidí quedarme, al menos durante un tiempo —contestó con un tono que daba la impresión de que pronto se quedaría dormida.

—¿Fue también institutriz antes de venir? —pregunté.

—¿Institutriz? ¿Yo? —replicó echándose a reír—. ¿Acaso crees que tengo aspecto de institutriz? —Negué con un gesto de la cabeza—. Yo estaba en las tablas.

—¿En las tablas?

—En el *music hall* —explicó, volviendo a reír con voz balbuceante—. Me dedicaba a cantar y a bailar. Eso funcionó durante algún tiempo, como suele suceder. En realidad, durante bastante tiempo.

—¿Quiere usted decir que actuó en los escenarios?

—Aquellos sí que fueron buenos tiempos… —dijo asintiendo con una expresión soñadora.

—Entonces, ¿por qué vino aquí?

—Quería un cambio —contestó, encogiéndose de hombros—. Además… bueno, no importa. Estuve en Glasgow con las Alegres Pelirrojas. Tres de nosotras éramos… todas pelirrojas. Eso fue lo que nos dio la idea. Salíamos a escena con el cabello suelto. Al principio entusiasmamos al público, pero luego empezaron a cansarse. Ese es el problema. Son unos veleidosos, eso es lo que son. Hicimos giras por provincias y finalmente acudimos a Glasgow. Allí nos fue bastante bien, a pesar de que se trata de un trabajo duro. Llega un momento en que una tiene la necesidad de asentarse…

—¿Y piensa usted asentarse, señorita Grey?

—Sí —murmuró ella.

—La dejaré para que pueda dormir un poco.

—No, no te vayas. Me gusta oírte hablar. Eres una muchacha muy amable, Davina. Me gustas.

—Gracias. No tenía idea de que hubiera trabajado usted en el mundo del espectáculo.

—¿No, querida? Eso es porque eres una pequeña muchacha amable e inocente.

Se desviaba nuevamente del tema, pero su voz se fue haciendo más y más débil. Estaba segura de que casi se había dormido.

—La primera vez que la vi, pensé que jamás había visto a alguien que se pareciera menos a una institutriz.

—Gracias, querida. Eso es un cumplido. ¿Y cómo lo estoy haciendo?

—¿Qué quiere decir?

—Mi trabajo de institutriz.

—Es usted una institutriz muy extraña.

—Hmm —murmuró.

—Es bastante diferente a la señorita Milne.

—¿La que robó el collar de perlas?

—No fue ella quien lo robó. Alguien lo dejó en un cajón de su habitación.

Entonces, ella abrió los ojos, y perdió parte de su somnolencia.

—¿Quieres decir que alguien le tendió una trampa?

—Quiero decir que alguien lo hizo deliberadamente para causarle problemas.

—¿Quién te lo ha dicho?

—Nadie. Simplemente, lo sé.

—¿Y cómo puedes saberlo?

—Porque la señorita Milne era incapaz de robar nada.

—¿Eso es todo lo que sabes?

—Desearía poder averiguar la verdad —dije, asintiendo con un gesto.

—Nunca se conoce del todo a las personas, querida. Son capaces de hacer las cosas más extrañas. Nunca sabes lo que pasa en el interior de la gente. Las personas se comportan siempre de la misma manera y, de pronto, se produce una interrupción, y hacen algo que a una le habría parecido imposible.

Parecía ir cayendo de nuevo en el sueño.

—Usted no parece sentirse interesada por las cosas habituales —dije.

—¿Como por ejemplo, querida?

—Como matemáticas, geografía, inglés, historia. A la señorita Milne le gustaba mucho la historia. A mi madre también le gustaba. Sabía muchas cosas sobre lo que ha ocurrido en el pasado, y solía hablarme de ello. Para mí era muy excitante. En cierta ocasión visité Holyrood House.

—¿Qué es eso?

Me asombró la pregunta.

—Debe usted saberlo. Es el antiguo palacio. María, la reina de los escoceses, estaba allí cuando Rizzio fue asesinado. Y luego está el castillo donde nació el rey James, el sexto de Escocia y el primero de Inglaterra. Su madre fue María, la reina de los escoceses.

Ella estaba casi dormida. De pronto, empezó a cantar:

¿No fue una pena lo que le hicieron a María,
reina de los escoceses?
De su emulsión he tomado mucho y mucho y mucho.
La encerraron en Fotheringay,
y Fotheringay no era tan alegre.
María, María, Hanover Squarey, María,
reina de los escoceses.

Escuché, atónita. Y luego pensé: Está borracha.

¿Cómo podía mi padre, una persona tan rígida y convencional, permitir que aquella mujer permaneciera en la casa y, más aún, haberla traído?

Claro que él nunca la había visto tumbada en la cama, cantando *María, reina de los escoceses.* Ella cambiaba de personalidad cuando mi padre estaba presente. Se ponía a menudo vestidos negros. Me daba la impresión de que se adaptaba a la ocasión.

En otro momento, se refirió a aquella tarde.

—No sé lo que dije, querida. ¿Sabes?, estuve almorzando con una vieja amiga. Ella había tenido problemas. Se trataba de un asunto amoroso, pero de pronto todo se arregló. Me sentí tan feliz por ella. Me contó todo lo sucedido, y quería beber. Me contó cómo había estado a punto de perderlo todo, y cómo finalmente se habían arreglado las cosas. Y luego tomamos champán para celebrarlo, ¿comprendes? Me hizo beber con ella. Bueno, el caso es que me temo no estar acostumbrada a beber —pensé en el coñac que guardaba en el armario, y ella tuvo que haber intuido mis pensamientos, porque se apresuró a añadir—: Sólo tengo un poco de licor a mano por si alguna vez me pongo muy pálida, para darme un poco de color. Sé que mi aspecto es robusto, pero también tengo mi pequeña debilidad. Es algo interno, querida. Me enfado con rapidez si algo no concuerda con mis deseos, y en esos casos siempre me viene bien una copita. El caso es que tuve que beber con ella. No hacerlo hubiera sido una desconsideración por mi parte. ¿Comprendes?

—Oh, sí —le aseguré.

—Seguro que dije un montón de tonterías, ¿verdad?

—Cantó usted una canción sobre María, reina de los escoceses.

—¿Fue algo… feo?

—Bueno, fue algo burlón sobre Fotheringay, en todo caso bastante triste, y también dijo algo que no comprendí sobre Hanover Squarey. No sé a qué se refería.

—Se trata de un lugar muy conocido en Londres. Hanover Squarey, actualmente Squarey, para rimar con Mary. De eso se trata. Fue una tontería. Una antigua canción del *music hall*. ¿Fue eso todo? ¿No dije nada más?

—Sólo que antes estuvo con las Alegres Pelirrojas.

La expresión de su rostro se hizo más seria.

—Las personas decimos muchas tonterías cuando somos tan estúpidas como para que se nos persuada para beber en exceso. Lo siento, Davina, querida mía. Olvídalo todo, ¿quieres? —asentí con un gesto y ella me envolvió en su perfumado abrazo—. Estoy empezando a sentirme muy orgullosa de ti, Davina.

Experimenté una sensación de inquietud y un intenso anhelo por recuperar los viejos y buenos tiempos con Lilias.

Poco después fuimos de compras a Princes Street, y ella me dijo:

—Es maravilloso, ¿no te parece? ¿No te parece grandioso ese castillo? En alguna ocasión tendrás que contarme toda esa historia. Me encantará escucharla.

Desde luego, era la institutriz más insólita que haya podido tener cualquier joven como yo.

Aquella tarde compró un vestido. Era verde y con el talle ajustado que a ella tanto le gustaba, mientras que la falda caía ondulante a partir de la cintura. Estaba revestido de terciopelo rubí. Se lo probó y lo paseó ante la dependienta y ante mí.

—Madame, es algo encantador —dijo la dependienta entusiasmada.

Tuve que admitir que su aspecto era asombrosamente atractivo.

Aquella noche, antes de bajar a cenar, entró en mi habitación llevando puesto el vestido recién comprado.

—¿Qué aspecto tengo? —me preguntó.

—Está usted muy hermosa.

—¿Crees que es adecuado para la cena de esta noche? ¿Qué crees que dirá tu padre?

—Supongo que no dirá nada. No creo que se fije en la ropa que llevan los demás.

—Davina, eres una chica magnífica —dijo, dándome un beso.

Pocas noches más tarde volvió a ponerse el vestido y durante la cena observé que también se había puesto un exquisito anillo de rubíes.

No pude dejar de mirarlo porque estaba segura de haberlo visto antes. Era exactamente como el que mi madre me había enseñado.

Al día siguiente se lo mencioné.

—Vi el maravilloso anillo que se puso usted anoche.

—¿De veras? —preguntó—. Mi rubí.

—Es muy bonito. Mi madre tenía uno igual. Algún día será mío. Mi padre no consideró que yo tuviera edad suficiente para llevarlo.

—Sí, ya comprendo lo que quiso decir.

—Supongo que no será exactamente el mismo, pero se le parecía mucho.

—Me imagino que un anillo será igual que otro. En los anillos también hay modas, ¿sabes?

—¿Las hay?

—Probablemente ambos son de la misma época.

—En cualquier caso, es muy hermoso. ¿Puedo verlo?

—Desde luego.

Abrió un cajón y extrajo una caja.

—Esa caja también es como la de mi madre —dije.

—Bueno, ¿no crees que todas se parecen un poco?

Me deslicé el anillo en un dedo. Era demasiado grande para mí. Recordé una vez en que mi madre se había puesto el suyo. Yo lo había admirado y ella se lo quitó y me lo puso en un dedo. «Será tuyo algún día —me dijo—. Para entonces, tus dedos quizá sean un poco más gruesos.»

La señorita Grey me lo quitó y volvió a guardarlo en la caja.

—El rubí hacía juego con el revestimiento de su nuevo vestido —comenté.

—Sí —asintió—. Ya había pensado en eso. Esa fue la razón por la que me lo puse —cerró el cajón y se volvió hacia mí, sonriéndome—. Creo que deberíamos practicar nuestra clase de baile.

La próxima vez que se puso el vestido me di cuenta de que no se había puesto el anillo de rubíes.

Había momentos en que tenía la impresión de haber sido arrojada a un mundo completamente diferente. Todo había cambiado tanto desde la muerte de mi madre. Los sirvientes eran diferentes; se mostraban distantes y desaprobadores. En vida de mi madre, la vida parecía seguir siendo tal y como fue durante muchas generaciones. Ahora, en cambio, todo cambiaba.

La partida de Lilias contribuyó al cambio. Lilias fue lo que se esperaba que sería una institutriz. Ella y yo mantuvimos una estrecha amistad, pero eso no significaba que nuestras vidas no se hubieran conducido conforme a un estilo estrictamente convencional. Cada vez que pensaba en los viejos tiempos, en la iglesia dominical, en el almuerzo de los domingos, las oraciones, la relación amable y perfectamente regulada entre los sectores superior e inferior de la casa… era todo tan natural y ordenado, tal y como debió de serlo durante generaciones.

Ahora era como si la casa se viera afectada por un torbellino que demolía el viejo orden.

Cada mañana se rezaban las oraciones, a las que asistíamos todos, y la señorita Grey, discreta y contenida, rezaba junto con todos los demás. Pero era diferente. Mi padre acudía a la iglesia los domingos, y yo le acompañaba, al igual que la señorita Grey, como también solía hacer Lilias. Pero ya no hablábamos con la gente al salir de la iglesia, y sólo intercambiábamos algún que otro saludo ocasional.

Por la cocina se extendía un resentimiento latente, a menudo expuesto con toda franqueza por los Kirkwell. Ellos, como yo, no comprendían por qué se permitía a la señorita Grey permanecer en la casa, o por qué había sido elegida como institutriz. Ejercía una influencia perturbadora, no tanto por la forma de comportarse, puesto que en realidad parecía querer establecer buenas relaciones con todos nosotros, sino porque era muy diferente a los demás, y porque la gente tiende a mostrarse recelosa ante todo aquello que no se ajusta a las reglas.

Habían transcurrido nueve meses desde la muerte de mi madre, y me sentía desconcertada. Cuántas veces deseé que Lilias hubiera estado allí, conmigo, para poder hablar francamente con alguien. Me sentía atrapada en la inquietud general que había invadido toda la casa; y entonces, de repente, me tropecé con una clave que me explicó muchas cosas. Fue como haber encontrado una llave que me abriera la puerta al conocimiento.

Era de noche. Yo estaba acostada. No podía dormirme, y permanecía dando vueltas en la cama cuando, de pronto, oí un débil sonido. Me incorporé en la cama, escuchando en la oscuridad. Estaba segura de haber escuchado unos ligeros pasos que avanzaron por el pasillo y pasaron por delante de mi puerta.

Me levanté y abrí la puerta muy ligeramente, sin hacer ruido. Apenas tuve tiempo de ver una figura en la escalera. Me acerqué de puntillas a la barandilla y vi con bastante claridad que se trataba de la señorita Grey. Llevaba puesto su camisón de dormir, muy diferente del mío, abotonado hasta el cuello. El de ella era diáfano, de un verde pálido, con lazos y encajes. Llevaba el cabello suelto sobre los hombros.

¿Qué estaba haciendo? ¿Acaso caminaba en sueños? Debía llevar mucho cuidado de no despertarla. Había oído decir que eso podía ser peligroso para los sonámbulos. En silencio, me dispuse a seguirla.

Descendió la escalera y avanzó por el pasillo. Se detuvo ante la puerta del dormitorio principal, donde dormía mi padre. Abrió la puerta y entró. Me quedé quieta, mirando fijamente. ¿Qué estaba haciendo? ¿Qué sucedería ahora? Despertaría a mi padre.

Esperé, muy agitada. No sucedió nada. Me quedé allí, contemplando fijamente la puerta del dormitorio de mi padre, quien ya debía de haberse despertado.

Esperé. Sentí frío en los pies desnudos. No sucedió nada.

Subí la escalera y permanecí en el descansillo, mirando hacia abajo. Transcurrieron los minutos, y ella seguía allí dentro.

Y entonces, de repente, comprendí la razón por la que había entrado allí, y también por qué ella no era igual que las demás institutrices. La verdad acudió a mi mente como en una revelación de comprensión.

Ella no era una institutriz. Ella era la amante de mi padre.

Permanecí tumbada en la cama, pensando en lo que aquello significaba. ¡Pero si mi padre era un hombre muy religioso! Se había encolerizado tanto con la conducta de Kitty. Entonces, ¿cómo podía actuar del mismo modo? ¿Cómo podía ser alguien tan hipócrita? Sentí náuseas de tanto asco.

De modo que la había introducido en la casa para eso. Ella acudía a su habitación durante la noche. Él le había entregado el anillo de rubíes de mi madre, que algún día debía haber sido mío. Y eso lo había hecho mi padre, el digno ciudadano a quien tanto respetaban los demás habitantes de la ciudad. Ahora ya había colocado a la señorita Grey en el lugar de mi madre.

No sabía qué hacer. Hubiera querido entrar en aquella habitación y lanzarme sobre ellos... tal y como había hecho tía Roberta con Kitty y Hamish. Hubiera querido decirles lo que pensaba de ellos, no tanto por lo que estaban haciendo, porque eso era algo de lo que yo no sabía mucho, sino porque era despreciable erigirse en juez contra personas que hacían lo mismo.

¿Qué podía hacer? Mi primer impulso fue abandonar la casa. ¡Qué estupidez! ¿Adónde iría? ¿A casa de Lilias? Eso también sería una estupidez. La vicaría de Lakemere no era un hogar para todas las personas con problemas. En cualquier caso, de lo que yo sufría no era de esa clase de problemas.

Yo tenía un hogar, comida abundante, comodidades, y la sensación de que jamás podría volver a mirar a la cara a mi padre.

¿Y la señorita Grey? ¿Qué pensar de ella? En el fondo, ella no me importaba tanto. No era una verdadera dama. Eso ya lo sabía. Debía admitir que era excepcionalmente hermosa y atractiva. Supuse que la considerarían una mujer fascinante. Pero mi padre, ¿cómo había podido?

¿Qué debía hacer? ¿Qué les diría cuando me los encontrara? La respuesta más sensata consistía en no decir nada. Desde luego, todavía no, al menos hasta que reflexionara sobre la mejor forma de actuar.

Si al menos Lilias estuviera allí, todo sería muy diferente. Pero Lilias se había marchado. Si no se hubiera marchado, la señorita Grey no estaría allí.

Mi padre había querido que la señorita Grey entrara en la casa. Había sido una verdadera casualidad que Lilias hubiera sido despedida por un delito del que yo estaba segura que era inocente.

Empezaba a enredarme en el marasmo de mis pensamientos. Me sentí perdida, desconcertada, completamente conmocionada por la repentina comprensión.

Hubiera deseado marcharme, salir de aquella casa. Le escribí a Lilias, pero, evidentemente, no pude mencionarle por carta lo que estaba pensando. Todo habría sido diferente si hubiera podido hablar con ella.

Mi padre no se dio cuenta de mi cambio de actitud. Pero con la señorita Grey fue diferente. Ella lo advirtió enseguida.

—¿Hay algo que te preocupe, Davina? —me preguntó.

—No —mentí.

—Pareces...

—¿Qué parezco?

—Diferente —dijo tras dudar un momento—, como preocupada por algo. —La miré y no pude evitar el imaginármela con mi padre, en aquella cama, tal y como había visto a Kitty y a Hamish. Y sentí náuseas—. ¿Te encuentras bien?

—Sí.

—Creo que debes de estar enferma por algo.

Sí —pensé—. Me siento enferma cuando pienso en usted y en mi padre.

Odié más a mi padre que a ella. Al fin y al cabo, pensé, aquel era el estilo de vida de la señorita Grey. En realidad, no se sintió muy impresionada cuando le conté la historia de Kitty y Hamish, y no pretendió aparentarlo. En cuanto a Hamish, también dijo que era su naturaleza humana. La naturaleza humana lo explicaba todo para personas como ella y Hamish, y al parecer también para mi padre, quien sólo se horrorizaba cuando eran personas como Kitty las que sucumbían. Acudía a la iglesia, y rezaba y daba gracias a Dios por no ser como los demás hombres.

Entonces, empecé a pensar en Lilias. ¡Qué extraño que hubiera sido despedida precisamente cuando mi padre deseaba introducir una nueva institutriz en la casa! Pero Zillah Grey no era una institutriz, sino una

Alegre Pelirroja. En realidad, era una mujer disoluta. Así era como ellos las llamaban. Era una de ellas, y mi padre no era en modo alguno el buen hombre que aparentaba ser.

Mi mente no podía dejar de pensar en Lilias. ¿Quién había ocultado el collar de perlas en su habitación? Cuanto más pensaba en ello, más extraño me parecía. ¿Podía ser que mi padre hubiera querido que Lilias abandonara la casa para así poder traer a Zillah Grey, de un modo tan conveniente, para que ella pudiera compartir más fácilmente su cama por las noches?

Él mismo la había seleccionado. Así lo había dicho. Y habría sido imposible que ella se presentara como una mujer educada, como una verdadera institutriz, como una de esas amables damas que se encontraban en momentos difíciles. Por eso había venido para enseñarme a comportarme en sociedad. Eso sí que era divertido. Me sentí invadida por verdaderas oleadas de amargura.

¿Cómo habría repercutido toda esta situación en Lilias? Tendría que pasarse toda la vida sobrellevando aquel estigma. La gente diría que había sido despedida por robo, porque se había descubierto en su habitación un collar de perlas desaparecido. Yo siempre había pensado que alguien lo había dejado allí a propósito. Ahora, todo parecía indicar que alguien había tenido un propósito oculto para hacerlo, y experimenté el ardiente deseo de descubrirlo.

No podía imaginarme a mi propio padre robando el collar de mi habitación, sacándolo de allí y dejándolo en la habitación de Lilias. Eso era algo inimaginable para mí. Sin embargo, ¿acaso podría haberme imaginado a mi padre en posiciones en las que no podía dejar de pensar?

Descubrí a menudo a la señorita Grey dirigiéndome miradas especulativas. Me estaba traicionando a mí misma. No era tan hábil como ellos a la hora de ocultar mis sentimientos.

Me pregunté si Zillah Grey sospechaba que yo había descubierto la verdad sobre su relación con mi padre. Evidentemente, ella parecía un poco ansiosa, y yo no era lo bastante sutil como para ocultar mis sentimientos.

Una tarde, mi padre llegó pronto a casa y poco después la señorita Grey entró en mi habitación.

—Tu padre quiere que acudas a su despacho —me dijo—. Tiene algo que decirte.

La miré, sorprendida. Tenía la impresión de que últimamente había estado evitándome. Durante las cenas, él parecía decidido a no mirarme directamente a los ojos, pero como raras veces me dirigía una observación, tampoco tenía necesidad de hacerlo ahora.

La señorita Grey me acompañó al despacho y cerró la puerta tras nosotras.

Mi padre estaba de pie, apoyado contra la mesa. Ella se le acercó y se colocó a su lado.

—Siéntate, Davina —dijo él—. Quiero comunicarte que la señorita Grey ha prometido convertirse en mi esposa.

Los miré, llena de asombro.

La señorita Grey se me acercó y me besó.

—Querida Davina —me dijo—. Siempre nos hemos llevado tan bien. Será maravilloso —se volvió hacia mi padre—. Algo maravilloso para todos nosotros —añadió.

Extendió la mano y él la tomó entre las suyas. Mi padre me miró, creo que con cierta expresión de ansiedad.

—La boda no se celebrará hasta por lo menos dentro de tres meses —dijo mi padre—. Tenemos que esperar a que transcurra un año completo, y creo que quizá un poco más.

Hubiera deseado echarme a reír, haberle gritado: «Tú no has esperado. Esto es una farsa. Todo es una farsa. Hay vergüenza en todas partes.» Pero sólo me las arreglé para decir:

—Comprendo.

—Estoy seguro de que te darás cuenta de que esto es lo mejor posible —prosiguió él—. Necesitas una madre.

Y tú necesitas... —pensé— lo mismo que Hamish.

Resultaba perturbador escuchar mi propia voz interior, diciendo cosas que jamás me habría atrevido a decir en voz alta, cosas que nunca habría creído posibles un año antes.

Cómo les odiaba a los dos, allí de pie, aparentando. Pero a él le odiaba aún más que a ella.

—Habrá una boda —escuché decir estúpidamente a mi propia voz.

Y aquella otra voz interior me decía: «Pues claro que habrá una boda. Una boda tranquila, para que todo sea correcto y adecuado, como debe ser, y para que nadie se entere de lo que sucede».

—Sí, una boda tranquila, naturalmente —dijo mi padre.

—Naturalmente —repetí, y me pregunté si se habrían dado cuenta del sarcasmo.

—¿Es que no vas a felicitarnos? —Preguntó la señorita Grey con tono zumbón.

Guardé silencio.

—No me cabe la menor duda de que resulta una sorpresa para ti —dijo mi padre—. Pero será lo mejor... para todos. Tú tendrás una madre...

Miré a Zillah Grey. Ella me dirigió una sonrisa y, de algún modo, me gustó que lo hiciera. No era tan hipócrita como él, fuera lo que fuese; y creo que en ese momento el mayor pecado ante mis ojos era precisamente la hipocresía.

—Muy bien —dijo mi padre—. Quiero que brindemos por el futuro.

Abrió un armarito y sacó tres copas y una botella de champán.

Hubo un poco para mí también, menos de media copa. Yo no dejaba de pensar en la señorita Grey tumbada en su cama y cantando *María, reina de los escoceses,* y entonces me eché a reír.

Mi padre sonrió con una expresión benigna, sin comprender nada. ¿Cuándo había comprendido algo?, me pregunté. Pero creo que la señorita Grey se dio cuenta de mis sentimientos.

Al principio, la servidumbre recibió la noticia con consternación, pero todos parecieron aceptarlo al cabo de unos días.

La señora Kirkwell mantuvo una pequeña conversación conmigo.

—Señorita Davina, últimamente han sucedido muchas cosas en esta casa —dijo—. El señor Kirkwell y yo ya empezábamos a considerarla como la dueña de la casa. Desde luego, todavía es usted demasiado joven para eso. Pensamos en la posibilidad de que el señor Glentyre volviera a casarse, pero no habíamos imaginado que pudiera ser tan pronto.

—Cuando se casen habrá pasado un año desde la muerte de mi madre.

—Oh, sí. Bueno, no es conveniente que lo hagan antes. Eso no sería correcto y el señor Glentyre es una persona que siempre hace lo correcto. Aún falta, pero pronto habrá transcurrido un año completo. Y entonces tendremos una nueva señora en la casa. —La señora Kirkwell enarcó las cejas. Intuí sus pensamientos. Estaba pensando en lo difícil que sería Zillah Grey como señora de una residencia formal de Edimburgo—. Se producirán cambios —prosiguió—. De eso estoy segura. Bien, supongo que deberemos aceptarlos tal y como se produzcan. Un hombre necesita una esposa, incluso un caballero como el señor Glentyre, y mucho más teniendo que educar a una hija.

—Creo que a estas alturas ya estoy educada, ¿no lo cree, señora Kirkwell?

—Bueno, habrá cosas que organizar y para eso es mucho mejor una mujer, aunque...

—Me alegra que usted y el señor Kirkwell no se hayan enfadado demasiado con todos estos cambios.

Ella sacudió la cabeza con expresión de tristeza y supuse que estaba pensando en los viejos tiempos, cuando mi madre aún vivía. Me pregunté si estaba enterada de las excursiones nocturnas de la señorita Grey. La señora Kirkwell era una mujer astuta y siempre le había gustado estar enterada de todo lo que sucedía en la casa.

Me imaginé que tanto ella como el señor Kirkwell habían llegado a la conclusión de que cuando se producían ciertas «cosas» en una casa, y siendo los hombres como eran, resultaba mucho mejor legalizarlas.

Así pues, la servidumbre adoptó una actitud de mayor serenidad de la que había existido desde la muerte de mi madre.

Más tarde, escuché a escondidas los comentarios de la señora Kirkwell sobre la futura señora de la casa: «No es la clase de mujer a quien le gusta interferir. Esa sería la clase de persona para la que no trabajaríamos ni el señor Kirkwell ni yo.»

De modo que, por muy inapropiado que el enlace pudiera parecer a los demás, fue aceptado, aunque de mala gana, por la servidumbre de la casa, debido en buena medida a que se reconocía que un hombre necesitaba una esposa, y a que, en este caso, la elegida no era de las que «le gusta interferir».

Tal y como se había decidido, la boda se celebró tranquilamente. Fue una ceremonia sencilla, oficiada por el reverendo Charles Stocks, a quien yo conocía desde siempre como buen amigo de la familia.

Hubo unos pocos invitados, principalmente amigos de mi padre. Tía Roberta no apareció, pues el enfado entre ella y mi padre continuaba. No apareció ningún amigo de Zillah Grey. La recepción que se ofreció en la casa fue breve y poco después mi padre, acompañado por la que ya era su esposa, se marchó de viaje a Italia.

En cuanto se hubieron marchado, subí a mi habitación para escribirle a Lilias.

«Ahora tengo una madrastra. Parece algo incongruente. Han sucedido tantas cosas en el último año. A veces me pregunto qué va a suceder a continuación.»

3

Jamie

Tras su partida, la casa pareció quedar muy tranquila, y la extrañeza de todo lo sucedido me impresionó nuevamente. Era incapaz de apartar de mi mente el pensamiento de que apenas un año antes mi madre estaba viva y Lilias era mi institutriz.

Había cumplido diecisiete años en septiembre y dejé atrás la habitación de mi niñez, aunque no sólo por la edad. Había aprendido tantas cosas... y sobre todo que la gente no era lo que aparentaba ser. Aprendí que un hombre como mi padre, exteriormente un pilar de la virtud, era capaz de experimentar urgencias tan poderosas como las que habían inducido a Kitty a abandonarse a sí misma, sin la menor consideración, en brazos del desastre. Pero a mi padre lo habían llevado tan lejos que no sólo trajo a la casa a una mujer como Zillah Grey, sino que incluso le impulsaron a casarse con ella. De modo que no me cabía la menor duda de que ya había crecido.

Y entonces, una sensación de soledad se apoderó de mí. Había perdido a mis mejores amigas. Ya no quedaba ninguna ahora. Quizá fue esa la razón por la que me alegró tanto que Jamie entrara en mi vida.

A mí me gustaba mucho pasear. En los viejos tiempos no se me permitía salir sola, pero ahora ya nadie podía impedírmelo. Además, en ausencia de mi madrastra, yo era la señora de la casa. Ya iba camino de cumplir los dieciocho años, una edad en la que, según suponía, una podía hacerse cargo de la situación en determinadas circunstancias. La señora Kirkwell había dejado bien claro que hubiera preferido recibir órdenes de mí que de la nueva señora Glentyre.

Será diferente cuando ellos regresen, me recordé.

Sentí cierto alivio en dedicarme a explorar la ciudad, y cuantas más cosas veía de ella más cautivada me sentía por su encanto inimitable.

Me impresionaron los edificios góticos en los que se había deslizado un toque de clasicismo griego que les daba una dignidad adicional. La ubicación que tenían era impresionante. Desde un solo lugar era posible contemplar el estuario del Forth fluyendo hacia el océano, y más allá, hacia el oeste, estaban las montañas. Algo debía pagarse por una posición tan excelente, y el pago exigido era el amargo viento del este y la nieve de las montañas. Pero nos habíamos acostumbrado a eso, y tales aspectos no hacían más que aumentar el lujo de nuestras cálidas casas.

La llegada de la primavera era un acontecimiento particularmente bien recibido, y fue durante esa deliciosa estación del año cuando me permití incrementar mis exploraciones. Qué hermoso era todo, con el sol reluciendo sobre los altos edificios grises, iluminándolos y dándoles un matiz plateado. A veces me sentaba en los jardines y contemplaba el castillo o Princes Street; en otros momentos, prefería deambular por la parte vieja de la ciudad, escuchando las campanadas del reloj de la universidad, que sonaban cada hora.

Fue una verdadera sorpresa descubrir la gran separación que existía en nuestra ciudad entre las personas bien acomodadas y las extremadamente pobres. Supongo que sucede lo mismo en todas las grandes ciudades, pero creo que en la nuestra parecía mucho más marcado, porque ambas partes estaban muy juntas. Unos pocos minutos de paseo eran suficientes para pasar de las zonas más acomodadas a las más pobres. Una podía estar en Princes Street, por donde pasaban los carruajes llevando a los bien vestidos y alimentados, y no tardaba en hallarse en los barrios pobres, donde la gente se hacinaba en casuchas, muchos vivían en una sola habitación, las hileras de ropa a secar colgaban por todas partes, y niños desharrapados y descalzos jugaban en las calles.

Eso se hallaba situado en lo que se denominaba la ciudad vieja; y fue allí donde conocí a Jamie.

Claro que si hubiera sido sensata, no habría estado allí. Una mujer joven y bien vestida sólo podía visitar aquellos andurriales por curiosidad. Pero yo me sentía fascinada por mis descubrimientos, y, al contemplar lo que veía, me olvidaba de mi propio dilema, porque mis descubrimientos me hicieron reflexionar sobre lo que podría depararme el futuro.

Cuando salía de paseo, solía llevar un pequeño bolso con una correa metálica que me colgaba del brazo. En él llevaba un poco de dinero. Como ya había visitado en otras ocasiones las partes más pobres de la ciudad, me gustaba llevar algo para dar a la gente. Había buen número de mendigos, y yo me sentía muy conmovida al ver a los niños en tales circunstancias.

Sabía que no debía aventurarme demasiado por aquellas calles. El dédalo que formaban era tan complicado que una podía perderse con facilidad.

Llegué a una calle llena de gente. Había un hombre con una carretilla, dedicado a vender ropa de segunda mano, niños que jugaban sobre el pavimento, y varias personas asomadas a las puertas de sus casas, charlando.

Di media vuelta e inicié el camino de regreso por donde creía haber venido, pero no tardé en darme cuenta de lo imprudente que había sido al meterme en aquellas callejuelas. Llegué a un pequeño callejón. Al extremo del mismo había un hombre joven, a punto de girar en la esquina. Parecía tener un aspecto respetable, como si estuviera fuera de lugar allí, y pensé que podía preguntarle la forma de regresar a Princes Street.

Empecé a seguirlo y justo en ese momento dos muchachos jóvenes salieron por un callejón lateral y se me aproximaron. Me impidieron el paso. Iban pobremente vestidos, estaban evidentemente mal alimentados y dijeron algo, con un acento tan procaz, que no pude comprenderlos, aunque sabía que me estaban pidiendo dinero. Tomé el bolso de mi brazo y lo abrí. Inmediatamente, uno de ellos se apoderó de él, quitándomelo de un tirón, y echó a correr hacia el joven de aspecto respetable.

—¡Regrese! —grité.

El joven se volvió. Tuvo que haber imaginado lo ocurrido. Sin duda alguna era algo que sucedía con frecuencia. Sujetó al muchacho con el bolso. Su compañero retrocedió y desapareció.

El joven se me acercó, arrastrando al muchacho consigo. Al llegar a mi lado me sonrió. Era joven, y supuse que no mucho mayor que yo. Tenía ojos de color azul claro, y cabello rubio, con un matiz rojizo. Parecía limpio y saludable, algo que me impresionó por contraste con el muchacho que sujetaba. Al sonreír dejó al descubierto unos dientes muy blancos.

—Creo que le ha arrebatado su bolso —me dijo.

—Sí. Iba a darle algo de dinero.

El muchacho lanzó una verdadera corriente de palabras, algunas de las cuales apenas si pude comprender. Estaba aterrorizado.

—Devuélvele el bolso a la dama —exigió el joven.

El muchacho así lo hizo, con docilidad.

—¿Por qué lo hiciste? —le pregunté—. Yo te habría dado algo.

El muchacho guardó silencio.

—Pobre y pequeño diablo —dijo el joven.

—Sí —asentí, y dirigiéndome al muchacho añadí—: No debes robar, ¿sabes? Si lo haces, te meterás en problemas. Este bolso es un regalo de mi madre. Me habría apenado mucho perderlo, y a ti no te habría servido de mucho.

El muchacho me miró directamente a los ojos. Empezaba a darse cuenta de que no iba a ser dura con él. Vi un rayo de esperanza en su mirada. Pobre muchacho, pensé yo también.

—Tienes hambre, ¿verdad? —le pregunté. Asintió con un gesto. Tomé todo el dinero que llevaba en el bolso y se lo entregué—. No vuelvas a robar —le dije—. Podrían pillarte, y es posible que alguien no te suelte. Sabes lo que eso significaría, ¿verdad? —el muchacho asintió de nuevo—. Déjelo marchar —le pedí entonces al joven que lo sujetaba.

Él se encogió de hombros y me sonrió. Luego soltó al muchacho, que se alejó corriendo.

—De modo que ha dejado escapar a un ladrón entre los habitantes de Edimburgo —me dijo el joven—. Eso no hará más que retrasar su entrada en la cárcel, ¿sabe?

—Al menos no seré la responsable de que eso suceda.

—¿Acaso importa quién sea el responsable? Puede estar segura de que terminará allí.

—Quizá haya aprendido la lección. El pobre muchacho tenía hambre. He sentido una gran pena por ellos.

—Pero bueno, ¿me permite preguntarle qué hace una dama tan joven como usted en esta parte de la ciudad?

—Estaba explorando. He vivido toda mi vida en Edimburgo y nunca había visitado esta parte.

—Quizá debamos presentarnos. Me llamo James North… más conocido como Jamie.

—Yo soy Davina Glentyre.

—¿Me permite acompañarla de regreso a la parte más saludable de la ciudad?

—Se lo agradecería. Me he perdido.

—¿Puedo hacerle una sugerencia?

—Por favor.

—Si yo estuviera en su lugar, no volvería a aventurarme sola por estos lugares.

—Desde luego, llevaré mucho más cuidado en el futuro.

—En tal caso, nuestro joven vagabundo habrá hecho algo bueno en su vida criminal.

—¿Vive usted en Edimburgo?

—Tengo alquiladas habitaciones. Estoy en la universidad.

—¿Es estudiante?

—Sí.

—Qué interesante. ¿Y qué estudia?

—Derecho. Pero por el momento estoy haciendo una tesis sobre la ciudad. Creo que es el proyecto más fascinante que he emprendido jamás.

—¿Estaba usted investigando en los barrios pobres cuando me rescató?

—Sí. Quiero observar todos los aspectos de la ciudad, sus glorias y sus horrores. Este lugar rezuma historia. Se puede percibir allí donde se vaya.

—¿Por eso la llaman Old Reekie? —Él se echó a reír—. ¿Por qué la llaman así?

—No estoy muy seguro. Quizá sea porque está asentada sobre una colina. Todo debió de empezar cuando alguien vio la ciudad desde la distancia, con el humo saliendo de las chimeneas que se elevaban sobre los edificios. Esa es la clase de cosas que yo ando buscando. Quiero recrear no sólo lo que es la ciudad en la actualidad, sino también lo que fue a lo largo de su historia.

—Debe de ser una tarea muy excitante. Yo sólo estoy empezando a conocerla ahora.

—Sin embargo, dice usted que ha vivido en ella durante toda su vida —habíamos llegado al final de las callejuelas estrechas—. Ahora ya sabe usted dónde se encuentra —dijo él.

Me sentí desilusionada porque pensé que de ese modo daba a entender que me dejaba en lugar seguro y se disponía a despedirse.

—Ha sido muy amable acudiendo en mi rescate —dije.

—Oh, bueno —replicó él con una risa—. No he tenido que enfrentarme precisamente a un dragón peligroso. A eso no se le puede considerar un rescate.

—Me habría disgustado mucho perder mi bolso.

—Porque su madre se lo regaló. ¿Ella ha muerto?

—Sí.

—Lo siento. —Habíamos llegado a los jardines—. Si no tiene usted prisa… —empezó a decir.

—No, no tengo prisa —me apresuré a contestar.

—¿Quiere que nos sentemos un rato?

—Sí, me gustaría.

Nos sentamos y hablamos. Transcurrió una hora sin que ninguno de los dos nos diéramos cuenta. Fue la hora más estimulante que había pasado en mucho tiempo.

Me enteré así que era hijo del párroco de Everloch, un lugar al norte de Edimburgo, muy pequeño, y del que yo nunca había oído hablar. Sus padres habían hecho grandes sacrificios para enviarlo a la universidad, y él estaba decidido a alcanzar el éxito y devolverles todo lo que habían hecho por él.

A cada momento, más me gustaba aquel joven. Era tan agradable hablar con alguien que tenía aproximadamente la misma edad que yo. Le hablé de la muerte de mi madre, y de la gran conmoción que eso había supuesto para mí.

—Tuve una institutriz que fue muy buena amiga mía, hasta que... se marchó. Y ahora mi padre ha vuelto a casarse.

—Y eso no la hace sentirse feliz, ¿verdad?

—No lo sé. Ha sucedido todo con tanta rapidez.

—Y su madrastra...

—Ella es bastante... diferente. En realidad, entró en casa en calidad de institutriz.

—Comprendo. Y su padre se enamoró de ella. Supongo que se sentía muy sola tras la muerte de su madre.

—No lo sé. Hay personas a las que no entiendo muy bien. Por ejemplo, esta mañana le he conocido a usted y ahora tengo la sensación de saber muchas cosas de usted, mucho más de las que sé sobre Zillah Grey.

—¿Zillah Grey?

—Ella es la institutriz, y ahora mi madrastra.

—Supongo que todo ha sucedido tan rápidamente que aún no ha tenido tiempo de acostumbrarse —dijo—. Creo que debe de ser toda una conmoción cuando un padre vuelve a casarse, sobre todo si estuvo usted muy cerca de su madre.

—Sí, así es. Mire, si mi antigua institutriz estuviera aquí...

—La que se marchó. ¿Por qué se marchó?

—Ella... —balbuceé—, bueno... el caso es que tuvo que marcharse.

—Comprendo, a causa de su familia o algo así, supongo. —Permanecí en silencio y él continuó—: Bueno, no es lo mismo que si fuera usted una niña. Organizará su propia vida.

—Ellos estarán tres semanas fuera —dije—. Y ya ha transcurrido una de esas semanas.

—Espero que todo salga bien. Habitualmente, eso es lo que sucede.

—¿De veras?

—Sí, siempre y cuando usted lo permita, claro.

—Es una filosofía reconfortante. Me alegra mucho haber hablado con usted.

—Sí, a mí también me alegra.

—¿Dispone usted de mucho tiempo libre?

—Durante aproximadamente una semana, sí. Ahora estamos en un período de descanso. Podría regresar a casa, pero resulta más barato quedarme aquí. Me dedico a explorar, a tomar notas, y lo escribo todo por las noches.

—Debe de tener usted una vida muy interesante.

—Bueno, tiene sus momentos —dijo sonriendo, y añadió—: Como hoy, por ejemplo. —Se volvió de repente hacia mí—. Siente usted un gran interés por la ciudad, por explorar los barrios pobres, por ver las partes que no conocía hasta ahora. Yo estoy haciendo lo mismo. ¿No sería posible...? —Le miré con avidez, interrogativamente—. Bueno —prosiguió—, si no tiene usted objeción alguna... y siempre y cuando encaje con su tiempo libre, no veo por qué no podemos salir a explorar juntos.

—¡Oh! —exclamé—. Me encantaría.

—Muy bien. Entonces, arreglado. ¿Cuál le parece el mejor momento?

—Creo que este.

—Desde luego, hay algunos sitios a los que no me atrevería a llevarla.

—Sería mucho mejor que a esos sitios fueran dos personas, en lugar de una sola.

—Bueno, por cada uno de esos lugares que no me parecen tan seguros, hay docenas de otros que sí lo son.

—En tal caso, vayamos juntos a esos lugares.

—Prometido.

—¿Dónde nos encontraremos?

—Aquí, en este mismo banco.

—¿Mañana por la mañana?

—A las diez. ¿Le parece muy temprano?

—Me parece muy bien.

—Entonces, asunto arreglado.

Me pareció mejor que no me acompañara directamente hasta casa. Sería difícil explicar quién era, y si me vieran los Kirkwell o cualquiera de los sirvientes, sin duda alguna empezarían a especular.

Había sido una mañana muy agradable, y de la que más había disfrutado desde hacía mucho tiempo. Me pregunté qué pensaría mi padre si supiera que había hablado con un extraño y, más aún, que me había citado con él para el día siguiente.

Sencillamente, no me importa lo que piense, me dije.

Para mí fue una experiencia maravillosa y estimulante el conocer a Jamie, pues no tardamos en convertirnos en Jamie y Davina el uno para el otro. A la mañana siguiente de nuestro primer encuentro volvimos a encontrarnos, y eso se transformó en una costumbre para nosotros.

Había tantas cosas de que hablar. Me habló de la parroquia, y de su hermano menor Alex, que también quería ser párroco, de su padre y de su madre, de las tías y primas, todas las cuales vivían cerca, de las reuniones familiares. Parecía una vida muy alegre, y muy distinta de la que yo llevaba.

Y luego la propia ciudad de Edimburgo, que llegó a significar algo especial para mí, debido probablemente a la presencia de Jamie.

A él le gustaba cada una de las piedras que veía, y siempre tendré presentes los recuerdos de aquellos días en que exploramos juntos el lugar. Viví aquellos momentos con una enorme intensidad, porque sabía que no durarían. Cuando mi padre regresara con Zillah, habría preguntas. Seguramente, les impresionaría mucho saber que me había desviado un poco del comportamiento convencional. Tuve la sensación de que si lo mencionaban, no sería capaz de contener mi cólera y podría hacerles saber que era consciente de que él no siempre había observado rigurosamente el camino de la virtud. Pero aquello lo pensaba sin que él estuviera delante, claro.

Jamás olvidaré el estandarte ondeando sobre el castillo, la maravillosa vista que disfrutamos de Pentland Hifis, cuando la atmósfera estaba clara. Siempre recordaré los paseos por Royal Mile, desde el castillo hasta Holyrood House. La catedral, la casa donde había vivido John Knox. ¡Cómo odiaba a aquel hombre! Me enojaba sólo de pensar la forma en que había abusado de la reina. Me preguntaba si había sido, en realidad, tan buen hombre. ¿Qué vicio secreto había tenido? Ahora recelaba de todos los hombres que proclamaban sus virtudes. A Jamie le divertía la forma en que yo fulminaba a John Knox.

Jamie se sentía atraído por el pasado. Sabía mucho más que yo sobre las cosas del pasado. Era maravilloso darme cuenta de cómo se me abrían los ojos, gracias a una compañía tan excitante como la suya.

Me habló de Bonnie Dundee y de sus dragones cabalgando tras él; de la reina María, recién llegada del esplendor de la corte francesa para vivir en Escocia; de aquellos covenantarios que habían muerto allí, en el Grass Market, por defender aquello en lo que creían; me contó historias del legendario ladrón Deacon Brodie, de Burke y Hare, de los ladrones de cuerpos. Había tantas cosas, y tan interesantes.

Y entonces mi padre, en compañía de Zillah, regresó de Italia. Parecían más delgados, pero tenían un aspecto de satisfacción. Se mostraron afables con todo el mundo. Zillah estaba excitada, de un modo un tanto infantil, pero en el fondo de mi corazón sabía que no había nada de infantil en ella. Mi padre se mostró indulgente, tan entontecido por ella como siempre.

Ella trajo regalos para todos: una blusa de París para la señora Kirkwell, pues habían pasado por allí en el camino de regreso a casa; una estatuilla para el señor Kirkwell, y pañuelos bordados para las demás. Todos estaban encantados y yo pensé que, desde luego, ella sabía agradar a la gente. En cuanto a mí, me trajo ropa.

—Mi querida Davina, conozco tu talla y sé exactamente lo que más te conviene. Me pasé horas eligiendo, ¿verdad, querido? —Mi padre asintió con un gesto y una expresión de burlona exasperación que a ella la hizo reír—. Vamos a probártela inmediatamente —me anunció—. Apenas si puedo esperar más.

Y allí estábamos, en mi habitación, mientras ella me ayudaba a probarme un vestido, abrigo, falda, blusas, una con volantes y la otra sencilla, pero llena de estilo. Ella retrocedió, admirándome.

—Te favorecen mucho, Davina. De veras. Tienes muy buen aspecto, ¿sabes?

—Ha sido muy amable por tu parte acordarte de todos. La servidumbre está encantada.

—Eso no es más que un poco de soborno. Ya había percibido antes la desaprobación —se echó a reír, abandonada ya toda farsa—. ¡La institutriz se casa con el señor de la mansión! Quiero decir que eso ha debido causar cierta perturbación entre la servidumbre, ¿verdad?

A pesar mío, me eché a reír con ella.

Al fin y al cabo, quizá todo marche bien, pensé.

Tuve razón al pensar que los regalos traídos de París ejercerían un buen efecto. Ahora, la servidumbre ya casi se había reconciliado con la situación. Escuché un comentario de la señora Kirkwell:

—Están como un par de tortolitos. Bueno, eso no hace daño a nadie y ella no es la clase de persona a la que le gusta interferir.

Mis pensamientos, claro está, estaban con Jamie. Ahora ya no resultaba fácil abandonar la casa sin decir adónde iba. Teníamos que enviarnos mensajes, lo que tampoco era fácil.

Siempre andaba temerosa de que una nota de él pudiera llegarme en un momento delicado, cuando mi padre estuviera presente. El destino era perverso y eso podía suceder. Me imaginaba al señor Kirkwell, acercándose, con la nota sobre una bandeja de plata. «Un hombre joven ha dejado esta nota para usted, señorita Davina.» ¡Un hombre joven! Sin duda alguna, eso levantaría sospechas. Para mí era mucho más fácil dejarle a Jamie una nota en su alojamiento.

Sin embargo, nos las arreglamos para vernos, aunque ya no fue lo mismo que durante aquellos idílicos días que habíamos pasado juntos.

Siempre me producía una gran alegría ver cómo se iluminaba su rostro en cuanto aparecía yo. Se levantaba enseguida y corría hacia mí, me tomaba de las manos y me miraba a los ojos. Y yo experimentaba una gran emoción.

Durante esas mañanas hablábamos interminablemente, pero yo siempre tenía que vigilar la hora que, estaba segura de ello, pasaba con mucha mayor rapidez que antes.

Creo que Zillah había advertido que yo tenía algún secreto. Ahora la llamaba Zillah. En mis pensamientos había seguido siendo la señorita Grey, pero ya no podía llamarla así. En cualquier caso, ya no era la señorita Grey.

—Tienes que llamarme Zillah —me dijo—. Me niego a que me llames madrastra. —Y entonces apeló a mi padre—. Eso sería bastante ridículo, ¿no te parece, querido?

—Sí, bastante ridículo —asintió él.

Así que ella se convirtió en Zillah.

Era muy dada a aquellos estados de ánimo alegres y coquetones, especialmente en presencia de mi padre; pero yo siempre era consciente de los agudos matices que había por debajo. Seguía siendo tan astuta y se mantenía tan alerta como en los primeros tiempos.

Yo sabía que en ella había algo que no era del todo natural; había sido actriz, o al menos una especie de actriz, si es que se podía considerar como tales a las Alegres Pelirrojas. En cualquier caso, debía de saber interpretar un papel. Y me daba la impresión de que ahora lo estaba interpretando.

Se mostraba muy atenta con mi padre, dando la impresión de que se sentía preocupada por su salud.

—Ahora no debes fatigarte, querido. El viaje ha sido bastante agotador.

Él se encogía de hombros, rechazando sus zalamerías, pero en el fondo le gustaban. Ella continuó representando el papel de ingenua, pero yo estaba segura de que por debajo anidaba una mujer muy madura.

Un día, Jamie y yo acordamos vernos en nuestro banco de los jardines. En cuanto me vio se acercó corriendo, como siempre, con el rostro iluminado por una expresión de placer.

—Temía que no pudieras venir —dijo, tomándome de las manos—, que algo hubiera podido impedírtelo.

—Pues claro que he venido.

—Bueno, de todos modos, nunca estoy seguro. Desearía que las cosas no fueran como son. Me doy cuenta de que te sientes incómoda. Aquellos días que pasamos juntos fueron maravillosos.

—Sí —dije con un suspiro, y nos sentamos.

—Creo que tenemos que hacer algo, Davina —dijo con expresión muy seria.

—¿Qué sugieres?

—Tu familia no sabe que te ves conmigo.

—Santo cielo, no. A mi padre le parecería muy impropio haber conocido a alguien en la calle.

—Entonces, ¿qué vamos a hacer al respecto? Quiero ir a tu casa. No me gusta el vernos a escondidas, por las esquinas.

—A mí tampoco me gusta. Estoy de acuerdo contigo. Ellos lo descubrirán tarde o temprano. Por el momento hemos mantenido nuestros encuentros en secreto, pero es posible que nos vea uno de los sirvientes, y entonces empezarán las habladurías. Todos se preguntarán quién eres y por qué no vienes a verme por la casa.

—Davina, ¿crees posible que uno se enamore en tan corto espacio de tiempo?

—Creo que eso es lo que me ha pasado a mí —contesté.

Se volvió hacia mí y me tomó las manos entre las suyas. Nos echamos a reír, sintiéndonos felices.

—Tendré que pasar los exámenes y terminar mis estudios en la universidad antes de que podamos casarnos —dijo él.

—Desde luego.

—Así que querrás… ¿verdad?

—Creo que sería maravilloso. Pero ¿crees conocerme bien?

—Conozco todo lo que deseo conocer sobre ti. ¿Acaso no hemos hablado y hablado en estas pocas semanas tanto como lo hace la gente en muchos años?

—Sí, lo hemos hecho.

—¿Y no te parece suficiente?

—Es suficiente para mí. Pero me pregunto si lo es para ti.

Y entonces me besó. Yo me retiré, un tanto azorada. No era esa la clase de comportamiento que se podía esperar en un banco de los jardines públicos, a media mañana.

—¡La gente se sorprenderá! —dije.

—¿Y a quién le importa?

—No a nosotros, desde luego —dije de un modo imprudente.

—Entonces, ¿estamos prometidos?

En ese momento, una voz estalló sobre nosotros.

—¡Davina!

Zillah se dirigía hacia nosotros. Se plantó allí delante, con los ojos verdes encendidos y el cabello rojizo brillándole bajo un sombrero negro. Tenía aspecto muy elegante, embutida en su abrigo negro, con una bufanda verde al cuello. Miró a Jamie y le sonrió.

—Preséntanos, por favor.

—Este es James North y… bueno, ella es mi madrastra.

Zillah inclinó el rostro hacia el de Jamie y le susurró:

—Pero eso es algo que no solemos mencionar. Soy lo bastante presumida como para pensar que no tengo precisamente ese aspecto.

—No… no —balbuceó Jamie—. Pues claro que no.

—¿Me permitís sentarme?

—Por favor —contestó Jamie.

—Parecéis muy buenos amigos —dijo, sentándose entre ambos.

—Nos conocimos durante vuestro viaje —le expliqué—. Yo salí a pasear por la parte antigua de la ciudad y me perdí entre esas callejuelas. El señor North me rescató y me mostró el camino de regreso a casa.

— ¡Qué interesante! Y os hicisteis amigos.

—Ambos nos sentíamos enormemente interesados por la ciudad —dijo Jamie.

—Eso no me sorprende. Es fascinante, tanto históricamente como por lo demás. —Aquellas palabras me sorprendieron. A ella no le importaba la ciudad lo más mínimo. Aún la escuchaba cantar *María, reina de los escoceses*—. Bueno —prosiguió—, de modo que sois buenos amigos... al parecer. Eso es muy bonito —le sonrió seductoramente a Jamie—. Me atrevería a decir que mi hijastra se lo ha contado todo sobre mí.

—¿Todo? —pregunté.

—Bueno, me atrevería a decir que ha mencionado el hecho de que últimamente he pasado a formar parte de la familia.

—Lo mencionó, en efecto —dijo Jamie—. Sé que ha regresado usted recientemente de su viaje de luna de miel a Venecia y París.

—¡Venecia! ¡Qué lugar tan encantador! Esos canales tan fascinantes. El Rialto. Todo está lleno de tesoros maravillosos. París también. El Louvre y toda esa historia. Davina, ¿por qué no invitas al señor North a venir a casa?

—Bueno, no pensaba... no sabía...

—¡Oh, tontuela! Señor North, me contraria mucho no haberle conocido antes. Davina se lo ha guardado para sí. Debe usted conocer a mi marido. A él le encantará conocerlo. ¿Qué le parece mañana por la noche? Venga a cenar. ¿Dispone de tiempo libre? Oh... bien. No será una reunión formal. Sólo estaremos nosotros cuatro. ¿Acepta usted?

—Me encantará —dijo Jamie.

—¡Estupendo!

Se reclinó en el banco y me di cuenta de que tenía intención de quedarse hasta que yo me marchara. Habló mucho, con gran animación y risas. Jamie se unió a ellas. Sentí muchos deseos de preguntarle qué pensaba de ella.

Además, me sentía un tanto aturdida por haber

sido descubierta, y también un poco extrañada. Ella había aparecido en un momento en que Jamie y yo deseábamos ansiosamente hablar de nosotros mismos.

Fue una cena un tanto incómoda. Evidentemente, Jamie se sintió un poco abrumado por la formalidad de la ocasión. Supuse que las comidas eran muy diferentes en la parroquia de su padre. En esta ocasión no ayudaron en nada el aspecto excesivamente digno y la actitud fría de mi padre.

Pero se mostró amable. Agradeció a Jamie el haberme rescatado en una situación en que andaba apurada, y le hizo muchas preguntas sobre sus estudios y su hogar.

—Edimburgo debe de parecerle muy diferente a su pequeño pueblo rural.

Jamie admitió que así era, y que se sentía fascinado por la ciudad.

—El señor North está escribiendo una tesis sobre la ciudad —dije—. Eso significa profundizar en la historia.

—Muy interesante —dijo mi padre—. ¿Creció usted en la parroquia, donde todavía viven sus padres? —continuó preguntando.

Jamie así se lo confirmó. Todo fue muy rígido y artificial.

Zillah, desde luego, introdujo una nota de ligereza en la velada, y yo me sentí agradecida por su ayuda.

Habló de Venecia y de París, ciudades en las que no habíamos estado ni Jamie ni yo, pero se mostró tan agradable con él e hizo tanto por hacerle sentir como un invitado bien recibido, que contribuyó mucho a suavizar el calvario al que parecía haberlo sometido mi padre con todas sus preguntas.

En el fondo, yo sabía que mi padre estaba más serio

de lo que aparentaba y que desaprobaba la forma en que había conocido a Jamie.

Debía pensar que había sido muy negligente por mi parte hablar con un extraño en la calle. Supongo que si una se había perdido, eso debía ser excusa suficiente para abordar a un desconocido, pero el procedimiento adecuado habría sido que Jamie me acompañara a casa y pasara al día siguiente para saber cómo me encontraba. En tal caso, habría dependido de mi familia el decidir si valía la pena invitarlo a la casa para reanudar los encuentros conmigo.

Jamie se sintió evidentemente aliviado una vez superada la penosa experiencia, y cuando le pregunté qué le había parecido la reunión, me contestó:

—No creo que tu padre me apruebe. Sin duda alguna, no sabe que estamos prometidos, y me imagino muy bien cuál sería su reacción si lo supiera.

—No me importa lo que diga.

—Bueno, creo que sería mucho mejor que no dijéramos nada, al menos por el momento. Estoy seguro de que no había imaginado tener como yerno al hijo de un párroco, que no posee un céntimo.

—Eso es algo a lo que tendrá que acostumbrarse.

—Es la clase de hombre que desearía que todo se hiciera de acuerdo con los convencionalismos. —Interiormente, me eché a reír. Pensé en Zillah, elegida por él, deslizándose a hurtadillas en su dormitorio. No dije nada. Pero lo recordaría en el caso de que mi padre me reprochara mi comportamiento nada convencional—. De modo que, por el momento, será mejor que lo mantengamos en secreto —dijo Jamie.

Sabía que tenía razón y luego lo pasamos muy bien hablando sobre el futuro. En el transcurso de esa conversación, me dijo:

—Esa madrastra tuya… es bastante diferente, ¿verdad?

—¿Diferente de qué?

—De tu padre. Ella es bastante alegre. Le gusta divertirse. No creo que ella se deje confundir por los convencionalismos. He tenido la impresión de que estaría de nuestra parte.

—Nunca se sabe con ella. Tengo la sensación de que no siempre es lo que aparenta ser.

—¿Y quién de nosotros lo es?

Nos separamos, con la promesa de volver a vernos dos días después.

Antes de ello, acudió a cenar a nuestra casa el señor Alastair McCrae, que era viudo desde hacía cinco años.

Tenía entre treinta y cinco y cuarenta años, era alto, muy erguido y de buen aspecto. Era un colega de mi padre, y yo sabía que era rico, pues disponía de ingresos privados y tenía la propiedad familiar, no lejos de Aberdeen.

Lo había visto una sola vez, varios años antes, en cierta ocasión en que vino a casa a cenar. Desde luego, no estuve presente en aquella cena, pero había echado un vistazo a través de la barandilla de la escalera, y lo había visto llegar en compañía de su esposa, que por entonces aún vivía. Más tarde, mi madre me lo mencionó.

—Tu padre siente mucho respeto por el señor Mc-Crae. Procede de una muy buena familia y creo que la propiedad que posee es bastante grande.

En aquellos momentos me sentí interesada por ver al caballero de la gran propiedad, pero no debió de impresionarme mucho, porque de mi mente desapareció todo pensamiento acerca de él, hasta que volvió a mencionarse su nombre.

—Va a ser una cena bastante especial —me dijo Zillah—. ¿Te acuerdas del vestido que te compré en París? Pues sería el más adecuado para la velada. Tu padre me ha pedido que me asegure de que estarás presentable.

—¿Y por qué le interesa mi aspecto?

—Bueno, eres su hija y quiere que compartas conmigo los honores de la velada —me sonrió burlonamente—. Entre nosotras, querida, le abriremos los ojos a ese exquisito caballero.

Hubo otros dos invitados, el abogado de mi padre y su esposa; y, ante mi sorpresa, durante la cena me sentaron junto a Alastair McCrae. Se mostró muy atento y hablamos agradablemente. Me habló sobre su propiedad, cerca de Aberdeen, y de cómo le gustaba hacer una escapada allí cada vez que le era posible.

—Parece encantador —dije.

Me habló entonces de los terrenos que poseía, y me parecieron considerables. La mansión era bastante antigua.

—Necesita ser reparada de vez en cuando —dijo—, pero ¿qué casa antigua no lo necesita? Los McCrae llevamos viviendo allí desde hace cuatro siglos.

—¡Qué interesante!

—Me gustaría mostrársela algún día. Quizá podamos acordarlo en algún momento.

Mi padre me sonrió con expresión benigna.

—Davina está muy interesada por las cosas del pasado —comentó—. La historia siempre le ha fascinado.

—Pues en esa mansión hay mucha historia —dijo Alastair McCrae.

—Hay mucha historia por todas partes —dije.

Zillah rió en voz alta y todos hicieron lo mismo. Mi padre se mostró muy afable, y no dejaba de sonreírme, tanto a mí como a Zillah. El ambiente fue muy distinto a la cena de aquella noche en que Jamie había sido nuestro invitado.

Alastair McCrae me pareció un hombre bastante agradable y me alegró ver a mi padre de tan buen humor. Le preguntaría a Zillah si Jamie podía venir a casa a tomar el té. Sería algo más afable que aquella cena, puesto que mi padre no estaría presente para calibrarlo.

Se lo pregunté al día siguiente. Ella me miró y se echó a reír.

—No creo que tu padre lo apruebe.

—¿Por qué no?

—Bueno, querida, el caso es que tenemos que afrontar los hechos, ¿no te parece? Y tú estás en lo que suele considerarse edad casadera.

—¿Y bien?

—Los hombres jóvenes... particularmente los que una conoce en lugares románticos...

—¡En esos barrios tan pobres! ¿A eso le llamas tú un lugar romántico?

—El romanticismo surge en cualquier parte, querida niña. Es posible que esas calles no lo fueran, pero, desde luego, tu rescate sí que lo fue. Y luego el hecho de veros cada día, y de miraros de un modo tan encantador. Bueno, todo eso dice mucho, sobre todo a un viejo caballo de guerra como yo.

—Oh, Zillah, a veces eres muy divertida.

—Me alegra divertirte. Ser capaz de divertir a los demás es uno de los dones de los dioses.

Pensé en lo mucho que ella había cambiado. Me pregunté si mi padre veía alguna vez a Zillah como la mujer en que se había convertido.

—¿De modo que quieres que le pida permiso a mi padre para invitarlo a tomar el té? —pregunté—. Esta es mi casa. Supongo que podré invitar a mis amigos, ¿verdad?

—Pues claro que puedes, e incluso debes. Yo me he limitado a comentar que a tu padre no le gustará. Invitemos al joven a tomar el té. No nos preocuparemos por decírselo a tu padre, y eso será todo. —La miré, asombrada, y ella me sonrió—. Lo comprendo, querida. Quiero ayudarte. Después de todo, soy tu madrastra, aunque no debes llamarme así, ¿de acuerdo?

—Desde luego que no te llamaré así.

Me pregunté qué habría dicho mi padre si hubiera sabido que ella se aliaba conmigo para mantener en secreto la próxima visita de Jamie a nuestra casa.

Jamie llegó. Fueron momentos muy felices. Hubo muchas risas y me di cuenta de que Jamie disfrutaba con la compañía de Zillah.

Lo vi al día siguiente. Ahora resultaba más fácil acordar nuestros encuentros, puesto que Zillah lo sabía y, evidentemente, deseaba facilitarnos las cosas. Jamie me dijo que ella le había parecido muy amable y que era una suerte que estuviera dispuesta a ayudarnos. En cuanto a Zillah, me comentó que Jamie era un joven encantador.

—Te adora —me dijo—. Y también es muy inteligente. Estoy segura de que aprobará todos los exámenes y algún día llegará a ser juez o algo por el estilo. Eres una muchacha con mucha suerte, Davina.

—Mi padre no sabe que seguimos viéndonos —le recordé—. No creo que él apruebe a Jamie, no por el propio Jamie, sino porque no es rico como… como…

—Como Alastair McCrae. Ahí tienes a un hombre exquisito, «bien forrado», como suele decirse, lo que en lenguaje más vulgar aún significa que tiene amontonada una pequeña fortuna. Debo admitir que tu padre admitiría de buen grado que te vieras con él.

—¿No creerás…? —empecé a preguntar, horrorizada.

—Ya sabes que los padres que se preocupan por sus hijas hacen planes para ellas —dijo encogiéndose de hombros—. Tu futuro es algo muy importante para él.

—Oh, Zillah —exclamé—, no debería ser así. Jamie y yo…

—Por lo que veo, él ya se te ha declarado, ¿verdad?

—Bueno, todo depende del futuro. —Zillah asintió con una expresión seria y luego una sonrisa curvada apareció en sus labios—. Si mi padre se opusiera —dije con energía—, no permitiría que eso se interpusiera en mi camino.

—No, claro que no. Pero no debes preocuparte. Al final, todo saldrá bien. No olvides que me tienes a mí para ayudarte.

Alastair McCrae volvió a cenar, acompañado por otros amigos de mi padre. También esta vez lo sentaron a mi lado y los dos conversamos de modo muy amistoso. Se mostró interesado y con una actitud algo menos imponente que la de mi padre, y parecía querer saberlo todo sobre mí.

Al día siguiente vino a verme y me pidió que pasáramos el fin de semana juntos en su mansión en el campo.

Zillah me dijo que mi padre se había mostrado de acuerdo con la idea, que le parecía excelente.

El fin de semana que pasamos en Castle Gleeson fue realmente muy agradable. Yo me sentí entusiasmada por el lugar. Era pequeño como castillo, pero me pareció digno de ser considerado como tal debido a sus antiguas piedras grises y a su torre almenada. Daba al mar, y la vista que se contemplaba desde él era espectacular. El terreno de la propiedad era considerable, y Alastair se sentía orgulloso de ello. Eso quedó bastante claro cuando atravesamos la propiedad en el carruaje que acudió a recogernos a la estación.

Él estaba francamente encantado de que hubiéramos accedido a visitarlo. Era la primera vez que mi padre estaba allí, a pesar de que se conocían desde hacía muchos años. Eso era algo que tenía su importancia, claro.

Disfruté cuando me enseñó el castillo y me contó la historia del lugar, así como el papel jugado por la familia en los conflictos entre el regente Moray y su hermana María, y los problemas con el enemigo inglés. Me sentí fascinada por el robusto ganado de las Highland que vi en los campos. El paisaje era grandioso, majestuoso e inspiraba admiración.

En el interior del castillo, todo era agradablemente acogedor. Me asignaron una habitación en un torreón, y a pesar de que era verano se encendió un fuego en la chimenea.

—Las noches pueden ser frías —me dijo el ama de llaves.

Me enteré de que la mujer había nacido en el castillo; sus padres también habían servido a los McCrae; ahora, su hijo trabajaba en los establos, y su hija en la casa. Todo el lugar parecía envuelto en un ambiente de serenidad. No me sorprendió que Alastair se sintiera orgulloso de su mansión.

La cena se sirvió en un comedor situado al final de un vestíbulo que debía de permanecer así desde hacía siglos, con suelos de piedra pulida y paredes blancas de las que colgaban armas antiguas. Era un poco sombrío, porque las ventanas eran pequeñas y estaban situadas al fondo de troneras.

—Cuando somos muchos comemos en el vestíbulo —explicó Alastair—, pero este comedor es más cómodo para reuniones pequeñas.

—Qué pena que no venga usted por aquí más a menudo —dije—. Supongo que pasará la mayor parte de su tiempo en Edimburgo.

—Así ha sido. Por cuestiones de negocios, ya sabe. Pero me escapo a cada oportunidad que se me presenta.

—Es muy comprensible.

—Me alegra mucho que le haya gustado este lugar —me dijo, mirándome con intensidad—. Disfruto actuando como anfitrión cuando puedo, aunque la mayor parte de los asuntos relacionados con la propiedad los dejo en manos de mi capataz.

—Disfruta usted de lo mejor de ambos mundos

—dijo mi padre—. También tiene una casa muy agradable en Edimburgo.

—Pero siempre pienso que este es mi verdadero hogar.

Una vez terminada la cena, me preguntó si sabía montar a caballo. Le dije que, lamentablemente, no.

—No hay muchas oportunidades de aprender en Edimburgo.

—Para eso se necesita tener un caballo en el campo.

—Cabalgar debe de ser algo maravilloso —dije—. Galopar por las praderas y junto al mar.

—¿Le gustaría que yo le enseñara? —me preguntó sonriendo e inclinándose hacia mí.

—Bueno, creo que sería muy excitante, pero estoy segura de que no podría aprender con una sola lección.

—Se pueden aprender los rudimentos básicos. Aunque, claro está, se necesita práctica antes de poder manejar adecuadamente un caballo. Pero, de algún modo, me parece que usted sería una alumna muy receptiva.

—Bueno —dije echándome a reír—, una sola lección no me llevará muy lejos.

—Sería un principio.

—¿Qué estáis tramando los dos? —preguntó entonces Zillah.

—La señorita Davina y yo estamos acordando una lección de equitación.

—¡Qué idea tan maravillosa! Es una excelente oportunidad para ti, querida Davina.

—La señorita Davina protesta porque dice que no podrá llegar muy lejos con una sola lección.

—Eso nunca se sabe —dijo Zillah maliciosamente—. Es posible que haya más.

A la mañana siguiente acudí a la explanada que había delante de las caballerizas, y monté en un pequeño caballo dirigido por las riendas, elegido por su mansedumbre, con Alastair a mi lado. Él tenía un aspecto muy distinguido con su ropa de montar. El ama de llaves había encontrado ropa de montar para mí. Pertenecía a la hermana de Alastair, que visitaba ocasionalmente el castillo, pero que no se la ponía desde hacía algún tiempo.

—A ella le gustaba pasarse todo el tiempo cabalgando —me dijo el ama de llaves—. A la familia siempre le han gustado mucho los caballos. Pero desde que tuvo hijos ya no cabalga tanto como antes. Estoy segura de que se alegrará de saber que ha utilizado usted su ropa de montar.

No me sentaba nada mal. Resultaba un poco grande para mí, pero servía para su propósito y me equipaba para el ejercicio.

Debo admitir que lo disfruté. Dimos unas vueltas por la explanada. Zillah y mi padre salieron al jardín y acudieron a observarnos durante unos minutos. Parecían muy contentos.

—Es usted una alumna maravillosa —me dijo Alastair al final de la lección—. Mañana debemos tener otra sesión.

—Creo que mañana ya nos vamos.

—Confío en convencer a su padre para que se quede otro día. ¿Por qué no? El martes podremos viajar todos de regreso.

Así se acordó y la mayor parte de la mañana siguiente me la pasé en la explanada, en compañía de Alastair.

—Su hija no tardará en convertirse en una excelente amazona —le dijo Alastair a mi padre durante el almuerzo.

—Exagera usted —intervine yo, echándome a reír—. Además, ya no tendré oportunidad de hacer todas las prácticas que necesito.

—Debe volver usted… pronto, antes de que olvide lo que le he enseñado. Ya lo arreglaremos.

—Eso refleja una gran hospitalidad por su parte —empezó a decir mi padre.

—Por favor —le interrumpió Alastair levantando una mano—, el placer es todo mío. ¿Qué le parece el fin de semana siguiente al próximo?

Mi padre vaciló. Zillah le dirigió una mirada de soslayo. Él se volvió a mirarla y preguntó:

—¿Qué dices tú, querida?

—Parece encantador —contestó ella.

—De acuerdo, Alastair, si está seguro de que no seremos una molestia...

—¡Molestia, mi querido amigo! Como ya le he dicho, el placer es todo mío.

—Seguramente, no todo —intervino Zillah con una ligera risa—. David, querido, sabes que nos encantará volver. La semana después de la próxima, ¿no es eso?

—Acordado entonces —dijo Alastair.

Regresamos a Edimburgo el martes.

Cuando me dedicaba a guardar mi equipaje, Zillah entró en mi dormitorio. Se sentó en la cama y me observó con una expresión un tanto sardónica.

—La operación McCrae progresa a toda velocidad. Es un caballero verdaderamente encantador. ¿Empieza ya a alejarte poco a poco del pobretón pero agradable Jamie?

—¿Qué quieres decir?

—Oh, sólo pregunto si será la elección del papá o la tuya.

Me sentí alarmada. Era algo evidente, desde luego, pero me había negado a pensar en ello con excesiva seriedad.

Alastair McCrae sería un esposo muy adecuado para mí. Tenía riqueza y posición en la ciudad. Jamie, en cambio, no era más que un humilde estudiante. Aún tenía que abrirse camino, y siempre quedaba abierta la pregunta de si lo conseguiría o no.

Había sido una estúpida mientras disfruté de mis lecciones de equitación bajo la mirada benevolente de mi padre, al no haber aceptado el hecho de que todo aquello formaba parte de un plan predeterminado.

¡Qué increíblemente inocente había sido! Mi padre no aprobaba mi amistad con Jamie, cuya existencia evidenciaba que había llegado el momento de casarme y organizar mi vida, lejos del camino de estudiantes sin dinero que, desde el punto de vista de mi padre, no eran, con toda probabilidad, más que aventureros codiciosos.

Con Alastair McCrae, en cambio, no habría interrogatorios; probablemente era mucho más rico que mi padre.

Zillah escudriñaba la expresión de mi rostro, con los ojos entornados. En sus labios había una ligera sonrisa.

Debería haberme sentido agradecida con ella. Me estaba ayudando a comprender la vida a través de sus propios ojos, algo cínicos, pero bastante sofisticados.

Fue poco después de nuestro regreso cuando mi padre cayó enfermo. Ocurrió durante la noche, pero no me enteré de nada hasta la mañana siguiente.

Zillah dijo que él la había despertado hacia las tres de la madrugada, sintiéndose muy enfermo. Había pasado casi el resto de la noche atendiéndole. Le había dado unos polvos para calmar los dolores de estómago. Era una receta muy conocida para esa clase de problemas. No había hecho efecto de inmediato, pero al cabo de un rato empezó a sentirse mejor; ahora dormía tranquilamente.

—¿Debo enviar a llamar al médico, señora? —preguntó la señora Kirkwell.

—Creo que podemos esperar un poco —contestó

Zillah—. Ya sabe lo poco que le gusta la idea de que venga el médico. No deja de decir que no quiere ni verlo. No tardará en mejorar. Le vigilaré atentamente. Y si vuelven a presentarse los síntomas, sí, entonces haremos venir al médico. A él no le gusta armar jaleo, y no vamos a contrariarlo. Lo más probable es que sea algo que comió y le sentó mal. Esperemos un poco a ver qué pasa.

Ella lo mantuvo en cama durante todo el día.

Escuché a la señora Kirkwell murmurar algo sobre los hombres viejos que se casaban con mujeres jóvenes. A veces, era demasiado para ellos.

—Un hombre es tan viejo como los años que tiene, y no le va a servir de nada imaginarse que es un joven… cuando no lo es. Eso es algo que tendrá que pagar, tarde o temprano.

Creo que a todo el mundo le sorprendió la solicitud con que Zillah representó su papel de enfermera; al día siguiente, mi padre se había recuperado, aunque se sentía un poco débil, lo que era natural.

—Has estado maravillosa, querida —le dijo a Zillah—. Nunca te había imaginado como enfermera, pero realmente representaste muy bien tu papel.

—Soy muy buena representando papeles —replicó ella con ligereza—. Hay muchas cosas que aún debes descubrir sobre mí, querido esposo.

Al día siguiente me encontré con Jamie.

Según me dijo, estaba trabajando duro. De momento había dejado de lado la tesis por algún tiempo. Tenía que centrarse en pasar los exámenes con honores e iniciar su carrera cuanto antes.

Me preguntó cómo había pasado el fin de semana y le comenté mis lecciones de equitación. Se mostró un poco triste.

—¿Qué castillo es ese?

—Pertenece a Alastair McCrae, un amigo de mi padre.

Quiso saber más cosas de Alastair, y le dije que volveríamos al castillo el fin de semana siguiente.

—Si mi padre se encuentra bien, claro —añadí—. Ha estado enfermo.

—Seguro que se recuperará para esa visita. ¿Cómo es ese hombre?

—¿Alastair McCrae? Oh, bastante agradable. Pero es viejo, desde luego.

—¿De la misma edad que tu padre?

—Bueno, no tanto. Me imagino que debe de tener cerca de cuarenta años.

—Oh —dijo Jamie con cierto alivio—. Entonces tiene unos veinte años más que tú.

—Eso es lo que me imagino, más o menos.

Eso pareció satisfacerle. No le comuniqué las sospechas de Zillah, ni lo que para mí resultaba cada vez más evidente.

Luego me preguntó por Zillah. Sin duda alguna, ella le había causado una gran impresión.

Le conté cómo había cuidado a mi padre en su enfermedad, aunque no fue nada grave, desde luego, sólo algo ligero que le había debilitado un poco. Al parecer, ella había sido una enfermera muy eficiente.

—Esa mujer tiene algo muy agradable —dijo Jamie.

—Sí, yo también empiezo a comprenderlo. Al principio, cuando llegó, experimenté cierto resentimiento contra ella, quizá porque me gustaba mucho Lilias.

Entonces le hablé de Lilias y le confesé cuál había sido la causa de su partida. Él me escuchó atentamente.

—¿Crees realmente que alguien puso el collar de perlas en su habitación, para incriminarla deliberadamente?

—Tengo que pensarlo así, porque sé que Lilias jamás habría robado nada. Ella fue educada en un hogar religioso, yo diría que muy similar al tuyo. Procede de una vicaría inglesa, y tú de una parroquia escocesa. Las personas como Lilias no roban, ¿no te parece?

—La gente hace a veces cosas muy extrañas, cosas inesperadas. Nunca puede uno estar seguro de lo que hará alguien.

—Bueno, ella comentó que ese collar sería una especie de hucha para mí. No dejo de pensar en eso. Lo que ella deseaba desesperadamente era una hucha para sí misma, ya que siempre estaba preocupada por su futuro.

—La mayoría de las personas se preocupan por su futuro, sobre todo cuando es incierto. ¿Quieres decir que quizá se apoderó del collar dejándose llevar por un momento de tentación? Para ti no tenía tanto valor material. Sí lo tenía sentimentalmente, claro, porque había pertenecido a tu madre. Pero tú no necesitabas disponer de una hucha.

—Ya he pensado en todo eso, pero nada me hará creer que fue Lilias quien robó el collar.

—Si no lo hizo ella, debe deducirse que fue alguien de la casa. Alguien que arruinó la vida de Lilias. ¿Quién pudo haber hecho una cosa así?

—¿Y por qué lo hizo ese alguien? No parecía haber razón alguna.

—A veces, las razones son muy oscuras.

—No se me ocurre nada. Pero, al mismo tiempo, estoy convencida de que Lilias no se apoderó del collar.

—Tiene que ser una cosa u otra. O bien ella se apoderó del collar, o alguien lo puso en su habitación.

—Oh, Jamie, no soporto pensar en ello. No llego a ninguna parte. Dejémoslo, ¿quieres? Lo único que hago es pensar una y otra vez lo mismo. Pero tenía que decírtelo. No quiero que haya ningún secreto entre nosotros.

—Desearía tener dos años más —dijo Jamie.

—Dicen que es una tontería desear tener más años.

—Pues yo no puedo evitar el desear que esos dos años pasen. Si ya hubieran pasado, estaría en una posición muy distinta. Deseo que pudiéramos estar al menos comprometidos oficialmente.

—¿Quieres decir que deberíamos anunciarlo?

—No creo que tu padre lo apruebe. Creo que si lo supiera intentaría detenernos.

—Zillah está de nuestra parte.

—¿Ella lo sabe?

—Lo dedujo por sí misma. Pero nos ayudará.

—Creo que ejerce una gran influencia sobre tu padre.

—Sí, él la adora. Nunca lo he visto comportarse con alguien como con ella. ¿Y tu familia?

—Les he escrito contándoselo.

—¿Y qué han dicho?

—Mi padre me ha enviado una larga carta. Me desea todo el bien del mundo. Quieren conocerte, claro está. Estoy seguro de que te gustarán. La parroquia está un poco destartalada.

—¿Y crees que eso me importará? —repliqué un tanto indignada, volviéndome a mirarle.

—Bueno, tu casa es bastante grande, y tú visitas castillos...

Sólo he visitado un castillo, y es bastante pequeño. Pero háblame de tu padre.

—Están todos encantados. Les conté cómo nos conocimos y disfrutaron al saberlo. Les dije que había cenado en tu casa. Es posible que les haya dado la impresión de que he sido aceptado por tu familia.

—Zillah cree que es mucho mejor que no digamos nada todavía.

—Probablemente tiene razón. ¡Cómo deseo que todo se hubiera solucionado! ¿Comprendes ahora por qué quiero tener dos años más?

—¿Estás trabajando mucho, Jamie?

—Sí, me quemo las pestañas a la luz de las lámparas de aceite. Y también intento no pensar demasiado en ti, porque eso me distrae.

—¿No es maravilloso habernos conocido? Si no hubiera estado en aquellas callejuelas y no me hubiera perdido, tú habrías continuado tu paseo, y jamás nos habríamos conocido.

—¿No lo lamentas?

—¡Qué pregunta más estúpida! Todo saldrá bien, Jamie. Yo así lo creo, ¿y tú?

—Sí, yo también lo creo. Estoy seguro de ello, porque vamos a hacer todo lo que sea necesario para que salga bien. Y, sencillamente por eso, no podemos fallar.

Fuimos a Castle Gleeson a pasar otro fin de semana, tal y como habíamos acordado, y la segunda visita tuvo tanto éxito como la primera. Recibí algunas lecciones más de equitación, y Alastair dijo que durante el siguiente fin de semana que pasáramos allí me llevaría a cabalgar. Si él me acompañaba, yo no tendría nada que temer.

Debo admitir que disfrutaba de encontrarme sobre la silla. Alastair era un profesor maravilloso, y tenerlo a mi lado me transmitía una sensación de seguridad.

—Está usted progresando mucho —me dijo—. Debería volver muy pronto para que podamos continuar.

Al escuchar estas palabras, mi padre sonrió con indulgencia. Dijo que no se le ocurría otra forma más agradable de pasar un fin de semana que acudiendo a Castle Gleeson.

Y, desde luego, cuando estábamos en Edimburgo, Alastair era invitado con frecuencia a cenar en casa.

Zillah lo observaba todo, con una picardía que bordeaba el cinismo.

—Avanzamos hacia una situación muy interesante —me dijo—. No me cabe la menor duda sobre las sanas intenciones de Alastair, ¿no te parece?

Temí que ella tuviera razón.

—¿No crees que debo hacerle saber que estoy secretamente comprometida con Jamie? —le pregunté.

—Oh, no. Eso no sería propio de una joven como tú. Darías a entender que sabes cuáles son sus intenciones. Las reglas sociales exigen que tú, como la muchacha inocente que eres, no sepas nada de lo que pasa por su mente. Recuerda la expresión de sorpresa que debe aparecer en el rostro de toda joven bien educada cuando se encuentra ante una proposición de matrimonio. «Señor, esto es tan repentino.»

Zillah siempre lograba hacerme reír.

—Quizá no deba aceptar sus invitaciones... —comenté con voz insegura.

—Querida, el que se acepten o no sus invitaciones depende de tu padre. Todos sabemos que él las hace por ti, pero la modestia te impide dar a entender que así lo sabes.

—Entonces, ¿qué voy a hacer?

—Eso es algo que debes decidir por ti misma. ¿Quieres ser la esposa de un hombre más viejo que tú, pero rico, con un castillo en el norte y una casa muy cómoda en la ciudad? ¿O quieres convertirte en la esposa de un hombre joven que ni siquiera es aún abogado, y que posiblemente no pueda conseguir muchos pleitos, ni siquiera cuando haya terminado su carrera? Todo eso está en tus manos.

—Sabes que voy a casarme con Jamie.

—¿Y renunciar a una vida cómoda?

—Pues claro. Amo a Jamie. Lo que importa es el amor, ¿no es cierto?

—Siempre y cuando dispongas de un techo sobre tu cabeza, y una buena alimentación para poder disfrutarlo.

—Si surge alguna dificultad… me ayudarás, ¿verdad, Zillah?

Ella puso una mano sobre mi hombro, atrayéndome hacia sí, y me besó en la mejilla.

—Eso es lo que intento, querida —me dijo.

Desde que Zillah descubrió la existencia de Jamie, ella y yo nos habíamos hecho más amigas. Yo me sentía cada vez más preocupada. Estaba claro que mi padre consideraba a Alastair McCrae como el marido más adecuado para mí, y le agradaba que Alastair me dedicara tantas atenciones, de acuerdo con la costumbre comúnmente aceptada. Yo estaba segura de que Alastair actuaría según las reglas, con la misma rigurosidad que mi padre, y eso sólo podía significar que no tardaría en plantearse una proposición de matrimonio.

Mi padre conocía mi amistad con Jamie. ¿Acaso no había sido invitado a casa? Y después de eso… nada. ¿Creía mi padre que aquella amistad había cesado porque yo, como hija sumisa, había aceptado lo que él deseaba para mí? En su opinión, ahora estábamos esperando a que Alastair planteara su proposición, y a partir de ahí se actuaría en consonancia.

A mi padre, todo eso le parecería predecible y adecuado. Entregaría su hija a un hombre que ocupaba una posición similar a la suya; y de ella se esperaba que continuara en la misma posición a la que se había acostumbrado. ¿Qué más podía hacer un padre o esperar de cualquier hija? Todo era muy natural, conveniente y tradicional.

Así pues, me alegraba tener a Zillah en casa, porque sabía que ella comprendía mis sentimientos, se reía de los convencionalismos y podía aconsejarme en cuanto a lo que debía hacer.

Acudía a menudo a mi habitación para hablar conmigo, y se sentaba allí donde pudiera contemplarse en el espejo; yo estaba segura de que su imagen tenía un enorme interés para ella, y me dedicaba a observarla mientras hablaba.

—Eres muy hermosa, Zillah —le dije un día—. No me sorprende que te guste tanto verte reflejada en el espejo.

—Sólo me miro para asegurarme de que todo está bien —dijo ella echándose a reír—. Se podría decir que soy muy consciente de mi apariencia, pero que no siento mucha confianza al respecto, y que por eso tengo que comprobarlo con frecuencia, mirándome en el espejo.

—No me lo creo. Pensaba que te gustaba mirarte.

—Bueno, yo diría que es un poco ambas cosas.

—Creo que eres la persona más hermosa que he conocido jamás.

—Trabajo duro para conseguirlo —dijo acariciándose el cabello con aire de complacencia.

—¿Qué quieres decir?

—Bueno, no creerás que todo esto es exactamente lo que me ha dado la naturaleza, ¿verdad?

—Pues... sí. ¿De qué otro modo...?

—Desde luego —me interrumpió levantando una de las cejas—, diría que la naturaleza ha sido amable conmigo. Llegué al mundo bastante bien dotada en ese sentido, pero cuando a una se le han dado dones especiales, tiene que cuidarlos, casi cultivarlos.

—Sí, claro. Pero tu cabello tiene un color esplendoroso.

—Hay medios para mantenerlo así.

—¿Medios?

—Querida, me pongo un poco de cierto líquido. después de lavármelo.

—¿Quieres decir que ese color tuyo no es natural?

—No es que esté muy lejos, pero se inclina más al

color del jengibre. Se podría decir que contribuyo a mantenerlo normal.

—Oh, comprendo. Y en cuanto a tu piel, es tan blanca y hermosa. ¿De qué te ríes ahora?

—Eres una muchacha adorablemente inocente, Davina. Pero lo cierto es que tengo un secreto maravilloso para mantener mi piel clara y hermosa. Es algo osado, pero funciona.

—¿Qué quieres decir con eso de… osado?

—No te lo creerías, pero se debe al empleo de arsénico.

—¿Arsénico? ¿No es eso un veneno?

—En grandes dosis es capaz de matar a las personas, pero hay muchas cosas que resultan peligrosas si son tomadas en exceso. En pequeñas dosis, en cambio, son beneficiosas.

—¿De dónde lo sacas? ¿No tienes que acudir a un farmacéutico?

—Bueno, sí, pero se arma un gran revuelo cuando una trata de comprarlo en un mostrador. Yo recurro a otros métodos. Ellen es maravillosa con esa clase de cosas. Ella lo consigue del papel matamoscas.

—¿Del papel matamoscas? ¿Te refieres a esas tiras pegajosas utilizadas para atrapar moscas?

—En efecto. Las empapa en agua hirviendo. El resultado es un líquido que parece una especie de té ligero.

—¿Y es eso lo que bebes?

—Sólo en cantidades muy pequeñas —me la quedé mirando, horrorizada, y ella añadió—: Como ves, la gente es capaz de hacer muchas cosas por conservar la belleza. Pero la belleza es un arma. Si una es bella, consigue que la gente haga cosas por una. Es un don, como el haber nacido en una familia rica. ¿Comprendes lo que quiero decir?

—Sí, lo entiendo. Pero, a pesar de todo, creo que

sin el arsénico y sin eso que te pones en el cabello, seguirías siendo hermosa.

—¿Sabes? Yo también lo creo así, pero con un poco menos de seguridad que tú.

—¿Y crees que todo eso vale la pena?

—Si Dios te concede un don, espera que saques el mejor partido de él. ¿No existe una parábola que habla de los talentos o algo por el estilo?

—Sí —asentí—, entiendo lo que quieres decir.

—No intentes empezar a probar cosas —me advirtió—. No quisiera que te dediques a mojar papeles matamoscas y a beber la solución. Podría ser peligroso.

—Quizá también lo sea para ti.

—Yo soy prudente. Sé lo que hago. Ellen es una especie de vieja bruja. Sabe mucho de todo esto y es mi aliada. A la servidumbre no le cae muy bien, y, en cierto modo, eso nos ha acercado a las dos. Sé que ellos me toleran porque no les molesto, pero creen que tu padre dio un paso en falso al casarse con la institutriz. En cuanto a ti, bueno, tienes una piel muy bonita tal como está. La tuya es una piel intocada y perfecta. Y no necesitará ninguna clase de atenciones durante algún tiempo.

—Me alegra que me hayas contado tu secreto.

—¿No me has contado tú el tuyo? ¿Cómo está Jamie? No te atrevas a decirle nada de lo que hago para conservar mi belleza. No debería habértelo confesado, pero al fin y al cabo somos muy buenas amigas, ¿verdad?

—Sí, somos buenas amigas. Jamie está bien. Se está impacientando. No le gusta que pasemos esos fines de semana en Castle Gleeson.

—No me sorprende nada. Oh, Davina, espero que a ti y a Jamie os salga todo bien.

—Si estuvieras en mi lugar, te casarías con Alastair McCrae en caso de que te lo pidiera.

—¿Y qué te hace pensar eso?

—Porque pensarías que era lo más sensato.

—En el fondo de mi corazón soy una romántica, querida. Esa es la razón por la que haría cualquier cosa por ti y por Jamie.

—Creo que ejerces una gran influencia sobre mi padre.

—En cierto modo, sí. No estoy muy segura al respecto. Ya sabes que le gusta ajustarse a los convencionalismos.

—No siempre —dije.

—Bueno —admitió ella echándose a reír—, es difícil encontrar a alguien que se ajuste siempre a los convencionalismos. Hay veces en que se piensa que no son tan necesarios, y luego se olvidan de lo importantes que parecieron. Pero no importa. Confía en mí. Haré todo lo que pueda por ti y por Jamie.

Poco después, mi padre volvió a ponerse enfermo. En esta ocasión, también Zillah sufrió una forma suave de la misma enfermedad. Ella se recuperó antes y se entregó por completo a la tarea de cuidar a mi padre, con mi ayuda.

—Ha debido de ser algo que comimos —dijo Zillah.

La señora Kirkwell se indignó.

—¿Se refiere a algo que salió de mi cocina? —me preguntó con tono exigente cuando se lo comenté.

Le recordé entonces que ambos habían cenado en casa de un colega de negocios de mi padre la misma noche en que se pusieron enfermos.

—Podría haber sido allí —añadí—, porque esa noche cené en casa y me sentí perfectamente.

—Creo que el señor Glentyre debería ver a un médico —dijo ella, algo más tranquila—. No es la primera vez que enferma en tan poco tiempo.

—Se lo sugeriré —le dije.

Cuando así lo hice, Zillah replicó:

—Es posible que no sea una mala idea, aunque estoy segura de que fue algo que comimos, y ya sabes que esa clase de malestar pasa con rapidez. Además, yo también estuve enferma. Claro que no estuve muy enferma, pero lo cierto es que comí bastante menos que tu padre. Creo que fue la ternera que cenamos en casa de los Kennington. Según he oído, la ternera puede resultar un poco indigesta. Veré qué dice él acerca de llamar al médico.

Al principio, mi padre se mantuvo firme en su negativa, pero ella se las arregló para convencerlo.

Cuando llegó el doctor Dorrington, mi padre ya estaba bien. El médico llegó a las once y media de la mañana, y se le pidió que se quedara a almorzar. Era un buen amigo de la familia desde hacía años. Debía de tener más de sesenta años y el año anterior nos habíamos preguntado qué pasaría cuando se jubilara. Había un sobrino joven que acababa de pasar por las últimas fases de su internado y que en aquellos momentos trabajaba en uno de los hospitales de Glasgow. Para todos estaba claro que, a su debido tiempo, se haría cargo de la consulta de su tío.

Escuché a mi padre saludando al médico en el vestíbulo.

—Oh, vamos, Edwin. Todo esto es innecesario. Pero, al menos, he cumplido los deseos de mi esposa, aunque sólo sea en beneficio de la paz en el hogar.

—Bueno, no puede hacerte ningún daño someterte a una pequeña exploración.

Subieron arriba, al dormitorio.

Cuando bajé para almorzar el médico me saludó cálidamente. Él me había traído al mundo, algo que le enorgullecía y que recordaba casi cada vez que nos veíamos. Eso parecía proporcionarle una especie de interés de propiedad sobre mí. Había atendido a mi madre a lo largo de toda su enfermedad y se sintió muy deprimido cuando ella murió.

Me di cuenta de que sentía cierta fascinación por Zillah.

—¿Está todo bien? —le pregunté.

—Oh, sí… sí —me contestó el médico, aunque sus palabras no me parecieron muy convincentes.

No obstante, fue un almuerzo muy agradable. Zillah estaba contenta y se ocupó de atender al doctor. Flirteó suavemente con él, algo que a él pareció agradarle y que mi padre observó con expresión divertida.

Más tarde hablé con ella.

—¿Le ocurre algo a mi padre?

—Lo que sucede es que ya no es un hombre joven, ¿no te parece? Pero no hay de qué preocuparse.

—No pareces muy segura de lo que dices.

—Bueno, obligué al viejo Dorrington a que me dijera la verdad… la verdad absoluta. Quise asegurarme de que sabía que este era el segundo ataque sufrido por tu padre. En esta ocasión tuvo que haber sido la comida, porque a mí me pasó lo mismo. Dijo que tu padre debía cuidarse. Que podría existir una debilidad… una debilidad interna. Su corazón está bien, pero el médico no hizo más que resaltar su edad.

—No es tan viejo.

—Tampoco es tan joven. Las personas tienen que ser más cuidadosas a medida que avanzan los años. —Me puso una mano sobre el hombro—. Pero no importa. Yo me ocuparé de cuidarlo. Estoy descubriendo en mí un talento oculto para eso. ¿No crees que soy una buena enfermera?

—Así parece pensarlo mi padre.

—Oh, a él le parecería buena cualquier cosa que yo hiciera.

—Eso es muy amable por tu parte.

—Lo es, y tengo la intención de que siga siéndolo.

Las cosas se complicaron poco después, cuando Alastair McCrae acudió a nuestra casa para ver a mi padre.

Fue conducido al despacho y permaneció allí durante un rato. Luego se marchó, sin quedarse a almorzar ni ver a nadie más.

Mi padre envió a buscarme y en cuanto entré en el despacho me sonrió con expresión benigna.

—Cierra la puerta, Davina. Quiero hablar contigo.

—Así lo hice—. Siéntate.

Una vez que me senté, se dirigió a la chimenea y permaneció allí de pie, con las manos en los bolsillos, balanceándose sobre los talones, como si estuviera a punto de pronunciar un sermón. Finalmente, dijo:

—Tengo muy buenas noticias para ti. Alastair ha venido a verme. Ha solicitado mi permiso para casarse contigo.

—¡Eso es imposible! —exclamé yo, levantándome.

—¡Imposible! ¿Qué quieres decir?

—Estoy comprometida con otra persona.

—¡Comprometida! —Se quedó mirándome con expresión de horror, demasiado conmocionado como para saber qué decir—: Comprometida —repitió—. Con… con…

—Sí —asentí—, con James North.

—¡Ese… ese estudiante!

—Sí. Tú le conoces.

—Pero… eres una estúpida…

—Quizá.

Me sentí audaz. No estaba dispuesta a dejarme intimidar. Amaba a Jamie. Iba a casarme con él. No permitiría que mi padre gobernara mi vida. ¿Cómo se atrevía, precisamente él, que había traído a Zillah a aquella casa, que la había mantenido allí, aparentando que sólo era una institutriz para mí? La recordé aquella noche en que se deslizó a hurtadillas en su habitación, y eso redobló mi valor.

—Te olvidarás de esa tontería —me dijo.

—No es ninguna tontería. Es lo mejor que nunca me ha sucedido.

Levantó la mirada al techo, como para hablar con alguien que estuviera allí.

—Mi hija es una idiota —dijo.

—No, padre, no lo soy. Se trata de mi vida, y la viviré como quiera vivirla. Tú has hecho lo que has querido, y yo haré lo mismo.

—¿Te das cuenta de con quién estás hablando?

—Sí, padre, estoy hablando contigo.

—¿Te das cuenta de toda la ingratitud…?

—¿Gratitud? ¿De qué?

—Por todos estos años… Te he cuidado. Tu bienestar ha sido mi principal preocupación.

—¿Tu principal preocupación? —repliqué.

Por un momento, pensé que iba a golpearme. Se acercó a mí, pero entonces se detuvo bruscamente.

—¿Has estado viéndote con ese joven?

—Sí.

—¿Y qué más?

—Hemos hablado de nuestro futuro.

—¿Y qué más? —repitió.

—Te aseguro que no sé lo que tratas de sugerirme —espeté, repentinamente enojada—. James siempre se ha comportado conmigo de la forma más cortés y como un verdadero caballero. —Él se echó a reír despreciativamente—. No debes juzgar a todo el mundo por lo que tú haces, padre.

—¿Qué?

—No sirve de nada que conmigo aparentes ser un ciudadano virtuoso. Sé que trajiste a tu amante a esta casa. Sé que ella acudía a tu dormitorio antes de que te casaras. En realidad, yo misma la vi entrar en tu habitación.

Me miró fijamente, con el rostro enrojecido.

—Tú, tú… descarada…

Tuve la impresión de que controlaba la situación.

—No yo, padre. Tú eres el descarado. Tú eres el que aparentas ser una persona virtuosa y justa. Tienes tus secretos, ¿verdad? Creo que deberías ser el último en criticar mi comportamiento y el de mi prometido.

Estaba pasmado, profundamente desconcertado. Lo había desenmascarado, y comprendía que yo lo sabía desde hacía bastante tiempo.

Su cólera estalló repentinamente. Había odio en la mirada que me dirigió. Yo había resquebrajado las apariencias, lo había dejado expuesto como un hombre ordinariamente pecador; mis palabras habían destruido el aura que siempre había intentado crear a su alrededor.

—Eres una muchacha muy desagradecida —dijo—. Olvidas que soy tu padre.

—Eso es algo que me resulta imposible olvidar. Siento mucho tener que rechazar la oferta de Alastair, pero yo misma le diré que estoy comprometida con Jamie.

Abrí la puerta y me disponía a marcharme cuando él perdió el control y me gritó:

—No permitas que ese estudiante piense que va a vivir toda su vida rodeado por el lujo. Si te casas con él, no recibirás un céntimo de mi dinero.

Eché a correr escalera arriba, hacia mi dormitorio, y cerré la puerta.

Aproximadamente una hora después, Zillah vino a verme. Yo todavía estaba en mi habitación, temblando por la conmoción del enfrentamiento y preguntándome qué iba a suceder a continuación. Anhelaba ver a Jamie y contarle lo sucedido entre mi padre y yo.

Zillah me miró, horrorizada.

—¿Qué has hecho? —preguntó—. Tu padre está encolerizado contigo. Dice que te desheredará.

—Alastair McCrae vendrá a pedirme que me case con él. Le ha pedido el debido permiso a mi padre y él, evidentemente, ha contestado que sí. En realidad, ya le había dado su bendición y estaba preparado para hacer lo mismo conmigo. Entonces le dije que estaba prometida con Jamie.

—Sí. Eso fue lo que pude sonsacarle. Bastante precipitado, ¿no te parece?

—¿Qué otra cosa podía haber hecho?

—Supongo que nada. Pero ¿qué vas a hacer ahora?

—No me casaré con Alastair McCrae sólo porque mi padre diga que debo hacerlo.

—Desde luego que no lo harás. Oh, Davina, ¡qué complicación! Tendrás que hablar de todo esto con Jamie.

—Le enviaré una nota a su alojamiento y le pediré que nos veamos mañana mismo.

—Dámela y yo se la enviaré con uno de los sirvientes.

—Oh, gracias, Zillah.

—No te inquietes. Al final, todo saldrá bien.

—No creo que mi padre pueda perdonarme jamás.

—Te perdonará. Se acostumbrará a ello. Son cosas que ocurren en las familias.

—Oh, gracias, Zillah.

—Sabes que quiero ayudar, ¿verdad? Además, me siento un poco angustiada por la salud de tu padre. El viejo Dorrington dice que no hay nada que temer, pero no quiero que se enoje.

—Sí, sí, lo sé. Me alegra tanto que estés aquí.

—Bien, escribe esa nota y nos ocuparemos de que tú y Jamie podáis veros. Veamos qué tiene él que decir a todo esto. Es posible que te sugiera escaparos para casaros en Gretna Green.

—¿Crees tú que haría eso?

—Sería muy romántico.

—Pero ¿adónde iríamos? ¿Dónde viviríamos?

—Dicen que el amor lo puede todo.

—Tengo la impresión de que deseo alejarme de mi padre, y de que él quiere que me marche.

—Lo que él quiere es un bonito y rico matrimonio para ti, con un hombre de un valor tan sólido como Alastair McCrae. Después de todo, eso es lo que todos los padres quieren para sus hijas.

—Pero si resulta que la hija ama a otro hombre...

—Bueno, escribe esa carta a Jamie. Cuéntale lo que ha sucedido, y si sugiere que os escapéis haré todo lo que pueda para ayudaros.

—Gracias, Zillah. Me alegro tanto de que estés aquí.

—Eso ya me lo has dicho, querida, y yo también me alegro de tenerte aquí. Lo que necesitas es alguien que se ocupe de ti.

Escribí la carta y fue despachada en mi nombre.

Al día siguiente, Jamie me estaba esperando en nuestro banco del jardín. En cuanto le conté lo sucedido, quedó anonadado.

—¿De modo que ese hombre va a pedirte en matrimonio y cuenta con la aprobación de tu padre?

—Le explicaré inmediatamente que estoy comprometida contigo.

—¿Y tu padre?

—No sé lo que hará. Es posible que me eche de la casa. Dice que me quitará de su testamento si me caso contigo.

—¡Santo cielo! ¡Qué cosa tan terrible!

—Lo dice de veras. Jamás me perdonará por lo que le dije, aunque consienta en casarme con Alastair Mc-Crae. Jamie, ¿qué vamos a hacer?

—No lo sé.

—Zillah me dijo que podíamos escaparnos y casarnos en Gretna Green.

—¿Adónde iríamos después? Tú no podrías vivir en mi alojamiento. Aún me faltan esos dos años para terminar mis estudios. ¿Cómo podríamos vivir?

—No lo sé. Supongo que algunas personas se las arreglan.

—Tú siempre has vivido rodeada de comodidades. Ni siquiera sabes cómo sería esa clase de vida.

—Quizá tu familia pueda ayudarnos.

—Son muy pobres, Davina. No nos podrían ayudar de ese modo.

—En ese caso, ¿qué vamos a hacer?

—No lo sé —repitió.

Me sentí consternada. Pensé que él se alegraría por el hecho de que yo le hubiera dicho a mi padre que estábamos comprometidos, y por haber defendido tan firmemente que sólo me casaría con él. Parecía como si todo el romanticismo se hubiera hecho añicos ante el circunstancial problema de determinar cómo íbamos a vivir.

—Sólo podemos hacer una cosa —dijo Jamie tristemente, al cabo de un rato—. Aplazar nuestra boda. Tenemos que esperar hasta que yo haya terminado mis estudios. En estos momentos estoy recibiendo ayuda de mi familia. No puedo pedirles que mantengan también a mi esposa.

—Por lo que veo, yo sería una carga.

—Pues claro que no. Pero, como comprenderás, todavía no es posible.

Me sentí descorazonada. Y me di cuenta de que me había precipitado.

—¿Qué puedo hacer entonces? Ahora ya se lo he dicho.

—Tendrás que hacerle esperar durante un tiempo. Espera hasta que se nos ocurra algo.

—Zillah dice que está dispuesta a ayudarnos. Creo que imaginó que tú propondrías que escapáramos juntos.

—Eso no es nada práctico, Davina. Desearía que lo fuera. Oh, ¿por qué ha tenido que suceder esto precisamente ahora?

—Las cosas no suceden cuando uno quiere que sucedan. ¿Cómo crees que puedo regresar a casa y rechazar a Alastair McCrae? Mi padre está furioso. Ya ha decidido que debo casarme con él.

—Sin duda alguna, te permitirá decir algo al respecto.

—Mi padre nunca permite a nadie que diga nada, excepto a Zillah. Su palabra es ley y espera que todo el mundo lo acepte así.

—Tenemos que pensar en algo, Davina.

—Sí, pero ¿qué?

Permaneció en silencio durante un rato. Finalmente, dijo:

—Es algo desagradable, y no me gusta nada tener que decirlo, pero… creo que tendrás que entretener a ese tipo durante algún tiempo.

—¿Qué quieres decir?

—Bueno, dile que no puedes darle una respuesta inmediata. Que tienes que pensártelo. Que todo ha sido muy inesperado. Ya sabes, esa clase de excusas. Dile que te dé tiempo para pensarlo. Eso nos permitirá disponer de cierto margen. Mientras tanto, veré qué puedo arreglar. Quién sabe, es posible que surja algo. Podemos vivir en habitaciones alquiladas, encontrar algo barato hasta que termine mis estudios. No sé si será posible. De ese modo tendré tiempo para reflexionar… Necesito tiempo.

—¿Crees que se te ocurrirá algo para que podamos casarnos?

—Puedo plantearle el tema a mi familia. Es posible

que a ellos se les ocurra algo. Pero para eso necesito disponer de tiempo.

—Encuentra una solución, Jamie.

—¿Qué clase de hombre es ese Alastair McCrae?

—Es un buen hombre, estoy segura. Es agradable. Me gusta bastante. Se muestra muy cortés y caballeroso conmigo. Creo que será posible… entretenerlo, como dices. No me agradará hacerlo. Parece algo deshonesto, porque sé que no voy a casarme con él, y podría ser deshonesto aparentarlo.

—Lo sé, lo sé, pero todo depende de eso. No tardaré en encontrar una solución que nos permita salir de esta situación. Nos casaremos, pero en mi posición, siendo como soy un estudiante sin un céntimo, tendré que reflexionar mucho sobre ello.

—Desde luego. Ojalá Alastair McCrae encontrara a otra mujer. Ojalá se enamorara perdidamente de alguien y me olvidara.

—Siempre podemos abrigar esa esperanza —dijo Jamie.

Zillah quiso saber lo que habíamos hablado, y se lo dije.

—No es en modo alguno un caballero temerario, ¿no te parece? —me dijo—. Pensé que te raptaría y te llevaría inmediatamente a Gretna Green para casaros.

—Eso no habría tenido ningún sentido, Zillah. ¿Dónde habríamos ido a vivir?

—Él se aloja en la ciudad, ¿no es cierto?

—Sólo hay espacio para una persona.

—El amor no conoce límites. Ya sabes, contigo pan y cebolla.

—Oh, Zillah, tienes que comprender su punto de vista.

—Pues claro que lo comprendo. Tiene mucha razón en mostrarse práctico. Pero pensé que podría dejarse llevar por el romanticismo de vuestra relación.

—Estoy convencida de que tú serías siempre práctica.

—¡En tales circunstancias! —dijo, como si se lo preguntara a sí misma.

—En todas las circunstancias —insistí, y le conté lo que había dicho Jamie acerca de no darle una respuesta positiva a Alastair McCrae.

—Es un plan sensato —admitió ella—. Alastair lo comprenderá, y estará dispuesto a esperar. Tu padre se sentirá relativamente conforme. Pensará que estás entrando en razones y querrá salvaguardar tu orgullo esperando un poco más de tiempo. Yo misma le haré alguna que otra indicación en ese sentido. Y, mientras tanto, todos seguiremos como hasta ahora, esperando a que surja algo nuevo.

—Supongo que debo ocuparme de reflexionar sobre lo que debo decir.

—Lo harás.

Y cuando llegó el momento, lo hice.

Alastair se mostró encantador, y a mí no me gustó nada tener que engañarlo. Me propuso el matrimonio adoptando una actitud muy digna.

—Davina, soy viudo desde hace más de seis años —dijo—, y nunca había pensado en volver a casarme, pero cuando te vi en Gleeson, me dije a mí mismo: «Ha llegado el momento de tomar otra esposa.» Y sabía que tú eras esa mujer. ¿Quieres casarte conmigo? —Fue una situación difícil para mí. Retrocedí y él me miró con ternura, añadiendo—: Seguramente, pensarás que he hablado demasiado pronto.

—En realidad, no nos conocemos demasiado.

—Para mí es suficiente.

—No se me había ocurrido que… usted… se sintiera así —dije, haciendo un esfuerzo por mentir.

—No, claro que no. Mi querida Davina, perdóname por haber hablado demasiado pronto, pero quería que supieras lo mucho que te aprecio. ¿Qué me dices?

¿Qué podía decirle? Ya me resultaba bastante duro contenerme para no gritarle la verdad, decirle que jamás me casaría con él, que estaba comprometida con Jamie y que en cuanto pudiera casarme con él, lo haría. Pero sabía que no podía decir eso. Había demasiadas cosas en juego. Jamie necesitaba tiempo y mi padre, llevado por su cólera, podía eliminarme de su testamento. Debía impedirlo a toda costa. Me puse rígida, al decir:

—No puedo... todavía no... por favor.

—Desde luego, lo comprendo. Esto ha sido una sorpresa para ti. Necesitas tiempo para considerarlo. Mi querida Davina, claro que dispondrás de tiempo. Y mientras te lo piensas, seré paciente. Intentaré persuadirte de la verdadera bendición que será para los dos el que nos casemos.

—Es usted muy amable y comprensivo, señor McCrae.

—Oh, tutéame, por favor. Y amable y comprensivo es lo que tengo la intención de seguir siendo durante el resto de nuestras vidas.

Todo había resultado mucho más fácil de lo que había imaginado, aunque no pude evitar el despreciarme un poco a mí misma por lo que estaba haciendo.

Alastair acudió al despacho de mi padre y mientras yo me dirigía a mi dormitorio escuché las primeras palabras que se dijeron antes de que se cerrara la puerta.

—Davina se ha sentido un tanto sorprendida. Me temo que he actuado con excesiva precipitación. Pero todo va a salir bien. Lo único que necesita es tiempo.

Me imaginé la expresión de satisfacción que debió de aparecer en el rostro de mi padre.

Pronto descubrí que no se sentía tan descontento. No quedaba fuera de lugar que una joven como yo mostrara cierto grado de vacilación; y aunque ya le había demostrado que no era la hija dócil e inocente que él había imaginado hasta entonces, en adelante me consideró con un poco más de indulgencia.

Mi explosión y el hecho de que le hubiera descubierto en una situación comprometedora no era algo que pudiera olvidarse con facilidad, y siempre se interpondría entre nosotros; pero si yo me plegaba a sus deseos y me casaba con Alastair McCrae, él se apaciguaría un poco.

Zillah insistió en que descansara. Escenificó un gran espectáculo a la hora de prohibirle salir cuando ella consideraba que no era conveniente hacerlo. Él protestó, aunque, evidentemente, le gustaban las atenciones de que era objeto.

—Me estás convirtiendo en un inválido —gruñó con irritación burlona.

—No. No. Te estoy cuidando para que vuelvas a ser el hombre fuerte que eres en realidad. Dedica un poco de tiempo a cuidarte. No te impacientes como un muchacho rebelde, y te aseguro que pronto volverás a sentirte mejor.

Era inusual escuchar a alguien hablándole así, pero él disfrutaba, viniendo como venía de Zillah.

Ella empezó a salir cada vez con mayor frecuencia, a veces conmigo y otras veces en el carruaje conducido por Hamish. Hablaba vagamente de que iba de compras o a dar un paseo por la maravillosa zona antigua de la ciudad. Decía que, en su opinión, Hamish resultaba bastante divertido.

Un día bajé a la cocina con algún pretexto. La señora Kirkwell estaba allí, hablando con Ellen, cuando entró Hamish.

—Ratas —dijo Hamish.

—¿Qué has dicho? —preguntó la señora Kirkwell en tono exigente.

—Hay ratas en las caballerizas. He visto una, tan negra, tan peluda y tan grande como un gato.

—No sigas hablando —dijo la señora Kirkwell, sentándose con expresión conmocionada.

—Rondaba por los establos —prosiguió Hamish— con toda naturalidad y un descaro increíble. Me vio y se quedó quieta, mirándome, la descarada. Le tiré una piedra y la rata ni siquiera se movió.

—No me gusta nada lo que dices —dijo la señora Kirkwell—. Espero que no empiecen a colarse en mi cocina.

—No se preocupe, señora Kirkwell, conozco un método para eliminar a esas pequeñas ladronzuelas.

—¿Cómo lo harás? —pregunté.

—Con arsénico, señorita.

—¡Arsénico! —exclamó la señora Kirkwell —. Eso es veneno.

—¡No me diga! Bueno, pues eso es lo que les daré a las ratas. Voy a envenenarlas a todas, eso es lo que haré.

—¿Y de dónde sacará el arsénico? —pregunté.

—Lo conseguiré en Henniker —contestó él, mirándome burlón y dirigiéndome un guiño.

—¿Y lo venderán así de fácil? —pregunté.

—Sí. Uno sólo tiene que pedir lo que quiera y anotar su nombre en un libro. Y eso es todo.

—Lo puedes conseguir de las tiras matamoscas —dije sin pensármelo dos veces.

—¡De las tiras matamoscas! —exclamó la señora Kirkwell—. Oh, sí. Ahora lo recuerdo. Lo había olvidado. Al parecer, una mujer asesinó así a su marido. Empapaba en agua las tiras matamoscas o algo parecido. Eso fue lo que declaró. Dijo que empapaba las tiras matamoscas en agua para obtener el brebaje con que se cuidaba el cutis.

—Sí, en efecto —dije—. Algunas mujeres así lo hacen.

—Me sorprende que sepa usted esas cosas, señorita Davina. En cuanto a ti, Hamish Vosper, será mejor que te libres de esos bichos. ¡Ratas aquí! No me gustaría verlas en mi cocina, te lo aseguro.

—Entendido —dijo Hamish llevándose una mano a la frente—. Deje las ratas de mi cuenta.

Alastair McCrae venía a cenar con nosotros y nosotros íbamos a cenar con él. Tenía una encantadora casa en la ciudad, en una plaza tranquila muy similar a la nuestra. Era muy cómoda, estaba amueblada con gusto y en ella había el adecuado número de sirvientes.

Mi padre quedó encantado y creo que empezaba a reconciliarse con el hecho de que yo supiera algo de su vida privada, aunque, desde luego, él habría preferido mantenerlo en secreto. Creía que yo estaba recuperando «el buen sentido», como él hubiera dicho.

Creo que Zillah abrigaba los mismos pensamientos, a juzgar por las miradas que me dirigía. Me sentí avergonzada de mí misma por tener que continuar con aquella farsa. Tenía la sensación de que me estaba traicionando a mí misma, a Jamie, a Alastair, a todo el mundo.

No dejaba de recordarme que no me quedaba otro remedio. Jamie lo había sugerido así. Yo tenía que pensar en nuestro futuro, y eso era más importante que cualquier otra cosa.

Jamie había cambiado. De nuestra relación había desaparecido una parte de la alegría de la que tanto disfrutamos al principio. Ahora se mostraba reflexivo y un poco melancólico. Me dijo que no le gustaban nada mis encuentros con Alastair McCrae, ni el subterfugio que me veía obligada a utilizar.

—Pero ¿qué otra cosa podemos hacer? —me preguntó—. Todo es por culpa de esta condenada pobreza. Si al menos fuera tan rico como Alastair McCrae.

—Quizá lo seas algún día, Jamie, y entonces nos reiremos de todo esto.

—Sí, lo seremos, ¿verdad? Pero resulta que estas cosas están sucediendo ahora, cuando soy más pobre que los ratones de la iglesia de mi padre. ¿Te habla él... de matrimonio?

—No. Se muestra muy amable, de veras. Cree que con el tiempo estaré de acuerdo en casarme con él. Cree que aún soy muy joven, mucho más de lo que soy en realidad. Quiere esperar hasta que esté preparada. Está seguro de que, con el tiempo, aceptaré. Intenta convencerme de lo bueno que será conmigo. Y yo me siento terriblemente mal, de veras. Todo esto es un engaño, Cómo deseo poder abandonarlo todo. Ya no quiero seguir viviendo en esa casa. No sé de qué se trata, pero...

—Te llevas muy bien con Zillah, ¿verdad?

—Sí. En cierto modo, ella es un consuelo para mí, pero a veces tengo la sensación de no conocerla bien. Creo que en el fondo de sí sigue siendo una buena actriz, y nunca sé muy bien cuándo está actuando y cuándo no.

—Es una buena mujer.

—Mi padre la adora.

—Eso no me sorprende nada.

—Oh, Jamie, ¿qué vamos a hacer?

—Simplemente, esperar. Algo ocurrirá. Ya pensaremos en algo.

Intentamos alegrarnos hablando de lo que haríamos en cuanto pudiéramos, pero la alegría había desaparecido, sustituida por un profundo recelo, y eso era algo que no podíamos eliminar del todo, por mucho que quisiéramos aparentar.

Al día siguiente, me disponía a salir para reunirme con Jamie cuando, al llegar al vestíbulo, me encontré con Ellen.

—Oh, me alegro de verla, señorita Davina —me dijo—. ¿Va usted a salir? No me gusta tener que pedírselo, pero me pregunto si... —vaciló, frunciendo el ceño.

—¿Qué ocurre, Ellen?

—Iría yo misma, pero no puedo salir precisamente ahora, y no quiero que la señora Kirkwell lo sepa, porque se alteraría mucho y sentiría verdadero pánico. Se lo pediría a Hamish, pero él se ha desentendido del tema y me ha pedido que lo consiga. Me ha dicho que me enseñará a utilizarlo.

—¿Qué es lo que quieres, Ellen?

—Bueno, el caso es que esta mañana, al salir al cubo de basura, que como sabe usted está fuera, junto a la puerta de la cocina, levanté la tapa y una rata saltó de allí.

—¡Oh, querida!

—Sí. Me alegro de que fuera yo quien la vio, y no la señora Kirkwell. Se lo dije a Hamish y él me replicó que hoy no podía ir a la tienda. El señor Glentyre lo necesita. Pero me dijo que había que ocuparse inmediatamente de eso. Él ya ha conseguido matar dos o tres ratas en las caballerizas y cree que ahora han cambiado de andurriales. Dice que las ratas son animales muy inteligentes.

—La señora Kirkwell se horrorizará si lo sabe.

—Sí, y Hamish me dijo que había que actuar con rapidez porque de lo contrario entrarán de una forma u otra en la casa y se multiplicarán con rapidez. Entonces pensé que, puesto que usted sale, quizá pueda pasarse por la tienda de Henniker y conseguir un poco de ese arsénico.

—¿Es eso lo que quieres que traiga? ¿Arsénico? ¿Sólo eso?

—Sí, sólo arsénico por valor de seis peniques. Le preguntarán para qué lo quiere y entonces podrá decirles que es para las ratas. Muchas personas lo utilizan para eso. Entonces, creo que tendrá que firmar en un libro. Eso es lo que me ha dicho Hamish.

—Te lo traeré, desde luego.

—Oh, gracias. No se lo diga a nadie. Las ratas causan tanto pánico en la gente que si llega a oídos de la señora Kirkwell se pondrá histérica.

—Está bien, no te preocupes. Te lo traeré y no diré nada.

—En cuanto usted regrese, lo pondré en el cubo de la basura. Muchas gracias, señorita Davina.

Me dirigí directamente a la droguería. Había un hombre joven tras el mostrador. Me sonrió al verme.

—Quiero seis peniques de arsénico —le pedí.

—Oh —exclamó, mirándome un tanto sorprendido—, señorita, ¿me permite preguntarle para qué lo quiere? Es una regla el preguntarlo. Espero que sepa a qué me refiero.

—Desde luego. Resulta que tenemos ratas en el jardín. Han estado rondando por las caballerizas y al parecer se van acercando a la casa.

—Con eso será suficiente —dijo—. Pero como se trata de un veneno, me veo obligado a pedirle que firme en el libro.

—Lo comprendo.

Se volvió hacia un cajón y extrajo de él un libro con tapas rojas, en el que se veía una etiqueta que decía: «Registro de ventas de veneno de Henniker.»

—¿Venden ustedes mucho arsénico? —pregunté.

—No, señorita. Pero la gente lo utiliza para matar bichos y cosas así. Es muy efectivo. En cuanto lo prueban un poquito, acaba con ellos. Dicen que también es bueno para el cutis, y que las mujeres lo utilizan para eso. Pero no lo sé con seguridad. Los hombres también lo emplean. —Me miró con expresión de timidez—. Dicen que tiene poderes.

—¿Poderes?

—Cuando no son tan jóvenes, ya sabe.

Abrió el libro ante mí, y anotó la fecha, mi nombre y dirección.

—Seis peniques de arsénico como veneno para el jardín. Firme aquí, señorita.

Así lo hice y salí de la droguería llevando el pequeño paquete en el bolsillo de la falda.

Encontré a Jamie esperándome, y hablamos con naturalidad. Me sentí un tanto frustrada porque sabía que transcurriría mucho tiempo antes de que él pudiera sacarme de esta difícil situación.

Cuando regresé a casa, Ellen estaba esperándome. Se hizo cargo del paquete a escondidas.

—Todavía no he visto más —me dijo—. Utilizaré esto ahora mismo.

Pocos días más tarde, cuando volví a ver a Ellen, me dijo que estaba segura de que el remedio había funcionado maravillosamente bien. No había vuelto a ver ninguna rata, y la señora Kirkwell no tenía ni la menor idea de que hubieran estado rondando tan cerca. De todos modos, me recordó que no debía mencionárselo.

Era a últimas horas de la tarde. Zillah había salido en el carruaje, como últimamente solía hacer. Disfrutaba yendo de compras y, según me decía, a veces Hamish la llevaba a dar una vuelta por la ciudad. Después de haber escuchado todo lo que le conté sobre la ciudad se interesó y ahora la encontraba fascinante.

Habitualmente, regresaba antes de las cinco de la tarde, momento en que solía cambiarse de ropa para la cena, lo que, en su caso, no era precisamente una operación breve.

Yo tenía la impresión de que mi padre se sentía más débil desde el último acceso de su enfermedad. Zillah también lo creía así. A veces, al regresar a casa de su trabajo, parecía muy cansado y se necesitaban pocas dotes de persuasión para convencerlo de que cenara en su dormitorio. En tales casos, Zillah cenaba con él.

—Eso le hace sentirse menos inválido y a él le gusta que yo esté presente —me dijo.

En esta ocasión, se estaba haciendo tarde y Zillah no había regresado todavía.

Me dirigí a las caballerizas. El carruaje aún no estaba allí, pero sí el señor y la señora Vosper. Me dijeron que Hamish había llevado a la señora Glentyre a dar un paseo, como solía hacer, y que esperaban su regreso de un momento a otro.

La señora Kirkwell empezaba a preguntarse si debía servir la cena o no. Mi padre cenaría en su habitación, pero esperaba que la señora Glentyre también cenara con él allí.

—Alguien tendrá que decírselo —observó la señora Kirkwell—. Será mejor que se lo diga usted, señorita Davina.

Me dirigí a su habitación. Estaba vestido para la cena y esperaba sentado en un sillón.

—¿Eres tú, querida? —preguntó con alivio.

—No —contesté—. Soy Davina.

—¿Qué sucede?

—Zillah no ha regresado todavía.

—¿Dónde está?

—Creía que había ido de compras.

—¿En el carruaje?

—Sí.

—Seguramente no estará de compras a estas horas, ¿verdad?

—No.

—Entonces, ¿dónde está?

Se había sujetado con fuerza a los brazos del sillón y medio incorporado. Pensé en lo enfermo que parecía. Había perdido peso y había sombras oscuras bajo sus ojos.

Recordé que la señora Kirkwell comentó lo mucho que había cambiado, repitiendo su creencia de que no era bueno que hombres viejos se casaran con mujeres jóvenes.

Fue en ese momento cuando escuché el sonido de las ruedas del carruaje. Me precipité hacia la ventana.

—Es el carruaje. Ella ha llegado.

—Oh, gracias a Dios —dijo mi padre.

Pocos instantes después, Zillah entró precipitadamente en la habitación.

—Oh, queridos, ¡qué aventura! ¿Os estabais preguntando dónde andaba? El carruaje se estropeó. Habíamos ido a echar un vistazo a Arthur's Seat. Quería verlo, después de haberte oído hablar de ello, Davina...

—¿Es que Hamish no sabía lo que andaba mal? —preguntó mi padre.

—Oh, sí. Intentó arreglarlo. Descubrió entonces que necesitaba algo, no sé qué. Dijo que pediría un coche para que yo pudiera regresar a casa, pero resultó tan difícil conseguir uno allí. En cualquier caso, se las compuso para arreglarlo, al menos lo suficiente como para poder regresar. Y esa ha sido la causa de este terrible retraso.

—He estado muy preocupado —dijo mi padre.

—¡Oh, qué dulzura por tu parte!

—Pues sí que estaba muy preocupado.

—Acababa de enterarse de que no habías regresado a tiempo —dije.

—Me estaba preguntando qué podría haberte sucedido —prosiguió mi padre.

—Bueno, pues aquí estoy —dijo Zillah, arreglándose el cabello—. Y vamos a tomar enseguida nuestra pequeña y agradable cena, nosotros dos. Nos disculparás, Davina... Creo que es así como debe ser esta noche.

—Desde luego —asentí.

Los dejé a solas y bajé al comedor, donde cené a solas.

A la tarde siguiente pasó a vernos la señorita Appleyard. Zillah no había salido. Pensé que se sentía un poco afectada por el incidente del día anterior con el carruaje. Ella y yo estábamos en el salón cuando se nos anunció la llegada de la señorita Appleyard.

La conocíamos sólo ligeramente. En los viejos tiempos, mi madre había hablado con ella algunas veces, después del servicio religioso. Yo había oído que se trataba de una mujer bastante maliciosa a quien le encantaban las habladurías. En cierta ocasión, mi madre había dicho que era una persona a la que convenía mantener a cierta distancia.

Me pregunté por qué acudía a visitarnos.

—Pregunta por el señor Glentyre —dijo Bess—. Estoy segura de que ha dicho «señor».

—¿Acaso no sabe que a estas horas está en el banco? —dijo Zillah.

—No lo sé, señora Glentyre, pero eso es lo que ha dicho.

—Creo que será mejor que la hagas pasar.

La señorita Appleyard entró en el salón y pareció confusa al vernos.

—Había pedido ver al señor Glentyre —dijo.

—Buenas tardes, señorita Appleyard —la saludé.

Ella hizo un gesto de saludo en mi dirección y luego miró directamente a Zillah, con expresión que me pareció bastante venenosa.

—Quería hablar con el señor Glentyre —insistió.

—¿Se trata de un asunto del banco? En estos momentos está en el banco —dijo Zillah, mirándola con frialdad.

—Bueno, sé que últimamente pasa mucho tiempo en casa.

¿Y cómo sabía ella eso?, me pregunté. Pero lo cierto es que ella era la clase de mujer capaz de hacer suyos los asuntos de los demás.

—¿Podemos ayudarla en algo? —preguntó Zillah.

Por un momento, la señorita Appleyard permaneció de pie, mordiéndose los labios, como si tuviera que tomar una decisión.

—Entonces hablaré con la señora Glentyre —dijo mirándome intencionadamente.

—Las dejaré a solas —dije.

La señorita Appleyard hizo un gesto de aprobación y yo abandoné el salón, preguntándome a qué vendría todo aquello.

Diez minutos más tarde la escuché marcharse de casa y regresé al salón, donde estaba Zillah, sentada en el sofá, con la mirada ensimismada. Parecía preocupada.

—¿A qué ha venido todo esto? —pregunté.

—Oh, estaba indignada por las andanzas de alguien. Ni siquiera me he enterado muy bien de qué me hablaba. ¡Vieja idiota!

—Parece que te ha alterado mucho.

—Oh, no. Lo que sucede es que no soporto a esa clase de personas. Se meten en los asuntos de los demás y tratan de causar problemas.

—¿Para qué quería ver a mi padre?

—Oh, se trata de algo relacionado con dinero… no lo sé. De alguien que está en el banco. Me alegro de que tu padre no estuviera aquí. Él no habría tenido tanta paciencia con esa clase de cosas.

—Evidentemente, le pareció que era algo demasiado grave como para que yo lo supiera.

—¡Vieja arpía! ¿Qué hora es? Tu padre no tardará en llegar. Creo que iré arriba y tomaré un baño antes de vestirme. ¿Quieres decirle a alguien que me suba un poco de agua caliente?

—Desde luego. ¿Estás segura de sentirte bien?

—Pues claro que sí.

Parecía un tanto irritada, lo que no era nada habitual en ella. Me pregunté por qué la visita de la señorita Appleyard la había alterado tanto.

Me retiré y no volví a verla hasta que nos reunimos para cenar, algo que esa noche hicimos todos juntos en el comedor.

Mi padre estaba muy zalamero. Su ansiedad de la tarde anterior a causa del retraso de Zillah le había hecho sentir lo importante que era ella para él.

Zillah observó que parecía muy cansado y que si no tenía mejor aspecto por la mañana insistiría en que se pasara el día en su habitación.

—¡Zillah! —exclamó mi padre.

—Debo insistir —dijo ella con firmeza—. No te dejaré salir de casa, y yo misma te atenderé durante todo el día. No sirve de nada protestar. Insisto en ello.

Él se encogió de hombros y la miró con gran ternura.

Pensé en el cambio tan extraordinario que ella había obrado en mi padre, quien ahora era un hombre diferente con ella.

Al día siguiente, fiel a su palabra, insistió en que se quedara en casa.

—Está bien —me dijo—. Todo lo que necesita es descanso.

Era media mañana cuando Ellen llamó a la puerta de mi habitación.

—Señorita Davina, debo hablar con usted. Tengo malas noticias.

—¿Malas noticias? —repetí.

—De mi prima —dijo asintiendo con un gesto—. Vive cerca de la casa de mi madre, y parece que mi madre está muy enferma. En realidad, no esperan que viva mucho tiempo. Tengo que ir.

—Desde luego, Ellen.

—Me marcharé hoy mismo si puedo, señorita. Hay un tren para Londres a las dos y media. Si pudiera marcharme en él...

—¿Estarás preparada? Es todo tan precipitado.

—Tengo que estarlo.

—¿Has hablado ya con la señora Glentyre?

—Bueno, ella está arriba, en la habitación del señor. Quería hablar con ella, claro está, pero pensé que sería mejor decírselo a usted, si le parece bien.

—Iré a decirle que deseas verla. Mientras tanto, empieza a preparar tu equipaje. Hamish puede llevarte a la estación.

—Oh, gracias, señorita Davina. Me quita usted un gran peso de encima.

Me dirigí a la habitación de mi padre y llamé a la puerta. Zillah acudió a abrirla. Vi fugazmente a mi padre. Estaba sentado en el sillón, vestido con el batín.

—Ellen tiene problemas —le dije a Zillah—. Su madre está muy enferma. Tiene que marcharse hoy mismo a Londres. Quiere verte enseguida.

—Santo Dios, pobre Ellen. Iré a verla inmediatamente. ¿Dónde está?

—En su habitación, haciendo el equipaje.

Me marché mientras ella se volvía hacia mi padre y le decía algo.

Ellen se fue aquella misma tarde.

Aquella noche cené en compañía de mi padre y de Zillah. Él seguía llevando el batín, pero Zillah dijo que le parecía mejor para él que bajara a cenar al comedor.

—Me trata como si fuera un niño —se quejó mi padre, comportándose como tal.

Zillah habló con su animación habitual durante toda la cena, y al parecer el día de descanso le había sentado bien a mi padre.

—Haremos esto con mayor frecuencia —anunció Zillah.

Una vez que terminamos de cenar, mi padre se mostró impaciente porque le sirvieran su copa de oporto, que siempre tomaba al final de las comidas. Kirkwell no estaba allí. Después de haber servido el último plato solía desaparecer y regresaba para servir el oporto. Pero en esta ocasión habíamos terminado de cenar antes de lo habitual.

—Yo te serviré el oporto, padre —dije, dirigiéndome al aparador.

Quedaba muy poco en la jarra. Serví una copa y, mientras lo hacía, Kirkwell entró en el comedor.

—Ah —dijo—, ya ha servido usted el oporto. Lo siento. Advertí que la jarra estaba casi vacía, de modo que fui a la bodega para traer otra botella. Aquí está. ¿Hay suficiente en la jarra, señorita Davina?

—Sí —contesté—. ¿Quieres tomar una copa, Zillah?

—No, esta noche no —contestó ella.

Kirkwell me miró con expresión interrogativa. Sacudí la cabeza con un gesto y dije:

—No, para mí no, gracias.

Kirkwell dejó la botella llena junto a la jarra. Cuando mi padre terminó de tomar su oporto, Zillah dijo:

—Te deseamos buenas noches, Davina. No quiero que tu padre se fatigue demasiado.

En el rostro de él apareció de nuevo aquella expresión de exasperación y amor. Les deseé las buenas noches y me fui a mi habitación.

Debían de ser las dos de la madrugada cuando escuché que llamaban a mi puerta. Salté de la cama y Zillah entró. Llevaba puesto un batín sobre el camisón, el cabello le caía suelto sobre los hombros y caminaba descalza.

—Es tu padre —me dijo—. Está muy enfermo. Se siente terriblemente enfermo y tiene dolores. Me pregunto si no deberías llamar al doctor Dorrington.

—¿A estas horas?

Busqué mis zapatillas y me puse el batín.

—No sé —dijo ella—. No me gusta el aspecto que tiene.

La acompañé a la habitación de mi padre. Estaba tumbado sobre la cama y el color de su rostro era el de la ceniza; respiraba con dificultad y tenía los ojos vidriosos. Parecía sentir dolores.

—Vuelve a ser uno de esos ataques —dije.

—Creo que este es peor que los otros. Tenemos que llamar al médico.

—Despertaré a Kirkwell. Él es un hombre muy capaz. Irá a avisar al médico. No podemos enviar a ninguna de las doncellas a estas horas.

—¿Quieres encargarte tú?

Me dirigí a la habitación de los Kirkwell, llamé y entré directamente. Kirkwell ya se estaba levantando de la cama.

—Siento mucho tener que despertarlo así —dije—, pero el señor Glentyre parece sentirse muy enfermo.

Kirkwell, ligeramente azorado por el hecho de que le viera en camisa de dormir, se apresuró a ponerse el batín. Cuando salimos de la habitación, la señora Kirkwell ya se levantaba rápidamente para seguirnos.

Kirkwell le echó un vistazo a mi padre y dijo que sólo se entretendría el tiempo suficiente para vestirse e iría enseguida a llamar al médico. Le pareció que era absolutamente necesario.

La señora Kirkwell se unió a nosotras. Nadie podía hacer nada más.

Pareció transcurrir mucho tiempo antes de que escucháramos el sonido del carruaje en el que regresaba Kirkwell acompañado por el médico. Pero para entonces mi padre ya había muerto.

4

La acusada

Ese fue el principio de una verdadera pesadilla. Las semanas que siguieron me parecieron después irreales. Tuve la sensación de haber penetrado en un mundo de locos, repleto de amenazas. Y todo empezó aquella noche.

El médico permaneció mucho tiempo con mi padre, y cuando salió de la habitación tenía una expresión muy seria. No me dirigió la palabra. Pasó directamente a mi lado, como si no me viera. Parecía profundamente conmocionado.

Y yo no tardé en saber por qué.

Una vez que se marchó, Zillah salió de la habitación. Se mostró un poco incoherente, lo que no era propio de ella.

—Él... —balbuceó— cree que ha podido ser alguna clase de... veneno.

—¿Veneno?

—Algo que tomó... o...

—¿O qué?

—O que le dieron.

—¿Que alguien ha envenenado a mi padre?

—Dice que habrá una autopsia, y luego... una investigación.

—Pero... ¿por qué? Ha estado enfermo. No ha sido nada tan inesperado.

Me miró con expresión temerosa y sacudió la cabeza.

—Nosotras no tenemos nada que temer —dijo mirándome con intensidad. Luego añadió—: ¿Verdad que no?

—Pero... es horrible —grité—. ¿Por qué... por qué?

—Es lo que suelen hacer cuando las personas mueren misteriosamente.

—Es... horrible —repetí.

Me acompañó a mi habitación y se tumbó en la cama, conmigo.

No pudimos dormir en toda la noche y hablamos poco. Supuse que sus pensamientos horrorizados eran tan preocupantes como los míos.

Al día siguiente, vinieron unos hombres y se llevaron el cuerpo de mi padre.

El periódico decía en grandes titulares negros: «Misteriosa muerte de un banquero de Edimburgo. Habrá autopsia.»

En todas partes se hablaba de lo mismo. La casa se convirtió en tema de interés para toda la ciudad. Desde mi ventana veía pasar a la gente, en mucha mayor cantidad de lo habitual. Se detenían un instante y contemplaban la casa, mirando hacia las ventanas. Los sirvientes murmuraban entre ellos. Tenía la sensación de que nos vigilaban furtivamente.

—Es horrible —dijo Zillah—. Ojalá ya hubieran terminado y nos hicieran saber lo peor. Lo que no puedo soportar es esta espera.

Se fijó el día en que se llevaría a cabo la investigación judicial. Debían asistir todos los que vivíamos o trabajaban en la casa. Muchos de nosotros seríamos llamados como testigos.

Todo el mundo acusaba una gran tensión nerviosa,

temerosos pero al mismo tiempo medio contentos, envueltos por la excitación de haberse convertido en el centro de atención del drama, y, sin embargo, espantados.

El doctor Dorrington fue el primero en declarar. Dijo que había sospechado la existencia de veneno cuando visitó al señor Glentyre y lo encontró ya muerto. Luego fueron interrogados los médicos que llevaron a cabo la autopsia. El doctor Dorrington había tenido razón en sus suposiciones. Había pruebas de la existencia de arsénico en el cuerpo del señor Glentyre. Habían descubierto una clarísima inflamación en el estómago y los intestinos, debida al veneno. El hígado y el contenido del estómago habían sido extraídos y guardados en botellas herméticamente cerradas, para una posterior investigación, pero ninguno de los dos médicos abrigaba la menor duda sobre el hecho de que el fallecido había tomado dosis de arsénico, o le habían sido administradas, probablemente en el oporto, y que eso había sido la causa de su muerte.

Se produjo un gran revuelo entre las personas presentes en la sala del tribunal.

Se habían descubierto muchas cosas. Sabían que yo había comprado seis peniques de arsénico en la droguería Henniker. El joven que me los había servido estaba allí, llevando el libro de tapas rojas donde se indicaba mi nombre y la fecha de la compra.

Previamente, había vendido otros seis peniques de arsénico a otro miembro del personal de la casa, Hamish Vosper. Primero quisieron saber por qué lo había comprado Hamish. Había ratas en las caballerizas, y tanto el señor como la señora Vosper las habían visto. También habían visto a Hamish utilizar el veneno. La señora Vosper dijo que no le gustaba la idea de tener por allí el veneno, pero que mucho menos le gustaba la idea de tener ratas. Uno de los muchachos que limpiaba las caballerizas también había visto las ratas y había observado a Hamish poniéndoles el veneno.

Me llegó el turno de declarar. Querían saber por qué había comprado el arsénico. Les dije que lo había comprado porque había ratas junto a la puerta de la cocina. Declaré que una había sido vista en el cubo de la basura. ¿Quién más había visto aquella rata? Les dije que yo no la había visto, sino Ellen Farley, y que ella me había pedido que comprara el veneno aquel mismo día porque en aquellos momentos no podía salir para hacerlo ella misma. Ellen Farley ya no estaba empleada en la casa. ¿Adónde se había ido? No lo sabía y me confundí cuando intenté recordar qué día se había marchado. Creía que había sido el día antes... o dos días antes de que muriera mi padre.

Pude ver las miradas de incredulidad y me di cuenta de que el juez se mostraba receloso.

Me preguntó si había tenido alguna discusión con mi padre. Yo iba a casarme con un estudiante, ¿no era cierto? Y, al mismo tiempo, un caballero de Edimburgo había empezado a cortejarme, ¿cierto?

—Bueno... no exactamente. Sólo estábamos comprometidos en secreto...

—Pero a usted le gustaba la idea de mantener dos relaciones al mismo tiempo, ¿no es verdad?

—No, señoría.

—Su padre la había amenazado con desheredarla si se casaba usted con el estudiante, ¿no es cierto?

—Bueno, él...

—¿Fue o no fue así?

—Supongo que sí.

—¿Acaso no le dijo en términos muy claros que debía cesar esa relación con el estudiante? ¿Hubo una pelea entre ustedes dos?

Desde luego, lo sabían todo. Sólo me hacían aquellas preguntas para atraparme.

Hamish Vosper hizo su declaración. Dijo que no sabía que las ratas se hubieran acercado a la cocina. Las habían visto en las caballerizas y él las había eliminado con seis peniques de arsénico. ¿Había utilizado todo el arsénico con las ratas? Sí, así lo había hecho. Dijo que, después de todo, seis peniques de arsénico no era una gran cantidad y que se trataba de ratas bastante grandes.

—Y nunca oyó usted decir que se hubieran acercado a la casa. ¿Le pidió a Ellen Farley que le consiguiera más arsénico para combatir las ratas? —Pareció aturdido y sacudió la cabeza con un gesto negativo—. ¿Habló alguna vez de ratas con Ellen Farley?

—Que yo recuerde, no. Mencioné el asunto en la cocina y la señora Kirkwell quedó muy impresionada.

—¿Estaba allí la señorita Glentyre cuando usted lo mencionó?

—Sí... ahora que lo dice, sí, estaba allí.

Tuve la sensación de que todo el mundo me miraba acusadoramente. Zillah, que estaba sentada cerca de mí, me tomó de la mano y me la apretó, tratando de reconfortarme.

Su aspecto era muy hermoso, algo pálido y llevaba el cabello rojizo muy bien peinado hacia atrás, apenas visible bajo su sombrero negro. Parecía terriblemente triste, representando el papel de la viuda trágica.

La interrogaron acerca del oporto. Dijo que su esposo tomaba habitualmente una copa después de la cena. Tenía algo de oporto en su dormitorio y, si no se sentía muy cansado, tomaba una copa. Dijo que eso le ayudaba a dormir bien.

—¿Tomó algo de oporto la noche en que murió?

—No en el dormitorio. Dijo que estaba muy cansado. Y entonces... empezó a sentirse enfermo.

—De modo que tomó la copa después de cenar.

—Sí.

—¿Había algo especial en ese oporto?

—¿Especial? Yo... no comprendo. Oh... recuerdo que era el último que quedaba en la jarra. El señor Kirkwell, nuestro mayordomo, trajo otra botella llena.

Se llamó a Kirkwell. Declaró que se había dado cuenta de que quedaba poco oporto y que había bajado a la bodega para traer otra botella. Cuando regresó al comedor, yo ya había servido el oporto que quedaba en la jarra y le había entregado la copa a mi padre.

—¿Qué ha ocurrido con el resto de oporto que quedaba en la jarra?

—Lo tiré. Quedaba un pequeño sedimento y pensé que eso ya no le gustaría a nadie.

—¿Dónde está esa jarra?

—En el aparador. Cuando se vacía siempre la lavamos y la guardamos, hasta que volvemos a necesitarla.

El jurado dictaminó por unanimidad que mi padre había muerto debido a la administración de arsénico, y emitió un veredicto de asesinato contra una persona o personas desconocidas.

Mientras regresamos a casa en el carruaje, sentadas bien atrás para que nadie nos viera y nos reconociera, tanto Zillah como yo nos sentimos aturdidas por la conmoción. Permanecimos en silencio. Nuestros pensamientos eran demasiado horribles como para poder expresarlos con palabras.

Un pequeño grupo de personas se había reunido al otro lado de la calle. Cuando el carruaje se detuvo y bajamos, se acercaron un poco más, y al dirigirnos a la puerta escuché una voz que gritó: «¡Asesina!». Fue algo terrible.

Cada una fue a su habitación. Me tumbé en la cama y traté de recordar todo lo sucedido, todo lo que se había dicho en aquella terrible sala del tribunal.

¿Cómo había sucedido esto? Sólo era una simple secuencia de acontecimientos que, relacionados entre sí, producían una sospecha de culpabilidad. Mi relación con Jamie. ¿Qué estaría pensando Jamie ahora? Estaba segura de que no dudaría de mí. La pelea con mi padre, mi estallido que fue escuchado por la servidumbre. El simple hecho de haberle servido una copa de oporto. Y luego, desde luego, lo más condenatorio de todo: haber comprado el arsénico. Parecía como si en todo aquello hubiera actuado un espíritu malvado, decidido a destruirme, convirtiendo los actos aparentemente más insignificantes en cuestiones de vital importancia. ¿Y dónde estaba Ellen Farley, que pudo haber declarado que me había pedido que comprara el arsénico? En realidad, podía pensar que un destino malevolente había hecho que su madre se pusiera enferma, para que ella tuviera que marcharse tan rápidamente cuando más necesario era que corroborase mi historia.

¿A qué conclusiones habían llegado ellos? ¿Que yo había comprado el arsénico para asesinar a mi padre? ¿Y todo eso sólo porque había amenazado con desheredarme si me casaba con Jamie?

Sentí náuseas, pero estaba muy asustada.

Aquella noche le escribí a Lilias. Siempre había representado un consuelo escribirle y recibir sus cartas. Ahora ella se había reconciliado con su propio destino; se había adaptado a la vida en su pequeño pueblo; una de sus hermanas había empezado a trabajar como institutriz y Lilias había ocupado su puesto en la casa.

Ahora parecía existir un lazo especial entre nosotras. Ambas habíamos sido erróneamente acusadas, porque a mí no me cabía la menor duda de que en el tribunal todos habían llegado a la conclusión de que yo había asesinado a mi padre.

Y el asesinato era un delito mucho más grave que el robo.

Me dije que estaba exagerando, que no podían creer que yo hubiera hecho eso.

Le conté a Lilias los detalles, cómo me había peleado con mi padre, cómo había amenazado con desheredarme.

«No me importa el dinero, Lilias. De veras que no me importa. Y a Jamie tampoco. Lo único que queremos es estar juntos, y lo estaremos en cuanto él haya terminado su carrera de abogado. Nos instalaremos en Edimburgo y tendremos muchos hijos. Eso es lo que deseo. Pero, mientras tanto, ha surgido esto. Cuando llegamos a casa, procedentes del tribunal, había gente esperándonos. No puedes imaginarte lo inquietante que fue. Lo peor de todo es la cuestión del arsénico. Fui a la droguería de Henniker. Firmé con mi nombre. Lo tienen todo, Lilias. Y Ellen no está aquí para confirmar mis declaraciones. Si al menos regresara. Quizá lo haga…»

Sí, era un verdadero alivio escribirle a Lilias. Era como si estuviera hablando con ella.

Cerré la carta y la dejé para enviarla al correo al día siguiente.

Me acosté, pero me fue imposible dormir. Las escenas vividas en el tribunal aparecían en mi mente. Escuchaba las voces resonando, las preguntas… las respuestas que me traicionaban.

Dos días más tarde, siguiendo órdenes del fiscal procurador, fui detenida como sospechosa de haber asesinado a mi padre.

Durante los oscuros días que siguieron me dije a menudo que si todo aquello no hubiera ocurrido, jamás habría conocido a Ninian Grainger.

Me llevaron en un carruaje cerrado. Algunos curiosos me vieron abandonar la casa y percibí la excitación entre ellos. Me pregunté cuáles serían ahora los titulares en la prensa. Pero, en el fondo, eso no me importaba. No podía creer que yo, hasta entonces una persona insignificante, pudiera ser objeto ahora de titulares en la prensa. No podía creer que no sólo estuviera relacionada con un caso de asesinato, sino que incluso me detuvieran por ello. Parecían haber transcurrido años desde que mi madre y yo salíamos juntas en el carruaje, y tomábamos el té de un modo convencional en las habitaciones de nuestras vecinas, cubiertas con discretas cortinas, en casas tan prósperas como la nuestra. Hasta parecía haber transcurrido mucho tiempo desde que Zillah llegó por primera vez a nuestra casa. ¿Es que aquellas cosas podían sucederles a personas tan sencillas como yo?

Se habían producido muchos acontecimientos insólitos, y el más insólito de todos era que yo, Davina Glentyre, hija de un respetado banquero de Edimburgo, había sido detenida y acusada de asesinato.

¿Cómo pudo suceder todo esto? Todo empezó cuando Zillah vino a nuestra casa, no, en realidad empezó antes, cuando Lilias fue despedida. Si Lilias se hubiera quedado, Zillah jamás habría venido. Mi padre no se habría casado. En tal caso, yo le habría dicho a Lilias que iba a comprar arsénico. Probablemente ella me habría acompañado a la droguería. ¿Por qué no se lo había dicho a nadie? ¿A Zillah... a Jamie...?

Me dejaron en una pequeña habitación. Me alegró quedarme a solas, y fue allí donde acudió a verme Ninian Grainger.

Ninian Grainger era un hombre alto y bastante delgado, de unos veintiocho años de edad. Parecía rodeado de un aire de autoridad y de lo que yo necesitaba más en aquellos momentos: seguridad en sí mismo.

—Soy Ninian Grainger —me dijo—. Necesitará usted a alguien que la ayude. Yo soy esa persona.

Fue agradablemente amistoso desde el principio y no tardé en percibir la compasión que sentía por una joven acusada de asesinato antes de siquiera tener la oportunidad de conocer un poco el mundo. Dijo que estaba totalmente convencido de mi inocencia desde el primer momento en que me vio. En aquellos momentos de confusión y horror, eso era lo que más necesitaba, y jamás olvidaré que fue él quien me lo dijo.

Estoy segura de que su actitud inicial fue muy distinta a la de la mayoría de abogados. No sólo me inspiró confianza desde el principio, sino que gracias a él empezó a desaparecer la terrible sensación de encontrarme sola en medio de un mundo hostil. Me sentí mucho mejor, incluso después de nuestra primera entrevista.

Por extraño que parezca, me habló un poco de sí mismo, de modo que aquella fue una especie de entrevista social en la que dos personas se hacen amigas. Su padre era el socio más antiguo del bufete de abogados Grainger y Dudley, que algún día sería Grainger, Dudley y Grainger, y en la que él sería el segundo Grainger.

—Llevo en esto cinco años… desde que terminé mis estudios. ¿Recuerda usted el caso de Orland Green? No, supongo que no. Las cosas parecían estar muy negras en contra de la señora Orland Green, pero yo conseguí librarla, y eso fue como una pluma para mi sombrero. Le cuento todo esto para que no crea que le envían a un tipo poco experimentado.

—No se preocupe.

—Bueno… vayamos a los hechos. No se le permitirá subir al estrado de los testigos, lo que es una lástima, porque estoy seguro de que eso la habría favorecido. Nadie que la haya visto será capaz de creer en su culpabilidad.

—Eso es porque no soy culpable.

—Eso es algo que usted y yo sabemos, pero tenemos que convencer de lo mismo a los demás. Tendrá usted que hacer una declaración oficial. De eso es de lo que quiero hablarle. Es una pena que comprara usted aquel arsénico, y que no esté por aquí Ellen Farley para confirmar su versión de los hechos. Si pudiéramos encontrarla, eso nos ayudaría mucho. Es una pena que haya desaparecido. Pero no importa, porque la encontraremos. ¿Durante cuánto tiempo trabajó para ustedes?

—No estoy segura de si vino antes o después de la llegada de Zillah. Creo que fue antes.

—Zillah es su madrastra, la señora Glentyre, ¿verdad?

—Sí. Ella llegó a casa como mi institutriz cuando la anterior se marchó.

—Y se casó con su padre. Eso fue algo bastante romántico, ¿no le parece? Ella no parece tener aspecto de institutriz.

—Eso es lo que siempre le he dicho.

—Una dama de lo más atractiva. No estoy muy seguro de qué impresión podrá causar en el tribunal.

—Supongo que tendrá que estar presente.

—Será uno de los testigos principales. Estaba con su padre cuando murió. Oh, sí, será muy importante. Pero debemos intentar encontrar a Ellen Farley para confirmar que fue ella quien le pidió que comprara el arsénico. Usted lo compró, se lo entregó y ese fue el final de la historia en lo que a usted concierne.

—Sí, eso es cierto.

—Entonces, tenemos que encontrarla.

—Sé que se marchó a Londres. Tomó el tren de Londres. Hamish Vosper la llevó a la estación.

—Londres es una ciudad muy grande, pero tenemos que encontrarla. El que lo consigamos es imperativo para la buena resolución de su caso. Y ahora, hábleme del estudiante.

—Se llama James North. Nos conocimos un día en que paseaba por los barrios pobres y me perdí. Nos hicimos amigos.

—Comprendo. Y todo empezó a partir de ahí. Se veían en secreto.

—Mi padre era el único que no sabía nada de nuestros encuentros.

—¿Su madrastra lo sabía?

—Sí, ella se mostró muy comprensiva. Jamie vino un día a cenar a casa. Creo que fue ella quien lo sugirió.

—¿Y fue entonces cuando las cosas empeoraron con su padre, que quería que se casara usted con el señor McCrae?

—Sí. El señor McCrae nos había invitado a su casa y era un invitado frecuente en la nuestra.

—¿Venía a verla a usted?

—Bueno, antes no venía con tanta frecuencia.

—Era el esposo que su padre había elegido para usted, y él la amenazó con desheredarla si se casaba con un estudiante. ¿No le comunicó usted al señor McCrae su compromiso con el estudiante?

—No… Tenía miedo de lo que pudiera hacer mi padre, y Jamie dijo que necesitábamos tiempo.

Frunció el ceño. Me di cuenta de lo que pensaba: los hechos estaban en contra mía.

—Bueno, empecemos a trabajar en esa declaración oficial. Ordenaremos los hechos, tal y como sucedieron. Los presentaremos con sencillez y empezaremos a trabajar a partir de ahí. Lo más importante es encontrar a Ellen Farley. Iré a ver a su madrastra.

Se levantó, me sonrió y me tendió la mano. Se la estreché y pregunté:

—Usted me cree, ¿verdad?

—Desde luego que la creo —me contestó mirándome muy serio—. Y estoy decidido a sacarla de este embrollo. No tema.

Mientras esperaba a que se celebrara el juicio, vi con frecuencia a Ninian Grainger, y él fue la persona que más consuelo me ofreció. Tenía un aire de ilusionada seguridad en sí mismo. Ni siquiera una sola vez se permitió imaginarse un fracaso. Para mí significó mucho que él manifestara su convicción en mi inocencia, aunque cuando reflexionaba sobre la declaración que había hecho acerca de los hechos que condujeron a la tragedia, comprendía que muchas cosas parecían sugerir mi culpabilidad.

Pero eso aún tenía que demostrarse y yo esperaba el juicio, que iba a celebrarse dos meses después de mi detención.

Una no puede permanecer continuamente en estado de conmoción, y cuando me desperté por la mañana ya no me encontré en el ambiente que me era familiar. Ya no experimenté aquella sensación de tener la mente en blanco al pensar en todo lo que me había caído encima.

Delante de mí había un verdadero calvario y el paso de cada día representaba un alivio porque me permitía acercarme al final, y lo que más deseaba era que todo terminara.

No tenía la menor idea de cuál podría ser el resultado. Ninian Grainger era maravilloso. Me llenaba de esperanza, en la que yo no podía creer por entero a menos que él estuviera presente. En su presencia, experimentaba una gran fe en él y en mí misma.

Se me permitió recibir visitas, pero nunca quedarme con ellas a solas. Siempre había una mujer, de ojos agudos y actitud alerta, sentada en un rincón, observándome todo el tiempo. No era descortés, sino más bien impersonal. Jamás pude saber si pensaba que yo era una asesina o la víctima inocente de un destino cruel.

Ella se ocupó hasta cierto punto de mis comodidades, pero no había ninguna calidez. Empecé a considerarla un objeto inanimado, lo que en cierto modo era cierto, ya que eso me permitía hablar más libremente con mis visitantes cuando tenía la oportunidad de hacerlo.

Zillah vino a verme. Estaba llena de compasión.

—Es un asunto terrible —me dijo—. Pero todo saldrá bien, Davina. Así parece creerlo tu maravilloso abogado. Ha venido a verme varias veces. Se muestra muy interesado en encontrar a Ellen. Le dije que ella había venido de Londres y que al parecer su madre vivía allí.

—Y Londres es una ciudad muy grande —dije, repitiendo las palabras de Ninian Grainger.

—Sí, me temo que sí. El señor Grainger ha ido a Londres. Ha puesto una nota en los periódicos para ver si puede descubrir su paradero.

—¿Crees que lo conseguirá?

—Espero que sí. Esas personas suelen hacer un trabajo estupendo, ¿no crees? Oh, Davina... espero que pronto puedas volver a casa.

—Antes se tiene que celebrar el juicio. ¿Piensas que me creerán?

—Creo que Ninian Grainger es muy bueno. Es joven y está lleno de energía. Para él significa mucho ganar este caso y obtener tu libertad.

—Sí, trabaja en el bufete de su padre. Algún día confía en ser el tercer socio de la empresa, y supongo que quiere probarse a sí mismo.

—Así parece, en efecto. Pero es más que eso. Realmente, cree en ti.

—Ha sido muy bueno conmigo. No sé lo que habría hecho sin él. —Ella permaneció en silencio—. Zillah, ¿cómo van las cosas en casa?

—Es terrible. Salen corriendo a comprar los periódicos en cuanto escuchan al vendedor en la calle. Siempre abrigan la esperanza de que haya alguna nueva noticia.

—¡Y tú lo estás soportando todo!

—Tú lo estás sobrellevando muy bien, Davina.

—No sé. Tengo la sensación de que todo esto es muy extraño. Me siento como si fuera otra persona. No dejo de reflexionar sobre todo lo ocurrido. No hago más que pensar en ello. ¿Has visto a… Jamie?

—Vino una vez a casa. Parecía absolutamente desmoronado. Creo que venía para verte. No sabía si él debería… si sería correcto que… Estaba tan aturdido por todo lo ocurrido.

—¿Y quién no lo está?

—Desearía poder hacer algo.

—Te harán un montón de preguntas, Zillah.

—Lo sé. Y eso es algo que temo.

—Pues yo es algo que anhelo. Creo que lo peor de todo es esta espera. Desearía que hubiera terminado ya… aun cuando…

—No digas eso —me interrumpió Zillah—. No puedo soportarlo.

Estábamos sentadas ante una mesa, una frente a la otra, de acuerdo con las normas establecidas, y la vigilanta estaba sentada en un rincón del locutorio, con los ojos discretamente alerta. Zillah me tomó de las manos.

—No hago más que pensar en ti —me dijo—. Todo va a salir bien. Tiene que salir bien. Todo el mundo debe comprender que tú no has hecho una cosa así.

Jamie vino a visitarme. Parecía una persona diferente. De su rostro había desaparecido todo rastro de alegría. Estaba pálido, y tenía sombras bajo los ojos.

—¡Davina! —exclamó al verme.

—Oh, Jamie, me alegro tanto de que hayas venido.

—Esto es terrible.

—Lo sé.

—¿Cuál será el resultado?

—Tenemos que esperar y ver lo que pasa. El abogado es muy optimista.

Se llevó la mano a la frente, cubriéndose los ojos.

—Davina... dicen las cosas más terribles.

—Lo sé.

—Tú compraste el arsénico. Tú firmaste en el libro. Tu nombre aparece en ese libro, con la fecha y todo, y poco después de eso tu padre murió... después de que tú compraras el arsénico.

—Todo eso lo sé, Jamie. Ya lo he explicado todo.

—La gente dice...

—Ya imagino lo que dice la gente, pero Ninian Grainger demostrará que están equivocados. Él les mostrará la verdad.

—¿Podrá conseguirlo?

—Dice que sí, Jamie. Y así debe ser, porque es la verdad, Jamie. Me da la impresión que tú piensas... que yo lo hice. —Él vaciló un largo momento antes de protestar y asegurar que, desde luego, no lo creía así—. ¿Y tu familia? —pregunté—. ¿Qué piensa tu familia? —Se mordió un labio y no contestó—. Supongo que no es bueno para un párroco verse involucrado en esta clase de asuntos —proseguí—, aunque sólo sea remotamente.

—Oh —dijo él tras una larga pausa—, eso no es bueno para nadie, ¿no te parece?

—Lo siento, Jamie. Siento mucho haberte involucrado en esto.

—Me llamarán para prestar declaración en el juicio. Todo el mundo habla de lo mismo. Mis compañeros... creen que yo sé algo. Es horrible.

—Sí, a los dos nos han sucedido cosas horribles. Pero el señor Grainger está seguro de que todo saldrá bien.

—Pero... eso es algo que siempre estará ahí, ¿no crees? La gente lo recordará.

Le miré fijamente, horrorizada. Ni siquiera se me había ocurrido aquella posibilidad. Pensaba que, una vez que Ninian Grainger convenciera al jurado de mi inocencia, eso sería el final de la cuestión. Yo regresaría a casa, me casaría con Jamie y todo aquello no sería más que un sueño, y no una pesadilla recurrente.

Jamie había cambiado. Parecía remoto. Ya no era la persona cálida y amorosa que había conocido. Dijera lo que dijese, había dudas en el fondo de su corazón. Me aparté de él.

Jamie se dio cuenta, pero no pudo hacer nada por ocultar sus verdaderos sentimientos. Ambos habíamos cambiado el uno respecto del otro.

La duda estaba implantada en su mente. Pendía allí, como una nube interpuesta entre ambos; eso me hizo comprender que el amor que había sentido por mí no era tan fuerte como para soportar esta tensión.

La visita de Jamie no contribuyó a hacerme sentir más feliz.

Alastair McCrae no vino a verme. Me imaginé que estaría felicitándose por no haber estado lo bastante involucrado en la situación como para que la publicidad se cebara en él; y por lo visto deseaba que las cosas siguieran igual.

Mi juicio se celebró en el Alto Tribunal del palacio de Justicia. Me sentí mareada. La sala estaba atestada de gente y parecía que los presentes no abrigaban otra intención que someterme al más estricto escrutinio. Ninian Grainger me había preparado para lo que me esperaba. Yo estaría en el banquillo de los acusados, y la Corona presentaría la acusación contra mí, mientras que la defensa se esforzaría por demostrar lo erróneo de la acusación.

Mis sentimientos eran tan tumultuosos que me resulta imposible describirlos. Cambiaban de un momento a otro. La inocencia es la mayor de las defensas. Proporciona valor. Si una dice la verdad, sin duda alguna la verdad prevalecerá. Ese pensamiento permanece en la mente de una durante todo el tiempo. Y es el mejor aliado.

Miré a los miembros del jurado, las personas que decidirían mi destino, y me transmitieron confianza.

Incluso en esta fase del proceso, después de semanas de haber esperado este día, todo aquello seguía teniendo para mí un matiz de irrealidad. Yo, Davina Glentyre, la joven que había acompañado a su madre tantas veces a la iglesia, era ahora una detenida que se sentaba en el banquillo de los acusados, ante un tribunal que la acusaba de haber asesinado a su padre.

¿Cómo podía haber ocurrido todo aquello? Parecía una pesadilla salvaje.

Hubo un gran silencio en toda la sala mientras se leyó el pliego de cargos contra mí.

—Davina Scott Glentyre, ahora o últimamente detenida en la prisión de Edimburgo, es usted acusada a instancias del fiscal de Su Majestad, y en interés de Su Majestad, de que, contraviniendo las leyes de este país y de cualquier otro ámbito bien gobernado, haya administrado, inicua y criminalmente, arsénico u otros venenos, con intención de asesinar, lo que representa un crimen de naturaleza atroz y severamente castigado. Es cierto que usted, Davina Scott Glentyre, es culpable del susodicho crimen...

La acusación seguía detallando las pruebas contra mí, la más sólida de las cuales era, desde luego, el hecho de que yo hubiera comprado arsénico en la droguería de Henniker, como así lo atestiguaba la firma estampada en el libro de venenos del establecimiento.

A continuación empezaron a pasar los testigos.

El doctor Dorrington explicó cómo el señor Kirkwell, el mayordomo, lo había llamado a altas horas de la madrugada. No le sorprendió porque, desde hacía algunos meses, el señor Glentyre sufría de ataques biliares. Había esperado encontrarse con otro de aquellos ataques, quizá más grave que los precedentes, y creyó innecesario tener que visitarlo a aquellas horas. Sin embargo, en cuanto llegó a la casa quedó conmocionado al comprobar que el señor Glentyre había muerto.

—¿Le examinó usted?

—Brevemente. Me di cuenta enseguida de que ya no podía hacer nada por él.

—¿Sospechó usted de envenenamiento?

—Me pareció que había algo muy extraño en su muerte repentina.

Siguieron las declaraciones de otros médicos. Un tal doctor Camrose, profesor de química de la universidad, dijo haber examinado ciertos órganos del fallecido, descubriendo rastros evidentes de arsénico. Se llamó a otro médico, que confirmó las declaraciones del anterior. Dijo que hubo una dosis final, que había tenido como resultado la muerte y que, evidentemente, le habían administrado en el oporto. Pero en el cuerpo había rastros de arsénico que sugerían que el fallecido lo había ingerido a lo largo de un corto período de tiempo.

Siguieron una gran cantidad de referencias científicas que, estaba segura de ello, nadie comprendió, excepto los especialistas; pero de todo ello surgió el hecho de que mi padre había muerto por envenenamiento con arsénico, y que lo había tomado en pequeñas cantidades durante algún tiempo.

Se le preguntó al médico si era práctica habitual tomar arsénico.

—Se dice que tiene poderes rejuvenecedores —contestó el médico.

Él mismo había conocido a hombres que lo tomaban por esa misma razón. Creía que las mujeres también lo utilizaban de vez en cuando, porque se creía que era bueno para conservar la tersura del cutis. Era una práctica peligrosa.

Finalmente, llegó el momento de que subieran al estrado de los testigos las personas a las que yo conocía. Yo estaba alerta, y las observaba. Me pareció extraño verlas allí, aunque supongo que para ellas aún fue mucho más extraño verme a mí donde estaba.

¡Acusada de asesinato! No era la clase de cosas que uno espera le puedan suceder. Eso siempre le sucedía a los demás. Sin embargo, allí estábamos todos, personas que se habían conocido a lo largo de los años, gentes sencillas y ordinarias, todas allí, presentes y en el centro del escenario, siendo el objeto de atención de toda Escocia, y quizá de más allá...

Me imaginaba la excitación que debía de estar sintiendo la gente. ¡Una joven acusada de asesinato luchando por su vida!

Al señor Kirkwell se le interrogó sobre si yo lo había llamado a primeras horas de la madrugada, pidiéndole que fuera a llamar al médico.

—¿Entró usted en la habitación donde agonizaba el señor Glentyre?

—Sí, señor.

—¿Le pareció extraño que estuviera tan enfermo?

—Bueno, señor, el caso es que había sufrido uno o dos ataques. Pensé que se trataba de otro... aunque peor.

La señora Kirkwell siguió a su esposo en el estrado de los testigos.

—Señora Kirkwell, estaba usted preocupada por las ratas aparecidas cerca de la casa, ¿verdad?

—Sí, señor. Se las vio en las caballerizas. Pero yo nunca las vi en la casa, señor.

—¿Vio alguna cerca de la casa?

—Oh, no. No podría haberlo soportado. ¡Ratas cerca de mi cocina! Son animales horribles. Sucios. Hamish me dijo que estaban en las caballerizas... en los establos y por toda esa zona. Pero él trajo un poco de arsénico y acabó con todas.

—¿Mencionó la posibilidad de comprar arsénico porque las había visto cerca de la puerta de la cocina?

—No que yo sepa, señor. Jamás supe que hubieran aparecido en el cubo de la basura. Eso me habría vuelto loca, se lo puedo asegurar.

—De modo que si lo hubiera mencionado, sin duda alguna lo recordaría usted. Bien, ahora quiero que intente recordar. Un hombre joven, un tal señor James North, había sido invitado a la casa, ¿no es cierto?

—Sí. Vino una o dos veces. Era muy dulce con la señorita Davina.

—Y el señor Glentyre no aprobaba a ese joven, ¿verdad?

—No recuerdo que dijera nada contra él, pero ese joven era pobre y no era lo que el señor Glentyre tenía pensado para su hija.

—Y hubo entonces una discusión.

—Bueno, señor, resulta que en ese momento yo estaba en la escalera, en compañía de Bess, una de las doncellas. La puerta del despacho se abrió de pronto. Les oí gritar y la señorita Davina salió de improviso en dirección a su habitación. El señor Glentyre la amenazó con eliminarla de su testamento si se casaba con el señor North.

—Y la señorita Davina estaba muy alterada, ¿no es cierto?

—Oh, sí, terriblemente. Le replicó gritando también, diciéndole que podía quitarla del testamento si quería, que eso no la haría cambiar de opinión... o algo parecido.

En aquel momento, Ninian se levantó y preguntó:

—Señora Kirkwell, ¿escucha usted a menudo las conversaciones privadas de sus señores?

—No, no lo hago, señor. Sólo sucedió…

—Creo que ha dicho usted que la señorita Davina salió de improviso del despacho y se dirigió a su habitación. ¿Cuándo escuchó usted toda esa conversación? Tuvo que haber durado algo más que unos pocos segundos. Sin embargo, dice usted que escuchó al señor Glentyre decirle que la iba a eliminar de su testamento, y a la señorita Davina replicarle que no le importaba.

—Bueno, eso fue lo que escuché.

—Sugiero que escuchó usted voces y que, a medida que ha ido transcurriendo el tiempo, se imaginó haber escuchado precisamente esas palabras.

—No, no ha sido así.

—Eso es todo —dijo Ninian sonriendo.

La señora Kirkwell, enrojecida e indignada, abandonó el estrado de los testigos. Hamish vino a continuación. Parecía ligeramente menos desenvuelto de lo habitual en él.

—Soy Hamish Vosper —declaró—, cochero del fallecido señor Glentyre. A principios de este año vi una rata en los establos. Entonces compré seis peniques de arsénico en la droguería de Henniker y conseguí eliminar a tres de aquellas ratas en una semana.

—¿Lo mencionó usted en la cocina, delante de los sirvientes?

—Sí, lo hice.

—¿Delante de la señora Kirkwell y de las doncellas? ¿Había presente alguien más cuando habló usted de la eficacia del arsénico? —Me miró directamente a los ojos y vaciló—. ¿Estaba presente la señorita Davina Glentyre?

—Bueno, sí, estaba.

—¿Expresó ella algún interés por el asunto?

—Yo... no lo recuerdo.

—¿Le dijo la doncella Ellen Farley que había visto una rata cerca de la cocina... en el cubo de la basura?

—No.

—¿Alguna vez habló con usted la señorita Farley sobre ratas?

—No lo creo. No hablaba mucho conmigo. No era de las que hablaban mucho.

—¿Está usted seguro de que no le dijo que había visto saltar una rata del cubo de la basura?

—Si me lo dijo, no puedo recordarlo.

—Es suficiente.

Ninian se levantó para interrogarlo.

—El señor Glentyre estaba muy contento con sus servicios como cochero, ¿no es cierto?

—Oh, sí —asintió Hamish enderezándose—. Reconocía que yo era muy bueno.

—¿Tan bueno como para ocupar el puesto de su padre?

—Bueno... sí.

—Excelente —dijo Ninian—. Y, evidentemente, se sentía usted orgulloso de sus habilidades. —Hamish parecía contento. Me di cuenta de que estaba disfrutando con la escena—. ¿Le gusta salir por las noches... con sus amigos? —prosiguió Ninian.

—¿Qué hay de malo en eso?

—Recuerde que soy yo quien hace las preguntas, por favor. No hay nada de malo en ello, a menos que decida usted utilizar el carruaje de la familia para sus excursiones... sin el permiso de su señor. —El rostro de Hamish enrojeció—. ¿Hizo usted eso en varias ocasiones? —insistió Ninian.

—Yo... no lo recuerdo.

—¿No lo recuerda? En tal caso, puedo asegurarle que así lo hizo, y puedo aportar pruebas. Pero su memoria no es buena. Olvida usted las cosas. ¿No podría ser que también hubiera olvidado que Ellen Farley le mencionó que había visto saltar una rata del cubo de la basura, y que usted le recomendó que probara con el arsénico, que había demostrado ser tan efectivo?

—Yo... yo...

—No hay más preguntas.

Comprendí con qué éxito había introducido Ninian las dudas en la mente de los miembros del jurado acerca de la fiabilidad de las declaraciones de Hamish, una persona que, después de todo, era un testigo clave.

Zillah causó muy buena impresión entre los miembros del jurado, pero tuve la sensación de que la Zillah que se sentó en el estrado de los testigos no era la misma que yo conocía.

Hasta su aspecto era diferente. Iba toda vestida de negro; tenía el rostro pálido, con el cabello recogido bajo el pequeño sombrero con un velo que le cubría la cara. Daba la impresión de ser una viuda joven, hermosa y solitaria, repentinamente privada de un querido esposo, contemplando anonadada un mundo cruel que, de un solo golpe, le había arrebatado a su esposo y situado a su hijastra en el banquillo de los acusados.

Era una actriz excelente y, como todas las de su clase, disfrutaba disponiendo de un público para representar su papel. Por otro lado, lo hacía tan perfectamente bien, que no daba la impresión de estar actuando.

Sentía una supuesta preocupación por mi padre. Siempre se había comportado con él de la forma más cariñosa posible; había parecido genuinamente preocupada por su enfermedad. Había logrado que los últimos meses de su vida fueran felices. Sin embargo, yo me sentía asombrada.

El juez pareció claramente impresionado por ella, como creo que le sucedió a todos los presentes en la sala. Su belleza aún destacaba más debido a la sencillez de su vestido y a su serena actitud trágica.

—Señora Glentyre —dijo el fiscal, hablando con un tono de voz suave—. ¿Puede contarnos lo que sucedió aquella trágica noche?

Contó que su marido no se había sentido bien durante todo el día anterior y que ella insistió en que se quedara en casa todo el día.

—¿Estaba muy enfermo?

—Oh, no. Sólo pensé que necesitaba un día de descanso.

—Esa noche, después de la cena, ¿tomó una copa de oporto?

—Sí.

—¿El vino estaba en una jarra, guardada en el aparador?

—Sí.

—Su hijastra, la señorita Davina Glentyre, ¿se ofreció para servir la copa?

—Sí, pero no hubo nada de insólito en ello. El señor Kirkwell, el mayordomo, no estaba presente en esos momentos.

—Solía estar presente, ¿no es cierto?

—Pues… sí, la mayoría de las veces sí. Pero había ido a buscar otra botella.

—¿No tomó usted una copa de oporto en esa ocasión?

—No.

—¿Y su hijastra tampoco?

—Ninguna de nosotras tomó oporto. Raras veces lo hacíamos.

—De modo que fue sólo el señor Glentyre quien tomó el oporto que quedaba en la jarra, servido por la señorita Glentyre, ¿no es cierto?

—Sí.

—¿Sabía usted que habían existido problemas entre su esposo y su hija acerca de la determinación de ella de casarse con un joven?

—Sí… pero no creí que fuera nada grave.

—Sin embargo, él la había amenazado con eliminarla de su testamento.

—Sólo pensé que se trataba de una de esas pequeñas discusiones que estallan de pronto.

—¿Le habló su esposo al respecto?

—Es posible que lo mencionara —contestó, encogiéndose de hombros.

—¿Quería él que su hija se casara con otro hombre?

—Los padres suelen hacer planes para sus hijos. Creo que todo fue bastante ambiguo.

—¿Y le habló su hijastra de ese mismo tema?

—Oh, sí. Somos buenas amigas. He intentado ser como una madre para ella. —Hizo un pequeño gesto.

—Me imagino que sería más como una hermana —intervino entonces el juez, dirigiéndole una sonrisa y mostrando un poco la admiración que sentía por ella.

—¿Y habló usted con ella sobre ese tema? ¿Le mencionó ella lo amargada que se sentía a causa de su padre?

—No, en modo alguno. La convencí de que al final todo saldría bien. Los padres desaprueban a menudo los matrimonios de sus hijos.

Le llegó el turno a Ninian.

—Usted y su hijastra, ¿se convirtieron con rapidez en buenas amigas?

—Oh, sí.

—Tengo entendido que, en un principio, llegó usted a la casa como institutriz.

—Así es.

—Y que al cabo de poco tiempo se casó usted con el señor de la casa.

Me di cuenta de que el tribunal estaba con ella. Era encantadoramente romántico, y que el señor de la casa se hubiera sentido atraído por sus encantos resultaba lo más natural del mundo. Un final feliz para la institutriz, pero, ¡oh!, ¡qué tragedia! ¡Su felicidad había durado tan poco!

—Ya hemos oído que en el cuerpo de su esposo se encontraron restos de arsénico. ¿Puede usted darnos una idea de cómo fueron a parar allí?

—Sólo se me ocurre que debió de haberlo tomado él mismo.

—Ya ha oído decir que ciertas personas acostumbran tomar arsénico para ciertos propósitos. En su opinión, ¿existe la posibilidad de que su esposo fuera una de esas personas?

—Bueno... existe esa posibilidad.

—¿Por qué lo dice?

—En cierta ocasión me dijo que tiempo atrás había tomado pequeñas dosis de arsénico —declaró.

Se produjo cierto revuelo en la sala. Todo el mundo la observaba. Yo misma me sentí asombrada ante lo que acababa de declarar. ¡Mi padre... tomando arsénico!

—¿Le comunicó qué efecto ejerció sobre él?

—Me dijo que le hacía sentirse mejor. Alguien le dijo que era peligroso... y dejó de tomarlo.

—¿Le comentó dónde había conseguido ese arsénico?

—No se lo pregunté, y él tampoco me lo dijo. A veces tenía que viajar a Europa, y pudo haberlo conseguido en alguna parte, en el continente. Hace algunos años estuvo allí por cuestiones de negocios. Pudo haber sido entonces.

—¿Se lo dijo él así?

—No. No se me ocurrió preguntarle. Estaba demasiado sorprendida de saber que lo había tomado.

—Eso podría ser una prueba importante. ¿Por qué no lo había mencionado antes?

—Sólo lo recordé al preguntármelo usted.

—Al fallecer su esposo, ¿no consideró que el arsénico encontrado en su cuerpo podría haberlo tomado voluntariamente, por su propia mano?

—No..., sólo ahora lo pienso.

—¿Y cree usted ahora que eso es una posibilidad?

—Oh, sí, claro que lo creo.

Se produjo un profundo silencio en la sala. Yo tenía la impresión de que ella estaba mintiendo. No podía creer que mi padre hubiera sido capaz de tomar arsénico. Era cierto que varios años antes había ido al continente por cuestiones de negocios. ¿Podía haber adquirido entonces el arsénico? Después de todo, ¿qué sabía yo de su vida secreta? Recientemente se me habían revelado muchas cosas que yo desconocía por completo.

Pude percibir la excitación de Ninian.

El fiscal quiso seguir interrogando a Zillah.

—Si su esposo hubiera tenido una provisión secreta de arsénico en la casa, ¿dónde la habría guardado?

—No lo sé. Tenía un armario en el que guardaba ciertas medicinas.

—¿Vio usted alguna vez arsénico en ese armario?

—Apenas si veía su contenido. No tenía ninguna razón para abrirlo. De haber estado allí, no creo que llevara una etiqueta que dijera ARSÉNICO.

—¿No fue registrado el dormitorio del señor Glentyre después de su muerte?

—Creo que sí.

—En ese momento no se descubrió arsénico. Si lo estaba tomando, ¿no le parece extraño que no se encontraran rastros en la habitación?

—No lo sé.

El fiscal parecía un tanto anonadado, pero yo observé la expresión de triunfo en el rostro de Ninian.

Debería haberme sentido entusiasmada, puesto que aquello representaba la posibilidad de que mi padre se hubiera suicidado. Pero ¿era eso cierto? ¿Estaba inventando Zillah aquella historia en un intento por salvarme?

Había terminado el primer día del juicio. Y yo tuve la impresión de que aún me faltaban muchas cosas por descubrir.

Aquella tarde, Ninian acudió a verme. Estaba entusiasmado.

—Es un gran progreso —me dijo—. Esa debe ser nuestra línea de actuación. Si podemos demostrar que él tomó el veneno por decisión propia, habremos encontrado la respuesta. Es plausible. Un hombre ya maduro se casa con una mujer hermosa y joven. Naturalmente, desea mejorar su estado de salud. Quiere volver a ser joven… de modo que recurre a esto.

—No puedo creer que mi padre llegara a tomar arsénico jamás.

—Nunca se puede estar seguro de lo que es capaz de hacer la gente. Si pudiéramos encontrar a esa Ellen Farley y confirmara que le pidió que comprara el arsénico… ganaríamos el caso. Podría usted regresar a casa. No sé qué ha podido sucederle a esa mujer. No resulta fácil encontrar a las personas en Londres, sobre todo cuando se dispone de tan poca información. Si al menos hubiera sido en alguna ciudad pequeña, o en un pueblo, ya la habríamos encontrado. Aún siguen buscándola, desde luego. Pero tenía la esperanza de que a estas alturas hubiera surgido algo nuevo. Su madrastra ha sido una testigo excepcional. Creo que ella desea ayudarla en todo lo posible.

—Sí, creo que sí.

Me tomó de las manos y las apretó con fuerza.

—Levante esos ánimos —me dijo—. Vamos a salir bien librados.

Yo pensé: Zillah es mi amiga, pero nunca he tenido

la sensación de saber lo que hay en su mente. En cuanto a Jamie, sé perfectamente lo que hay en la suya, y eso quiere decir que su amor no ha sido lo bastante fuerte como para soportar este juicio.

Al día siguiente, Jamie fue llamado al estrado de los testigos.

—Usted y la señorita Glentyre se conocieron por casualidad en la calle, ¿no es cierto? —se le preguntó.

—Sí. Ella se había perdido.

—Comprendo, ¿y le pidió ayuda?

—Bueno… me di cuenta de que estaba perdida.

—¿La acompañó a casa y acordaron volver a verse?

—Sí.

—¿Y luego se comprometieron para casarse?

—No era oficial.

—¿Porque usted, como estudiante, era incapaz de mantener una esposa?

—Sí.

—¿Qué le contó la señorita Glentyre acerca de su padre?

—Que le había prohibido verme.

—A pesar de lo cual, ella continuó viéndole, ¿no es así?

—Sí.

—¿Cree usted que eso es una conducta decorosa?

—Yo me sentía alterado por ello.

—¿Le disgustaba engañar al señor Glentyre?

—Sí, me disgustaba.

—Pero la señorita Glentyre insistió, ¿no es cierto?

—Protesto ante esa pregunta —dijo Ninian levantándose de su asiento—. La señorita Glentyre no pudo forzar al testigo para que acudiera a sus citas. Tuvo que haber acudido voluntariamente.

—Una joven muy enérgica —dijo el fiscal—. Pero

este hombre estaba enamorado. Como muy bien observará el tribunal, acudió voluntariamente a las citas, tal y como insiste en decir el señor Grainger. ¿Qué se propuso hacer usted acerca de la situación? —preguntó, reanudando el interrogatorio.

—Acordamos esperar hasta que yo terminara mis estudios.

—Lo cual se produciría en un plazo de dos años, más o menos, ¿no es así?

—En efecto. La señorita Glentyre sugirió…

—¿Qué le sugirió?

—Que nos escapáramos.

Contuve la respiración. Comprendí la imagen que estaba tratando de configurar el fiscal, describiéndome como una mujer enérgica, que sabía exactamente lo que quería y estaba decidida a conseguirlo, aunque eso significara escaparse con su amante, en contra de los deseos de su padre… o, alternativamente, aunque eso significara asesinar al padre.

—¿Y no aceptó usted la sugerencia?

—Yo sabía que no podíamos hacerlo.

—Porque no disponía de dinero propio. Todo lo que usted tenía procedía de lo que le daba su familia, y si la señorita Glentyre era eliminada del testamento de su padre, tal y como este había amenazado, ella tampoco recibiría nada.

Sentí náuseas, y recé para que se callara. Sabía que Jamie lamentaba el haberme conocido, y eso era para mí lo más cruel de todo.

Le llegó el turno a Ninian.

—¿Habló usted de matrimonio con la señorita Glentyre antes de saber que su padre desaprobaba el enlace?

—Sí.

—¿Cree que, debido a la indiferencia de ella acerca de si era usted pobre o rico, deseaba demostrarle su lealtad mostrándose preparada para soportar unos pocos años de vida dura, antes de que pudiera usted establecerse en su profesión?

—Sí, supongo que sí.

Eso era lo mejor que podía hacer con Jamie, y por un momento me pregunté si Ninian no habría perdido la ventaja adquirida con la declaración de Zillah.

Pasaron dos días más, durante los cuales continuó el desfile de testigos. Hubo más médicos y se mencionaron numerosos términos científicos que fui incapaz de comprender, aunque sabía que las cosas no iban bien para mí.

Seguía sin haber noticias del paradero de Ellen. Yo pensaba: Sólo queda un consuelo. Todo esto terminará pronto.

Entonces sucedió algo. Ninian me visitó y me di cuenta enseguida de que estaba excitado.

Se sentó al otro lado de la mesa, frente a mí, y me sonrió.

—Si esto sale bien, lo habremos logrado —dijo—. Gracias a Dios por la divina Zillah.

—¿Qué ha ocurrido?

—¿Recuerda que declaró en el tribunal que su esposo le confesó en cierta ocasión que había tomado arsénico?

—Sí.

—Ella ha descubierto un trozo de papel, al parecer doblado y un tanto arrugado, escondido en el fondo de un cajón donde su padre solía guardar calcetines y pañuelos. Un trozo de papel blanco con los restos de un sello. Desdobló el papel. No había nada en él, ninguna señal de escritura sobre lo que pudo haber contenido, pero detectó unos granos de polvo.

—¿De polvo? —repetí.

—¡En el cajón de su esposo! —exclamó, asintiendo y sonriendo—. Inmediatamente pensó... bueno, seguro que ya sabe lo que pensó. Es una mujer muy sensata. Se lo llevó a la policía. Y ahora lo están analizando.

—¿Qué significa eso?

—Que si ese papel contiene lo que esperamos, existe una posibilidad... una gran posibilidad de que la dosis que mató a su padre la tomara él mismo.

—¿Cuándo lo sabremos?

—Muy pronto. Oh, Davina... quiero decir, señorita Glentyre, ¿no lo comprende?

Creo que nunca había visto a alguien tan alegre como él en aquellos momentos; y en medio de mis aturdidos pensamientos, me pregunté si experimentaba los mismos sentimientos en todos los casos en los que intervenía.

A partir de entonces, los acontecimientos se sucedieron con rapidez.

Se llamó de nuevo a declarar al doctor Camrose. No cabía la menor duda de que el trozo de papel había contenido arsénico. El tribunal quedó asombrado. Se volvió a llamar a declarar a Zillah.

—¿Puede usted explicarnos por qué ese trozo de papel no salió antes a la luz?

—Estaba justo en el fondo del cajón.

—¿Puede explicar cómo no fue descubierto cuando se registró la habitación?

—Supongo que se debió a que quienes hicieron el trabajo no llevaron suficiente cuidado. —Hubo una oleada de murmullos en toda la sala. Zillah continuó—: ¿Sabe usted cómo quedan a veces atrapadas las cosas en los cajones de las cómodas? En realidad, no estaba en el fondo del cajón, sino atrapado en la parte superior y en medio de los dos cajones. Supongo que comprende usted lo que quiero decir.

Sonrió melifluamente ante el fiscal, que emitió un gruñido. Pero no pudo hacer nada para anular la impresión que Zillah había causado en el tribunal.

Ninian dijo que no tenía preguntas que hacerle.

A partir de entonces, la atmósfera cambió por completo y poco después llegó el momento de los alegatos finales del fiscal y la defensa.

Primero intervino el fiscal. El abogado habló durante largo rato. Expuso todos los hechos que había contra mí. En primer lugar, la desaparición de la elusiva Ellen Farley, lo que parecía muy sospechoso. Después, el hecho de que yo deseaba casarme y de que mi padre había amenazado con desheredarme si lo hacía. Eso se consideraba motivo suficiente para el asesinato.

Mientras escuchaba, pensé en lo extraño que resultaba que tantas cosas aparentemente inocentes fueran malinterpretadas. Cuando terminó la sesión con el discurso del fiscal, tuve la sensación de que todo se había vuelto en contra mía.

Ninian acudió a verme.

—Parece usted preocupada —me dijo.

—¿No lo está usted?

—No. Estoy convencido de que pronto estará en libertad.

—¿Cómo puede estar tan seguro?

—Por experiencia —dijo, inclinándose hacia mí.

—Mañana… —empecé con tono temeroso.

—Mañana nos toca a nosotros. Ya verá. —Me tomó de la mano y se la llevó a los labios, y por unos momentos ambos nos miramos fijamente a los ojos—. Esto significa para mí más que ninguna otra cosa.

—Lo sé. Se ha dado mucha publicidad al caso. Si gana usted, seguramente lo nombrarán socio del bufete de su padre.

—Quizá. Pero no me refería a eso. —Me soltó la mano—. Y ahora, debe usted pasar una buena noche de sueño. Les he pedido que le administren un sedante suave. Tómelo, por favor. Es necesario. Ha pasado usted por un verdadero suplicio y ahora ya estamos casi al final. Pero recuerde esto: ganaremos.

—Está usted tan seguro.

—Absolutamente seguro. No podemos fallar. Las cosas parecían negras al principio, lo admito. Pero ahora todo ha evolucionado en favor suyo. Una buena noche de descanso... y la veré mañana en el tribunal. Le prometo que no estará allí por mucho más tiempo.

Aquella noche, me dormí pensando en él.

Era magnífico. Su elocuencia arrastró a los miembros del jurado, poniéndolos de su parte. Estaba tan seguro de sí mismo.

—Miembros del jurado, ¿pueden ustedes condenar a esta joven, tan claramente inocente? —empezó.

Y luego hizo un repaso a todo lo que se había dicho. Yo había conocido a un hombre joven. La mayoría de las mujeres jóvenes conocían a hombres jóvenes en algún momento de sus vidas. Me sentí arrebatada por la corriente del amor juvenil. Había estado incluso dispuesta a escaparme y renunciar así a toda posibilidad de heredar. ¿Acaso esa actitud se correspondía con la de una asesina capaz de matar a sangre fría?

Luego habló largo y tendido de mi padre. Un hombre que se había enamorado perdidamente de la hermosa mujer llegada a la casa para ocupar el puesto de institutriz. Una mujer mucho más joven que él. ¿Qué haría un hombre en tales circunstancias? ¿Quién podría culparle por intentar recuperar su perdida juventud? Y cuando creyó que tenía una oportunidad de conseguirlo, la aprovechó, con naturalidad. Había admitido que tomaba arsénico. Al parecer, lo había obtenido durante uno de sus viajes al extranjero. Lo había probado y sabía que era una práctica peligrosa, por lo que renunció a ella. Pero entonces se casó con una mujer joven. Posiblemente, había conservado un poco del veneno, celosamente guardado en alguna parte. Lo encontró y, una vez más, experimentó con él. Tuvo uno o dos accesos de enfermedad que, evidentemente, se debieron a lo que había tomado. Sin embargo, eso no lo amilanó y aquella noche fatal tomó los restos del pequeño paquete. Pero fue mucho más de lo que él había querido admitir. De hecho, tomó una dosis excesivamente grande. Arrugó el papel y lo dejó en el fondo del cajón, donde quedó atrapado con el cajón superior, razón por la que no fue descubierto cuando se llevó a cabo el registro.

—Y ustedes, miembros del jurado, estarán de acuerdo conmigo en que esta es una explicación lógica de lo que sucedió esa noche.

»Miembros del jurado, tienen ante ustedes a una joven. ¿Cuántos de ustedes tienen hijas de su misma edad? Quienes las tienen, comprenderán. Piensen en sus propias hijas, o en las hijas de un amigo a quien quieran. Piensen en ellas atrapadas en una cadena de circunstancias sobre las que no han podido ejercer ningún control, para encontrarse de repente, como le ha sucedido a esta joven, ante un tribunal, enfrentadas a una acusación por asesinato.

»Ya han escuchado las pruebas. Si abrigan la menor sombra de duda, no pueden encontrar culpable a esta joven. Ella no es quien ha perpetrado un crimen, sino la víctima de unas circunstancias muy peculiares.

»Son ustedes personas observadoras. Son ustedes perspicaces y cuando valoren las pruebas que se han presentado ante este tribunal, considerarán todo lo que se ha escuchado aquí, y entonces se dirán a sí mismos: ¡Sólo podemos emitir un veredicto, el de inocencia!

A ello siguió un resumen hecho por el juez, quien repasó muy cuidadosamente todas las pruebas expuestas.

Dijo que yo era joven y que eso, sin duda alguna,

influiría sobre los miembros del jurado. Pero recordó que se trataba de una acusación por asesinato. Estaba la cuestión de la misteriosa Ellen Farley quien, según había declarado yo, me había pedido que comprara arsénico para ella, y así admitía haberlo hecho. Además, eso estaba probado por el libro de la droguería Henniker, presentado como prueba. Pero nadie había oído a la señorita Farley pedirme que comprara el arsénico; nadie había visto saltar la rata del cubo de basura, excepto, quizá, la susodicha Ellen Farley. Y a Ellen Farley no se la había podido encontrar. De modo que sobre aquella prueba el jurado tendría que tomar alguna conclusión. ¿Le pidió la misteriosa Ellen Farley a la acusada que comprara arsénico para matar ratas? ¿O fue la acusada la que compró el arsénico por su cuenta con el propósito de matar a su padre? Tenía motivos para hacerlo. Él iba a desheredarla si ella se casaba con su amante.

Por otro lado, el fallecido había confesado a su esposa que tomó arsénico en algún momento de su vida, el cual podía habérselo procurado en el extranjero, lo que significaba que resultaba imposible seguir esa pista para saber si era cierta o no. ¿Encontró lo que le quedaba en el paquete, calculó mal la cantidad y se mató sin pretenderlo?

—Eso es lo que ustedes tienen que decidir, y sólo si están plenamente convencidos de que no fue así, y de que el arsénico le fue administrado por la acusada vertiéndolo en la casi vacía jarra de oporto, sólo entonces deberán considerarla culpable.

Fue un resumen bastante justo y el juez contribuyó mucho a explicarle a los miembros del jurado en qué consistía su deber.

Los miembros del jurado se retiraron para considerar su veredicto.

Fui conducida a las dependencias inferiores del palacio de Justicia. El tiempo parecía arrastrarse lentamente. Transcurrió una hora y aún no se anunciaba que había veredicto.

¿Qué me sucederá? —me preguntaba—. ¿Puede ser esto el final? ¿Me condenarán a muerte? Esta es la pena por asesinato. Me pregunté entonces cuántas personas inocentes habrían sido condenadas a muerte.

Deberían llevarme de nuevo a la sala del tribunal. Debería ver a Ninian, tenso y esperando. Sin embargo, él parecía muy seguro.

Allí estarían los Kirkwell, y Bess, y Jenny, y todos los miembros de la servidumbre. Zillah también estaría esperando. Si me declaraban inocente, le debería la vida a ella. Jamie ya me había demostrado que lo que sentía por mí no era un verdadero y duradero amor.

Recordaba los principales acontecimientos de mi vida, como dicen que les sucede a los que se están ahogando. Bueno, yo me estaba ahogando... metafóricamente.

Intenté mirar hacia el futuro. ¿Y si Ninian tenía razón y lograba salir bien librada de esta situación? ¿Cómo sería eso? Ya nada volvería a ser lo mismo. Allí donde fuera, la gente diría: «Esa es Davina Glentyre. ¿Crees realmente que fue ella quien lo hizo?»

No, ya nada volvería a ser igual. Aunque saliera en libertad de aquel tribunal, los recuerdos de todo lo ocurrido estarían conmigo para siempre... junto con otros.

El jurado llevaba reunido dos horas. A mí me parecieron días.

En cuanto me hicieron subir de nuevo a la sala percibí que había una tensión contenida.

El jurado ya se había instalado en sus puestos. El juez preguntó si habían emitido un veredicto y si podían comunicarlo al tribunal.

Contuve la respiración. Se produjo una larga pausa. Y entonces escuché una voz clara diciendo: «No probado.»

Hubo un murmullo en toda la sala. Vi el rostro de Ninian. Por un momento, una expresión de cólera se extendió sobre él; luego se volvió hacia mí, sonriente.

El juez me dijo que podía abandonar la sala.

Estaba libre, libre para ir a donde quisiera, si podía vivir con el estigma de que el resultado del juicio había sido «No probado.»

Lakemere

1

En la vicaría

Estaba tumbada en mi cama. La casa parecía envuelta en un silencio penetrante, un silencio únicamente interrumpido por voces susurrantes.

—¿La han dejado en libertad? Pero ¿es culpable? Su inocencia no ha quedado demostrada.

Aquellas palabras parecían repetirse una y otra vez en mi mente. Escuchaba al portavoz del jurado. Había deseado tan desesperadamente oírle decir «Inocente», que quedé anonadada cuando dijo «No probado.»

—El caso ha terminado. Estás en libertad —me dijo Zillah, exultante.

Pero yo sabía que jamás volvería a ser libre. «No probado.» Aquellas palabras volverían a resonar una y otra vez a lo largo de los años. La gente las recordaría.

«Davina Glentyre —dirían—. ¿No he oído pronunciar ese nombre en alguna parte? Ah, sí, ¿no fue esa la joven que asesinó a su padre? ¿O no lo hizo? El caso fue declarado como ¡No probado!»

¡Qué veredicto tan cruel! Un estigma que llevaría toda mi vida.

—Voy a hacer que te acuestes enseguida —me dijo Zillah—, y permanecerás en la cama durante un tiempo. Has pasado por una experiencia terrible. Ha sido una gran conmoción para ti. Mucho más de lo que quieres admitir. Pero te recuperarás. Yo voy a ocuparme de ti.

En realidad, no la escuchaba. Todavía estaba en la sala del tribunal. No podía escapar de aquellas imágenes que asaltaban mi mente. Aún escuchaba la voz de Ninian Grainger, vehemente, tierna, colérica, sentimental, apelando al buen sentido y a la humanidad del jurado. Había estado magnífico y creía deberle la vida... a él y también a Zillah, claro. Cuando todo hubo terminado, él me tomó de la mano por un breve instante, con una mirada de triunfo brillándole en los ojos.

Desde luego, yo representaba para él el éxito porque, aun cuando no hubiera obtenido el veredicto que deseaba, al menos lo había obtenido a medias. El caso había estado muy negro para mí, y hubo momentos en que casi pareció seguro un veredicto de culpabilidad, pero él había logrado ahuyentar esa posibilidad, con la ayuda de Zillah, y debíamos sentirnos afortunadas de que el veredicto final hubiera sido «No probado.» Yo había sido un éxito para él, un gran paso para su ascenso; un caso que había parecido perdido al principio y que, aun cuando no había sido ganado del todo, representaba un verdadero éxito para él teniendo en cuenta las circunstancias.

Me alegré de quedarme a solas. No deseaba tener que afrontar al resto de la servidumbre. Todos se mostrarían llenos de tacto, pero yo leería sus pensamientos.

¿Lo hizo o no? —se preguntarían—. ¿Quién puede estar seguro? En cualquier caso, la dejaron en libertad porque se emitió un veredicto de ¡No probado!

¡No probado! ¡No probado! Aquello era como el sonido de un toque a difuntos.

Zillah me había llevado a casa. Había traído el carruaje, conducido por Hamish Vosper, que nos esperaba.

—Sabía que todo iba a salir bien —me dijo—. Y quería alejarte de este lugar, cuanto antes mejor.

Nos sentamos la una al lado de la otra, muy cerca. Ella me sostuvo la mano, apretándola de vez en cuando, tranquilizándome y murmurándome palabras suaves.

—Todo estará bien. Estoy aquí para ocuparme de ti, querida.

Todo me parecía extraño e irreal. Hasta la calle parecía diferente.

—No lleves el carruaje a la puerta delantera, Hamish —escuché decir a Zillah—. Dirígete directamente a las caballerizas. Es posible que haya curiosos frente a la casa.

Sí, pensé. Gente que habría acudido para contemplar el espectáculo, para echarle un vistazo a la joven que podía haber sido condenada a muerte por asesinato. ¿Quién era capaz de asegurar si se lo merecía o no? Su inocencia no había quedado demostrada; era un asesinato que no había sido probado.

Siempre habría gente así. Y estarían allí, mirándome fijamente. Gente que recordaría. No se había demostrado nada contra mí, pero...

—Ya hemos llegado —dijo Hamish alegremente—. Estamos en las caballerizas.

Me ayudaron a bajar del carruaje y a entrar en la casa por la puerta de atrás. El señor y la señora Kirkwell se sentían en una situación embarazosa. ¿Cómo se saluda a uno de los miembros de la familia que acaba de ser juzgado por asesinato y que regresa a casa después de que la acusación no ha sido demostrada?

—Me alegra verla de vuelta, señorita Davina —se las arregló la señora Kirkwell.

El señor Kirkwell asintió con un gesto, como corroborando sus palabras, y Jenny y Bess se limitaron a mirarme fijamente. Para todos ellos, yo ya era una persona diferente.

Zillah se hizo cargo de la situación.

—Y ahora, querida, vamos a llevarte inmediatamente a tu habitación. Luego te enviaré a alguien. Necesitarás comer un poco, y mucho descanso. Tienes que recuperar tus fuerzas. Voy a ocuparme de que te encuentres bien. —Una vez en mi habitación, cerró la puerta y se volvió a mirarme—. Es duro al principio —dijo, y agregó—: Pero todo estará bien.

—No saben qué decirme. Creen que lo hice, Zillah.

—Pues claro que no lo creen así. Lo que sucede es que no saben cómo expresar sus sentimientos. Se sienten tan contentos como perros con dos colas, porque estás de vuelta y todo ese miserable asunto ha terminado de una vez.

¡Qué largos me parecieron aquellos días! No quería salir de mi habitación. Me sentía incapaz de afrontar el suplicio de ver a otras personas y leer sus pensamientos. Zillah acudía a verme a menudo. Me traía la comida, se sentaba a mi lado y charlaba mientras yo comía.

—Si quieres, habla de lo que ha pasado —me dijo—. Eso puede ayudarte. Siempre supe que eras inocente. Desearía que hubieran emitido el veredicto apropiado. Para ese pomposo y viejo juez y para el estúpido jurado debería haber estado muy claro que tú no eres capaz ni de matar una mosca.

Zillah había cambiado sutilmente. Imaginé que ahora ya no se refrenaba en nada. Su conversación era un poco más picante, el rojo de sus labios algo más brillante, sus mejillas algo más coloreadas. Parecía rodeada de algo similar a un halo de triunfo.

Ocasionalmente hablaba de mi padre, y cada vez que lo hacía una máscara de melancolía descendía sobre su rostro.

—Era una persona tan querida, siempre fue muy bueno conmigo. Solía decirme que nunca había sido tan feliz en su vida como conmigo.

—Fue muy feliz con mi madre —no pude evitar decirle, con mordacidad—. La amaba.

—Pues claro que la amaba, querida. Eso fue diferente. Pero ella había muerto, y él buscaba un poco de comodidad en la vida. Me encontró a mí y teniendo en cuenta sus años. Oh, bueno, conozco a los hombres. Él ya no esperaba volver a encontrar todo eso... y ese algo extra... ya sabes a lo que me refiero. Para mí, es un consuelo haber podido hacer tanto por él, aunque él, desde luego, también hizo mucho por mí.

—Parecía haber cambiado mucho. Era muy diferente a como había sido antes.

—Solía decirme que yo le hacía sentir joven. Eso era muy bonito. Pero fue precisamente el desear ser joven lo que le indujo a tomar esos horribles polvos. —Un estremecimiento sacudió mi cuerpo—. Pero no hablaremos de eso, querida —prosiguió ella—. De todos modos, cuando pienso cómo encontré ese trozo de papel arrugado, no puedo evitar el decirme a mí misma: «¡Qué suerte!» Eso fue lo que te salvó, lo que permitió que quedaras en libertad, y aclaró tu situación.

—No probado —murmuré.

—Eso no importa. Ahora estás aquí. Eres libre. El caso ha terminado. Ahora ya no pueden volver a juzgarte.

Pero yo pensé: Jamás volveré a ser libre, porque el veredicto fue ¡No probado!

Un día salí de compras con Zillah. Hamish Vosper nos llevó en el carruaje. Lo descubrí mirándome con expresión conspiratoria. Volvía a comportarse con aire desenvuelto y creo que eso me resultaba un poco más familiar. Pero prefería el azoramiento que experimentaban los demás sirvientes.

Le escribí a Lilias. A ella podía comunicarle más fácilmente mis sentimientos. Ella había sufrido una tragedia similar, no tan grave, desde luego, pero había sido muy difícil para ella, y la acusación de que fue objeto se juzgó con mucha mayor rapidez, y fue encontrada culpable.

Me sentí reconfortada al recibir su contestación a mi carta.

Mi querida Davina:

Lo siento tanto por ti. He leído en los periódicos todo lo referente al caso, claro está, y he estado contigo durante todo el juicio, espiritualmente. Cómo habría deseado haber estado allí personalmente. Cuando me enteré del veredicto, casi no podía creérmelo. Desearía que hubiera sido más seguro, pero al menos ahora estás en libertad.

He tratado de imaginarme cómo debe de ser la vida para ti en la casa, con la segunda esposa de tu padre. Los periódicos dan a entender que sus declaraciones cambiaron el curso del proceso. Parece ser persona amable y muy atractiva, según dice la prensa.

Hace ya tanto tiempo que nos conocemos. Me imagino la enorme confusión que ha debido de representar todo esto para ti, y se me ha ocurrido que posiblemente te agrade alejarte de ahí durante un tiempo. Puedes venir y quedarte aquí una temporada, si eso te apetece. Así podremos hablar y estar juntas. La vicaría es muy amplia, de modo que no habrá problemas en ese sentido. Pero no esperes el mismo grado de comodidades de que disfrutas en casa. Lo que sí puedo ofrecerte es el consuelo de mi cariño y simpatía… y la más absoluta convicción en tu inocencia. Piénsalo. No hay prisa. Cuando estés dispuesta, escríbeme y dime que vienes.

Siempre estás en mis pensamientos.

Con todo mi cariño,

LILIAS

¡Qué carta tan encantadora! Incluso lloré mientras la leía una y otra vez.

Pensé en la sugerencia que me hacía. Alejarme de esta casa donde había ocurrido todo me sentaría muy bien. Y en el ambiente recluido de la vicaría podría hablar con Lilias sobre el futuro, pues me daba cuenta de que no podía continuar como me sentía. Tenía que seguir adelante. Necesitaba hablar con alguien que me conociera bien. Deseaba consejo, ¿y quién mejor que Lilias para dármelo?

Le mencioné a Zillah la invitación.

—Creo que es una buena idea —me dijo—. A ti te gusta Lilias, ¿verdad? Te llevas bien con ella. Tu padre dijo que era la típica institutriz, hasta que se vio vencida por la tentación.

—Jamás se dejó tentar —repliqué con indignación—. Todo aquello no fue más que un terrible error. Ella era inocente.

—Sólo estaba contándote lo que me dijo tu padre. Pobre muchacha. Pudo haberse sentido preocupada por el dinero. Las institutrices suelen pasarlo mal. Comprendo que se sintiera tentada. Después de todo, yo también he sido institutriz.

—Zillah, Lilias no robó nada. Ella no tuvo nada que ver con aquellas desdichadas perlas. Estoy segura de ello.

—Oh, bueno, tú lo sabrás mejor que yo. Estabas con ella. Pero tu padre parecía pensar que... —Me sentí exasperada y estaba a punto de seguir protestando cuando Zillah levantó una mano para calmarme—. Está bien, está bien, seguro que tú lo sabes mejor que yo. Después de todo, ella era una persona especial para ti, ¿no es cierto? Eres una muchacha muy dulce, y siento cariño por ti, de veras. Algunas madrastras dirían que no debías ir a casa de alguien que está bajo sospecha...

—Yo misma estoy bajo sospecha, Zillah.

—De acuerdo entonces. Creo que te hará bien pasar una temporada con ella. —Me rodeó los hombros con un brazo—. Me doy cuenta de que sientes grandes deseos de ir, y por eso creo que debes hacerlo. Acordado, entonces. Le escribes y le dices que irás. Seguro que te hará mucho bien alejarte durante un tiempo de todo esto.

—Zillah, te aseguro que Lilias es incapaz de robar nada.

—Desde luego. No lo dudo ni por un momento. Vete. Será bueno para ti y eso es todo lo que me preocupa. Y, a propósito, hay algo que quiero decirte. Quería decírtelo desde hace varios días. Es acerca de tu padre y... bueno, el dinero. Él estaba ansioso por asegurarme el porvenir en caso de que le pasara algo y... me lo ha dejado todo... casi. Esta casa, los bonos y cosas así. El pobre decía que me estaba tan agradecido. Estaba dispuesto a desheredarte. Dijo que si te casabas con Alastair McCrae ya tendrías el porvenir asegurado, y que si lo hacías con Jamie, bueno, en tal caso te habría desheredado de todos modos. Le dije que eso no era justo, y que si no te dejaba algo, yo no lo aceptaría. El caso es que me tomé mucho trabajo intentando convencerlo, hasta que le hice comprender mi punto de vista. Por eso te ha dejado algo. El notario dice que eso te proporcionará una pensión anual de unas cuatrocientas libras. Me siento terriblemente mal por ello, pero lo cierto es que todo lo demás me lo ha dejado a mí.

—Ya... comprendo.

—Esta es tu casa, querida —me aseguró, apretándome la mano—. Siempre lo será mientras lo quieras así. Le dije que así sería, y tu padre me contestó que era demasiado bueno por mi parte, algo que no tuve más remedio que contradecir. Le dije: «Quiero mucho a esa

198

muchacha. La considero como mi propia hija.» Creo que incluso se sintió contento por ello. Desde luego, jamás pensé que pasaría lo que ha ocurrido. ¿Cómo iba yo a saber que había decidido tomarse esos polvos? —permanecí en silencio y ella continuó—: ¡Cuatrocientas libras al año! Es una bonita suma. No es lo mismo que si te hubieras quedado sin un céntimo. Y yo siempre estaré aquí. Quiero compartirlo todo contigo.

Creo que nada de eso me sorprendió. Claro que él se lo había dejado todo. Estaba loco por ella. En aquellos momentos no me sentía preocupada por el dinero, e incluso disponía de un poco de dinero propio que me sería suficiente.

Todos mis pensamientos estaban ocupados con la posibilidad de una próxima visita a Lilias. Sin embargo, había algo que me hacía dudar. Naturalmente, las noticias sobre el caso también habrían llegado a Lakemere. ¿Qué pensarían los fieles que acudían a la vicaría de su padre por el hecho de que albergara en su casa a alguien que podía haber sido una asesina? Sabía que se trataba de un buen hombre, puesto que había aceptado a Kitty e incluso le había encontrado un puesto de trabajo, pero no debía permitir que ni él ni su familia se sintieran incómodos por mi causa.

—¿Qué ocurre? —preguntó Zillah con tono de ansiedad.

—No puedo marcharme —le dije—. La gente habrá oído hablar de mí en Lakemere, y mi presencia será muy incómoda para mis anfitriones.

—Bueno —dijo Zillah—, en ese caso, ¿por qué no cambiarte de nombre?

—¿Qué?

—No lo podrías hacer aquí, donde hay tanta gente que te conoce, pero sí puedes hacerlo si te marchas.

—Yo... supongo que podría.

—No lo supongas. ¿Por qué ibas a suponerlo? Elige un nombre que no te relacione para nada con el caso. Es muy sencillo —al parecer le gustaba la idea, y los ojos le brillaban—. Sería aconsejable que mantuvieras tus mismas iniciales. Nunca se sabe cuándo puede surgir algo, y entonces tendrías muchas cosas que explicar. Tus iniciales son D. G. Debemos buscar un nombre y un apellido que empiecen por esas letras.

—¡Qué buena idea!

—Eso es algo que se adquiere en los escenarios, querida. Muchas de las personas que trabajan en el mundo del espectáculo se cambian de nombre. A veces lo tienen que hacer sólo por el espectáculo. Y ahora, pensemos. Davina. Bueno, es la clase de nombre que la gente recordaría con facilidad. ¿Qué te parece llamarte Diana?

—Oh, sí. Esto también empieza con D.

—Muy bien, Diana. Y ahora veamos la G.

—¿Qué tal quedaría Grey? ¿Diana Grey?

—Te estás apropiando de mi apellido. Yo fui la señorita Grey antes de convertirme en la señora Glentyre.

—Es un apellido corto, y empieza por G.

—Creo que te sienta bien. Diana Grey. Pues bien, así es como vas a llamarte mientras te alojes con la familia del vicario. Será mucho mejor para ellos, y también para ti.

—Escribiré enseguida a Lilias.

Subí inmediatamente a mi habitación.

Mi muy querida Lilias:

Deseo tanto ir a verte. Pero sería injusto por mi parte acudir tal y como soy. Espero que a tu padre no le parezca nada fraudulento, pero el caso es que quiero escapar de mí misma. Quiero ser una persona diferente, y no deseo que se murmure en el pueblo por mi causa. Estoy segura de que algunas personas del pueblo habrán oído hablar de mí, de modo que he decidido aparecer como Diana Grey. De ese modo mantendré las iniciales de mi nombre y apellido, lo que Zillah dice es una actitud prudente. Iré a pasar una temporada contigo si aceptas este pequeño engaño. No me creo capaz de afrontar la idea de ir a sabiendas que existe el peligro de que la gente recuerde de pronto.

Sólo quiero que me escribas y me digas si lo apruebas. En tal caso, haré mi equipaje y acudiré enseguida.

Espero recibir prontas noticias tuyas.

Con mi cariño,

DIANA

Cerré el sobre y me sorprendió comprobar que me había animado considerablemente.

Bajaría la carta al vestíbulo y la dejaría sobre la bandeja de plata, donde se solían dejar las cartas para echar al correo, de modo que el señor Kirkwell las recogiera y las llevara.

Dejé la carta sobre la bandeja y mientras estaba allí me sobresalté al escuchar un repentino portazo, seguido del sonido de unos pasos rápidos. No sentía el menor deseo de encontrarme con un sirviente, de modo que me deslicé rápidamente hacia el salón y medio cerré la puerta.

Los pasos bajaron la escalera. Miré por la rendija de la puerta y, ante mi extrañeza, vi a Hamish Vosper. Tenía el rostro enrojecido y distorsionado por la cólera.

Atravesó el vestíbulo a toda prisa y salió por la puerta de atrás.

¿Qué había estado haciendo en la parte superior de la casa?, me pregunté. ¿Acaso Zillah había enviado a buscarlo porque quería tener preparado el carruaje? Seguramente no se dispondría a salir a aquellas horas.

Me pareció muy extraño.

Sin embargo, todos mis pensamientos estaban centrados en Lilias. Me pregunté qué diría ella ante mi cambio de nombre.

Eso sólo sería durante el tiempo que durara mi visita, claro, pero necesitaba marcharme de allí inmediatamente, empezar una nueva vida, con un nombre diferente. Eso significaría dejar Edimburgo. ¿Adónde podría ir? En realidad, era un sueño alocado. Pero eso sería algo a discutir más tarde con Lilias.

Esperaba impaciente la respuesta, pero ya había empezado a hacer las maletas, porque estaba segura de que la recibiría pronto. Y entonces, tuve una visita. Bess acudió a mi habitación para anunciármela.

—Señorita Davina, hay un caballero que desea verla.

—¡Un caballero!

—Sí, señorita. Lo he hecho pasar al salón.

¿Quién sería?, me pregunté. ¿Jamie? ¿Había venido a decirme que, después de todo, me amaba? ¿Estaba preparado para afrontar cualquier cosa conmigo? ¿Sería Alastair McCrae?

—¿Quién es? —pregunté.

—Es un tal señor Grainger, señorita.

Experimenté un temblor de excitación. ¿Podía ser él de verdad? ¿Qué querría? El caso ya había terminado por lo que a él se refería.

Bajé presurosa la escalera, dirigiéndome hacia el salón. Él se levantó en cuanto me vio y me tomó de la mano, mirándome escrutadoramente al rostro.

—Señorita Glentyre, ¿cómo está usted?

—Estoy muy bien, gracias. ¿Y usted?

—Bien, gracias. Es… es un poco difícil, ¿verdad?

—Sí, pero estoy pensando en marcharme fuera durante una temporada.

—Ah, quizá sea eso lo mejor.

—Voy a ir a casa de mi institutriz. —Él me miró, sorprendido—. Oh, me refiero a la institutriz que tuve hace años, antes de que…

—Ya veo que ha habido varias institutrices en su vida.

—Sólo dos.

—Y ambas han sido muy importantes para usted. ¿Le importaría decirme adónde se va?

—A Inglaterra. A Devonshire, a un pueblecito llamado Lakemere.

—Según tengo entendido, Devonshire es un condado muy hermoso.

—Voy a alojarme en la vicaría. La señorita Milne es la hija del vicario.

—Eso parece ideal.

Aún conservaba la costumbre de confiar en él. Después de haber luchado por mi vida, me había enseñado que no debía guardarme nada, que cualquier detalle aparentemente trivial podía ser de la máxima importancia. Así que no me extrañé demasiado cuando le confesé:

—Yo... estoy pensando en cambiarme de nombre, porque de otro modo podría ser embarazoso para mis anfitriones.

—Es algo que se hace a menudo en tales circunstancias.

—¿De modo que le parece a usted una buena idea?

—Así es. En su caso se armó un gran revuelo con la prensa. Podría verse envuelta en situaciones embarazosas, como usted misma ha dicho.

—Sí, aunque pensaba sobre todo en mis anfitriones.

—Bueno, al parecer, son ellos quienes la han invitado.

—Lo sé, pero imagino que el padre de Lilias no es una persona muy mundana.

—¿De veras?

—Es un hombre tan bueno... casi un santo.

—¿Y cree usted que los santos no son mundanos?

—No exactamente, pero si él creyera que alguien necesita ayuda, se la ofrecería sin considerar siquiera si sería conveniente para él o no.

—Debo decir que parece una persona bastante peculiar.

—Lo es. Lilias, es decir, la señorita Milne, dice que es un verdadero cristiano. Hay muchos que hablan como él, pero no lo son. Se comportó maravillosamente bien con Kitty, mientras que otros...

Me detuve.

—¿Kitty? —me preguntó, como queriendo saber más.

—Era una de nuestras doncellas. Fue descubierta en una situación comprometedora con uno de los sirvientes. Fue despedida inmediatamente, mientras que al hombre se le permitió quedarse... porque era un buen cochero.

—¿Y eso sucedió en esta casa?

—Sí. Lo que le estaba diciendo es que el padre de Lilias aceptó a Kitty en su casa cuando la pobre no tenía ningún lugar al que ir, e incluso más tarde le encontró un trabajo. Y, desde luego, se mostró maravillosamente comprensivo cuando Lilias regresó a su hogar.

—¿Qué sucedió con Lilias?

Tuve la sensación de que estaba contando demasiadas cosas. Me olvidaba de que él ya no era mi consejero legal, alguien que tenía que saberlo todo sobre mí. Su profesión le inducía a querer saberlo todo. A pesar de ello, le conté la historia de Lilias y el collar, y él me escuchó son seriedad y atención.

—Así que fue despedida —musitó—. La hija del vicario.

—Sí, fue algo terrible. Ni siquiera se me ocurre cómo pudo suceder. Sólo hay una cosa de la que estoy segura, y es de que Lilias no robó aquel collar.

—No parece nada probable. ¿Alguien tuvo acceso a la casa desde el exterior?

—No. Sólo estaban los miembros de la servidumbre. ¿Por qué iba a robarlo alguno de ellos para colocarlo después en la habitación de Lilias? Si lo hubieran robado, sin duda alguna lo habrían querido para sí mismos, ¿no le parece? Ese collar vale mucho dinero.

—Da la impresión de que alguien pudo haber sentido algún rencor contra ella.

—No se me ocurre quién. Los demás miembros de la servidumbre no tenían mucho que ver con ella, pero es que, además, a ninguno de ellos le disgustaba.

—Pues alguien quería que fuera despedida.

—¿Por qué iban a querer una cosa así?

—Ese es el misterio.

—Bueno, eso sucedió hace mucho tiempo y supongo que es algo que jamás llegaremos a saber.

—Y, mientras tanto, la pobre Lilias no ha podido demostrar su inocencia.

—Como...

—Parece claro que fue su padre quien tomó el arsénico por voluntad propia —dijo tomándome la mano con suavidad—. Así lo pensó el jurado.

—En tal caso, ¿por qué emitieron ese veredicto?

—Porque les quedó una sombra de duda.

—Y durante el resto de mi vida tendré que...

—No debe permitir que eso le haga más daño del que ya le ha hecho. Debe alejar esos pensamientos de su mente. Vaya a ese pueblecito. Inténtelo durante algún tiempo. Su nuevo nombre la ayudará a olvidar. Déjeme su dirección. Quizá podamos seguir en contacto.

—Pero el caso ya ha terminado para usted.

—Un caso como este nunca terminará para mí. No me gusta el veredicto. En el fondo de mi corazón, sé que debió ser un veredicto de inocencia. Siempre confiaré en que la verdad salga a relucir algún día.

—Usted no cree que mi padre se suicidó, ¿verdad?

—Es la posibilidad más probable, pero siempre queda esa sombra de duda. —Se encogió de hombros—. De todos modos, permítame conocer esa dirección.

—Se la di y él guardó el papel en la cartera—. De modo que la institutriz fue despedida —prosiguió—, y fue entonces cuando llegó la nueva: la hermosa señorita Zillah Grey, cuyo apellido se dispone usted a usar ahora.

—Sí.

—Y al cabo de poco tiempo ella se casó con su padre. Eso es muy interesante.

—Supongo que lo es. Tengo entendido que, de vez en cuando, las institutrices se casan con los padres viudos de sus alumnos.

—Sucede a veces... casi de una forma natural —asintió él lentamente. En aquellos momentos Zillah entró en el salón. Ninian se levantó y yo dije—: Recordará usted a mi madrastra, ¿verdad?

—Desde luego —le estrechó la mano y le dirigió una cálida sonrisa—. Nos conocimos en el tribunal.

Zillah le devolvió una sonrisa tan deslumbrante que me sorprendió, a pesar de que estaba acostumbrada a su belleza. Ella parecía florecer en cuanto se hallaba en compañía de hombres, como una flor bajo la lluvia.

—Fue usted maravilloso —dijo ella—. No puedo expresarle todo mi agradecimiento por lo que hizo por...

—Yo soy quien le está agradecido. Sus declaraciones fueron vitales para nuestro caso.

Se sentó frente a él, muy cuidadosamente, volviéndole la espalda a la luz, como si no quisiera ser observada con excesiva atención. Se mostró deferente, como si desplegara una cierta admiración por él. Evidentemente, eso le gustó a él y no pareció darse cuenta de que la actitud de Zillah era un tanto falsa. Ella inició inmediatamente una conversación.

—¿Le ha comunicado mi hijastra sus planes de marcharse una temporada? Dígame, ¿cree que es una buena idea?

—Creo que es una idea excelente. Precisamente, así se lo he dicho a la señorita Glentyre.

—¿Y le ha dicho ella…? —empezó a preguntar con una falsa expresión de ansiedad.

—¿Lo de cambiarse de nombre? Sí. Creo que eso también puede ser una buena idea.

—Me alegra oírselo decir. Fue una sugerencia mía. Y me sentía un poco preocupada. Quiero…

—Lo mejor para la señorita Glentyre, desde luego. Sí, estoy seguro de que es una buena idea, tanto lo de marcharse una temporada como lo de asegurarse un poco de anonimato.

—En ese caso, ahora me sentiré un poco más feliz. Davina, querida, ¿no le has ofrecido nada a nuestro invitado?

—No, estábamos hablando y…

Zillah me miró con expresión de indulgente reproche.

—Es muy amable por su parte —se apresuró a decir Ninian—, pero, en realidad, debo marcharme. Sólo he venido para ver cómo le iban las cosas a la señorita Glentyre.

—¡Qué amabilidad por su parte! Es un gesto tan simpático y comprensivo. A menudo pienso en la suerte que tuvo Davina al poder contar con usted para que la defendiera.

—Realmente, no creo merecer tantas alabanzas.

—¡Claro que sí! —y añadió zalamera—: Y yo insistiré en decírselas.

Sonreí. Tuve la sensación de que a Ninian le había gustado el hecho de que ella se reuniera con nosotros.

Charlamos un rato más, sobre todo entre ellos, y luego él se levantó, dispuesto a marcharse.

Me sentí un tanto desilusionada. Evidentemente, le habían impresionado mucho los encantos de Zillah. Claro que yo siempre había sabido que eran considerables, pero no había imaginado que él pudiera sucumbir a ellos con tanta rapidez.

El humor de Zillah cambió bruscamente en cuanto él se marchó.

—¿Por qué diablos ha tenido que venir aquí? —preguntó.

—Dijo que sólo quería saber cómo estaba yo.

—¿Es que se dedica siempre a visitar a sus antiguos clientes?

—Creo que este ha sido para él un caso muy especial.

—Y a mí me parece que se muestra muy inquisitivo. Ha logrado tu libertad... y ahí es donde termina el caso para él.

—Deseaba conseguir un veredicto de inocencia.

—¿Acaso no lo queríamos todos?

—Bueno, de todos modos parece llevarse muy bien contigo.

Zillah permitió que una sonrisa de autosatisfacción apareciera en su rostro.

—Oh, bueno, ahora todo ha terminado, y lo que tenemos que hacer, querida, es olvidarnos por completo del asunto.

¡Como si yo pudiera olvidarlo!

La respuesta de Lilias llegó.

Te espero. Comprendemos lo de tu cambio de nombre, así que, desde el momento en que llegues, serás Diana Grey. No te preocupes. Nadie lo sabrá, excepto mi padre, mi hermana Jane y yo misma. Todos nosotros queremos hacer lo posible por ayudar. Querida Davina, aunque supongo que ya debería empezar a pensar en ti como Diana, puedes estar segura de que he convencido a mi familia de que has sido tan erróneamente acusada como lo fui yo. Somos una familia muy unida y confiamos absolutamente los unos en los otros.

He pensado que ha sido una extraña coincidencia que ambas hayamos sido erróneamente acusadas. Es como si en la casa hubiera existido algún espíritu maligno. Eso son tonterías, claro está, pero a mí me parece extraño. ¡Oh, de cuántas cosas tendremos que hablar! Anhelo tanto volver a verte.

Va a ser un viaje bastante largo para ti. Tendrás que ir primero a Londres, y luego tomar el tren hacia el oeste. Estamos a poco menos de cinco kilómetros de Tinton Crawley, pero yo estaré en la estación esperándote con un carruaje.

Apenas si puedo esperar tu llegada. Con amor,

LILIAS

P.D. Te incluyo instrucciones para el viaje, junto con la dirección del hotel de Londres donde me hospedé. Es pequeño, tranquilo y está cerca de la estación.

Comencé inmediatamente a hacer mis preparativos.

Respiré con un gran alivio en cuanto el tren salió de la estación de Edimburgo, y me sentí como si acabara de librarme de una pesada carga. Creía que, hasta cierto punto, había saltado un vacío entre un pasado de pesadilla y el presente.

Mientras el tren avanzaba hacia Inglaterra, observé con ansiedad a mis compañeros de viaje, al experimentar el repentino temor de que alguno pudiera reconocerme. Mi imagen había sido publicada en los periódicos, y una de ellas en particular, una «impresión de artista», me había horrorizado. El dibujo se me parecía lo suficiente como para que cualquiera hubiera podido reconocerme, pero el artista se las había arreglado para retorcer mis rasgos y darles una apariencia de astucia. En ese momento, el mundo debió de haber llegado a la conclusión de que yo había asesinado a mi padre, y el artista encajó los rasgos de mi rostro en lo que él creía que eran los hechos.

Frente a mí había una joven pareja, quizá en viaje de luna de miel; parecían completamente absortos el uno en el otro, y su presencia no me produjo la menor inquietud; tampoco me la produjo el hombre enfrascado en la lectura de su periódico. Pero en el extremo del asiento había una mujer bastante charlatana, aparentemente decidida a hablar con quien fuera, y como pronto quedó claro que los demás estaban distraídos, se volvió hacia mí. Se dirigía al sur, para visitar a su hija casada, y sentía grandes deseos de reunirse con sus nietos. Me hizo unas pocas preguntas sobre mi destino, aunque de modo superficial. Estaba claro que sus pensamientos se dirigían hacia la próxima visita a su familia, y al darme cuenta de ello respiré más libremente.

No debí preocuparme. Volví a sentir confianza en mí misma. Sólo estaba un poco nerviosa. Me dije que debía dejar de imaginar que la gente me reconocería. Me escapaba a casa de Lilias, aquel refugio al que ella había regresado, sabiendo que allí encontraría amor y comprensión.

Pasé la noche en el hotel de Londres, cercano a la estación, tal y como Lilias me había explicado en su carta. No pude descansar mucho, pero no me importó. Sabía que estaba de camino.

A la mañana siguiente, al disponerme a tomar el tren en la estación de Paddington, sentía que aumentaba mi sensación de alivio a cada momento. Sentada en un rincón del asiento, me dediqué a contemplar el paisaje, observando que las plantas y los árboles estaban más desarrollados que en el duro norte. Mis compañeros de viaje fueron agradables, y se entabló un poco de conversación general. Sabía que ninguno de ellos tenía la menor idea de quién era yo, y que me había sentido excesivamente sensible a ese respecto.

El tren avanzó hacia el oeste y el paisaje se fue haciendo cada vez más exuberante. Por un breve instante, alcancé a ver el mar. Había visto pequeños pueblos arracimados alrededor de las iglesias, tal y como me los había descrito Lilias en los viejos tiempos; observé también la rica tierra rojiza de la que ella me había hablado, y supe así que nos encontrábamos en el condado de Devonshire.

Por fin había llegado. En cuanto el tren entró en la estación vi a Lilias en el andén, y experimenté una felicidad tan grande como no sentía desde que empezara aquella pesadilla.

Echamos a correr y nos estrechamos en un fuerte abrazo. Luego, ella me separó para contemplarme mejor.

—Es maravilloso volver a verte. Y tienes un aspecto mucho mejor de lo que había esperado. ¡Oh, querida, qué época has tenido que pasar! Pero ahora ya todo ha terminado. Vamos, el carruaje nos espera. Sacaremos el equipaje. —El jefe de estación estaba cerca de nosotras, sonriéndonos—. Oh, Jack, ¿no podrías decirle a Jim que llevara el equipaje al carruaje?

—Lo que usted diga, señorita Lilias. ¡Jim, Jim! ¡Eh, Jim! Hazte cargo del equipaje de la señorita Lilias —se volvió y me sonrió—. Y sea usted bienvenida a Lakemere, señorita. ¿Se quedará mucho tiempo?

—Yo...

—Esperamos que la señorita Grey se quede mucho tiempo. Ahí está Jim. —Me tomó del brazo y echamos a andar hacia el carruaje—. En casa todos te esperan con impaciencia, deseando conocerte.

El carruaje avanzó por un camino bordeado de setos y tan estrecho que casi rozaban con nosotras al pasar.

—Me alegro tanto de que hayas venido.

—Me siento mucho mejor desde que salí de Edimburgo.

—Desde luego. Querías marcharte de allí, y creo que es lo mejor que has podido hacer. En realidad, es lo único que podías hacer. Y podremos hablar. Todo será como en los viejos tiempos.

Me sentí abrumada por la emoción, allí sentada, junto a ella. Lilias hablaba animadamente, resaltando de vez en cuando lo encantada que se sentía por el hecho de que yo hubiera decidido venir. Fue una bienvenida maravillosa.

—No tardaremos en llegar —me dijo—. ¡Oh, mira allá abajo! Ya se ve la torre de la iglesia. Nuestra iglesia es una de las más antiguas del oeste. Tiene más de setecientos años de antigüedad, y es un ejemplo perfecto de la arquitectura normanda, según se dice en las guías turísticas. Oh, sí, tenemos visitantes. También posee una encantadora vidriera. Mi padre se siente muy orgulloso de ella. Debo asegurarme de que no te aburra hablándote demasiado de su iglesia. Jane y yo le decimos que tiene sus obsesiones, y que una de ellas es su querida y vieja iglesia.

A medida que nos acercábamos vi las paredes de piedra gris de la iglesia, el pequeño cementerio, con viejas lápidas algo ladeadas en algunos sitios, entre los tejos y los cipreses.

—Algunos de esos árboles llevan aquí desde hace siglos —me dijo Lilias—. Ellos han visto pasar a muchos vicarios por la iglesia. ¿No te parecen encantadores los cipreses? Alguien me dijo una vez que representaban la eternidad, por eso los plantan tan a menudo en los cementerios. ¡Habladurías de campesinos! Sólo te estoy preparando. Oirás a mi padre hablar de muchas de esas cosas. Y aquí estamos... Esta es la vicaría.

Se trataba de una casa bastante grande, de piedra gris, como la iglesia; delante había un prado muy bien cuidado, rodeado por macizos de flores. Y allí, ante la puerta, había un hombre. Debía de ser el padre de Lilias. Y con él había una mujer, sin duda su hermana Jane.

Se acercaron a nosotras y Lilias detuvo el carruaje.

—Hemos llegado —gritó—. El tren ha llegado a su hora, por una vez. Os presento a... Diana.

Me tomaron firmemente por las manos para ayudarme a bajar y me encontré ante el rostro sonriente y de expresión benigna del reverendo George Milne.

—Bienvenida, querida, bienvenida —me dijo—. Estamos tan encantados de que haya venido. Lilias se ha sentido muy feliz desde que anunció usted su llegada.

—Y esta es Jane —dijo Lilias.

Jane se parecía bastante a Lilias, y me di cuenta de que iba a gustarme, aunque sólo fuera por esa razón.

Su saludo fue tan cálido como el de su padre. Les expresé la satisfacción que sentía por conocerlos y comenté la paz que se respiraba allí y lo encantadoras que estaban las flores.

—Te has ganado el corazón de Jane —me dijo Lilias—. Ella está obsesionada por el cuidado del jardín.

—Es una cosa buena que tengo —intervino Jane—. Y alguien tiene que hacerlo. Si no lo hiciera todo esto estaría cubierto por la maleza. Vamos adentro. Supongo que tendrá usted apetito. La cena ya casi está preparada. Confiábamos en que el tren no llegara demasiado tarde y corrí ese pequeño riesgo. ¿Qué le parece si cenamos dentro de media hora? Lilias le enseñará su habitación y Daisy le subirá un poco de agua caliente.

—Muchas gracias, eso sería estupendo. Una se siente un poco pegajosa después de un viaje así.

Me sentí inmediatamente como en mi propia casa. Me adapté enseguida a mi nuevo papel. Sólo tenía que acostumbrarme a mi nuevo nombre y en cuanto lo consiguiera me resultaría fácil creer que, realmente, había dejado atrás el pasado.

Entramos en el vestíbulo. Observé los muebles, muy pulidos; sobre una mesa había un gran florero lleno de flores, con los colores exquisitamente entremezclados y hermosamente arreglados.

—Eso es obra de Jane —comentó Lilias al advertir mi mirada—. Es ella la que llena la casa de flores.

—Son tan encantadoras —dije—. Oh, Lilias... seré muy feliz aquí.

—Vamos a hacer todo lo posible para que así sea —replicó ella. La seguí escalera arriba, hasta el rellano—. Te hemos asignado una habitación en el primer piso. Debes llevar cuidado con la cabeza al entrar en algunas de las habitaciones. Creo que en la época en que se construyeron lugares como este la gente debía de ser más pequeña que ahora.

Abrió la puerta de una habitación y la seguí al interior. Era grande, aunque bastante oscura, pues sólo había una ventana, y estaba cerrada. Había una cama en un rincón, una mesa de tocador, un espejo y un palanganero con su jofaina. Un gran armario ocultaba casi toda una pared.

—Aquí la tienes. Me temo que no es lo mismo que tu casa de Edimburgo, pero...

—Es encantadora —la interrumpí—, y no te puedes imaginar lo feliz que me siento de estar contigo... y con tu familia.

Me dirigí a la ventana. Daba al pequeño cementerio. Desde allí se veían las lápidas ladeadas, los antiguos

214

tejos y los altos cipreses. Era fascinante. Lilias se acercó y se quedó de pie a mi lado.

—Espero que no te parezca un poco mórbido. Yo misma elegí esta habitación para ti porque es un poco más grande que las demás, y porque el cementerio produce una sensación de paz cuando una se acostumbra a él. Al menos, eso es lo que solía decir mi hermana Emma. Como sabes, ella se ha casado. Tengo un sobrino y una sobrina de ella y dos sobrinos de Grace, que se ha casado con un clérigo. Emma solía decir que si había fantasmas, eran muy amables.

En ese momento se abrió la puerta y una mujer de mediana edad entró en la habitación llevando un jarro de agua caliente. Lilias me la presentó como Daisy.

—Me alegra conocerla, señorita —me saludó—. Espero que disfrute de su estancia aquí.

—De eso nos vamos a asegurar todos, Daisy —dijo Lilias.

—Pues que así sea —dijo Daisy.

—Gracias —murmuré.

—Daisy siempre ha estado con nosotros —me dijo Lilias cuando se hubo marchado—. Llegó poco después de que mis padres se casaran y esta casa ha sido tanto suya como nuestra. Algunas mañanas viene una muchacha para ayudarnos con la limpieza, aunque Jane es una excelente ama de llaves. De otro modo, no sé cómo me las podría arreglar sola. Más bien me considero una pobre sustituta de Alice.

Recordé que Alice era la hermana que se había marchado para aceptar un puesto de trabajo como institutriz, poco después de que Lilias se viera obligada a regresar a casa.

—No —siguió diciéndome—, no soy una gran ayuda en la casa. Mi padre dice que Jane y yo somos sus María y Marta.

—Me atrevería a asegurar que eres de mucha utilidad.

—Me encargo de la compra y ayudo en las obras de beneficencia locales, organizando tómbolas y cosas así. Me ocupo de todo lo que es la rutina de una vicaría rural.

—Lo que es muy importante, no me cabe la menor duda.

—Bueno, sí, supongo que se podría decir que soy de alguna utilidad.

—Lo que más me impresiona de este lugar es la paz que se respira en él.

—Me alegra mucho. Eso es precisamente lo que necesitas.

—¡Oh, cómo desearía haber venido en otras circunstancias! Pero no sirve de nada desear cambiar las cosas que ya han sucedido.

—En efecto, no sirve de nada. Pero las cosas mejorarán. Vamos a dejar el pasado atrás. Ambas tenemos que hacerlo. Nos dedicaremos a olvidar todo lo ocurrido. Es la única forma.

—Pero ¿podremos hacerlo?

—Podemos intentarlo. Y ahora, voy a dejarte para que te laves y te cambies si quieres. ¿Serás capaz de encontrar el camino para bajar?

—Seguro que sí.

Se marchó y quedé a solas. Me lavé y cambié de ropa. Estaba exhausta, pero sabía que había hecho bien en venir aquí.

A medida que transcurrieron los días me convencí más y más de lo acertado de mi decisión. Había adquirido una nueva identidad y ya no me extrañaba que alguien se dirigiera a mí llamándome Diana. Me sentí absorbida por un nuevo estilo de vida. Entablé muy buena amistad con Jane, que era muy diferente a Lilias. Jane no era una soñadora, sino una mujer muy práctica, cuyo trabajo era necesario para dirigir el hogar con lo que debían de ser escasos medios. Quise contribuir a los gastos de la casa, pero mis insinuaciones de que deseaba hacerlo fueron rechazadas con tal firmeza que me vi obligada a desistir. Jane y Daisy se compenetraban tanto y manejaban las cosas con tal habilidad que no existía la menor señal de que faltara de nada. Las comidas eran sencillas, pero sanas. Daisy había enseñado a cocinar a Jane hacía mucho tiempo y ella se había adaptado como un pez en el agua, en palabras de la propia Daisy.

A Lilias, en cambio, le faltaba interés por los asuntos domésticos. Ella y Alice siempre habían sido las «listas». Ahora, Alice empleaba sus habilidades, mientras que Lilias no podía hacerlo, debido al desgraciado incidente ocurrido en mi casa.

El vicario se parecía mucho a lo que yo había esperado, gracias a la descripción que Lilias me hizo de él. Era una de las personas más satisfechas que he conocido nunca. Era muy desprendido y parecía haber dedicado toda su vida al servicio de los demás. Era un poco despistado, pero entre sus hijas y Daisy lo cuidaban bien. Todos los que se relacionaban con él lo querían, y sus pequeñas manías se consideraban con indulgencia. Era un hombre muy feliz. Pensé en la suerte que había tenido Lilias por ser su hija, lo que me hizo pensar en mi padre; recordé su cólera al enterarse de mi amistad con Jamie, la forma en que había despedido a Kitty, y cómo Zillah había entrado aquella noche a hurtadillas en su habitación.

Pero no debía pensar en mi padre, ni en Jamie. Jamie me había fallado. Su amor no había sido lo bastante fuerte como para resistir los problemas, y en cuanto estos aparecieron él se alejó de mi lado.

Eso me había dolido profundamente. Pero suponía que la amargura de ese golpe particular se había visto mitigada por la terrible naturaleza de lo sucedido.

El primer día de mi estancia allí oí decir que el mayor Jennings, que dirigía los establos, era un gran amigo de la familia del vicario. Sabía que a Lilias le gustaba montar y que no podía permitírselo, de modo que le había pedido si, como un favor especial para él, podría ayudarla a montar a sus caballos para que hicieran ejercicio. Lilias había aceptado la oferta con la mayor prontitud. Por eso, ahora montaba bastante.

—Voy a ayudar a los mozos y a limpiar los establos —dijo—. Me encanta estar con los caballos. A veces, si tienen problemas, los ayudo a dar clases a la gente. Es una oportunidad maravillosa. ¿Te gustaría montar?

—No soy una buena amazona, pero recibí unas pocas lecciones en Escocia, así que tampoco soy tan novata.

—Pues aquí tienes tu oportunidad.

—¡Qué buena idea! Yo podría pagar mis lecciones y tú, Lilias, podrías enseñarme. —Al escuchar mis palabras, Lilias pareció perturbada, así que me apresuré a explicarle—: Todo está en orden. Mi padre me dejó algún dinero. Dispongo de unos pequeños ingresos, de modo que no soy exactamente pobre. La casa y la mayor parte de su fortuna fueron a parar a manos de Zillah.

—Ha ocurrido todo tan rápidamente —dijo Lilias con expresión pensativa—. Parece extraño. No hace tanto tiempo yo estaba allí. Ella llegó… y casi inmediatamente después se casó con tu padre. Es como si todo eso hubiera sido previamente acordado —vaciló un momento, mirando el espacio que tenía ante sí—. Pero estoy diciendo tonterías —prosiguió—. Vayamos esta mañana a los establos de Jennings, y veamos qué podemos hacer respecto a montar. Te gustarán. Además del mayor está la señora Jennings y Florence, su hija. Todos trabajan con los caballos.

—Háblame de los otros vecinos.

—Bueno, está la casa señorial.

—Sí, recuerdo que me hablaste de ella. Ahí es donde vive el terrateniente... y el joven con quien ibas a casarte.

—Sí. Charles... Charles Merrimen.

—¿Sigue viviendo allí?

—Oh, sí. Voy a verle a menudo. Se pasa la mayor parte del tiempo sentado en una silla de ruedas. Es un hombre tan admirable.

—¿Puedo conocerlo?

—Pues claro. Y luego están los Ellington, en Lakemere House. Es la familia más importante de estos parajes. Son los más ricos y los benefactores del pueblo. Kitty fue a trabajar con ellos. ¡Oh! Me había olvidado de Kitty. Tendremos que prepararla, por si acaso te encuentras con ella, ¿no te parece? No vaya a ser que lo diga...

Fue como si una nube se hubiera posado sobre nosotras. La euforia desapareció. ¿Es que siempre tendría que ser así? ¿Debía estar planteándome constantemente la posibilidad de que alguien me reconociera?

La voz de Nanny Grant resonó en mi mente, procedente del pasado:

Oh, qué telaraña más complicada tejemos,
cuando practicamos el engaño.

A pesar de todo, la armonía de la vicaría me permitió recuperar una sensación de seguridad. Me despertaba con una sensación de expectativa, preguntándome qué me depararía el nuevo día.

Me acercaba a la ventana y contemplaba el cementerio. Aquellas antiguas lápidas podían parecer fantasmales a la luz de la luna, pero de algún modo transmitían una sensación de paz; los problemas de quienes estaban bajo ellas habían terminado para siempre. Sí, eran fantasmas amistosos.

La compañía de Lilias tuvo otro efecto curativo sobre mí. Le pude abrir mi corazón; ¡y cuánto bien me hizo compartir mis atribulados pensamientos! A ella sí pude contarle el daño sufrido por mi corazón ante la deserción de Jamie.

—Da lo mismo —fue su veredicto—. Si te falló en el momento en que más lo necesitabas, seguro que no era el compañero adecuado para compartir una vida feliz. Es posible que te hubiera cuidado... un poco, pero se cuidaba más a sí mismo. Es mucho mejor no casarse, que hacerlo con la persona equivocada. Eras joven, sin experiencia, y estabas sola; habías perdido a tu madre; tú y yo nos habíamos separado; tu padre se había vuelto a casar y no te sentías muy segura de tu madrastra. Creo que, en esas condiciones, estabas preparada para enamorarte. Enamorarte del amor, como suele decirse. Y no resulta tan duro superar eso como lo es superar las cosas que suceden en la realidad.

Sí, realmente la compañía de Lilias era muy reconfortante.

Luego estaban las sesiones de equitación. El mayor Jennings era un hombre de edad media, campechano y curtido después de haber servido en la India; tras regresar a casa se instaló y empezó a dirigir sus establos, con ayuda de su esposa e hija. Tanto la señora como la señorita Jennings eran personas francas y alegres; estaban rodeados de perros, de los que por lo menos cuatro eran grandes y entrometidos y hacían sentir su presencia.

La primera vez que conocí a la familia nos hicieron pasar a una habitación cómoda pero algo destartalada, en cuyas paredes había colgadas varias imágenes de caballos, y la señora Jennings nos sirvió el té allí. Mientras lo tomábamos llegó la señorita Florence Jennings. Era una joven alta, de unos treinta años, calculé, con un cabello rojizo y abundante y un rostro pecoso. Iba vestida con atuendo de montar. Más tarde descubrí que pasaba la mayor parte del día vestida así.

—Esta es Florence, mi hija —dijo la señora Jennings—. Los caballos son una pasión para nosotros, pero para Florence aún lo son más, ya que pasa mucho más tiempo que nosotros a lomos de nuestros amigos de cuatro patas, ¿verdad, Flo?

Florence asintió.

La habitación estaba llena de objetos de bronce y ornamentos de madera labrada; también había dos mesas de Benarés, todo lo cual procedía, evidentemente, de la India. Parecían haber introducido en su casa cierto ambiente de aquel país.

Entraron los perros para inspeccionarnos, uno de ellos bostezando, el otro curioso, y los otros dos mostrándose algo recelosos.

—Ya está bien *Tiffin*. Y tú también *Rajah*. Son buenas amigas.

En cuanto escucharon la voz de autoridad, los perros se retiraron.

Tanto la señora Jennings como Florence se mostraron interesadas en cuanto supieron que yo tenía intención de montar y que, hasta el momento, sólo había recibido unas pocas lecciones.

—No tardará en ser una buena amazona —me aseguró Florence—. Lo percibo. Ya sabe, son cosas que una adquiere con la experiencia. No permita que su montura se dé cuenta de que está nerviosa, porque entonces intentará tomarle el pelo. Hágale saber que controla usted la situación, ya desde el principio. Acaríciela un poco, y se habrá hecho con ella.

Lilias comentó que quizá fuera una buena idea que ella misma me diera las lecciones, ante lo que la señora Jennings se dio una palmada en el muslo y dijo que eso era precisamente lo que había que hacer.

El resultado fue que Lilias se convirtió en mi instructora de equitación y, al cabo de tres o cuatro días de incomodidades, empecé a ser una buena amazona.

Lilias me llevó a la casa señorial y allí conocí a Charles Merrimen. Me gustó desde el principio. Había algo casi santo en cómo aceptaba su incapacidad y, evidentemente, existía un profundo lazo de afecto entre él y Lilias. Su padre, el terrateniente, era un hombre bastante taciturno y digno. La familia habitaba en aquella enorme casa señorial desde hacía siglos. Allí vivían David, el hermano mayor de Charles, con su esposa y dos hijos, pero fue Charles quien atrajo mi interés especial, pues podía haberse casado con Lilias y en tal caso ella y yo no habríamos llegado a conocernos. Eso me hizo reflexionar sobre lo extraña que puede ser a veces la suerte.

Acompañé a Lilias en una o dos ocasiones en que fue a visitarlo, pero no tardé en darme cuenta de que aquellas reuniones debían ser exclusivamente para ellos dos. Ella me dijo que en aquellos días le estaba leyendo en voz alta *Ocaso y caída del Imperio romano*, de Gibbon, y que él disfrutaba mucho. Así que me excusé y como Lilias y yo siempre nos habíamos comprendido bien, ella aceptó mi decisión de no acompañarla en sus visitas.

Fue entonces cuando recibí la invitación de Lakemere House.

—La señora Ellington se considera como la señora de la casa señorial —me explicó Lilias—. Creo que tiene la impresión de que los Merrimen no cumplen sus deberes como debieran. El caso es que el terrateniente sigue adelante, David está completamente absorbido por su familia, y Charles no puede hacer nada. La señora Ellington es muy eficiente, claro. Es una de esas mujeres que cree saber lo que es bueno para la gente, mucho mejor que la propia gente. Y lo más extraño es que a menudo tiene razón. Nos ha invitado a tomar el té. Si te aprueba, volverás a ser invitada. Y, a propósito, tendremos que hacer algo con respecto a Kitty antes de que vayamos… sólo por si nos encontramos con ella. Me pregunto si conseguiré hacerla venir a casa con alguna excusa. Veamos. Se lo pediré a Jane. Es posible que a ella se le ocurra alguna idea.

Y a Jane, en efecto, se le ocurrió.

—He oído decir a nuestro padre que ella nunca ha sido confirmada. Ella desea serlo y, desde luego, la señora Ellington estará a favor. Pídele que venga con el pretexto de hablar sobre eso.

Se envió el mensaje y el día antes de nuestra prevista visita a Lakemere House, acudió Kitty. Acordamos que me mantendría fuera de su vista hasta que Lilias hablara con ella.

La vi por la ventana en cuanto llegó. Parecía más rolliza y más contenta. Y pensé que la vida allí le había sentado muy bien.

Apenas llevaba un rato en el interior de la casa cuando Daisy acudió a mi habitación para decirme que Lilias creía oportuno que yo bajara al salón. Cuando aparecí, Kitty corrió hacia mí y me abrazó. Luego se apartó, un tanto avergonzada, creo, por su temeridad.

—Me alegro mucho de verte, Kitty —dije tras haberla besado en la mejilla.

—Oh, señorita D… señorita… Fueron terribles… las cosas que dijeron.

—Ya todo ha pasado —le dije—. Ahora tratamos de olvidarlo.

—Pero yo nunca olvidaré lo que hizo usted por mí, señorita… usted y la señorita Milne. No sé qué habría hecho sin ustedes dos.

—¿Así que eres feliz en Lakemere House?

—Oh, sí. Se está muy bien, y me gusta mucho.

—Espero entonces que todo continúe igual.

—No debes olvidar que ahora es la señorita Diana

—dijo Lilias—. La señorita Diana Grey. Es importante que no lo olvides, Kitty.

—Oh, no lo olvidaré, señorita.

Nos contó lo diferente que era vivir en Lakemere House, en comparación con Edimburgo. Había conseguido amigas y la señora Ellington sentía cierto interés por ella. Sabía que se había comportado mal, pero no se explicaba lo que le había sucedido. Sólo fue que... Enrojeció y cambiamos de tema.

Lilias la envió poco después a ver al vicario para abordar el tema de su confirmación. A Lilias siempre le gustaba decir la verdad, y quería ajustarse a ella en todo lo posible.

No pude dejar de sentirme un tanto recelosa cuando nos dirigimos a Lakemere House en un carruaje, a pesar de que intenté reprimir mis temores, y decirme que no debía sentirme tan nerviosa cada vez que me disponía a conocer a alguien.

—Como se considera la guardiana del pueblo —decía Lilias—, a la señora Ellington le gusta saber todo lo que pasa. Se siente especialmente interesada por la iglesia, y creo que se ha tomado como un deber propio el vigilar a mi padre. Respeta su bondad, pero deplora su forma tan poco práctica de ir por la vida. Lo considera con una mezcla de afecto y exasperación. Admira sus virtudes cristianas y se desespera ante su falta de realismo. Casi me atrevería a decir que intentará que le eches una mano en los asuntos del pueblo mientras estés aquí.

—Pues a mí no me importaría. ¿Vive el señor Ellington?

—Oh, sí. Es un hombre muy rico. Va y viene a Exeter, y a menudo está en Londres. Nunca se mete en los asuntos de la señora Ellington, sólo se limita a proporcionarle todas las comodidades que a ella le permiten continuar sus buenas obras. Se dice que es un verdadero león en los negocios y un cordero en los asuntos domésticos.

—De modo que la señora Ellington es la leona del hogar.

—Más o menos. Luego, claro, está la señorita Myra Ellington, el fruto del matrimonio. Debe de tener unos treinta años, y aún permanece soltera.

—Eso me sorprende. Hubiera dicho que la señora Ellington ya debería haber encontrado un marido adecuado para su hija.

—Hay quienes dicen que la señorita Myra no es de las que se casan. Es una mujer agradable, pero bastante tranquila, casi modesta, lo que resulta extraño siendo la hija de la señora Ellington. Creo que dispone de medios propios por derecho. Los rumores dicen que su abuelo le dejó dinero, la mayor parte de la fortuna. Supongo que eso le permite tener cierta independencia.

—Comprendo. Supongo que hay mucha gente que se casa por seguridad.

—Me temo que sí. Bueno, el caso es que la señorita Ellington no tiene que preocuparse por eso, aunque me he enterado por Kitty que parece bastante interesada por un hombre que visita la casa.

—Supongo que, por mucho que se intente, resulta difícil mantener secretos en un pueblo.

—Debes dejar de pensar que todo el mundo está obsesionado por tu caso —dijo Lilias mirándome severamente—. Sólo fue un episodio que pasó con relativa rapidez, y la gente suele olvidarse enseguida de todo aquello que no le afecta directamente.

Tenía razón, a pesar de que muchas conversaciones parecían volver sobre el mismo tema.

Lakemere House era un edificio impresionante con la elegancia propia del siglo XVIII. Unos escalones de mármol conducían al pórtico de entrada. En el prado, bordeado por macizos de flores, había un gran estanque, en cuyo centro se levantaba una estatua que podría haber representado a Afrodita.

Una doncella nos introdujo en el salón, donde la señora y la señorita Ellington esperaban para recibirnos.

La señora Ellington, sentada en un sillón que más parecía un trono, extendió una mano.

—Oh, Lilias… qué amable de tu parte.

La señorita Ellington se levantó y se situó al lado de su madre.

—Les presento a la señorita Diana Grey —dijo Lilias.

Me tendió la mano y la estreché, aunque tuve la sensación de que debería haberme inclinado, teniendo en cuenta la actitud decididamente regia de la señora Ellington.

—Encantada. Bienvenida a Lakemere, señorita Grey. Le presento a mi hija. —Nos estrechamos las manos—. Me siento muy contenta de que haya venido —dijo la señora Ellington, a lo que repliqué que me sentía muy agradecida por haber sido invitada.

Estudié a la rica señorita Ellington. Era alta y de complexión bastante angular. Parecía un tanto torpe, y no se la podía considerar una mujer hermosa, mientras que su madre debió de haber sido bastante guapa en su juventud. A pesar de todo, la señorita Ellington poseía cierto atractivo, debido en buena medida a la suavidad de sus grandes ojos pardos, parecidos a los de un spaniel.

—He oído decir que ha venido usted para quedarse en la vicaría, señorita Grey —dijo la señora Ellington—. ¿Qué le ha parecido nuestro pueblo?

—Todavía no he tenido tiempo de ver mucho, pero lo que he visto me ha parecido realmente encantador.

—Nos sentimos bastante orgullosos de él. Hay muchas cosas que hacer, y eso nos mantiene ocupados.

Entró una doncella, empujando un pequeño carrito con ruedas en cuya bandeja superior se había dispuesto todo lo necesario para servir el té, incluyendo finas rebanadas de pan y bizcocho de frutas.

—Gracias, Emma —dijo la señora Ellington—. Puedes marcharte. Ya nos las arreglamos. ¿Crema, señorita Grey? ¿Azúcar?

La señorita Ellington tomó la taza y me la acercó.

Poco después se abrió la puerta y entró un hombre. Permaneció en el umbral, aparentando sorpresa y disculpa.

—Oh, lo siento. No sabía que hubiera invitados. Siento interrumpir.

—Entra, Roger —dijo la señora Ellington cálidamente—. Y, desde luego, no interrumpes. El señor Lestrange está pasando una temporada con nosotros —me explicó—. Entra y conocerás a nuestras invitadas.

Era alto y de constitución fuerte. Supuse que debía de tener poco menos de cuarenta años. Era un hombre de aspecto extraño, lo que probablemente se debía a su físico. Pero era algo más que eso. Su complexión sugería que había vivido en un país con un clima bastante más cálido que el nuestro; tenía unos intensos ojos azules que contrastaban vívidamente con su cabello, casi negro. Cruzó el salón, acercándose y mirándome con interés.

—Ya nos conocemos —dijo Lilias.

—Desde luego, pero… —dijo, sonriéndome.

—Te presento a la señorita Grey —dijo la señorita Ellington—. Está pasando una temporada en la vicaría.

—¡Qué interesante!

—Siéntate, Roger —dijo la señora Ellington—. Myra, querida, sírvele el té a Roger. —Luego, mientras se servía el té, se volvió hacia mí y dijo—: El señor Lestrange procede de Sudáfrica. Sólo está en Inglaterra durante una breve temporada, y pasa un poco de su tiempo con nosotros. Él y mi esposo tienen intereses comunes en los negocios.

—Acabo de llegar de cabalgar —explicó él, sonriéndonos a todas—. El paisaje me ha parecido fascinante.

—Supongo que será un poco diferente a las tierras de donde procedes —dijo la señora Ellington.

—Pero es delicioso. ¿También ha visitado la comarca, señorita Grey? ¿De dónde procede usted?

—De Escocia.

—Un país muy hermoso. ¿De qué parte?

—De… Edimburgo —contesté, ruborizándome un poco. Me dije que debía controlar mis temores. Desde el calvario por el que había pasado me sentía un tanto incómoda cada vez que alguien me hacía preguntas personales—. Y usted, señor Lestrange, ¿de qué parte de Sudáfrica procede? —me apresuré a preguntarle.

—De un lugar llamado Kimberley. Es posible que haya oído hablar de él.

—¿Quién no ha oído hablar de Kimberley? —dijo la señora Ellington—. Sus diamantes lo han hecho famoso.

—Quizá algo célebre —replicó él, sonriéndole—. Pero sí, no cabe la menor duda de que los diamantes nos han dado notoriedad.

—El señor Lestrange está relacionado con una de las mayores compañías diamantíferas del mundo —explicó la señora Ellington orgullosamente.

—Oh, vamos —replicó él con una sonrisa—. También hay otras.

—Eres un hombre muy modesto, Roger —dijo la señora Ellington casi con cariño.

—Debe de ser muy excitante cuando se descubren diamantes —dije.

—Sí, y también puede crear el caos. Diamantes,

oro, hemos tenido de todo eso. La gente casi empieza a creer que están a flor de tierra, esperando a que uno los recoja.

—Supongo que una vez que se los ha descubierto, hay que hacer muchos trabajos con ellos —intervino Lilias—. Cuando la gente habla de diamantes, creo que tienden a pensar en brazaletes y anillos a punto de ponérselos.

—Eso es cierto. Y por cada descubrimiento que se hace, hay cientos de desilusiones. Me alegra poder decir que he sido uno de los afortunados.

—¿Vive usted en la misma ciudad de Kimberley? —pregunté.

—Sí. Tengo una casa bastante grande. Bueno, es adecuada. Debo decir que desde que murió mi esposa he pensado varias veces en cambiarme. Pero, bueno… he tenido que viajar bastante y no he tenido tiempo para eso.

Se produjo un breve silencio de respeto al escuchar aquellas palabras sobre la muerte de su esposa, que él había pronunciado con cierto sentimiento. Se mordió los labios y nos sonrió, y la señorita Ellington se apresuró a decir:

—Debe de ser muy interesante estar en un país nuevo. Aquí, todo es tan antiguo.

—Yo no diría que África es nueva —dijo el señor Lestrange—. Lo que sí sucede es que aquí hay muchas cosas que le recuerdan a uno un pasado no tan lejano, como sucede por ejemplo con las iglesias normandas y algunas casas.

—El clima debe de ser muy diferente al nuestro —dijo Lilias.

—Lo es. Pero el de Kimberley es saludable, o al menos eso es lo que se dice.

—Sólo tiene una que mirarte para verlo —dijo la señora Ellington.

—¿Se quedará mucho tiempo en Inglaterra? —pregunté.

—Hasta concluir negocios que me han traído aquí. Pero debo confesar que me siento tentado de prolongar mi estancia. No tiene usted ni idea de cómo me consienten aquí.

—Nos alegramos de tenerte entre nosotros —dijo la señora Ellington—, ¿no es cierto, Myra? —La señorita Ellington asintió, y creo que lo dijo de veras—. Eso representa un cambio en nuestra vida sencilla. Los amigos de mi esposo se quedan en casa de vez en cuando —elevó los ojos hacia el techo—. Pero en esta ocasión tanto a Myra como a mí nos parece de lo más encantador, y haremos todo lo posible por prolongar tu estancia entre nosotros, Roger.

No pude evitar el fijarme en Myra Ellington. Parecía haber cambiado desde que él entrara en el salón. Sus ojos de spaniel se dirigían a menudo hacia él, y llegué a la conclusión de que se sentía atraída.

En cuanto a él, era diferente a cualquier otro hombre que yo hubiera conocido. Me pregunté cómo sería. Procedía de Sudáfrica. ¿Había nacido allí o era uno de aquellos hombres que se habían marchado de casa en busca de diamantes? No se ajustaba a lo que me imaginaba debía de ser un afrikáner, lo que habría significado que sería de origen holandés. Su nombre más bien sugería una procedencia francesa. Creía que cuando los campesinos holandeses llamados bóers se instalaron en Sudáfrica, también se les unieron algunos hugonotes huidos de Francia. Pero él tampoco parecía francés.

No obstante, la reunión había adquirido desde su llegada mucho más interés del que me había imaginado. En lugar de la esperada conversación sobre asuntos locales, nos enfrascamos en una interesante visión de un mundo que hasta ese momento yo desconocía.

La señora Ellington permitió que Roger Lestrange

dominara la conversación, lo cual no dejó de sorprenderme, pero ella, al igual que su hija, se sentían evidentemente muy atraídas por aquel hombre.

Era un conversador muy vivaz y también parecía disfrutar de la atención que le dispensaba su audiencia. Habló brevemente de la belleza del paisaje, a menudo escabroso, majestuoso e inspirador de respeto; habló de los animales, de leones, leopardos, panteras, jirafas, búfalos, rinocerontes y hienas. Y mientras le escuchaba tuve la sensación de hallarme en un mundo nuevo, muy lejos de todos los temores y pesadillas que parecían abrumarme de una forma tan constante.

—Da la impresión de ser un paraíso —dijo Myra Ellington.

—También hay que tener en cuenta la otra cara de la moneda —dijo él con tristeza—. Allí se puede ver a un león abalanzándose sobre un venado, y el terror de la pobre criatura al comprender su inminente destino. Así es la naturaleza. Cada animal debe defenderse por sí mismo. Se alejan con rapidez, temiendo por sus vidas. Y al cabo de un momento ya están correteando de un lado a otro, exultantes de alegría por estar vivos y libres. No ven al poderoso enemigo que espera pacientemente el mejor momento para saltar. Y entonces, de repente, se encuentran impotentes bajo sus garras, enfrentados a la muerte.

—Parece terrible —dijo Myra con un estremecimiento.

—Así es la naturaleza.

—Gracias a Dios, nosotros no somos como animales en la selva —dijo Lilias.

—A veces, las personas también tenemos que enfrentarnos a los peligros —no pude contenerme.

Roger Lestrange se volvió y me miró con intensidad y curiosidad.

—Qué razón tiene usted, señorita Grey. Todos nos

encontramos en una especie de selva. La nuestra es diferente, claro está, pero los peligros están ahí, al acecho.

—¡Qué conversación tan mórbida! —exclamó la señora Ellington—. El señor Ellington regresará a casa mañana. Estoy segura de que eso te alegrará, Roger. Entonces no tendrás que estar tanto tiempo rodeado de aburridas mujeres.

—¡En modo alguno lo son! Prometo que intentaré disfrutar más y más de su encantadora compañía.

La conversación no tardó en desviarse de nuevo hacia el tema de África, de tal modo que durante aquella reunión para tomar el té me enteré de más cosas sobre ese continente de las que había sabido nunca.

Roger Lestrange dijo que preveía la aparición de problemas. A los bóers no les gustaba el gobierno inglés en Sudáfrica. Se sentían descontentos desde la llegada de los ingleses en 1814. Parecían demasiado ávidos por conceder privilegios a las razas negras, sobre todo desde que habían introducido la emancipación de la esclavitud. Eso había hecho mucho daño a los agricultores, porque les había privado de una mano de obra gratuita. A ello siguió la gran emigración, que ellos conocían como Great Trek, y que duró desde 1835 a 1843. Fue entonces cuando los bóers abandonaron El Cabo, en compañía de sus familias y su ganado, y se dirigieron hacia el norte, para instalarse en el Transvaal.

Habló de Cecil Rhodes, que había fundado el Estado de Rhodesia y había pretendido extender el gobierno británico sobre toda África; de cómo había compartido aquel sueño con un hombre llamado Leander Starr Jameson quien, dos años antes, había participado en la famosa incursión que había terminado en un completo desastre para él.

Todas recordamos haber oído hablar de la incursión de Jameson, pero o la habíamos olvidado o no sabíamos con exactitud a qué se refería.

—Jameson era un exaltado —dijo Roger Lestrange—. Algo un tanto sorprendente, porque era médico. Nació precisamente en su ciudad. ¿Dijo usted que procedía de Edimburgo? Pues estudió medicina allí y luego se trasladó a Kimberley, donde se hizo muy amigo de Cecil Rhodes. Había muchos problemas entre el gobierno bóer y los miembros del partido uitlander, los que se habían instalado allí y no eran bóers, sino principalmente ingleses. El presidente era Stephanus Johannes Paulus Kruger, habitualmente conocido como Paul Kruger. Sin duda habrán oído hablar de él.

—Hemos oído hablar de él, desde luego —dijo la señora Ellington sonriendo inexorablemente—. Surgió aquel problema con la carta enviada por el Kaiser alemán, felicitándole.

—Ah, sí, eso fue a raíz de la incursión de Jameson. Rhodes y Jameson habían planeado sorprender a los bóers al oeste de Johanesburgo. Entonces, Rhodes decidió que el plan no podía tener éxito y anuló toda la operación. Pero, como ya he dicho, Jameson era un exaltado. Se consideró capaz de actuar por su cuenta y ganar la partida, de modo que decidió seguir adelante. Al llegar a Krugersdorp, un poco al oeste de Johanesburgo, fue sorprendido por una fuerte partida de bóers, que lo arrollaron y lo hicieron prisionero. En consecuencia, la incursión de Jameson fue un rotundo fracaso, y la responsabilidad de la misma se adjudicó a Rhodes y al gobierno británico. Fue un completo desastre.

—Y casi tuvo como consecuencia el que estallara la guerra entre nosotros y Alemania —dijo la señora Ellington—. El señor Ellington se sintió horrorizado ante la perspectiva. Parecía estar muy cercana. Teníamos la sensación de que había que poner en su lugar a ese horrible Kaiser.

—No obstante —prosiguió Roger Lestrange—, el

gobierno británico decidió que lo que estaba sucediendo en Sudáfrica no valía una guerra con Alemania, así que permitió que se olvidara el problema.

—Pues a mí me habría gustado darles una lección a esos arrogantes alemanes —dijo la señora Ellington.

—La situación es explosiva —continuó Roger Lestrange—. Rhodes y Kruger se vigilan mutuamente. Es posible que la incursión de Rhodes no alcanzara el éxito que se pretendía, pero no se ha olvidado.

—Me gustaría conocer Sudáfrica —dijo Myra Ellington.

—Quizá algún día la conozcas —dijo Roger Lestrange dirigiéndole una sonrisa.

La señora Ellington pareció pensar que la conversación llevaba ya demasiado tiempo fuera de su control, y me di cuenta de que estaba decidida a cambiar la situación.

Habló sobre el pueblo y la fiesta para la que se necesitaban preparar muchas cosas, a pesar de que aún faltaban varias semanas.

—Me pregunto si usted estaría dispuesta a ayudarnos, señorita Grey —me dijo.

—Los planes de Diana son un poco inseguros por el momento —intervino Lilias.

—Desde luego. Bueno, si usted está… me preguntaba si podría hacerse cargo de una de las casetas.

—Estoy convencida de que me gustará —le dije.

—¿Y tú también ayudarás, Roger?

—No creo que yo sea muy bueno ayudando en la marcha de una caseta.

—Oh, ya te encontraremos algo que puedas hacer.

—¿Hay alguna posibilidad de que estés aquí para entonces? —preguntó Myra.

—No sé con seguridad cuánto tiempo me ocupará mi negocio. Pero no debo abusar de la hospitalidad que se me ha brindado en esta casa.

—Oh, no digas tonterías —intervino la señora Ellington—. Es un placer tenerte entre nosotros.

—Es tan amable... pero me temo que a veces impongo en exceso mi presencia.

—Tonterías. No quiero oír hablar de que te marchas para quedarte en un hotel. Mi esposo se sentiría muy disgustado, y yo también.

—¿Comprenden ahora la maravillosa anfitriona que tengo? —preguntó sonriéndonos a Lilias y a mí—. Me considero de lo más afortunado por poder estar aquí —añadió, incluyéndonos esta vez a todas en su sonrisa.

Lilias consultó su reloj. Eran las cinco y media, según vi en el mío. Yo sabía que las visitas a la señora Ellington trataban habitualmente de los asuntos del pueblo y se les dedicaba un tiempo limitado. Y era evidente que había llegado el momento de marcharnos.

Le dimos las gracias a la señora Ellington y nos despedimos.

El señor Lestrange y la señorita Ellington nos acompañaron hasta el carruaje.

—Bueno —dijo Lilias en cuanto salimos de la propiedad—, ¿qué te ha parecido?

—Muy interesante. He disfrutado mucho oyendo hablar de Sudáfrica. Creo que a Myra Ellington le atrae mucho ese hombre.

—Exactamente la misma impresión tengo yo. Sería estupendo para ella que se casara con él. Creo que le gustaría tener un marido.

—Me pregunto qué le parecerá la idea de abandonar su casa.

—Parecía muy ávida por escuchar cosas sobre África.

—Bueno, ya veremos.

Al día siguiente recibí carta de Zillah. Ya me había escrito otra con anterioridad. Parecía sentirse realmente preocupada por mí y comprender mis sentimientos.

Mi querida Davina:

Dudaba en llamarte Diana, pero, de algún modo, me ha parecido que eso sería ir demasiado lejos. Aunque quizá debí hacerlo, por si acaso esta carta cayera en manos de otra persona. Tendrás que destruirla en cuanto la hayas leído, lo que parece algo bastante espectacular.

¿Cómo te van las cosas? Pienso mucho en ti. Pero estoy convencida de que hiciste bien en marcharte y convertirte en Diana. Vas a sentirte mucho mejor, más tranquila y todo eso.

La casa parece muy extraña sin tu presencia. La gente es diferente. Bueno, me imagino que los que viven aquí nunca me aprobaron del todo, de modo que yo tampoco los echo de menos ahora. No hago más que recordar: «Debo decirle a Davina esto», y luego... resulta que tú no estás aquí. Hazme saber cómo te van las cosas.

A propósito, tu Ninian Grainger ha venido dos veces. Es de lo más extraordinario, de veras. Y creo que un poco indiscreto.

Así se lo insinué, pero él se limitó a encogerse de hombros. Hace que le hable de mí misma. Se muestra muy inquisitivo. Supongo que es un hombre acostumbrado a hacer preguntas. Pero es muy atento. Quizá debiera preguntarle cuáles son sus verdaderas intenciones. Supongo que a estas alturas ya son bastante evidentes. Pero me siento realmente sorprendida.

Bueno, eso al menos procura una cierta diversión.

Una noche me invitó a cenar. Me dio la impresión de estar convencido de que le iba a pedir que entrara a casa después de la cena, cuando me acompañó. ¡Estos hombres! Supongo que debería enviarle a ocuparse de sus propios asuntos, pero entonces recuerdo que fue él quien consiguió tu libertad, y me siento tremendamente agradecida por ello.

Pensé que podía marcharme a Londres para pasar allí una temporada. Tengo la impresión de querer salir de aquí un poco.

Escríbeme. Pienso mucho en ti. Con mucho, mucho cariño,

ZILLAH

Me recliné en el asiento, con la carta en la mano. Pensé en Ninian Grainger y me sentí desilusionada con él. Creía que tenía cierta consideración por mí, pero en cuanto vio a Zillah se sintió encantado con ella. Pensé en las reuniones que habíamos mantenido, y en las que habíamos hablado tan seriamente; en aquellos momentos tuve la sensación de que lo más importante en el mundo para él era demostrar mi inocencia. Recordé que, cuando se emitió el veredicto, me sostuvo las manos y observé con emoción la alegría surgida en su rostro; y que a pesar de lo dolida que estaba por la deserción de Jamie, su presencia me había animado. En ese momento comprendí con claridad qué había significado para mí el afecto de Jamie. Había surgido simplemente a raíz de un encuentro entre dos personas solitarias en las calles de Edimburgo; y los dos habíamos creído estar enamorados, aunque fue un amor que se vio arrebatado por el primer soplo de viento fuerte.

En aquel entonces lo tomé por lo que era, y me había permitido creer que le importaba algo a Ninian, y que su dedicación a mí era de un calibre muy diferente.

Debo recordar, sin embargo, que estaba en un estado anímico un tanto histérico. Acababa de terminar un juicio en el que había estado en juego mi vida. Debí haberme dado cuenta de que mi relación con Ninian era la que se correspondía entre un abogado y su cliente, en un caso que, si se ganaba, aumentaría considerablemente su reputación.

Él no ganó con absoluta claridad, pero triunfó hasta cierto punto.

Y eso era todo. Yo, en cambio, había visto en su actitud el principio de una profunda amistad que quizá hubiera podido conducir a algo más profundo aún. Y ello se debió a que yo aún era ingenua y nada mundana. En cuanto apareció en escena mi atractiva madrastra, él perdió todo interés por mí.

¡Y ahora daba la impresión de que iba tras ella! Me sentí descorazonada y amargamente desilusionada. No podía dejar de pensar ni en él ni en Zillah. Aquello me había afectado mucho más profundamente de lo que hubiera esperado.

Lilias se dio cuenta de mi estado depresivo e hizo todo lo que pudo por interesarme en los asuntos del pueblo. Ahora ya era capaz de montar razonablemente bien, lo cual me proporcionaba diversión. Salíamos con frecuencia y empecé a conocer también a otros habitantes del pueblo.

Como hija del vicario, se esperaba que Lilias visitara de vez en cuando a sus vecinos, especialmente a aquellos que sufrían de algún achaque. Ella me explicó que Jane se hallaba muy ocupada en la casa, y que esa tarea le correspondía a ella. Había desarrollado una buena actitud para cumplirla y siempre que podía le quitaba a su padre esa carga de los hombros.

—Todos están interesados en conocerte. Algunos no pueden salir de sus casas, y la presencia de un nuevo rostro en el pueblo crea mucho interés.

Y esa fue la razón por la que la acompañé cuando se dispuso a hacer su visita periódica a la señora Dalton.

Cuando nos dirigíamos a ver a alguna de estas personas, Lilias siempre me decía algo sobre ellas, para que de ese modo yo tuviera una idea sobre lo que iba a encontrar.

—La señora Dalton es una anciana muy interesante. Debe de tener ochenta años y ha vivido siempre en este pueblo. Tuvo seis hijos, cuatro chicas y dos chicos. Dos de ellos se marcharon al extranjero, uno a Estados Unidos y el otro a Nueva Zelanda, y le produce una gran tristeza no poder ver a sus nietos ni a sus propios hijos. Ellos se mantienen en contacto, y a ella le alegra mucho tener noticias de ellos. Cuando recibe una carta, el pueblo no tarda en enterarse de su contenido. Es una inveterada charlatana y le encanta comentar los escándalos. No tiene otra cosa que hacer. Sólo puede moverse un poco y pasa la mayor parte del día sentada en la silla, mirando por la ventana. Cerca de su casa viven dos de sus hijas y una nuera, que se turnan para cuidarla, de modo que no hay preocupaciones en ese sentido. Pero le encanta recibir visitas, que nunca le faltan. Uno de los nietos acude cada día a leerle el periódico, y luego ella habla de lo que ha escuchado con sus visitas. No suele quejarse, mientras tenga mucha gente con quien hablar.

—Será muy interesante conocerla. Me ha gustado conocerlos a todos. Aquí se lleva una vida muy distinta a la que he conocido hasta ahora.

—Sí, te encantará conocer a Eliza Dalton.

Cruzamos el pequeño jardín que había frente a la casa. La puerta no tenía echado el cerrojo, de modo que Lilias llamó, la abrió y entramos.

—Buenos días, señora Dalton. ¿Podemos pasar?

—Oh, ¿es usted, señorita Lilias? Sí, sí, pase. Estoy sola.

—He traído conmigo a la señorita Grey para que la conozca. ¿Recuerda que está pasando una temporada con nosotros?

—De modo que usted es la señorita Grey —dijo, mirándome con intensidad—. Es un placer conocerla. Una amiga de la señorita Lilias. He oído hablar mucho de usted —volví a experimentar aquella sensación de incomodidad, pero la suprimí inmediatamente—. Acerque su silla, para que pueda verla mejor.

—¿Y cómo se encuentra usted, señora Dalton? —preguntó Lilias.

—Bien, si no fuera por este reuma, que va y viene. Algunos días peores que otros. Y el tiempo no ayuda en nada, se lo aseguro.

—No, supongo que no. ¿Tiene alguna noticia de su familia?

—A Charley le van bien las cosas. Ha conseguido su parcela de terreno. Pero ha tenido que marcharse a Nueva Zelanda para obtenerla. Dice que allí lo ha logrado mucho más rápidamente de lo que habría podido hacer aquí. Y su hija está a punto de casarse. Es mi nieta, y yo no estaré allí para asistir a su boda. ¿Qué le parece eso?

—Una verdadera pena —dijo Lilias—. Sin embargo, le queda a usted mucha familia aquí, y eso es bueno.

—Pienso más en los que están lejos.

—Bueno, aquí tiene buenas hijas y una nuera que se ocupan de usted.

—No tengo nada de que quejarme en ese sentido. Sólo Olive... —se volvió hacia mí—. Es mi nuera, ¿sabe? Entra y sale como un relámpago. Limpia muy bien. Pero ¿sabe lo que dice? «No me queda tiempo para sentarme a charlar, mamá. En casa tengo cosas de que ocuparme.»

—Eso es comprensible, señora Dalton —dijo Lilias con suavidad—. Pero recibe usted muchas visitas.

—Oh, sí, sí, la gente viene a verme —se volvió de nuevo hacia mí, con una expresión de curiosidad en su arrugado rostro—. Ha sido usted muy amable en venir a verme. Dígame, ¿qué le parece nuestro pueblo?

—Lo encuentro de lo más interesante.

—¿Conoce ya a muchos?

—Sí, a un buen número.

—¿Y de qué parte del mundo procede usted? Me doy cuenta de que no es de Devon.

—No, procedo de Escocia.

—Ah —dijo mirándome con cierto recelo—. Eso está muy lejos.

—Bueno, en realidad no está tan lejos en tren.

—Nunca he estado allí. Hace ya muchos años que casi no me muevo de esta silla. No se puede ir por ahí cuando ataca el reuma. Y antes de que eso apareciera tuve que ocuparme de la familia.

—Pero ha visto usted el mundo de Lakemere... desde la ventana de su casa.

—En Edimburgo hubo ese caso de asesinato. Porque fue en Edimburgo, ¿verdad?

—Edimburgo, sí... la capital —dijo Lilias—. ¿Cómo le va a la pequeña Clare en la escuela?

—Muy bien. Se habló mucho del asunto en los periódicos.

El corazón me empezó a latir con tal fuerza que por un momento temí que lo pudieran escuchar. Lilias me miró con una expresión de ansiedad.

—Ha sido un año muy bueno para los frutales, señora Dalton —dijo.

—¿De veras? Pues sí, hubo ese terrible caso de asesinato en Escocia. En Edimburgo, allí fue donde sucedió. El lugar de donde usted procede. Al final, dejaron en libertad a la acusada.

—¿Ha venido el médico hoy? —preguntó Lilias.

—Oh, él dice que no puede hacer gran cosa por mí. Insiste en que debo aprender a vivir con esto, que las personas de mi edad siempre tienen alguna cosa. Viene a verme cuando le parece, me echa un vistazo y dice: «Descanse, y haga lo que pueda.» En cuanto a ese asunto, estaba tan claro como el agua. Esa joven tenía sus razones, ¿no? Ella misma fue a comprar aquellos polvos. ¡Y su propio padre! Y esa otra mujer... una mujer hermosa, ¿no? Considero que fue ella la que lo organizó todo. Le hizo tomar arsénico para que fuera más hombre. Nunca había oído hablar de una cosa así. ¿Adónde iremos a parar?

—Bueno —dijo Lilias, que empezaba a mostrarse muy agitada—. Creo que deberíamos marcharnos ya. Aún tenemos que hacer otras visitas.

—Pero si apenas llevan aquí cinco minutos. Quería hablarle del huésped de la señora Mellish, y de esa hija suya. Oh, se me empiezan a olvidar las grandes noticias. Aún no se sabe, pero no tardará en enterarse todo el pueblo. ¿Qué le parece a usted?

—No tengo ni la menor idea —dijo Lilias con frialdad.

—Pues están ahí, en la casa. Él es un buen mozo, ¿no cree? Todo es muy bonito y adecuado y creo que a la señora Ellington le gustará. En cuanto a Myra, bueno, debo decir que ya va siendo hora. Ya empieza a cargarse de años. Ha debido de suponer que todo este tiempo estaba fuera de la circulación. Y entonces llega él… ese viudo tan rico y elegante. No es nada extraño que todos se sientan contentos. Tengo entendido que lo anunciarán esta misma noche.

—¿Cómo está usted enterada de eso? —preguntó Lilias.

—Me lo dijo la señora Eddy y como ella es el ama de llaves de la casa, debe saberlo, ¿no? Somos viejas amigas. Fui a la escuela con su hermana mayor, de modo que si ella no puede darme alguna pequeña noticia, ¿quién lo haría? Ha venido a verme esta mañana. Apenas hacía uno o dos minutos que se había marchado cuando llegaron ustedes. Esta noche darán una cena, de modo que todo está bien preparado. En esa casa no tardará mucho en haber boda. Ese señor Lestrange querrá regresar a África y llevarse a su novia con él.

—Comprendo —dijo Lilias.

—De modo que la señorita Myra se nos marcha a África. —La señora Dalton sonrió con una mueca—. Es preferible que se marche ella antes que yo. Por nada del mundo me marcharía yo a un lugar tan lejos.

—Demos gracias porque no haya necesidad de marcharse —dijo Lilias.

Lilias se había sentido profundamente afectada por las referencias de la señora Dalton a la muerte de mi padre, y yo sabía que en aquellos momentos hubiera deseado no haber hecho la visita. Salimos de la casa, y mientras desatábamos los caballos, exclamó:

—¡Esa vieja parlanchina!

—Siempre va a ser así, Lilias —le recordé—. Tengo que afrontarlo. Al menos, ella no sabía quién era yo.

—No. Qué buena idea tuviste al cambiarte de nombre.

No hablamos mucho durante el camino de regreso. Yo pensé que sólo se trataba de un incidente más, de otra advertencia de que jamás podría escapar al pasado.

2

Viaje al extranjero

Al regresar a casa había una carta esperándome. Iba dirigida a la señorita Diana Grey. Me la llevé ávidamente a mi habitación y la abrí, impaciente por leer su contenido. Era de Ninian Grainger.

> Querida D:
> Discúlpeme por dirigirme a usted de este modo, pero le diré la razón. He estado pensando mucho en usted y me he preguntado muchas veces cómo estaría. Creo que fue muy sensato por su parte el marcharse de aquí, y confío en que se esté recuperando de todo lo que ha pasado. He visto a su madrastra en una o dos ocasiones. Ella parece haberlo dejado todo atrás de un modo notablemente satisfactorio.
> Escríbame y dígame cómo se siente. Le aseguro que me siento muy preocupado.
> Sinceramente,
>
> NINIAN GRAINGER

Era la clase de carta que un abogado podría enviarle a un cliente cuyo caso hubiera despertado un interés especial en él. Qué estúpida había sido al creer que él podía abrigar sentimientos más profundos hacia mí, sólo porque había significado tanto durante aquel período de prueba.

Aún me sentía conmocionada por el encuentro con

la señora Dalton cuando me senté, disponiéndome a escribirle.

Querido señor Grainger:

Gracias por su carta. Es muy amable por su parte preocuparse tanto. Mi madrastra ya me ha dicho que ustedes se han estado viendo.

Aquí todo el mundo es muy amable conmigo e intentan hacerme la vida agradable. Pero faltaría a la verdad si dijera que estoy bien.

Debo afrontar el hecho de que no es suficiente con cambiar de nombre. Me siento incómoda cada vez que algo se relaciona con mi vida pasada, por muy trivial que sea. Cuando me preguntan dónde vivo y contesto que en Edimburgo, siento el temor de que puedan relacionarme con el caso. La señorita Milne y yo acabamos de visitar a una de las feligresas de su padre, que habló directamente del caso en cuanto se enteró de que yo procedía de Edimburgo.

Discúlpeme por escribirle esto. Acaba de suceder hoy mismo, y aún me siento conmocionada por ello.

La terrible verdad es que siempre va a ser así.

Gracias por su amable preocupación, pero esto es algo con lo que tengo que aprender a vivir, aunque me llena de pavor.

No obstante, usted hizo todo lo que pudo por mí y siempre le estaré agradecida por ello.

Sinceramente,

D. G.

Una vez hube echado la carta al correo deseé no haberlo hecho. ¿Qué pensaría él de una actitud tan pesimista? No debería haber sido tan franca. No creo que me hubiera comportado así de no haber sido por los sentimientos que me produjeron los recientes comentarios de la señora Dalton.

Me sorprendió la rapidez de su respuesta, que me llegó al cabo de pocos días.

Querida D:

Me he sentido muy perturbado al leer su carta. Comprendo tan bien su dilema. No sirve de nada decirle que esta clase de cosas no volverán a suceder, aunque, desde luego, serán mucho menos probables a medida que transcurran los años.

Mi padre recuerda un caso en que intervino en su juventud. Hubo una mujer joven que se encontró en una situación similar. Ella se marchó al extranjero. Se casó allí y desde entonces ha llevado una vida muy feliz. De ese modo, ha podido dejar atrás el pasado.

Es posible que decida usted tomar ese mismo camino. Afrontemos el hecho de que el caso atrajo mucho la atención del público, y fue ampliamente cubierto por la prensa, pero es poco probable que despertara interés fuera de las islas Británicas.

Es posible que quiera usted considerar la idea, me refiero a emprender una nueva vida en otra parte, fuera de este país, como hizo la clienta de mi padre con el mayor de los éxitos.

Una amiga de la familia, la señora Crown, trabaja con una sociedad formada hace unos veinte años, denominada Sociedad de Emigración de la Clase Media Femenina. El propósito de esta sociedad consiste en encontrar puestos de trabajo en el extranjero para aquellas mujeres que los buscan. Se ocupa fundamentalmente de las colonias, Australia, Nueva Zelanda, Sudáfrica, e incluso Estados Unidos. También se ocupa de damas que, por alguna razón, desean abandonar el país porque no pueden encontrar trabajo aquí, o desean marcharse por alguna otra razón.

Esta clienta de mi padre se marchó a Estados Unidos gracias a esta sociedad. Mi padre recibió alguna carta ocasional de ella. Dijo que fue una gran oportunidad para ella y que eso proporcionó un nuevo interés a su vida. Aceptó un puesto como institutriz, lo que es una práctica bastante habitual, aunque también se pueden encontrar otros trabajos.

La sociedad incluso presta dinero a las aspirantes, que luego lo devuelven a plazos, una vez que están trabajando, cubriendo así los gastos de viaje y de estancia en el extranjero hasta que se instalan.

Me limito a ofrecerle esta idea para su consideración. No es algo que pueda usted decidir con precipitación.

Sin embargo, si considera que esa puede ser una forma de dejar atrás sus dificultades, y de abandonar el constante temor a que alguien sepa lo ocurrido, yo podría prepararle una entrevista con la señora Crown. La sociedad tiene sus oficinas en Londres y si le parece que existe algo válido en esta sugerencia, le ruego que me lo haga saber.

Mientras tanto, le envío mis mejores deseos.

Sinceramente,

NINIAN GRAINGER

Leí la carta varias veces. No estaba muy segura de qué pensar acerca de su contenido. Jamás se me había ocurrido la idea de abandonar el país. Era algo así como salir huyendo, y además a un país extranjero. Muchas mujeres se habían convertido en institutrices. Era un destino por el que habían tenido que pasar tanto Lilias como Zillah. Claro que ellas habían permanecido en su país… o al menos cerca de sus lugares de origen. Ambas habían llegado a Escocia procedentes de Inglaterra, pero eso no era lo mismo que marcharse al extranjero.

Lilias advirtió mi preocupación y preguntó si me sucedía algo. Le dije que había recibido una carta de Ninian Grainger.

Me miró fijamente y supuse que debí de traslucir algo del resentimiento que experimentaba porque él se sintiera tan atraído por Zillah.

—Y te ha dado materia para reflexionar —dijo.

—Me ha sugerido que me marche al extranjero.

—¿Qué?

—Le escribí. Probablemente, estaba un poco histérica. Me sentí tan mal después de lo que dijo la señora Dalton. Sé que es lo mismo que dirá la gente en cualquier parte, y que sucederá de nuevo... quizá mientras viva. Me repugna oír hablar a la gente sobre el caso, y por todo el país se andará diciendo que no debían haberme dejado en libertad. Tendré que estar prevenida contra eso durante toda mi vida.

—Oh, no, no seguirán hablando. La gente olvida esas cosas. Después de todo, ahora todavía es algo reciente. ¿A qué viene eso de marcharte al extranjero?

—Al parecer, él conoce una sociedad que se dedica a organizarlo. Me dice que podría ponerme en contacto con esa sociedad... si yo decidiera marcharme.

—Yo... nunca había pensado en eso —dijo lentamente tras un momento de silencio.

—Marcharme inmediatamente, Lilias. Piénsalo. Es posible que no vuelva nunca.

Ella no dijo nada durante unos segundos. Después observó:

—Tendrás que pensarlo muy bien.

—Eso mismo dice Ninian Grainger.

Lilias guardó silencio, evidentemente sumida en sus propios pensamientos.

Mirando más tarde hacia atrás, tuve la sensación de que el destino me empujó a tomar una decisión y que a mi alrededor los acontecimientos iban encajando poco a poco para inducirme a hacer lo que hice. Fue como un rompecabezas en el que las piezas encajan, y la última permite ver la imagen completa.

El tema principal de conversación era la próxima boda de Myra Ellington y Roger Lestrange. Sería un gran acontecimiento, a pesar de que los preparativos tendrían que ser apresurados a la vista de la necesidad que tenía el novio de regresar a Sudáfrica.

Pero para superar esas dificultades se podía confiar en la señora Ellington.

Los comerciantes acudían cada día a Lakemere House. Prevalecía una sensación de excitación. Fue un verdadero milagro. La mayoría de la gente ya había llegado a la conclusión de que la señorita Myra jamás acudiría ante el altar, y ahora estaba a punto de conseguirlo; era motivo de admiración y quizá de esperanza para aquellas mujeres que se encontraban en la misma situación que la futura desposada.

Además, el novio resultaba de lo más adecuado. Era elegante y rico; y si bien era viudo, lo que no hacía más que añadir un poco de romanticismo, también había que considerar el hecho de que la propia señorita Ellington tampoco era tan joven, y un hombre maduro era precisamente lo que necesitaba, aun cuando se rumoreaba que él tenía un hijo en Sudáfrica. Bueno, si era así, la señorita Myra podría ser una buena madre para él.

Era todo muy agradable.

Una mañana, Kitty vino a verme. Estaba tan excitada como todos por la próxima boda. Creía que el señor Lestrange era un hombre muy amable.

—No tiene ningún inconveniente, señorita, si sabe a lo que me refiero. Se muestra amable con toda la servidumbre, como si cada uno de nosotros tuviéramos importancia. A la familia le agrada mucho, desde la señora hasta los muchachos del establo. Envidio la suerte de la señorita Myra.

Lilias y yo habíamos hablado a menudo acerca de la sugerencia de Ninian Grainger. Había momentos en que pensaba que lo mejor que podía hacer era seguir el ejemplo de aquella otra joven institutriz; pero también había otros en que rechazaba la idea. Me sentía invadida por una terrible incertidumbre. Tal y como dijo Lilias, se trataba de un paso que no debía dar a la ligera.

Una mañana, durante el desayuno, llegó un mensaje de Lakemere House. La señora Ellington deseaba vernos a Lilias y a mí a las once y media de esa mañana. Nos comunicaba que sólo podía disponer de un corto espacio de tiempo, pero decía que era algo importante y nos rogaba la mayor puntualidad posible. Lilias me miró, sonriéndome con una mueca.

—La exigencia regia. Es una molestia. Le había prometido a la señora Edge llevarle algo del vino que prepara Jane. Dice que ese vino le infunde nueva vida.

—¿No se lo podríamos llevar otro día?

—Bueno, ella está tan sola. Estará esperándonos. Pero creo que tenemos tiempo de llevárselo y luego ir directamente a Lakemere House.

Así lo acordamos.

Entregamos el vino y charlamos un momento durante el que Lilias no dejó de consultar el reloj.

La señora Edge se sintió desilusionada, pero Lilias le explicó que la señora Ellington deseaba vernos a las dos, y todas sabíamos lo muy ocupada que estaba en aquellos momentos. La señora Edge quiso hablar sobre la próxima boda, de modo que toleramos otros cinco minutos de charla, contándole todo lo que sabíamos, y luego nos marchamos.

Dejamos nuestros caballos en los establos de Lakemere House y fuimos conducidas inmediatamente al salón privado de la señora Ellington. Ella estaba sentada ante una mesa cubierta de papeles.

—Oh, Lilias —dijo—, y usted, señorita Grey. Les agradezco mucho que hayan venido. Estoy tan terriblemente ocupada... con los invitados. Algunos tendrán que quedarse en la casa. Las veré a las dos en la recepción, desde luego. Pero no tienen ustedes idea de lo que es esto. Y todo ha sucedido de un modo tan repentino. Si sólo dispusiéramos de un poco más de tiempo. Pero la necesidad obliga.

—Estoy segura de que se siente usted muy feliz por ello, señora Ellington —dijo Lilias.

—Lo estaría si pudiera estar segura de que todo va a salir bien el día señalado.

—No me cabe la menor duda de que lo conseguirá —dijo Lilias sin darle mayor importancia.

—Desde luego que sí. Quería hablar con ustedes acerca de las casetas y la fiesta del pueblo. Por eso les he pedido que vinieran. Mi mayor preocupación es la reunión sobre la representación teatral que se organiza en el pueblo. Como saben, suele hacerse aquí, pero en estos momentos no puede ser. Está prevista para mañana, y sé que lo digo con muy poca anticipación, pero ¿no podrían organizarla en la vicaría? Allí disponen ustedes de bastante espacio y...

—Desde luego que podemos —asintió Lilias.

—Sabía que lo haría —dijo la señora Ellington dirigiéndole una sonrisa deslumbrante—, pero quería hablarlo personalmente con usted porque está la lista del reparto para la obra de Navidad. Sé que es pronto aún, pero los actores necesitan hacer muchos ensayos... y mañana se tendría que hablar del tema. Quería haberles expuesto mis sugerencias. Necesitan guía, pues de otro modo seleccionarían a las personas menos apropiadas, y entonces, una vez tomadas las decisiones, es terrible tener que cambiar.

—Me ocuparé de que todos sepan que la reunión se celebrará en la vicaría y le entregaré la lista a la señorita Crew. Ella es la que está a cargo de todo eso, ¿no es cierto?

—Muchísimas gracias. Espero no haberle causado ninguna molestia, señorita Grey.

—Oh, no, en absoluto.

—Más tarde hablaremos de la fiesta. Gracias por haber venido. Y ahora… tengo que continuar.

—De todos modos, ya nos marchábamos —dijo Lilias.

—Gracias por haber venido —repitió.

Fuimos atentamente acompañadas hasta la salida y luego nos dirigimos a los establos.

—No había necesidad de convocarnos ante su presencia —dijo Lilias—. Podría haber enviado una nota con su elección de los actores.

—Creo que disfruta mostrándose frenéticamente ocupada.

Kitty estaba fuera de los establos, hablando con uno de los hombres. En aquel momento recordé a Hamish y cómo ella había sido víctima de su lujuria. Supuse que algunas personas no cambian nunca. Kitty también me recordó a Zillah. Ambas parecían despertar la admiración de los hombres.

En cuanto nos vio, el hombre entró en los establos y sacó los caballos. Precisamente en ese momento llegó Roger Lestrange.

—Oh, buenos días, señorita Milne, señorita Grey. ¡Qué agradable verlas por aquí! ¿Acaban de llegar a la casa?

—No —contestó Lilias—. Nos disponíamos a marcharnos. Hemos venido a ver un momento a la señora Ellington.

—Oh… ¡qué pena!

Nos sonrió cálidamente. Era un hombre muy atractivo. Comprendí por qué la gente pensaba que Myra había tenido mucha suerte. No tardaría en marcharse a un nuevo país, en compañía de su encantador esposo. Es posible que yo también me marchara. Pero qué diferente sería entonces mi partida.

—Tenemos que marcharnos —dijo Lilias, montando en su caballo.

No estoy muy segura de qué sucedió a continuación. Yo tenía el pie en el estribo, y estaba a punto de montar cuando, de repente, el caballo se revolvió con brusquedad. Lo siguiente que sé es que me encontré tendida en el suelo, con el pie atrapado todavía en el estribo. El caballo empezó a moverse, afortunadamente despacio. A pesar de todo, fui arrastrada por el suelo.

—¡Señorita Davina! —exclamó Kitty con un tono de voz agudo, alto y bien audible para todos los presentes.

El incidente pasó en pocos segundos. Roger Lestrange tomó al caballo por las riendas y lo obligó a permanecer quieto. Me soltaron el pie del estribo y me levanté. No me había hecho mucho daño. Él me pasó un brazo por el hombro y me miró fijamente.

—¿Se encuentra bien?

Fui incapaz de contestarle. Todo lo que escuchaban aún mis oídos era aquel grito: «¡Señorita Davina!»

Lilias parecía consternada. Estaba de pie junto a mí y también me tomó por el brazo.

—¿Cómo te sientes? — preguntó —. ¡Qué golpe te has dado! ¿Qué ha ocurrido?

—El caballo se movió en mala dirección —dijo Roger Lestrange—. Eso fue todo. No le debería haber permitido hacerlo.

—La señorita Grey ha aprendido a montar hace poco —dijo Lilias.

Roger Lestrange me miraba intensamente, con los ojos más azules que recuerdo.

—Tendrá que considerarlo usted como una nueva experiencia, señorita Grey. Ha sido una verdadera suerte que estuviéramos aquí y el caballo no se lanzara al galope. Eso podría haber sido... bueno, dejemos de pensar en ello. No está usted herida, y eso es lo importante. Sólo ha sido un poco de mala conducta por parte del caballo. Sabía que no estaba usted acostumbrada a todos los trucos que él es capaz de jugarle, así que intentó uno de ellos. A veces se comportan así, ¿verdad, John?

—Desde luego, señor, así son —contestó John—. Asegúrese cuando monte, señorita. Mire, hágalo así. De este modo, el caballo no hubiera podido hacerle nada.

—Todo está bien si termina bien —dijo Roger Lestrange—. ¿Cree usted que podrá montar de nuevo, señorita Grey?

—Tengo que hacerlo.

—Eso es tener buen ánimo. No abandone nunca. Al menos, no volverá a hacerlo así otra vez. Limítese a darle una palmadita para demostrarle que ha sido perdonado y volverán a ser amigos, ¿verdad, John?

—Sí, señor, así será.

Casi temblando, monté en el caballo, pero no pensaba en el peligro que podría haber corrido, sino en el grito penetrante de «¡señorita Davina!»

Lilias y yo regresamos a la vicaría en silencio. No teníamos necesidad de hablar. Cada una de nosotras sabía lo que estaba pensando la otra.

En cuanto llegamos, me dirigí directamente a mi habitación y me quedé ante la ventana, mirando con fijeza el cementerio.

«Davina es un nombre un tanto insólito», había dicho Ninian Grainger. ¿Se habría dado cuenta Roger Lestrange? ¿Y si, además, recordaba que yo procedía de Edimburgo?

Alguien llamó a la puerta y supe que sería Lilias. Entró y permaneció unos segundos mirándome.

—Él tuvo que haberlo oído —dije.

—Probablemente, no se dio cuenta.

—Fue tan alto y claro.

—Sólo para nosotras, porque lo entendimos. Estoy segura de que Kitty se ha sentido muy alterada por ello.

Le salió involuntariamente. Es comprensible. Estaba preocupada por ti y parecía sentirse tan... culpable. No pretendía hacerte el menor daño. Eso sí que no. Pero pensó que ibas a hacerte daño y el grito le salió de forma natural. No creo que nadie se diera cuenta. Todos estuvimos preocupados por ti.

—Voy a escribirle a Ninian Grainger —dije de repente—, voy a pedirle que me ponga en contacto con la señora Crown.

—Bueno... supongo que puedes ir y escuchar lo que ella tenga que decir. Eso no te compromete a nada.

—Creo que ya he tomado una decisión. Y eso es lo que voy a hacer. No puedo quedarme aquí, siempre en la cuerda floja como esperando a que ocurriera algo, como lo de esta mañana.

—Creo que eso te ha alterado mucho más que el accidente. Si ese caballo se hubiera lanzado al galope, podrías haber resultado gravemente herida.

—Lo sé. Pero el incidente me ha demostrado que, cuando Kitty gritó mi verdadero nombre, es la clase de situación que puede producirse en cualquier momento. Voy a explorar la posibilidad de marcharme al extranjero.

—Comprendo —dijo Lilias tras un momento de silencio.

Salió de la habitación. Me senté y le escribí una carta a Ninian Grainger.

Querido señor Grainger:

He tardado algún tiempo en tomar una decisión, y ni siquiera estoy totalmente segura de haberla tomado ya, pues se trata de un gran paso. Hoy mismo ha ocurrido otro incidente, y eso me ha convencido de que por lo menos debo ver a la señora Crown y discutir unos pocos detalles con ella.

Es muy amable por su parte el tomarse tantas molestias para ayudarme. Le aseguro que lo aprecio mucho.

Con mis más expresivas gracias, sinceramente,

D.

Envié la carta y me di cuenta de que con ello había dado el primer paso.

Aquella noche, mientras me preparaba para acostarme, escuché una llamada en la puerta. Lilias entró vistiendo un batín y sosteniendo una vela.

—Pensé que estarías durmiendo —dijo.

—No puedo dormir. Tengo muchas cosas en que pensar.

—Esto no es más que el primer paso.

—Sí, pero es un paso importante.

—He estado pensando...

—¿Sí?

Guardó un momento de silencio y luego dijo tranquilamente:

—Yo podría ir contigo.

Me sentí invadida por la alegría. Eso lo cambiaba todo. Lo que yo había contemplado con un temeroso recelo, podría planificarse ahora con excitación. Dos personas juntas podrían superar las dificultades mucho más fácilmente que una sola; y si esa persona era la mejor amiga que una tenía...

—¡Lilias! —exclamé—. ¿Lo dices en serio?

—He estado considerando la idea desde que me lo comentaste. Esa sociedad... me parece interesante. Mira, tengo la impresión de que no estoy haciendo lo que me gusta, eso de visitar a gente como la señora Dalton, el dejarme dirigir por la señora Ellington. Supongo que lo soporto como cualquier persona, pero no es lo que quisiera hacer. Desearía dedicarme a la enseñanza. Realmente, creo que tengo vocación para eso. Y ahora quisiera volver a hacerlo.

—Lilias, esto es tan inesperado. No me habías dicho...

—No. Del mismo modo que tú, yo tampoco podía tomar una decisión. Pero no he dejado de pensar en ello.

—Si nos vamos juntas, será muy excitante. Si yo hubiera sabido que podrías venir conmigo, todo habría sido diferente.

—Ambas tenemos en nuestro pasado algo que no deseamos que se conozca.

—Bueno, lo tuyo no fue como...

—No. Lo que yo pasé no fue tan horroroso. Lo tuyo salió a la luz, y fue aireado por la publicidad. Pero tengo una mancha en mi personalidad. Me encuentro en un dilema. No sé si es lo más correcto o no, pero si te marchas, quiero ir contigo.

—Oh, Lilias, no te puedes imaginar lo mucho que lo deseo. ¿Lo has pensado bien?

—Lo he considerado desde todos los ángulos posibles. Alice podría regresar a casa. Ella es mucho más útil de lo que yo pueda ser. De todos modos, a ella no le gusta enseñar, aunque intenta aparentar que se siente a gusto. La conozco y tengo la sensación de que no es así del todo. Si me marcho, ella podrá regresar a casa.

—Está Charles Merrimen —le recordé—. ¿Has pensado en él?

—He pensado mucho en él. Realmente, todo ha terminado entre nosotros. Da la impresión de que hemos intentado mantener algo vivo, algo que en realidad no existe. Yo voy a verle y le leo, pero eso es algo que podrían hacer muchas personas por él. Hablamos sobre los libros que le leo. Podríamos continuar así hasta que uno de los dos muera. Empiezo a darme cuenta de que si hubiera existido un amor profundo entre ambos, nos habríamos casado a pesar de todo. Es algo parecido a lo que te ocurrió a ti con Jamie. Existe algo durante un tiempo, pero es como una planta demasiado frágil.

—Estuviste alejada de él durante todos los años que pasaste conmigo.

—Y cuando lo pienso, creo que esos años fueron los que más recompensas me han proporcionado en toda mi vida. Una tiene que ser realista. Tenemos que vivir nuestras vidas. Yo quiero enseñar. Creo que tengo esa vocación. Creo que eso es lo que más quiero hacer en el mundo. También deseo alejarme del pasado, del mismo modo que tú. Sí, si tú te marchas, yo voy contigo.

—Oh, Lilias, me siento mucho mejor al escucharte. Sé que seré capaz de afrontar cualquier cosa si estás a mi lado.

Hablamos hasta altas horas de la madrugada. Ambas sabíamos que nos resultaría imposible dormir. Y, durante los días siguientes, esperamos con impaciencia la respuesta de Ninian.

Finalmente, esta llegó. La señora Crown me escribiría y no tardaría en recibir noticias de ella.

A su debido tiempo, esa carta también llegó. Me comunicaba la dirección de la sociedad en Londres y me decía que estaría encantada de verme hacia las tres de la tarde del cinco de junio.

Eso nos daba una semana de tiempo para hacer nuestros planes de viaje a Londres. Y así lo hicimos, sin la menor dilación.

Nos alojamos en un pequeño hotel recomendado por Ninian, no muy lejos de la dirección de la sociedad; el día y la hora señalados, subimos la escalera que conducía al despacho de la señora Crown.

Ella misma acudió a abrirnos la puerta y nos saludó. Era una mujer de mediana edad, rostro de buen color y una sonrisa amable.

—Señorita Grey… señorita Milne… El señor Grainger me ha escrito acerca de ustedes. Siéntense, por favor —una vez que lo hicimos, continuó—: Tengo entendido que quieren ustedes emigrar y encontrar trabajo como institutrices. Esa es la profesión que habitualmente prefieren damas como ustedes. Nuestra sociedad se ocupa de encontrar todo tipo de empleos, pero el de institutriz es el más habitual, ya que buena parte de las mujeres que acuden aquí poseen una buena educación y pocos medios. Permítanme decirles algo acerca de nuestra sociedad. Fue fundada por una dama que creía que a las mujeres se nos debía dar mayores oportunidades de empleo. Las clases bajas han estado trabajando desde hace siglos en empleos domésticos, pero ella creía que una mujer educada debía ser ayudada para participar más en la vida pública. Descubrió que esa clase de personas son muy necesarias en las colonias, y ella creía que las mujeres de personalidad fuerte y altos principios morales debían hacerse cargo de la educación de los jóvenes. Así pues, formó esta sociedad para ayudar a personas como ustedes, que desean marchar al extranjero por alguna razón. Muchas de las personas que se encuentran en tales circunstancias no pueden permitirse el pago del pasaje y necesitan ayuda económica hasta que se hayan instalado. El objeto de esta sociedad consiste precisamente en ayudarlas a superar ese difícil período. Podría decirse que se trata, en cierto modo, de una sociedad filantrópica, que se mantiene gracias a donaciones voluntarias, y que el objetivo de nuestros miembros consiste en ayudar a las personas adecuadas a iniciar una nueva vida en otro país.

A continuación nos preguntó acerca de nuestras cualificaciones. Me di cuenta de que se sintió impresionada por la experiencia de Lilias, pero, según dijo, yo era una joven de evidente buena educación, y creía que tampoco tendría mucho problema para encontrarme trabajo.

—Muchos de los colonos deploran el hecho de no poder conseguir una buena educación para sus hijos. La sociedad hace todo lo que puede por encontrar ese tipo de empleos, pero resulta difícil, debido a las distancias, y muchas de las que acuden aquí se marchan al extranjero y encuentran el trabajo por sí mismas. Los países más populares son Australia, Estados Unidos y Nueva Zelanda, aunque también Sudáfrica.

—El señor Grainger me ha explicado someramente los métodos de la sociedad —dije.

—Ah, sí. El señor Grainger, padre, tiene una muy alta opinión de nosotras, y de hecho ha sido muy benevolente con la sociedad. Señorita Grey, tengo entendido que dispone usted de unos pequeños ingresos privados.

—Así es.

—En tal caso, ¿no necesitará usted nuestra ayuda financiera para pagar su pasaje?

—Así es. ¿Significa eso…?

—Significa que le ayudaremos a conseguir el pasaje del mismo modo. En cuanto a usted, señorita Milne…

—Me temo que no puedo permitirme el pago de mi pasaje —dijo Lilias.

—Quiero ayudar a la señorita Milne —intervine—. Pero temo que no soy lo bastante rica como para pagar los dos pasajes.

—Eso es algo muy sencillo. Nosotras le adelantaremos lo necesario, señorita Milne, y usted nos lo podrá devolver gradualmente, una vez haya conseguido empleo.

—No me gusta estar endeudada —dijo Lilias.

—Sé cómo se siente, pero nos devolverá el dinero cuando buenamente pueda. Hemos constatado que, a su debido tiempo, la mayoría de las mujeres a las que ayudamos cumplen con sus obligaciones. No tenemos temores, ni necesitamos tenerlos. Lo único que tienen que decidir ustedes es a qué país desean marcharse.

—Hemos oído decir que Australia se parece más a Inglaterra —aventuré.

—En las ciudades, quizá sí. Depende mucho del lugar en que sean empleadas. No obstante, ¿no les gustaría pensárselo un poco? Si conocen a alguien que esté conectado con Australia, eso sería bueno. Pero, claro está, siempre quedará la dificultad de encontrar empleo cuando lleguen.

—Eso es un tanto desalentador —dijo Lilias.

—Evidentemente, es un poco una aventura —asintió la señora Crown—. Les mostraré algunas de las cartas que hemos recibido, y a través de las cuales podrán ustedes hacerse una idea de las dificultades y recompensas que les esperan.

Nos hizo entrar en una pequeña salita, cuyas paredes estaban cubiertas de archivadores, y de ellos sacó varias cartas de personas a las que habían ayudado. Procedían de Australia, Sudáfrica, Nueva Zelanda y Estados Unidos.

Eran muy reveladoras. La mayoría habían encontrado puestos de trabajo con relativa facilidad, pero algunas no habían sido tan afortunadas. Había muy pocas que lamentaban su decisión de haber abandonado Inglaterra.

Pasamos más de media hora leyendo aquellas cartas antes de que la señora Crown volviera.

—Eso les habrá dado una idea de lo que podrán encontrar —nos dijo—. ¿Cómo se sienten ahora?

Lilias era más práctica que yo y, por lo tanto, quizá se sintiera menos segura. Pero quizá ello se debiera a que no sentía la misma urgente necesidad de marcharse que yo. No podía dejar de escuchar las palabras de la señora Dalton, y el repentino grito de horror de Kitty cuando utilizó mi verdadero nombre. Estaba convencida de que tenía que marcharme.

Había otra cuestión. A Lilias no le gustaba mucho la idea de pedir prestado el dinero que se necesitaba, aun cuando lo prestara una sociedad filantrópica. Hubiera deseado poderle pagar el pasaje, pero ella no quería saber nada al respecto. Me consolé pensando que mi dinero constituiría un baluarte contra la miseria más absoluta.

—¿Podemos disponer de un poco más de tiempo para pensarlo? —preguntó Lilias.

—Desde luego. Son ustedes quienes han de tomar la decisión.

—Debemos pensar a qué país queremos marcharnos. Resulta muy difícil decidirlo cuando no se sabe nada o muy poco sobre esos lugares.

—Tiene usted toda la razón. Deben estar absolutamente seguras de a qué país desean marchar —asintió la señora Crown.

—Podemos tomar una decisión en aproximadamente una semana —dijo Lilias, mirándome.

Dije que me parecía bien y pensé que era una buena idea.

Abandonamos las oficinas de la sociedad y, tras pasar otra noche en el hotel, regresamos a la vicaría.

Desde luego, no habíamos mantenido en secreto nuestras intenciones. El padre y la hermana de Lilias habían sido informados ya desde el principio. Jane comprendió perfectamente por qué se quería marchar Lilias. Sabía que ella se sentía frustrada. Jane pensaba que era un paso muy arriesgado abandonar el propio país, pero comprendía la necesidad de hacerlo. También lo comprendió así el vicario. Se sintieron entristecidos ante el pensamiento de la partida de Lilias, pero no hicieron esfuerzos para persuadirla de que se quedara. No sucedió lo mismo con Daisy. Ella abrigaba la suposición de que en el extranjero vivían los paganos, y le asustaba la idea de que Lilias viajara a tales lugares. Expresó su desaprobación y, como era un poco charlatana, en el pueblo no tardaron en enterarse de nuestros planes.

Así pues, en Lakemere hubo mucha excitación aquel verano, a la espera de que se produjeran dos grandes acontecimientos: la boda de la señorita Ellington con Roger Lestrange, y la posible partida al extranjero de la hija del vicario.

La fiesta anual del pueblo se celebraba en el mes de junio y como quiera que la casa señorial no cumplía del todo con sus obligaciones, se solían abrir los jardines de Lakemere House para la ocasión. Este año, eso planteaba algunos problemas, ya que la boda estaba prevista para una semana más tarde.

Sin embargo, la señora Ellington no estaba dispuesta a abandonar lo que consideraba sus obligaciones y, por muy trabajoso que fuera para ella, decidió que debía celebrarse la fiesta como siempre.

Todos fuimos convocados a trabajar en su preparación. A mí, eso no me supo mal, porque mis pensamientos estaban dominados no tanto por la idea de marcharnos al extranjero, sino por decidir a qué país. Lilias y yo hablábamos continuamente en cuanto estábamos a solas, pero yo tenía la impresión de que no hacíamos más que dar más y más vueltas alrededor de las mismas ideas. Las dudas de Lilias se centraban en que tendríamos que encontrar trabajo en cuanto llegáramos al lugar al que decidiéramos marcharnos. Temía que no pudiéramos conseguirlo enseguida, sobre todo porque ella estaría ya endeudada, una situación que lamentaba profundamente.

Le señalé en vano que yo disponía de un poco de dinero propio, y que lo compartiría con ella. No sirvió de nada. Temía que decidiera por ello que se había precipitado en aceptar venir conmigo y que cambiara de opinión.

Fueron días muy inquietos y esa fue la razón por la que la resultó muy conveniente enfrascarnos en la preparación de la fiesta.

Yo estaba encargada de una tómbola, compuesta por artículos entregados como regalos, guardados y nunca usados, para ser presumiblemente regalados a quienes harían lo mismo con ellos que sus propietarios anteriores. No obstante, se trataba de una buena causa; las iglesias normandas necesitaban constantes reparaciones.

Era un día cálido y soleado, lo que fue una bendición, porque las casetas pudieron montarse así en los prados. Lilias había dicho que si el tiempo era malo podía ser una pesadilla. Pero si hubiera llovido se las habría podido montar en el vestíbulo, que era bastante espacioso.

Yo presidía mi caseta, atendiendo a las personas que se acercaban a ella, cuando Roger Lestrange apareció por allí.

—Buenas tardes, señorita Grey —me saludó—. ¿Cómo va el negocio?

Me sonrió con aquella expresión tan intensa que me hacía sentir un poco incómoda. Pero eso sólo era así debido a los secretos que yo guardaba. Era algo con lo que tenía que aprender a vivir, al menos mientras estuviera allí.

—No muy activo, debo admitir.

—¿Qué sugiere que debo comprar?

—Aquí hay un cerdito encantador.

—No es mi animal favorito.

—Mire. En la parte de atrás tiene una pequeña ranura por donde puede introducir las monedas que decida ahorrar.

—¡Qué útil!

—Aquí tenemos una cajita para píldoras, con una bonita imagen en la tapa.

—Encantadora —dijo, mirándome a los ojos.

—Y aquí una pequeña figura que representa a la Venus de Milo.

—Eso, desde luego, es más atractivo que el cerdito. En cuanto a la caja de píldoras, no me serviría de mucho. Quedémonos, pues, con la Venus.

Le entregué la figura y nuestras manos se tocaron. Él me sonreía.

—He estado oyendo cosas de usted. Por lo visto abandona usted este país.

—Así es.

—¡Qué decisión tan importante para una joven como usted!

Me miró de nuevo con aquella expresión escudriñadora y por un momento temí ruborizarme. Pero hice un esfuerzo por controlarme. Debía superar aquella terrible sospecha de que todo el mundo supiera quién era yo en realidad. Me consolé diciéndome que todo sería muy diferente cuando estuviera lejos de allí.

—Es un proyecto bastante excitante —dije.

—Debe serlo. Tengo entendido que la señorita Milne también va con usted. Pero no recuerdo haber oído decir a dónde.

—Aún no lo hemos decidido.

—¿De veras? —preguntó sorprendido.

—Hemos estado investigando un poco. Hay varias posibilidades: Australia, Estados Unidos, o algún otro país similar.

—¿Y qué se proponen hacer cuando lleguen allí?

—Las mujeres de nuestra posición sólo podemos hacer una cosa: aceptar un puesto como institutrices.

—¿La institutriz ubicua? —inquirió—. Bueno, si es así, ¿por qué no aceptar ese trabajo aquí?

—Nos gusta la idea de viajar.

—Tiene sus atractivos —asintió con un gesto—, al menos para las personas aventureras. Pero dice usted que aún no lo tienen decidido. ¿Quiere eso decir que no tienen todavía la perspectiva de un puesto seguro?

—Eso es algo de lo que tendremos que ocuparnos cuando lleguemos allí.

—Sí —dijo tras levantar las cejas y guardar un momento de silencio—. Diría que son ustedes bastante aventureras. ¿Por qué no lo intentan en Sudáfrica? Es un país maravilloso. Y estoy seguro de que hay gran escasez de buenas institutrices como usted y la señorita Milne sin duda alguna son. De hecho, en Kimberley hay una escuela. Quizá no sea exactamente en lo que están pensando, pero sí sería algo parecido.

Alguien se acercó a la caseta y tomó entre sus manos una caja conteniendo agujas e hilos.

—¿Cuánto vale esto?

Me aparté de mala gana de Roger Lestrange, quien levantó las cejas y sonrió. Temía que él se marchara, y quería hacerle más preguntas acerca de aquella escuela. Que pudiéramos entrar a trabajar en una escuela era una perspectiva que no se nos había ocurrido.

Mientras tomaba el dinero de la clienta, pensaba: Pero ¿no exigirán maestras calificadas en esa escuela?

La mujer se marchó.

—Sí —continuó diciendo Roger Lestrange—. Esa escuela de la que le hablaba en Kimberley tuvo que cerrar, porque no había nadie para dirigirla. Me pregunto si…

—Parece interesante.

Otra persona se acercó entonces a la caseta.

—Ya veo que el negocio se activa —dijo Roger Lestrange. Sin embargo, no se marchó. La recién llegada manoseó algunos objetos, compró un cenicero de cristal y se marchó—. Deberíamos hablar —dijo el señor Lestrange.

—Con la señorita Milne —dije—. ¿No podría usted pasar por la vicaría? Aquí es imposible.

—Sí, lo haré mañana por la mañana. ¿Le parece bien a las diez?

—Sería muy amable por su parte. Oh, viene alguien más. Discúlpeme. Le veré mañana por la mañana.

Apenas si me di cuenta de lo que vendía. Me sentía impaciente por comunicarle las nuevas noticias a Lilias.

En cuanto las escuchó, también ella compartió mi excitación.

Al día siguiente, Roger Lestrange llegó a la vicaría exactamente cuando el reloj hacía sonar las diez campanadas. Ambas le estábamos esperando ya con impaciencia. Lo hicimos pasar al salón, que el vicario utilizaba para escuchar las adversidades de sus feligreses, y nos sentamos para hablar.

—Cuanto más lo pienso, más adecuado me parece —dijo él—. Necesitamos una escuela y a pesar de ello tuvimos que cerrar la que teníamos. La dama que la dirigió durante algunos años ya estaba envejeciendo. Abandonó su trabajo y hasta el momento en que me marché aún no habían encontrado a nadie para sustituirla. Vinieron una o dos mujeres, pero no se quedaron, y luego ya no apareció ninguna más, de modo que tuvieron que cerrarla. He escrito a un hombre que conozco y que se ocupa de estas cosas en la ciudad, y le envié la carta precisamente ayer. Confío en que no les haya parecido precipitado, pero pensé que no haría ningún daño saber cuál era exactamente la situación. En mi opinión, se sentirán encantados ante la perspectiva de encontrar a alguien que pueda reabrir la escuela y que la dirija con eficiencia, como estoy seguro de que harán ustedes.

—Trabajaríamos juntas —dijo Lilias, con los ojos brillantes.

—Esa es la idea. La directora, que supongo sería usted, señorita Milne, teniendo en cuenta su edad y su experiencia...

—Naturalmente —dije enseguida cuando él me miró, como disculpándose.

—Desde luego, si no les gusta la idea supongo que siempre podrán intentar alguna otra cosa, pero después de enterarme... y tras la pequeña conversación que mantuvimos ayer en la caseta, bueno, se me ha ocurrido que será mejor que llegar allí sin saber con qué se van a encontrar.

—Es muy amable por su parte, señor Lestrange —dijo Lilias de corazón.

Yo repetí sus palabras, pues me pareció maravilloso ver cómo las ansiedades de Lilias se desvanecían, y experimentar la agradable sensación de que se nos estaba facilitando el camino.

—Creo que sólo habrá un pequeño salario, al menos por el momento. Allí no hay muchos jóvenes que necesiten educación. Algunos habitantes tampoco comprenden bien la necesidad de que la haya. Es posible que al principio sólo tengan unos pocos alumnos, pero con su presencia seguro que aumentarán. Sé que en la escuela también hay alojamientos, que irían incluidos con el trabajo.

—Parece una buena... oportunidad —dijo Lilias.

—Probablemente, alguien les escribirá. Les he dicho que se pongan en contacto con ustedes.

—No sabemos cómo expresarle nuestro agradecimiento —dijimos, casi al unísono.

Sus ojos me miraron fijamente por un momento y sonrió.

—Sólo espero que todo funcione bien y me merezca ese agradecimiento —dijo.

Lilias empezaba a sentirse entusiasmada. Naturalmente, había tenido miedo de llegar a un país extranjero sin ninguna esperanza de encontrar empleo. Ahora, ese temor había desaparecido. Y la perspectiva de una escuela en la que pudiéramos trabajar juntas era maravillosa.

—¡Es ideal! —dijo Lilias, y hasta yo empecé a creerla.

A pesar de todo, abandonar el propio país siempre significa un gran trastorno en la vida de una, y ahora, a medida que se acercaba el momento de nuestra partida, no podía dejar de contemplar la perspectiva con algunos recelos. De vez en cuando deseaba encontrarme a solas; no había desarrollado una buena práctica en dejar de recordar la terrible pesadilla por la que había pasado; intentaba instilar un poco de paz en mi mente, y mirar hacia el futuro, en lugar de hacia el pasado.

Encontré una cierta paz sentándome en un banco del pequeño cementerio que se veía desde mi ventana. Parecía estar todo tan tranquilo allí.

Un día en que estaba allí sentada, pasó Roger Lestrange.

—Hola, señorita Grey —me saludó—. Venía a la vicaría para verla a usted y a la señorita Milne, y la encuentro aquí sentada, contemplando el paisaje. He pensado que deberían tener ustedes la dirección de la escuela. Espero recibir pronto noticias de lo encantados que estarán de recibirlas a ustedes dos.

—Es muy amable por su parte tomarse tanta molestia.

Tomé el papel que me entregó, miré la dirección y me lo guardé en el bolsillo.

—Se está muy tranquilo aquí —dijo él—. Precisamente aquí, entre los muertos. ¿Viene a menudo a sentarse en este lugar?

—Bastante a menudo. Lo puedo ver desde la ventana de mi habitación, en la vicaría. Al principio pensé que era un poco mórbido, pero ahora ya no me parece así. La quietud y la paz son tan... atractivas.

—Espero que le guste a usted Sudáfrica.

—Tenemos que acostumbrarnos a la idea. Casi nos habíamos decidido por Australia, y habíamos leído bastante sobre ese país.

—Y ahora lo han cambiado por Sudáfrica. No creo que se sientan desilusionadas. ¿Cuándo tienen intenciones de marcharse... en cuanto reciban noticias de la escuela, claro?

—En cuanto nos sea posible.

—Myra y yo nos embarcaremos en un futuro próximo. Después de la boda y de la luna de miel, y mientras tanto ya habré solucionado un pequeño negocio. Incluso es posible que viajemos juntos.

—Sí, supongo que existe esa posibilidad.

—En tal caso, podré ocuparme un poco de ustedes.

—Eso es muy consolador.

—Cuando está usted sentada aquí, ¿se hace preguntas acerca de los muertos?

—Sí. Supongo que una no puede evitar hacérselas, ¿no le parece?

—Se leen los nombres de las lápidas... cuando se puede. Muchos de ellos están medio borrados. Fíjese, algunas de esas personas llevan ahí desde hace cien años.

—Algunas incluso más que eso.

—¿No se pregunta usted cómo fueron sus vidas, cuáles fueron sus problemas, y sus alegrías, cómo vivieron y cómo murieron?

—Sí, claro que me lo pregunto.

—Y piensa en las personas que ha conocido y que han desaparecido...

Guardé silencio. A pesar de que se había tomado tantas molestias por ayudarnos, desconfiaba un poco de él. Tenía la sensación de que existía algún otro motivo en lo que decía y hacía. Sabía que yo procedía de Edimburgo; había estado presente en el momento en que Kitty pronunció mi verdadero nombre.

—Todos hemos conocido a personas que han muerto —siguió diciendo—. Incluso que han muerto... antes de hora.

El corazón empezó a latirme con violencia, y me aparté de él al darme cuenta de pronto de que estaba sentado demasiado cerca de mí.

—Supongo que es natural que se nos ocurran esa clase de pensamientos en un lugar como este —dije con cierta brusquedad.

—Yo perdí a alguien... a mi esposa. Ella era demasiado joven para morir.

—Lo siento.

—Fue algo trágico, e inesperado. Y eso es algo más duro de soportar.

—Sí —dije cabizbaja—. ¿Ocurrió hace mucho tiempo?

—Hace dos años.

Reprimí mi asombro al saber que fuera tan reciente y dije:

—Tuvo que haber sido muy triste para usted.

—Sí —asintió—, y pensé que jamás volvería a casarme.

—Bueno, confío en que sea feliz ahora. Estoy segura de que la señorita Ellington le hará muy feliz.

—Gracias. Mire, tengo un hijo...

—Sí, he oído decirlo.

—Paul. Se le dio el nombre de una persona muy distinguida a quien su madre admiraba mucho. Claro que ella no pudo ponerle el nombre exacto, que yo diría es bastante ostentoso. Stephanus Johannes Paulus... así que se contentó con el más sencillo de Paul. Me refiero a Kruger, el gran hombre de Sudáfrica. Si el chico hubiera sido una niña no me cabe la menor duda de que se habría llamado Paula. A veces, la gente hace eso, transforma lo masculino en femenino y viceversa.

¿Por qué me decía todo aquello? Yo era Davina; mi padre se había llamado David. Era casi como si me estuviera insinuando algo. Era un hombre muy perturbador, y sentía mucho que hubiera tenido que ser precisamente él quien nos ayudara.

—¿Qué edad tiene el chico? —me apresuré a preguntarle.

—Nueve años, a punto de cumplir los diez.

—Le gustará estar de regreso en casa, a su lado.

—Sí, me gustará regresar. Empezaré una nueva vida. No vale la pena vivir anclado en el pasado, ¿verdad? Eso es algo de lo que tenemos que cobrar conciencia.

Me miró intensamente y yo me levanté.

—Tengo que marcharme —dije—. Lilias... quiero decir, la señorita Milne, se alegrará mucho de disponer de esta dirección. Nos sentimos muy agradecidas por ello. Esto representa mucho para nosotras.

—Ha sido un placer para mí —dijo—. No lo olviden: yo estaré allí, si me necesitan. —Me tomó de la mano y la apretó—. Bien, me ha evitado usted el llegar hasta la vicaría, y ha sido muy agradable tener una pequeña charla con usted en este cementerio, señorita Grey.

Regresé a la vicaría, intentando alejar la sensación de inquietud que se había apoderado de mí.

Pensé que le debía una carta de agradecimiento a Ninian Grainger, después de todas las molestias que se había tomado, para comunicarle nuestros progresos.

Querido señor Grainger:

La señorita Milne y yo nos sentimos muy agradecidas por su ayuda. Como le dije, fuimos a ver a la señora Crown y espero que pronto volvamos a visitarla.

Hemos tenido la buena fortuna de que un tal señor Roger Lestrange, que está aquí por asuntos de negocios, alojado en una gran casa de la comarca, proceda de Sudáfrica y nos haya ayudado considerablemente. Conoce la existencia de una escuela, y parece que la señorita Milne y yo podremos trabajar allí. Esto es una gran suerte para nosotras, porque, como muy bien se imaginará, sentíamos cierto recelo ante la perspectiva de no saber cuánto tiempo transcurriría antes de que pudiéramos encontrar trabajo en un país extranjero. Ahora nos sentimos mucho más felices, y estamos esperando confirmación de Sudáfrica. En cuanto la recibamos, nos sentiremos mucho más aliviadas.

Espero que todo le vaya bien y le agradezco una vez más toda la ayuda que nos ha brindado.

D.

Evidentemente, también escribí a Zillah.

Ella me contestó, diciéndome lo mucho que sentía que hubiera decidido marcharme, pero que comprendía por qué deseaba hacerlo.

Tu señor Lestrange parece una persona absolutamente querida, y me encantaría conocerlo. En cuanto a tu señor Grainger, sigue viniendo a visitarme. Me pregunto por qué. Sudáfrica parece estar muy lejos. Acudiré a despedirte. Debo hacerlo. Supongo que todavía no sabes con exactitud la fecha, ¿verdad? Sin embargo, házmela saber en cuanto la sepas.

Voy a sentirme muy mal cuando te hayas marchado. Cierto que ya llevas una temporada fuera de casa, pero sé que no estás muy lejos.

Manténte en contacto conmigo. Tu cariñosa Zillah.

Llegó el día de la boda. Acudí a la iglesia y escuché al padre de Lilias declarar marido y mujer a Myra Ellington y a Roger Lestrange.

Después, acudimos todos a la recepción a la que la señora Ellington también nos había invitado y, a su debido tiempo, la pareja partió en viaje de novios.

Myra parecía muy feliz y yo le comenté a Lilias, con fervor, que esperaba que continuaría siéndolo.

—Pareces tener tus dudas —dijo Lilias.

—¿De veras? Bueno, dicen que el matrimonio es como una lotería. Tienes que acertar con el número correcto, o con lo que sea.

—Te estás volviendo un poco cínica.

Ella estaba ahora llena de esperanzas, y yo comprendía lo frustrantes que debían de haber sido aquellos largos meses para ella.

La luna de miel de los recién casados aún estaba en pleno apogeo cuando recibimos una carta de Sudáfrica. Estaba firmada por un tal Jan van der Groot. Decía que le agradaba saber por el señor Roger Lestrange que proyectábamos ir a Sudáfrica para dedicarnos a la enseñanza. En el pasado sólo había habido una maestra en la escuela, pues era muy pequeña. Pero si queríamos ir y compartir el salario, habría espacio para las dos, pues los alojamientos que formaban parte de la escuela eran lo bastante grandes. El lugar llevaba cerrado desde hacía varios meses, pero sería preparado para nuestra llegada.

Leímos la carta juntas.

—Un solo salario —dijo Lilias.

—Es tuyo. Yo dispongo de mi propio dinero. Estaré bien.

—Es un poco desilusionante.

—No lo es, Lilias. Estaremos juntas. Es una oportunidad para empezar de nuevo.

—Pero el dinero… y yo tengo que devolver el precio del pasaje.

—No hay nada de qué preocuparse. Yo no necesito trabajar. Estaré bien. Haremos que esa escuela crezca, Lilias. Es un desafío, y una forma de marcharnos de aquí.

Su estado de ánimo revivió. No era exactamente todo lo que habíamos confiado encontrar, pero sí más de lo que habríamos podido esperar.

A partir de entonces, todo se movió con rapidez.

Fuimos a ver una vez más a la señora Crown. Habíamos tomado nuestra decisión. Nos íbamos a Sudáfrica. Ya teníamos empleo esperándonos.

—¡Felicidades! —dijo la señora Crown—. Han tenido ustedes mucha suerte. Conseguiremos sus pasajes cuanto antes.

Y eso fue lo que hizo. Debíamos embarcarnos en el *Reina del Sur* en dirección a Ciudad del Cabo, y desde allí haríamos el viaje por tierra hasta Kimberley.

Kimberley

1

La partida

El momento de nuestra partida se aproximaba. Teníamos que embarcarnos antes de una semana. Siguiendo los consejos de la señora Crown, habíamos enviado ya lo más pesado de nuestro equipaje a los muelles. Después de los precipitados preparativos de los últimos días, nos encontramos en un período de tiempo en el que sólo nos restaba esperar.

Lilias y yo estábamos sentadas en el jardín, repasando por centésima vez todo lo que teníamos que hacer antes de marcharnos, preguntándonos si habíamos metido todo lo necesario en el pequeño equipaje que llevaríamos con nosotras. Abandonaríamos la vicaría el día antes de embarcarnos y pernoctaríamos en un hotel cercano a los muelles, donde la señora Crown ya nos había reservado habitaciones. Zillah había ayudado enviando directamente a los muelles las posesiones mías que yo le había pedido; eso fue de gran ayuda, pues significó que no tuve necesidad de regresar a Edimburgo, algo que habría sido muy doloroso para mí.

Ahora, ya estaba todo arreglado y no había nada que hacer, excepto esperar.

Mientras estábamos allí sentadas, llegó Jane.

—Hay un hombre joven que ha venido a verte, Diana —me dijo—. Es el señor Grainger.

Me sentí ruborizar, y experimenté un cosquilleo de placer.

—Oh… ha venido —fue todo lo que pude decir.

Lilias, a quien le había hablado de él, confesándole algo de los sentimientos que abrigaba hacia él, y quien, quizá, suponía que había más de lo que yo le había contado, me dijo:

—Querrá hablar contigo. Entraré en casa —y luego dirigiéndose a Jane, le pidió—: Hazle salir aquí, Jane. Podrán hablar en el jardín. Se está muy bien aquí fuera.

Ninian se acercó y, tomándome por ambas manos, me las sostuvo con firmeza.

—Creí que debía venir a verla antes de que se marchara —me dijo.

—Es muy amable por su parte.

—Es un gran paso el que se dispone a dar.

—Sentémonos. ¿Un gran paso? Sí, lo es. Pero lo hemos pensado bastante y creemos que es bueno, teniendo en cuenta las circunstancias.

—Me alegro mucho de que la señorita Milne la acompañe.

—Sí, es una gran suerte para mí que ella esté conmigo.

—Hábleme de ese señor Lestrange.

—Es un amigo de los Ellington, que viven en la gran casa de la comarca. Está metido en grandes negocios y creo que el señor Ellington también está relacionado con ellos. En realidad, no sé gran cosa al respecto. Pero creo que tiene algo que ver con diamantes. Él vive en Kimberley, y al llegar aquí, Myra Ellington y él se enamoraron y se casaron.

—Da la impresión de haber sido una relación muy rápida.

—Lo fue. Él era viudo. Creo que su esposa murió… no hace mucho tiempo. Probablemente vino a

Inglaterra para alejarse de todo aquello, y aquí conoció a Myra Ellington.

—De modo que al final todo salió bien para él.

—Lo cierto es que ellos se marchan a Kimberley. Tengo entendido que viajaran en el mismo barco que nosotras.

—Me gustaría conocer al señor y a la señora Lestrange.

—No creo que pueda usted. ¿Regresará mañana?

—Pensé que debía venir a despedirla.

—¡Oh!

Me sentí extrañada, pero insólitamente contenta por ello. No dejaba de pensar lo extraño que resultaba que él siguiera mostrando tanto interés. Me había dicho muchas veces a mí misma que eso se debía a que todavía estaba vivo en mí el rechazo de Jamie... pero había algo más que eso. No me gustaba confesarlo, pero una de las razones por las que lamentaba abandonar Inglaterra era porque pensaba que ya nunca volvería a verle. Sabía que eso era una estupidez. Me recordaba constantemente que todo lo que yo significaba para él era un caso interesante que le había aportado un considerable éxito.

—He reservado habitación en el Royal Oak —dijo él—. Pensé que podía viajar con usted a Tilbury y ser quizá de alguna ayuda.

—¡Qué buena idea! Pero ¿dispone usted de ese tiempo?

—Más o menos —contestó.

—¿Está usted... cómodo en el Royal Oak?

—Sí, muy cómodo.

—Eso está bien, porque es el único hotel que hay por estos alrededores.

—Pues me alegra de que esté tan cerca. Hábleme de esa escuela.

—No sé gran cosa, excepto lo que ya le he dicho.

Estoy segura de que podremos arreglárnoslas muy bien. Lilias es una maestra maravillosa, y yo trataré de seguir sus pasos.

—Y todo esto ha surgido a través del señor Lestrange. ¿Qué sabe usted de él?

—Sólo lo que ya le he contado. Está metido en el negocio de los diamantes y, al parecer, es bastante rico; enviudó y tiene un hijo llamado Paul; se le considera un hombre muy atractivo y hace buena pareja con Myra Ellington.

—¿Y qué me dice de Myra?

—No la conozco muy bien. Es una persona muy agradable y tranquila, no como su madre. Es muy buena... haciendo lo que se le dice. No comprendí por qué no se había casado antes. No creí que la señora Ellington fuera la clase de mujer que hubiera permitido que su hija permaneciera soltera durante tanto tiempo. Pero supongo que la mayoría de las madres desean asegurar la seguridad financiera de sus hijas y, en el caso de Myra, la señora Ellington ni siquiera tiene necesidad de considerarlo. Al parecer, ella dispone de su propia fortuna.

—Quizá pueda conocerlos.

—Quizá. Pero todo el mundo anda muy ocupado. La señora Crown ha sido muy buena con nosotras. Nos lo ha arreglado todo. Vamos a pasar la última noche en un hotel llamado Harbour View, situado frente al puerto, y de ese modo estaremos cerca del lugar donde tengamos que embarcar.

—Reservaré allí mi habitación. —Tuve que haber mostrado algún gesto de sorpresa porque dijo—: ¡Me siento responsable de usted! Después de todo, fui yo quien le puso en contacto con la señora Crown.

—Eso fue lo mejor que pudo haber hecho.

—Espero que así sea —dijo fervientemente.

Daisy acudió entonces para servirnos café.

—La señorita Jane ha pensado que les puede venir bien esto —nos dijo.

Había una pequeña mesa situada debajo de un árbol y colocó en ella la bandeja con el servicio. Acercamos las sillas a la mesa y nos sentamos.

—Esto es encantador —dijo Ninian.

Yo me sentía más feliz de lo que había sido en mucho tiempo, aunque sólo duró un momento, porque entonces pensé: Voy a marcharme, me alejaré del antiguo estilo de vida... de esta vida.

Ninian me observó mientras yo servía el café. Me pregunté qué estaría pensando y qué era lo que le había impulsado a venir desde tan lejos, sólo para verme antes de mi partida.

—Si esto no saliera bien —dijo de repente—, sí deseara usted regresar a casa por alguna razón... hágamelo saber. Haré todo lo que pueda por solucionarlo.

—Es usted muy bondadoso. Y todo porque me ha defendido. Tiene que haber tantos...

—Ese veredicto fue injusto —me interrumpió él, sacudiendo la cabeza—. A mí me sigue amargando.

—Comprendo.

—Quizá algún día... —Esperé y él se encogió de hombros—. Son cosas que han sucedido, ¿sabe? A veces, la verdad surge al cabo de los años.

Luego hablamos de las mujeres jóvenes que, como Lilias y yo, abandonaban sus hogares para marcharse a trabajar a países extranjeros. Le hablé de las cartas que habíamos leído en las oficinas de la sociedad, y él se mostró muy interesado, pero no dejaba de dirigir la conversación hacia el tema de Roger Lestrange.

Se quedó a cenar. Comprendí que había causado una excelente impresión a la familia del vicario. Después de que se marchó al Royal Oak, Lilias me dijo:

—¡Qué hombre tan encantador! Es tan amable por su parte el preocuparse por lo que pueda sucederte.

Aquella noche me sentí muy feliz. Soñé que me alejaba de Inglaterra en un barco, y que Ninian Grainger estaba en la cubierta, observándome. Entonces, de repente, levantó los brazos y me gritó en voz alta: «¡No te marches! ¡No te marches!»

Me di cuenta entonces de que no debía marcharme, de que era un error. Intenté saltar por la borda, pero alguien me contuvo, diciéndome: «No puedes retroceder. Ninguno de nosotros puede retroceder. Es demasiado tarde... una vez que has empezado.»

Y ese alguien era Roger Lestrange.

Al día siguiente, el placer que me había producido la preocupación de Ninian Grainger por mí se enfrió. Era por la mañana cuando Daisy entró en mi habitación y me dijo:

—Hay una visita para usted, señorita Grey. Está en el salón.

Bajé, esperando ver a Ninian. Pero era Zillah.

Su aspecto era aún más hermoso del que yo recordaba. Llevaba un vestido negro de seda, con un gran cuello verde, y un sombrero negro con una pluma verde que hacía juego con los ojos, llamando la atención sobre su color.

—¡Querida! —gritó, abrazándome—. ¡Qué maravilla volver a verte! Tenía que venir. Voy a despedirte. Me alojo en el Royal Oak.

—¡Oh! —exclamé sin comprender.

Ella se echó a reír, casi con coquetería.

—¿Y quién crees que se hospeda allí? Nada menos que tu señor Grainger. Bueno, es el único hotel que hay por aquí, ¿no? Y no podía esperar que me alojaran en la vicaría. Espero que te sientas contenta de verme. No me siento muy feliz con todo esto, ¿sabes? Estarás muy lejos. Había esperado que pudiéramos vivir juntas. Pero, de todos modos, espero que esto sea lo más conveniente para ti.

—Tengo que marcharme —dije—. Y este parece un método tan bueno como cualquier otro.

—Pero es tan triste. De todos modos, no debo seguir diciéndolo. Tenemos que aprovechar lo que nos quede, ¿verdad? ¿Cómo te has sentido en este lugar? Estoy deseando conocer a tu amiga, a Lilias. Me pregunto qué sentirá ella con respecto a mí. Después de todo, yo ocupé su lugar, ¿no es cierto? Quiero decir, en la casa.

—Te gustará. Es una persona maravillosa.

—Oh, espero que todo esto os salga bien.

Parecía tener buenas intenciones, y había sido muy amable por su parte tomarse la molestia de venir a despedirme. Pero también había destrozado una ilusión.

Hasta entonces no me había dado cuenta de lo profundamente que me había afectado la llegada de Ninian.

Había sido una estúpida. Me había sentido tan estimulada, tan feliz al pensar que él se preocupaba tanto por mí como para venir a verme y enterarse personalmente de lo que estaba ocurriendo. Había experimentado la ridícula sensación de que lamentaba haberme puesto en contacto con la señora Crown, y que iba a rogarme que renunciara al proyecto y regresara con él a Edimburgo, para poder luchar juntos y demostrar que yo no había tenido nada que ver en la muerte de mi padre.

Había sido una ingenua. Anhelaba tanto a alguien que me cuidara, alguien que llenara aquel amargo vacío dejado por Jamie.

Debes afrontar los hechos —me dije—. Te vas a marchar, te vas a alejar de esta vida, de todos aquellos a quienes has conocido, excepto de Lilias.

Él había venido porque ella también venía. Me dije

que ya me había engañado una vez con Jamie, y que debía llevar cuidado para que eso no volviera a suceder.

Durante el día siguiente vi bastante a Ninian y hablamos mucho, y tuve la sensación de que sabía tanto como yo acerca del lugar al que me dirigía. Zillah también estaba presente.

La mañana del día antes de nuestra partida hacia Tilbury, fui al pueblo a comprar algunos artículos que creía necesitar y Ninian dijo que me acompañaría. Zillah, que llegó justo en ese momento, se unió a nosotros.

Fue durante el regreso del pueblo cuando nos encontramos con Roger Lestrange. Montaba un gran caballo gris de los establos Ellington y se quitó el gorro de montar al aproximarse a nosotros.

—Señorita Grey. Ah, ya veo que se dedica a hacer las compras del último momento. ¿Todo preparado para embarcar?

Les presenté. Y percibí el inmediato interés de Ninian. Desde su llegada había querido saber todo lo posible de Roger Lestrange.

Me di cuenta de que este observaba a Zillah con aprecio, al tiempo que ella adoptaba aquel aire especialmente seductor que utilizaba cuando se encontraba en presencia de hombres atractivos.

—Vamos a ver a esta querida muchacha emprender su viaje —dijo Zillah—. Su partida será muy triste para mí.

—Estoy seguro —dijo él con suavidad.

—Tengo entendido que es usted de Sudáfrica —intervino Ninian.

—Sí, ese es ahora mi hogar. Regresaré en el *Reina del Sur*.

—Ah, sí, ya sé que van a embarcarse juntos.

—Estará contento de regresar a su casa, ¿verdad? —preguntó Zillah.

—Bueno —contestó él mirándola casi con coquetería—, hay tentaciones que le inducen a uno a quedarse, pero en fin...

—Y viaja usted pasado mañana, ¿verdad? De modo que ha llegado el momento de las despedidas. Qué triste.

—Estoy totalmente de acuerdo con eso. Bien... —se encogió de hombros—, la veré a bordo, señorita Grey.

—De modo que ese es Roger Lestrange —dijo Ninian cuando él se alejó a caballo.

—Parece un hombre muy interesante —comentó Zillah.

Regresamos a la vicaría y al día siguiente partimos para Londres, Tilbury y el *Reina del Sur*.

En cuanto subí a bordo experimenté una sensación de pérdida irreparable. La melancolía se apoderó de mí y estuve segura de que ninguna experiencia, por excitante que fuese, podría disiparla. Ello se debía en buena medida a haber tenido que despedirme de Ninian. Había decidido dar este paso y no había forma de retroceder.

Ninian y Zillah habían viajado con nosotras y nos acompañaron hasta el barco. Zillah dijo que, de ese modo, pasaría conmigo hasta los últimos momentos. Expresaba constantemente lo mucho que sentía mi partida, pero yo tenía la impresión de que ella se sentía bastante aliviada al comprobar mi marcha. Quizá estuviera pensando en lo que creía mejor para mí y era plenamente consciente de que mientras permaneciera en Inglaterra estaría en constante alerta ante el temor de que alguien me reconociera. Esa no era forma de vivir, y si para cambiar esa situación había que hacer un sacrificio, bien valdría la pena.

Tenía que recordar eso para reconciliarme con la idea de dejar atrás todo lo que me era familiar, para dirigirme hacia lo desconocido.

Pasé un breve momento a solas con Ninian. Creo que Lilias ayudó a que fuera así, asegurándose de mantener a Zillah lejos de nosotros. Mi espíritu se animó al darme cuenta de que eso era también lo que deseaba Ninian.

Me habló muy seriamente sobre mi futuro.

—No tiene usted por qué considerarlo como algo permanente —señaló—. Regresará algún día. Pero creo que es lo mejor que puede hacer, al menos durante un tiempo. Sin embargo, quisiera pedirle que me prometa algo.

—¿De qué se trata?

—Que me escribirá y me lo contará todo, por muy trivial que le parezca. Quiero estar enterado.

—Pero, sin duda alguna…

—Por favor —rogó—. Puede ser importante.

—¿Sigue usted considerándome «un caso»?

—Un caso muy especial para mí. Por favor, le estoy hablando muy en serio. Déme su palabra. Sé que usted la mantendrá.

—Le escribiré —asentí.

—Me gustaría saber cosas sobre la escuela, sobre los Lestrange, y sobre cómo le va todo.

—¿Y usted me contará lo que suceda en casa? —pregunté después de asentir con un gesto.

—Así lo haré.

—Parece usted hablar muy en serio.

—Es muy importante para mí. Y hay una cosa más. Si quiere usted regresar a casa, hágamelo saber. Yo arreglaré lo que sea necesario.

—¿Usted…?

—Me ocuparé de conseguirle un pasaje de regreso a casa en cuanto usted me lo pida. Recuérdelo, por favor.

—Es muy reconfortante para mí saber que se preocupa usted tanto.

—Pues claro que me preocupa usted... Davina —le miré, alarmada—. No logro acostumbrarme a ese otro nombre —dijo él—. Siempre pienso en usted como Davina.

—Bueno, ahora nadie puede escucharle.

—Algún día regresará.

—No lo sé.

—Lo hará —insistió él—. Tiene usted que volver.

Recordé aquella conversación durante varios días, y lo cierto es que fue un consuelo para mí.

Estábamos sobre cubierta en el momento en que el barco partió. Las sirenas sonaron a nuestro alrededor; el muelle estaba abarrotado de amigos y familiares de los pasajeros que habían acudido a despedirlos. Fue una escena muy conmovedora. Algunas personas lloraban, otras reían, a medida que el barco se apartaba lentamente del muelle de atraque y se alejaba.

Lilias y yo permanecimos allí, despidiéndonos con gestos de las manos, hasta que ya no pudimos ver ni a Ninian ni a Zillah.

Nunca olvidaría aquellos primeros días a bordo del *Reina del Sur*. No se me había ocurrido que pudiera ser tan incómodo. En primer lugar, tuvimos que compartir un camarote con otras dos mujeres. El camarote era apenas un pequeño espacio en el que había dos literas con cuatro camas, dos inferiores y dos superiores. Había un pequeño armario para uso de los cuatro ocupantes, y no había portillas que dieran al exterior. Estábamos encerradas allí, al igual que sucedía en otros muchos camarotes, y los ruidos que nos rodeaban parecían incesantes. Nos encontrábamos en el extremo de popa del barco, y había barreras que nos impedían abandonar ese sector.

Las comidas se servían en largas mesas. Supongo

que la comida era adecuada, pero el comer en aquellas condiciones distaba mucho de ser agradable, y Lilias y yo tampoco tuvimos mucho apetito.

Nuestro sector del barco estaba abarrotado de gente. Lavarnos tampoco resultaba fácil. Había servicios comunes para ello y se disponía de muy poca intimidad.

—¿Podrás soportar todo esto hasta que lleguemos a Ciudad del Cabo? —le pregunté a Lilias.

—Tenemos que soportarlo —contestó ella.

Cuando el tiempo empeoró, como no tardó en suceder, fue una prueba añadida. Las dos mujeres que compartían nuestro camarote yacían postradas en sus camas. Lilias también se sentía mareada. Era incapaz de decidir si sería mejor aventurarse por cubierta o quedarse en su cama.

Finalmente, decidió quedarse en la cama y yo subí sola a cubierta. Me tambaleé de un lado a otro, hasta llegar a la barrera separadora, y luego me senté. Contemplé las grandes olas grises y me pregunté en qué me había metido. El futuro parecía poco prometedor. ¿Qué encontraría en aquel país al que nos dirigíamos? Había sido una cobarde. Debería haberme quedado en casa, afrontando lo que tuviera que afrontar. La gente habría dicho que si yo fuera en verdad inocente, no habría tenido nada que temer. Debería haber mantenido la cabeza bien alta, enfrentándome a lo que pudiera sobrevenir y no ocultarme detrás de un falso nombre.

Y ahora allí estaba, en una situación de la máxima incomodidad, transportada sobre aquel turbulento océano hacia… apenas si sabía hacia dónde.

Advertí la presencia de alguien al otro lado de la barrera.

—Hola —dijo Roger Lestrange. Me miraba desde el otro lado de la verja que nos separaba—. ¿Afrontando los elementos?

—Sí... ¿y usted también?

—Le parecerá incómodo, ¿verdad?

—Sí, ¿a usted no se lo parece?

—Algo, pero le aseguro que no se puede hacer nada por evitarlo.

—Bueno, sólo espero que no empeore.

—No la vi subir a bordo. Creo que fueron sus amigos a despedirla.

—Sí.

—Eso fue muy bonito. ¿Qué tal le parece el viaje... aparte del tiempo? —Permanecí en silencio por un momento y él se apresuró a añadir—: No es bueno, ¿verdad?

—No puedo considerarlo como lujoso.

—No tenía la menor idea de que pudiera usted viajar de ese modo.

—Tampoco nosotras. Pero quisimos hacerlo del modo más barato posible. A la señorita Milne le horroriza contraer deudas. ¿Cómo está la señora Lestrange?

—Ahora está en cama. No le gusta el tiempo que hace.

—¿Y a quién le gusta? Lo siento por ella.

—No tardaremos en salir de esto, y entonces todos lo habremos olvidado. —Yo me había levantado del asiento para hablar con él y una ráfaga de viento me empujó contra la barandilla de cubierta—. ¿Está usted bien? —me preguntó.

—Sí, gracias.

—Creo que debería usted bajar a su camarote —prosiguió diciendo—. El viento puede ser muy traicionero y uno no debería subir a cubierta con un tiempo como este —sonrió con ironía—. Siento mucho no poder acompañarla a sus alojamientos.

—Tiene usted razón —asentí—. Bajaré a mi camarote. Adiós.

—*Au revoir* —me dijo.

Y yo bajé tambaleándome a mi camarote.

Algo más tarde, aquel mismo día, el viento amainó. Lilias y yo quedamos a solas en el camarote. Las otras dos ocupantes, sintiéndose mejor, habían salido para tomar un poco de aire fresco, según nos dijeron. Entonces, uno de los camareros acudió al camarote.

—He recibido órdenes de cambiarlas —dijo.

—¿Cambiarnos? —preguntamos simultáneamente.

—Supongo que se ha cometido un error. No deberían ustedes estar aquí. Les ruego que recojan sus cosas.

Extrañadas, obedecimos. El hombre se hizo cargo de nuestras maletas y nos dijo que le siguiéramos. Así lo hicimos y nos condujo a través del barco, abriendo una de las puertas divisorias. Nos hizo entrar en un camarote que nos pareció magnífico después del que acabábamos de dejar. Había dos bancos que servían de sofás durante el día, un armario bastante amplio, un lavabo y una portilla que daba al exterior. Nos quedamos mirándolo, extrañadas.

—Ya está —dijo el hombre, y se marchó.

No podíamos creerlo. El contraste era enorme. Lilias se sentó en una de las camas y pareció a punto de echarse a llorar, lo que era algo extraordinario en ella.

—¿Qué significa esto? —preguntó.

—Significa que han debido de cometer un error. No deberían habernos alojado entre los emigrantes.

—Pero si somos emigrantes.

—Sí, pero aquí estamos. ¿No es maravilloso? Ahora sí tengo la sensación de estar donde nos corresponde. No creo que hubiera podido soportar seguir allí durante mucho más tiempo.

—Habrías tenido que hacerlo, si no hubiera habido otro remedio.

—Bueno, no nos preocupemos ahora por eso, y alegrémonos del cambio.

—Me pregunto cómo habrá podido suceder —dijo Lilias.

—Sin duda alguna, nos enteraremos.

Pero no nos enteramos, y creo que en el fondo nos sentimos más aliviadas al no atrevernos a preguntarlo. Todo lo que sabíamos era que, si el tiempo lo permitía, podíamos descansar del viaje, rodeadas por una comodidad que no habíamos esperado.

Después de eso, todo cambió. Estuvimos a menudo en compañía de los Lestrange y fue durante el viaje cuando empecé a conocer a Myra.

Era una persona de actitud humilde, bastante tímida, en contraste con su madre. A menudo me pregunté si sería así por haberse pasado la mayor parte de su vida en contacto con una mujer como su madre, porque ante tal presencia, hasta las personas más seguras de sí mismas no podían dejar de percibir sus deficiencias. Myra empezó a gustarme. Mantenía una actitud bastante tímida en presencia de su esposo, y raras veces hablaba, a menos que una se dirigiera directamente a ella. Él solía terminar sus frases con un «¿no te parece, querida?», como si tratara de inducirle a participar en la conversación, a lo que ella replicaba invariablemente: «Sí, Roger, así es.»

—Está completamente subordinada a él —dijo Lilias.

—Creo que desea agradarle. Después de todo, él siempre se muestra amable y cortés con ella.

—Bueno, si lo que le gusta es la obediencia absoluta, ella encaja perfectamente —fue el lacónico comentario de Lilias.

El sentido práctico de Lilias la inducía a despreciar a aquella mujer por considerarla sin ánimo alguno, contenta de ser dominada por su marido, pero percibí cierto carácter por debajo de aquella actitud, y quizá porque ella se dio cuenta de mi percepción, se me reveló un poco más de lo que solía con el resto de la gente.

Nuestro primer puerto de escala fue Tenerife, y como no resultaba fácil que dos mujeres salieran solas, Roger Lestrange sugirió que le acompañáramos a él y a su esposa. Aceptamos encantadas.

Pasamos un día muy agradable y, bajo la guía de Roger Lestrange, recorrimos la ciudad e incluso nos introdujimos algunos kilómetros en el interior. Nos deleitamos con el aire tan suave y fragante y nos maravillamos ante las brillantes flores y arbustos, los árboles de la flor de Pascua que crecían a ambos lados de la carretera y las plantaciones de plátanos en las montañas.

Roger Lestrange demostró ser un compañero divertido y poseedor de muchos conocimientos, y cuando regresamos al barco, Lilias comentó lo afortunadas que éramos por viajar en su compañía, algo ante lo que estuve de acuerdo.

—Es un gran placer tenerlas con nosotros —dijo Myra.

A mí me alegró que pensara así, pues durante el transcurso del día se me ocurrió que podríamos haber sido unas intrusas. Después de todo, no había transcurrido tanto tiempo desde que terminara su luna de miel, y era una época en la que a todos los recién casados les agrada estar juntos y a solas.

A medida que fuimos descendiendo a lo largo de la costa africana, el tiempo se fue haciendo más y más cálido, el mar se suavizó y la vida a bordo llegó a ser verdaderamente agradable. Ni Lilias ni yo deseábamos que los días transcurrieran con tanta rapidez. Después de nuestro cambio de camarote, que nos había permitido acceder a otra parte del buque, descubrimos que la vida allí era mucho más agradable. Conocimos a personas que nos interesaron.

Roger Lestrange era una de las personas más solicitadas, y constituía un miembro activo de las reuniones sociales. Se llevaba muy bien con el capitán, a quien conocía de un viaje anterior y, como amigas suyas, fuimos introducidas en su círculo.

Era una verdadera delicia permanecer sentadas en cubierta, contemplando el océano que apenas se movía, observando a los delfines saltando en la distancia y a los peces voladores surgiendo sobre la superficie del tranquilo océano. Eso producía una sensación de confianza.

Myra se mostró reacia en hablar, pero finalmente empezó a darme una visión fugaz de su niñez.

—Todo habría sido diferente si hubiera sido una muchacha brillante —me dijo un día—. Pero no lo era. Fui más bien lenta en aprender a caminar y a hablar. Desde el principio, creo que constituí una desilusión. Mi madre quería que yo destacara, no tanto por mi inteligencia como por mi belleza, que fuera un éxito social. Ya sabe cómo son esa clase de cosas... algo que ella pudiera organizar, y luego los nietos para poder ocuparse de planificar su futuro.

—Las personas tenemos que aprender a dirigir nuestras propias vidas.

—Mi madre nunca aceptará eso. Ella era tan buena dirigiéndolo todo que, naturalmente, también quiso dirigirme a mí. En cierto sentido tuve suerte, gracias a la presencia de los abuelos, los padres de mi padre. Pasé buena parte de mi infancia con ellos. Allí me sentí feliz. A ellos no les preocupaba que fuera inteligente o hermosa. Les gustaba tal y como era. Mi madre dijo que me habían malcriado. No quería que pasara tanto tiempo con ellos, pero fueron muy importantes para mí. Eran muy ricos y mi madre, al menos, respetaba eso.

—Eso es algo que no me cuesta creer.

—Entonces, mi abuela murió —su voz tembló un poco—. Entonces yo tenía catorce años. Después, sólo me quedó el abuelo. Estuve a menudo con él, y quería que viviera en su compañía, pero mi madre no podía permitirlo. Dijo que mi lugar estaba a su lado, en casa, a pesar de lo cual pasé bastante tiempo con mi abuelo. Solíamos leer juntos; nos sentábamos en el jardín y jugábamos a adivinanzas. Luego, quedó postrado en una silla de ruedas y yo solía pasearlo por el jardín. Mi madre dijo que aquello no era vida para una muchacha joven, pero a mí me encantaba estar en compañía de mi abuelo. Tuve que pasar una temporada en Londres. Mi madre insistió en ello y mi padre se mostró de acuerdo. La temporada fue un fracaso. Nadie me pidió en matrimonio. Y poco después mi madre abandonó sus intentos. Así que me quedé en casa de mi abuelo. Él me decía: «No dejes que te empujen. Haz lo que quieras hacer. Y no te cases nunca con un hombre porque te digan que así debes hacerlo. Ese es el peor error que puede cometer una mujer… o un hombre, desde luego.» Era una persona maravillosa. Yo tenía veinticuatro años cuando murió.

—Debió de haber sido muy triste para usted.

—Me dejó el corazón desgarrado. Me convertí en una mujer rica. Mi abuelo me lo dejó todo. Eso produjo un gran cambio. Mi madre varió su actitud hacia mí. Sabía que, en su opinión, yo debía conseguirme un marido, pero cuando ella intentó manejarme le dije: «El abuelo me dijo que nunca me casara con nadie sólo porque me lo dijeran los demás, y que sólo me casara si verdaderamente quería hacerlo.»

—Creo que su abuelo era un hombre muy sensato —dije.

—Oh, sí lo fue. Pero no hago más que hablar de mí misma. ¿Y usted?

Aquella sensación de recelo volvió a apoderarse de mí. Me escuché diciendo:

—Oh, no hay gran cosa que contar. Tuve una institutriz… y luego me fui a vivir a la vicaría.

—¿Y su padre?

—Murió.

—¿Y ahora tiene que aceptar ese puesto en Sudáfrica?

—Bueno, en realidad, no tengo necesidad de ello. Pero quería hacer algo. Dispongo de unos pequeños ingresos, no gran cosa, pero supongo que es adecuado dedicarse a los demás.

—¿Ha pensado alguna vez en casarse?

—Sí, una vez. Pero no resultó.

—Lo siento.

—No lo sienta. Estoy convencida de que fue lo mejor.

—¿Está segura? Creo que, a veces, parece usted un poco triste.

—Oh, no, no. Todo eso ha quedado ya en el pasado. Nuestras familias no lo aprobaban y…

—Oh, querida.

—Habría sido muy difícil que saliera bien. En caso contrario, nos hubiéramos casado, ¿no cree?

—Me gustó bastante ese abogado, el que acudió a despedirla. Parecía realmente preocupado por usted. Y su madrastra. Es una mujer muy hermosa, ¿verdad? Cuando la miré… —Sonrió, pero sin alegría—. Bueno, creo que ella es todo lo que yo no soy.

—Es usted muy bonita tal como es, Myra. No debe denigrarse tanto.

—Y usted es muy amable al decírmelo. Pero hábleme de ese abogado. Lo conoció en Edimburgo, ¿verdad?

—Sí.

—Supongo que era un amigo de su familia.

—Sí, se podría decir así. —Tenía que desviar el rumbo que tomaba la conversación, y me apresuré a decir—: Y en cuanto a usted, todo ha terminado por salir bien.

—Sí —asintió—. Mi abuelo tenía razón. Pude haberme casado con alguien que me encontró mi madre. Pero no lo hice, y si lo hubiera hecho así no habría conocido a Roger.

—¿Y ahora es completamente feliz?

—Bueno...

—No lo es, ¿verdad?

Vaciló, me miró pensativamente y luego creo que decidió confiar en mí.

—A veces... tengo miedo.

—¿Miedo? ¿De qué?

—Él es un hombre tan distinguido, ¿no le parece? A veces me pregunto...

—Dígame lo que se pregunta.

—Si soy lo bastante buena para él. ¿Qué es lo que ve en mí? Si no hubiera sido rico habría pensado que quizá mi dinero...

—Myra —dije, echándome a reír—, debe dejar de pensar de ese modo. Él se ha casado con usted, ¿no es así? La ama a usted, no a su dinero.

—Es algo difícil de creer. Él es tan maravilloso. Claro que si hubiera necesitado el dinero...

—¡Deje de hablar así, Myra!

Volví a reír y ella se rió conmigo. Me sentí aliviada. Por un momento pensé que ella le temía, pero sólo temía no ser lo bastante atractiva para él.

Debo superar esta ridícula sensación de que hay algo siniestro en Roger Lestrange, me dije.

No sirvió de nada intentar contener los días. Pasaron con una rapidez alarmante. No tardaríamos en llegar a nuestro destino y la realidad ocuparía el lugar de aquella existencia idílica y ensoñadora de la que habíamos disfrutado durante las últimas semanas.

Tendríamos que afrontar lo que nos esperara: la escuela. ¿Dónde encontraríamos alumnos? Lilias había dicho que no valía la pena planificar nada hasta que viéramos lo que se nos venía encima.

Faltaban dos días para llegar a Ciudad del Cabo.

Roger Lestrange nos dijo que debíamos acompañarle a él y a Myra a Kimberley. Se trataba de un viaje largo, pero él lo había hecho más de una vez, y nos ayudaría a instalarnos en nuestro nuevo hogar. Aceptamos su ofrecimiento con entusiasmo.

—Realmente, ha sido una verdadera suerte para nosotras viajar en el mismo barco —dijo Lilias—. Eso lo ha hecho todo mucho más interesante de lo que habría sido de otro modo.

Ella no se dio cuenta de lo mucho que le debíamos a Roger Lestrange, pero yo no tardé en descubrirlo.

Aquella noche salí a cubierta, como hacía tan a menudo. Me encantaba sentarme bajo el cielo aterciopelado, lleno de estrellas más brillantes de las que solía contemplar en casa. El aire era cálido y apenas soplaba una ligera brisa. Todo estaba en paz.

El viaje no tardaría en llegar a su fin. ¿Qué encontraría después? Myra y Roger Lestrange no estarían muy lejos. Y estaba muy bien tenerlos como amigos, sobre todo en un país extraño para mí.

Mientras estaba allí sentada escuché unos pasos ligeros sobre cubierta y levanté la mirada, suponiendo quién sería.

—Hola —me saludó—. ¿Disfrutando de la noche estrellada? ¿Me permite sentarme?

Acercó una silla y se sentó a mi lado.

—Es muy agradable, ¿verdad? —dije.

—Es algo más que agradable. Es delicioso.

—Estoy de acuerdo.

—Me asombra que los demás no lo aprovechen. Pero no importa. Eso nos ofrece la oportunidad de hablar tranquilamente. ¿Cómo se siente? Quiero decir, ante la inminente llegada.

—Precisamente estaba pensando en eso cuando llegó usted.

—Es un poco como en un juego, ¿verdad?

—Bastante más que eso.

—Estará usted bien. No estaremos muy lejos de ustedes.

—Debe de sentir muchas ganas de regresar a su hogar.

—He disfrutado del viaje a Europa.

—Desde luego. Allí ha conocido usted a Myra.

—Sí, y a usted... y a la señorita Milne. Ha sido muy esclarecedor.

—¿Esclarecedor?

—Siempre es interesante conocer a otras personas, ¿no le parece?

—Oh, sí, desde luego.

—Usted y Myra parecen llevarse bastante bien.

—Creo que sí. Ha empezado a gustarme.

—Eso está bien. Es una persona un tanto retraída. Me agrada ver que se han hecho tan buenas amigas. No podía soportar la idea de que ustedes dos estaban allá abajo, en esos camarotes.

—Oh, sí, al principio fue realmente terrible.

—Me alegro de haberlas rescatado. Me alegro por mí, y también por ustedes.

—¿Rescatarnos?

—Bueno, no podía permitir que siguieran ustedes allá abajo, ¿no cree?

—¿Quiere decir que... usted...?

—Mire, no fue nada. Olvídelo.

—Pero... nos dijeron que había sido una equivocación. Pensamos...

—Insistí en que no les dijeran nada.

—Cuénteme exactamente lo que ocurrió, por favor.

—Pues está bastante claro. Ustedes pagaron por un camarote, y les dieron aquello por lo que habían pagado.

—Entiendo. Lilias quería lo más barato. Esa sociedad le prestaba el dinero y ella no soportaba la idea de estar muy endeudada.

—Unos sentimientos muy nobles.

—De modo que fue usted quien...

—Yo hice que las trasladaran. Pagué el dinero extra para que pudieran disfrutar de un viaje cómodo.

—Pero... —me sentí ruborizar—. Debemos devolvérselo.

—Desde luego que no.

—Lilias...

—Lilias no tiene por qué enterarse de nada. Imagínese cuáles serían sus sentimientos. Además, tendría la sensación de que debe pagarme. Eso sería tan malo como tener que pagar a la sociedad. Y usted misma ha dicho que no le gusta endeudarse.

—Yo sí puedo pagarle —dije tras permanecer un momento en silencio.

—Me negaré a aceptarlo.

—Pues tiene que admitirlo.

—¿Por qué? Considérelo como un pequeño regalo. No fue nada. Y piense en el placer que ha significado para mí... y para Myra, el tenerlas en nuestra compañía, algo que no habría podido ser si hubiéramos estado alojados en sectores separados.

—Ha sido muy bondadoso por su parte, pero debe permitirme devolverle el dinero, al menos en lo que respecta a mi parte.

—No, no lo permitiré.

—No puedo aceptarlo.

—Querida... D... Diana, ya lo ha hecho.

—Pero...

—No hay peros, por favor. Piense en la orgullosa

Lilias. Ella tiene que seguir creyendo que se produjo un malentendido en la distribución de los camarotes, y que cuando se dieron cuenta se subsanó.

—¿Por qué hace usted esto?

—Porque no podía soportar la idea de que dos damas como ustedes tuvieran que viajar en esas condiciones. No debería haberle dicho nada.

—Pues claro que sí.

—Se me escapó. Quizá deseaba que supiera que quería ayudarla. Después de todo, está dando usted un gran paso y fui yo quien le sugirió que viniera a África. Deseo fervientemente que sea un verdadero éxito para usted.

—Es usted muy bondadoso y me siento agradecida, pero hubiera preferido...

—¿Quiere usted complacerme en esta cuestión? No siga hablando del asunto. Me ha encantado estar en su compañía... lo mismo que a Myra. De hecho, todos hemos tenido un viaje agradable —puso una mano sobre la mía—. Véalo de ese modo, por favor, y no volvamos a hablar del tema.

Debería haberlo supuesto. Habíamos pagado muy poco por el pasaje. Pero teníamos tan poca experiencia en aquellos asuntos. Había sido muy bondadoso por su parte el preocuparse tanto. Así era como debía considerarlo.

Pero el descubrimiento me hizo sentir un poco incómoda.

Llegaríamos a nuestro destino en dos días. Ya se percibía la tensión por todo el barco. En cuanto a mí, y sabía que Lilias experimentaba lo mismo, sentía una inmensa excitación que a veces se veía abrumada por un temeroso recelo. Había momentos en que no podíamos dejar de pensar que habíamos abandonado demasiado alegremente todo lo que nos resultaba familiar, para empezar una vida completamente nueva.

Ahora empezamos a preguntarnos hasta qué punto estábamos bien equipadas para emprender esa nueva vida, y entonces nos sentíamos preocupadas. Nos sentábamos en silencio, contemplando el océano, cada una consciente de que los pensamientos de la otra seguían derroteros muy similares.

Yo estaba segura de que Roger Lestrange era plenamente consciente de nuestros sentimientos, pues trataba continuamente de aplacar nuestros temores. Todo iba a salir bien. Él estaría cerca. Debíamos recordar que teníamos amigos.

Recuerdo vívidamente aquel día soleado, sentada en la cubierta, contemplando el mar del color de la aguamarina, apenas perturbado por la brisa. A Lilias y a mí se nos habían unido Roger y Myra. Pobre Myra; creo que sus recelos acerca de su nueva vida eran casi tan intensos como los míos y los de Lilias.

Apareció entonces el capitán, dedicado a hacer su ronda diaria por el barco.

—Buenas tardes —nos saludó—. Hace un día encantador. —Saludamos y asentimos—. Pronto llegaremos —añadió.

—En un día como este, parecería demasiado pronto —comentó Roger.

—Sí, y el tiempo seguirá siendo bueno durante los próximos días. Aunque El Cabo puede ser engañoso.

—Eso es cierto —asintió Roger—. Ya lo he experimentado.

El capitán sonrió y nos miró a Lilias, a Myra y a mí.

—Supongo que ustedes visitan Sudáfrica por primera vez.

—Sí —dijo Lilias.

—Podrían haber elegido una mejor época, ¿no le parece, señor Lestrange?

—Sí, pero probablemente pronto pasará todo —dijo Roger.

—En esta ocasión me temo que parece algo más serio.

—Oh, ¿ha habido problemas?

—Oh, sí… las cosas se han estado cociendo durante años, pero yo diría que ahora están a punto de ponerse a hervir.

—¿Problemas? —pregunté.

—El capitán se refiere a Kruger. En estos momentos se está poniendo bastante truculento.

—Estuvo tranquilo durante algún tiempo —dijo el capitán—. Pero después de la incursión de Jameson, bueno, el caso es que las cosas han ido de mal en peor.

—¿Por qué? —pregunté.

—¿A usted qué le parece? —preguntó el capitán mirando a Roger.

—Es muy sencillo. Cecil Rhodes quiere una Sudáfrica británica. Kruger, en cambio, la quiere para los afrikáners. Pero todo se arreglará. Kruger no se atreverá a ir muy lejos.

—Habrá que esperar y ver —dijo el capitán—. Bueno, debo continuar mi ronda. Les veré más tarde.

Una vez que se hubo alejado, me volví hacia Roger.

—¿A qué se refiere el capitán al hablar de problemas?

—Bueno… las cosas no siempre funcionan fluidamente. Pero todo se arreglará. No se preocupe.

—Me gustaría saber más acerca de estos temas.

—Desde luego. Al fin y al cabo, va a vivir usted allí. Es natural que desee saber más.

—El capitán parecía muy preocupado —dijo Lilias.

—Bueno, para decirlo en pocas palabras —explicó Roger—, esta lucha por el poder lleva desarrollándose desde hace algún tiempo, pero cuando se descubrieron diamantes y oro en el país, la gente acudió de todas partes a instalarse aquí. La mayoría de los nuevos emigrantes eran súbditos británicos. En consecuencia, la población cambió y los recién llegados, a quienes los afrikáners llaman *uitlanders,* es decir, extranjeros, quisieron jugar un papel dominante en la administración del país. Paul Kruger, que era el presidente del Transvaal, se dio cuenta de lo que se avecinaba.

—Por lo que tengo entendido, es un líder muy fuerte —dijo Lilias.

—Sí que lo es. Se dio cuenta inmediatamente de que si a los *uitlanders* se les concedía el derecho de voto, los afrikáners serían arrollados, con consecuencias desastrosas para ellos. Recelaban de los británicos que, ya desde el principio, habían mantenido una actitud muy diferente con respecto a la población negra. Cuando tuvo lugar la emancipación de la esclavitud en Gran Bretaña, los británicos quisieron extenderla también a Sudáfrica. Eso fue algo que los bóers no estaban dispuestos a tolerar, ya que les privaba de mano de obra barata para sus tierras. Es una larga historia de conflictos.

—Y ahora el capitán parece creer que la situación está a punto de hervir.

—Así lo hemos estado pensando durante un tiempo. La razón de que ahora haya más miedo es porque Kruger ha ordenado que no se permita a ningún *uitlander* votar en las elecciones presidenciales, y que en las elecciones al *Volksraad* o Parlamento sólo puedan votar los que lleven viviendo más de catorce años en el país y tengan más de cuarenta años.

—No parece justo, teniendo en cuenta que esos *uitlanders* se han instalado en el país.

—Exactamente. Además, muchos de ellos se han enriquecido y contribuyen considerablemente a las finanzas del país, a pesar de lo cual se les niega el derecho al voto. No se podía esperar que hombres como Cecil

Rhodes y Jameson se hicieran a un lado y permitieran que este estado de cosas continuara indefinidamente.

—Y fue entonces cuando se produjo la incursión de Jameson —dijo Lilias.

—Eso contribuyó a retrasar las cosas durante algún tiempo, especialmente cuando el emperador alemán envió un telegrama felicitando a Kruger por su éxito en la confrontación. Por otro lado, no cabe la menor duda de que el Gobierno británico está más decidido que nunca a demostrar su fuerza.

—¿De modo que parece posible la existencia de un gran problema? —preguntó Lilias con ansiedad.

—Como ya le he dicho, el problema no es nuevo. Sin lugar a dudas será soslayado. Tengo entendido que se han iniciado negociaciones entre Joseph Chamberlain, el secretario de Estado para las Colonias, y Jan Smuts, el joven fiscal general del Estado de Kruger. Como hace algún tiempo que estoy fuera del país, sólo me he enterado de lo que está sucediendo a través de la prensa británica.

—Nosotras no nos enteramos de gran cosa al respecto —dijo Lilias—. Desde que decidimos venir a Sudáfrica tuvimos muchas cosas de que ocuparnos.

—Yo olvidaría el tema.

—Pero si se produce ese conflicto entre los afrikáners y los *uitlanders,* de quienes debemos considerarnos miembros, ¿no se mostrarán un poco hostiles hacia nosotras?

—Querida mía, nadie se mostrará hostil hacia ustedes, de eso estoy seguro. No, no. Estarán todos encantados de su llegada, y confiarán en sus habilidades para que sus hijos sean educados. Además, yo estaré cerca. Riebeeck House no está lejos de la escuela, de modo que estaré a mano por si me necesitan.

Tuve la sensación de que esperaba que le dijéramos que nos sentíamos muy reconfortadas, pero en honor a la verdad, fui incapaz de decirlo, y estoy segura de que Lilias pensó lo mismo. Empezábamos a preguntarnos con cierta agitación qué nos depararía el futuro.

Ciudad del Cabo es una ciudad maravillosa. Hubiera deseado poder quedarnos para explorarla un poco. El sol era acogedor. La gente parecía amable. A partir de lo que le había oído decir a Roger y al capitán, estaba preparada para una recepción hostil por parte de algunos miembros de la comunidad. Al fin y al cabo, éramos uitlanders, y entre ellos y los afrikáners había surgido una controversia. Pero no observé la menor señal de esto.

Me quedé maravillada ante la grandiosidad de Table Mountain y de Table Bay.

—¡Qué país tan hermoso! —exclamé, y Lilias estuvo de acuerdo.

Nos sonreímos la una a la otra. Ambas teníamos la impresión de que todo iba a salirnos bien.

El largo viaje en tren por el *veldt* fue de un interés absorbente para nosotras, aunque algo agotador. Había ochocientos sesenta y cinco kilómetros desde Ciudad del Cabo hasta Kimberley, y Roger nos había advertido que tardaríamos treinta horas en hacer el recorrido.

—Es afortunado que no tengan que hacer ese duro viaje en carreta —añadió.

Debíamos sentirnos agradecidas con él. Durante todo el viaje, su aire de autoridad le permitía obtener la mejor y más inmediata atención en los servicios; y nosotras lo compartíamos.

—Qué diferente habría sido todo si no hubiéramos contado con su ayuda —le dije a Lilias, que asintió.

Finalmente, llegamos a Kimberley.

Roger Lestrange insistió en llevarnos directamente

a la escuela antes de dirigirse a Riebeeck House en compañía de Myra. Mientras cruzamos la ciudad, Lilias y yo miramos curiosas por las ventanillas del carruaje.

—Es una ciudad bastante próspera —nos dijo Roger—. Está creciendo con mucha rapidez. Eso se debe al descubrimiento de los diamantes. Además, se encuentra en la ruta directa entre Ciudad del Cabo y el Transvaal.

Nos señaló con orgullo algunos de los mejores edificios, el ayuntamiento, el tribunal supremo y los jardines botánicos.

Lilias y yo intercambiamos miradas gratificadas. Después de haber oído hablar de los problemas por los que atravesaba el país, nos habíamos dicho que quizá hubiera sido mejor marcharnos a Australia o Nueva Zelanda. Pero lo que veíamos nos parecía muy agradable.

El carruaje se detuvo ante un pequeño edificio blanco algo apartado de la calle, levantado en una especie de patio.

—Esa es la escuela —anunció Roger.

La puerta se abrió casi al mismo tiempo que hablaba y un hombre apareció en ella. Supuse que debía de tener unos treinta años, era de rostro rubicundo y nos sonreía.

—El señor John Dale —nos presentó Roger—. Permíteme presentarte a las nuevas maestras de la escuela, John.

—¿Esta es la señorita Milne y esta la señorita Grey? —preguntó mirándonos primero a una y luego a la otra.

—Esta es la señorita Grey —dijo Lilias—, y yo soy la señorita Milne.

Estrechó su mano y luego la mía.

—Y esta es mi esposa —dijo entonces Roger Lestrange.

John Dale también le estrechó la mano a Myra.

—Bienvenida a Kimberley —dijo—. Espero que sea usted muy feliz aquí, señora Lestrange.

—Bueno —dijo Roger, que había permanecido de pie, sonriendo benévolamente—, hemos tenido un viaje bastante largo y mi esposa y yo nos marchamos. ¿Puedo dejar las damas a tu cuidado, John?

—Desde luego —asintió y se volvió hacia nosotras—. Entren, por favor. Permítanme hacerme cargo de su equipaje.

—Aún tiene que venir mucho más —dijo Lilias.

—Claro. Pero ahora, entremos.

—Bien —dijo Roger—, las dejamos. —Le expresamos nuestro más sincero agradecimiento por todo lo que había hecho—. Las veremos pronto. Querremos saber qué les ha parecido todo esto y cómo se instalan, ¿no te parece, Myra?

—Oh, sí... sí. Por favor, vengan a vernos pronto —dijo Myra.

—Pues claro que vendrán, querida —insistió Roger—. Estamos muy cerca. No las vas a perder. Bien, será mejor que continuemos. Están ustedes a salvo en manos de John. *Au revoir.*

Entramos en el vestíbulo de la escuela y John Dale nos trajo las maletas y las dejó en el suelo.

—Y ahora —nos dijo—, permítanme explicarles quién soy. Soy miembro del consejo que se ocupa de los asuntos de la ciudad. Hemos estado muy preocupados por la educación de nuestros jóvenes. Como verán, esto es una escuela pequeña. Nunca hemos tenido más de veinte alumnos. La dificultad ha consistido en conseguir maestras dispuestas a quedarse. Originalmente, tuvimos a la señorita Groot, que estuvo aquí durante veinte años. Pero luego se hizo demasiado vieja y tuvimos a una mujer joven que se quedó dos años, se casó y se marchó de la ciudad. Desde entonces nos ha sido difícil encontrar a alguien dispuesto a venir y a sentir un verdadero interés por la escuela. Cuando el señor Lestrange nos comunicó que ustedes estaban dispuestas, nos sentimos verdaderamente encantados. Espero que les guste esto.

—Y yo espero que nuestro trabajo les parezca satisfactorio —replicó Lilias.

—Bueno, el caso es que ustedes son dos... —dijo, vacilando.

—Sí —se apresuró a intervenir Lilias—, ya sabemos que sólo necesitan una maestra.

—Lo cierto es que nos gustaría que fueran dos, pero los fondos de que disponemos no nos llegan. Si tuviéramos más alumnos, necesitaremos más maestras. Pero los precios que cobramos no son altos y, en realidad, la escuela es mantenida por toda la ciudad, y a veces no todo el mundo parece dar a la educación el respeto que se merece.

—Lo comprendemos —asintió Lilias—. A nosotras nos parece satisfactorio. Queríamos estar juntas y estamos preparadas para instalarnos y trabajar aquí.

Él aún parecía algo preocupado. Tras un momento de silencio, añadió:

—Se me olvidaba. Deben de estar ustedes muy cansadas. He traído una botella de vino y algo de comida. ¿Quieren comer ahora o prefieren que les muestre el lugar?

—Veamos el lugar y quizá después podamos quitarnos un poco el polvo del viaje. Entonces podremos comer y hablar cómodamente, si eso le parece bien.

—Es una idea excelente. Hay una cocina de aceite en la que se puede calentar agua. Me encargaré de prepararla, y mientras se calienta les mostraré el resto de la escuela.

Nos sentimos encantadas con lo que vimos. Había una gran habitación, con una larga mesa y sillas, junto con un enorme armario. Lo abrimos y descubrimos en su interior libros y pizarras individuales.

—Esto debe de ser la clase —dijo Lilias con expresión aprobadora.

Además de esta sala había otras dos habitaciones más pequeñas en la planta baja, así como una cocina, con una puerta trasera que daba a un pequeño jardín. Los matorrales crecían profusamente por todas partes y Lilias lanzó una exclamación de sorpresa. John Dale estaba sonriendo, evidentemente encantado al darse cuenta de nuestro aprecio por lo que veíamos.

—No teníamos idea de lo que podíamos esperar —le explicó Lilias.

—¿Y se temían lo peor? —preguntó él.

—Bueno, no nos imaginamos que fuera tan bueno como lo que vemos, ¿verdad, Diana?

En el primer piso había cuatro habitaciones pequeñas, amuebladas de un modo sencillo pero cómodo.

—Son dormitorios, además de un despacho y aún sobra una habitación —dijo Lilias. Se dirigió a la ventana y miró hacia la calle. Luego se volvió a mí con los ojos relucientes—. Quiero convertir esto en una escuela floreciente —dijo.

—Lo hará —replicó John Dale—. Y ahora que el agua ya debe de estar caliente, se la subiré enseguida.

—Le ayudaremos —dijo Lilias.

Creo que nunca la había visto tan excitada. En una de las habitaciones de la planta baja, John Dale ya había preparado la comida. Había pollo frío, pan crujiente, una botella de vino y unas peras deliciosas.

—Esto es una bienvenida encantadora a nuestra nueva vida —dijo Lilias.

—Quiero que sepan lo satisfechos que estamos de que hayan venido —nos dijo John Dale—. Permítanme contarles algo sobre la ciudad y la gente.

—Estamos ansiosas por escucharlo.

—Creo que el clima les gustará, aunque quizá les parezca demasiado cálido en el verano.

—Ya estamos preparadas para eso —dije.

—Como probablemente saben, Kimberley debe su prosperidad a los diamantes. Antes del setenta y uno apenas si era un pequeño pueblo. Luego, en cuanto se hicieron los descubrimientos, todo cambió. Kimberley es diamantes. La mayoría de los que vivimos aquí estamos relacionados de una u otra forma con el negocio, si no dedicándonos a descubrirlos, preparándolos para el mercado e incluso vendiéndolos.

—¿Usted también? —preguntó Lilias.

—Sí, yo trabajo en las oficinas de una de las empresas más grandes.

—¿La compañía del señor Lestrange?

—Oh, no, no la nuestra. Hace algunos años, cuando él llegó a Kimberley, compró una participación en una de las otras compañías. Poco después se casó y compró Riebeeck House. Es una de las mejores residencias de toda la ciudad. Y ahora, díganme cuándo se proponen abrir la escuela.

—No hay razón alguna para retrasarlo —dijo Lilias—. Permítanos uno o dos días para instalarnos y enterarnos de quiénes van a ser nuestros alumnos y de qué materiales podemos disponer...

—Desde luego. ¿Qué le parece si empiezan el lunes que viene? Eso les permitirá disponer del resto de la semana y del fin de semana.

—¿Y los alumnos?

—Por el momento sólo hay unos diez. Pero habrá más.

—¿De qué edades?

—Son variadas —contestó, mirándola con cierta ansiedad—. ¿Dificultará eso las cosas?

—Se corresponde con lo que cabía esperar, y como quiera que somos dos, quizá podamos dividirlos en dos clases. Sin embargo, tendremos que verlo antes de decidir.

—Haré correr la noticia de que la escuela abrirá el lunes.

—Es usted muy amable.

—En absoluto. Estoy encantado de poner en marcha de nuevo esta escuela. La educación es algo muy necesario. Quisiera que todo el mundo estuviera de acuerdo conmigo aquí.

—Estas peras son deliciosas —dije.

—Aquí cultivamos la mejor fruta del mundo.

—¡Qué país tan maravilloso! —exclamó Lilias—. Para nosotras es como la Tierra Prometida.

Nos echamos a reír.

—Recordaré esas palabras. Voy a hacer un brindis: que la vida sea siempre así.

Una vez que se hubo marchado y nos encontramos a solas en nuestra escuela, Lilias y yo estuvimos de acuerdo en que había sido una bienvenida maravillosa.

2

«El tesoro de Kimberley»

La semana siguiente fue muy atareada al mismo tiempo que alegre. Nunca había visto a Lilias tan excitada.

—Si hubiera intentado imaginar algo que hubiese deseado hacer, habría sido exactamente esto —me dijo—. Es como empezar una nueva escuela... mi escuela.

Revisó los libros que había en el armario e hizo listas de todo lo que le gustaría tener. John Dale, que era un visitante frecuente, compartió su entusiasmo. Él se encargaría de ver al consejo y descubrir si podría conseguir lo que ella deseaba.

—Es un gran aliado —dijo Lilias—. ¡Qué suerte de tenerlo aquí!

El día señalado, los niños llegaron. Había catorce. No era un gran número, pero más de los que habíamos esperado. Sus edades oscilaban entre los cinco y los catorce años y Lilias decidió que yo me encargaría de los que tenían entre cinco y siete años, un total de seis, mientras que ella se haría cargo de los mayores. Yo, en compañía de mis alumnos, ocuparía un extremo de la gran habitación que servía de aula, y ella estaría en el otro.

Para mí fue una sensación extraña verme confrontada con niños pequeños. Me miraron con interés y tuve la sensación de que iba a ser una experiencia complicada, pero sólo me cabía esperar ser capaz de superarla de un modo satisfactorio. Me las arreglé para abrirme paso y empecé por enseñar el alfabeto y rimas de parvulario.

Cuando los niños se marchaban a casa, Lilias y yo nos preparábamos comidas sencillas en la pequeña cocina y hablábamos sobre lo sucedido durante la jornada. Lilias se encontraba en su elemento; yo, en cambio, me sentía menos segura de mí misma. Le recordé a Lilias que, después de todo, aquella era su vocación, pero que mis habilidades en el campo de la enseñanza aún tenían que ponerse a prueba.

—Lo conseguirás —me aseguró—. Recuerda que nunca debes perder la paciencia. No permitas nunca que te vean enojada de ningún modo. Si lo haces, habrás perdido la batalla, pues, en cierto modo, aquí se desarrolla una especie de batalla. Ellos te vigilarán tan de cerca como tú a ellos. Debes mostrar la dosis exacta de autoridad, ser amable y paciente, pero haciéndoles sentir en todo momento que estás a cargo de la situación.

—Intentaré recordarlo. Me atendré a las reglas… si puedo.

Durante la primera semana pensé en poca cosa, excepto hacer mi trabajo. Los días empezaron a transcurrir con rapidez. Se tenía que seguir la rutina rigurosamente. Lecciones durante toda la mañana. Los niños llegaban a las nueve y se marchaban a las doce. Luego, preparábamos una comida ligera y comíamos para estar preparadas cuando ellos regresaran, a las dos de la tarde, y continuábamos hasta las cuatro.

Empezamos a ser conocidas en la ciudad y los tenderos se mostraban muy amables con nosotras. Tuvimos la impresión de que a las gentes de la ciudad les agradaba que la escuela hubiera abierto de nuevo sus puertas.

De todos los niños de mi clase había una niña que me interesó particularmente. Me sentí impresionada por su pequeño rostro, de expresión triste. Se llamaba Anna Schreiner y tenía cinco años de edad. Su madre la traía cada mañana a la escuela y luego acudía a recogerla, como hacían la mayoría de padres de los niños más pequeños. Era una niña tranquila y si una se dirigía a ella, solía contestar con monosílabos; apenas sonreía. Su madre era joven y bonita, de pelo rubio, ojos azules y un tanto rolliza. Se me ocurrió pensar que Anna le estaba dando vueltas a algo que no podía apartar de su mente.

Un día, los niños estaban copiando las letras que yo escribía en la pizarra, tan concentrados en la tarea que apenas se escuchaba otra cosa que el rasgueo de las tizas sobre las pizarras individuales. Caminé entre ellos, mirando sus trabajos, haciendo algún que otro comentario.

—¿Es eso una O o una Q? ¿Una Q? En ese caso no tiene el pequeño rabito, ¿verdad? Esa P baja demasiado, ¿lo ves?

Entonces me acerqué a Anna. Trabajaba aplicadamente y todas las letras que había escrito parecían perfectas. Me senté a su lado.

—Eso está muy bien —le dije. Ella no me sonrió, sino que continuó escribiendo las letras—. ¿Está todo bien, Anna? —asintió con un gesto de la cabeza—. ¿Te gusta la escuela? —volvió a asentir con otro gesto—. ¿Eres feliz aquí?

Nuevamente el gesto de asentimiento. De ese modo no llegaría a ninguna parte. Aquella niña me preocupaba. Pensaba que no se comportaba de un modo natural, en comparación con los demás.

La observé cuando su madre acudió a llevársela. Su rostro no se iluminó al ver a su madre. Simplemente, echó a correr hacia ella y la tomó de la mano. Luego, ambas se marcharon. Más tarde, hablé con Lilias acerca de mi interés por la niña.

—Los niños cambian —me dijo—. Sólo es una niña un tanto solemne.

—Tiene una madre muy bonita. Me pregunto si será hija única.

—Probablemente eso lo sabrá John Dale. Pregúntale la próxima vez que lo veas.

Supuse que eso no tardaría en suceder, ya que él visitaba la escuela con frecuencia. A menudo nos traía comida y vino, tal y como había hecho el primer día, y los tres compartíamos lo que él denominaba un «pícnic». Cuando le pregunté por Anna Schreiner me contestó:

—Oh, sí. Pobre niña. Tengo entendido que vive en un continuo temor. Probablemente se imagina que las puertas del infierno están abiertas, preparadas para tragársela si llega cinco minutos tarde a la escuela.

—Su madre parece una persona muy alegre.

—¿Greta? Sí. Bueno, lo era... antes. No comprendo por qué se casó con el viejo Schreiner. Aunque hubo rumores...

—¿Rumores? —pregunté.

—Probablemente hay mucho de escándalo en lo que se dijo.

—Señor Dale —dijo Lilias—. Para enseñar a los niños nos ayudaría mucho saber algo sobre su situación familiar.

—Bueno, les contaré lo que sé. Piet Schreiner tiene una personalidad bastante peculiar. Es calvinista y puritano. En esta ciudad hay unos pocos como él, así como en el resto del país. Entre los bóers existe un fuerte sentimiento de puritanismo. Él es incluso más fanático que la mayoría de los de su clase. Se lo imagina uno como si hubiera participado en la gran emigración. Trabaja duro, es estrictamente honesto y muy piadoso. Parece triste que alguien con sus virtudes pueda interpretar su religión de tal manera como para hacerle la vida insufrible a quienes le rodean. Para él, todo el mundo parece tener sus raíces en el pecado. Supongo que él mismo siempre está vigilante contra el pecado.

—¿Y ese es el padre de la pequeña Anna? —pregunté.

—Bueno... superficialmente. Hay quienes dicen que no.

—¿Qué quiere usted decir? —preguntó Lilias.

—Schreiner tiene casi veinte años más que Greta, la madre de la niña. Una mujer bastante bonita que en otro tiempo solía ser muy ligera de cascos. Su familia fue muy estricta con ella, y supongo que eso debió de haberle añadido incentivo al extravío, o a hacer algo que impresiona. La cuestión es que su familia tenía relaciones muy amistosas con Schreiner. Él es un predicador laico en la iglesia a la que ellos asisten. No estoy seguro de si Greta se casó con él porque tuvo problemas o no, pero no imagino ninguna otra razón para que lo hiciera.

—De modo que Schreiner no es el padre de Anna...

—Se llama a sí mismo padre. Todo está en los registros. La niña ostenta correctamente el nombre de Anna Schreiner. Lo cierto es que el viejo se casó con Greta un poco deprisa. Nadie había imaginado que ese hombre pudiera casarse, y mucho menos con una muchacha joven como era ella. Se habló mucho del asunto. Sin embargo, así fueron las cosas. Se casaron, la joven frívola por un lado y el ardiente predicador mucho más viejo por el otro. Fue un verdadero milagro. Se habló mucho de ello cuando Ben Curry encontró el «Diamante Azul» y se convirtió en millonario de la noche a la mañana. Pero eso sucedió hace ahora más de cinco años. La gente olvida esas cosas. Sólo lo recuerdan de vez en cuando.

—Así que la pobre niña vive con su madre coqueta y con ese hombre fanáticamente religioso que puede o no ser su padre.

—Pobre niña. No creo que lo esté pasando muy bien.

—Debo intentar ayudarla de alguna forma —dije.

—Le aconsejo que no se vea involucrada en ningún conflicto con el viejo Schreiner —me advirtió John—. Los hombres santos pueden llegar a ser terribles enemigos cuando luchan contra los enemigos de lo que ellos consideran una actitud piadosa, lo que abarca prácticamente a todos los que no están de acuerdo con ellos.

—No es muy probable —dijo Lilias—. Pero sé que Diana será muy buena con esa pobre niña.

Después de aquello aumentó mi interés por Anna Schreiner, pero, por mucho que lo intentara, me era imposible hacerla hablar. Trabajaba con mayor diligencia que todos los demás, y luego se marchaba tranquilamente con su bonita madre.

Me preguntaba qué clase de vida llevarían las dos.

El segundo domingo de nuestra estancia en Kimberley, Lilias y yo fuimos invitadas a almorzar en Riebeeck House.

Myra nos había visitado el miércoles anterior, hacia las cuatro y media de la tarde, una vez cerrada la escuela.

—Supuse que interrumpiría el trabajo en la escuela si venía antes —dijo—. Díganme cómo les va todo.

—Muy bien —contestó Lilias con entusiasmo—. Nos hemos sentido agradablemente sorprendidas.

—Eso es maravilloso. He oído decir que la escuela es un gran éxito.

—Eso todavía es un poco prematuro —la previno

Lilias, aunque se sintió contenta de escuchar sus palabras—. ¿A quién lo ha oído decir?

—A la señora Prost, el ama de llaves. Es una de esas mujeres que siempre se entera de todo lo que pasa en cualquier parte.

—Resulta útil que haya personas así —comenté—. Y a usted, ¿cómo le va todo?

—Oh… —hubo un breve instante de vacilación—. Todo va bien.

—¿Le gusta la casa?

—Es… muy grande y una tiende a perderse en ella. Casi todos los sirvientes son africanos. Eso dificulta un tanto el hacerme… entender.

—Pero supongo que esa señora Prost se encargará de todo, ¿no?

—Oh, sí. He venido a invitarlas a almorzar el domingo. En su caso tiene que ser el domingo, ¿verdad?

—Sí —contestó Lilias—. Ese es el mejor día.

—Roger quiere saber cómo van las cosas en la escuela. Dice que a estas alturas ya se habrán ustedes instalado y se habrán formado una opinión.

—La gente se ha portado muy bien con nosotras —dijo Lilias—. Ha sido una verdadera suerte para nosotras que viniéramos en el mismo barco… y que desde que se corrigiera ese error con nuestro camarote pudiéramos estar en su compañía. Y ahora aquí estamos, bastante bien instaladas. Y el señor Dale ha sido muy valioso para nosotras, ¿verdad, Diana?

Asentí, puesto que desde el momento de nuestra llegada nos había cobijado bajo sus alas.

—Todos están muy contentos de que la escuela haya reabierto sus puertas —dijo Myra—. Vendrán ustedes, ¿verdad?

—Desde luego —dije—. Estaremos encantadas, ¿verdad, Lilias?

Y así lo acordamos. Una vez que se hubo marchado Myra, le dije a Lilias:

—No puedo evitar la sensación de que no todo funciona bien en ese matrimonio.

—¡Qué fantasías tienes! —exclamó Lilias echándose a reír—. Primero es la pequeña Anna Schreiner, y ahora son los Lestrange. El problema contigo es que tienes demasiada imaginación y te dejas llevar demasiado. Te gusta que suceda algo dramático, y cuando no ocurre así te dispones a crearlo tú misma.

—Quizá tengas razón —asentí—. Pero de todos modos...

La misma práctica Lilias de siempre. No pudo hacer otra cosa que sonreírme. Y como me gustaba verla feliz, le devolví la sonrisa.

Riebeeck House era una verdadera mansión. Aunque estaba situada en la misma ciudad, una vez que se cruzaban las puertas de la verja y entrabas en el terreno que rodeaba la casa, era como si estuvieras a muchos kilómetros de distancia de los demás edificios.

El camino de entrada tenía poco más de medio kilómetro, pero el espeso follaje era tan exuberante y abundante que una se sentía en pleno campo. Había macizos de flores de brillantes colores por todas partes. Los árboles de Pascua añadían una nota más de color. Nunca olvidaré la primera vez que vi el lugar, mientras avanzábamos por el camino, a través de aquella vegetación, en dirección a la casa blanca.

Era un lugar verdaderamente imponente, construido al estilo holandés. Había escalones que conducían a una terraza situada frente a la casa, y sobre ellos, a los lados, había urnas casi completamente ocultas por las plantas.

El edificio era muy grande y parecía tener muchas

ventanas. Era una de esas casas que parecen poseer una personalidad propia. Lilias se echó a reír cuando, más tarde, se lo comenté. La Lilias práctica de siempre lo veía todo con absoluta claridad, tal y como era.

Pero no tardé en percibir que en aquella casa también había algo repelente. Quizá fuera porque nunca me sentiría absolutamente cómoda en compañía de Roger Lestrange. También tuve la impresión de que Myra no era tan feliz como debería, y que compartía conmigo aquella vaga sensación de inquietud.

La señora Prost bajó la escalera para saludarnos.

—Ustedes deben de ser las señoritas Milne y Grey —dijo. Tenía unos pequeños ojos luminosos que parecían mirar a todas partes. Llevaba un ligero cabello moreno recogido sobre la cabeza. Tuve la impresión de que era una mujer a la que se le escapaban pocas cosas—. Entren, por favor —prosiguió—. Le diré a la señora Lestrange que han llegado ustedes.

—Nos alegramos mucho de conocerla, señora Prost —dijo Lilias.

—Bienvenidas a Kimberley. He oído decir que las cosas de la escuela van muy bien.

—Aún es pronto para saberlo —dijo Lilias con prudencia—. Pero todo está bien... por el momento.

—Me alegra mucho saberlo, como a todo el mundo.

En ese momento apareció Myra.

—Creí haber oído su llegada.

La señora Prost se quedó observándonos mientras Myra nos saludaba.

—El almuerzo se servirá a la una, señora Lestrange —dijo.

—Gracias, señora Prost. —Myra se volvió hacia nosotras—. Pasen, por favor. Roger está en el salón. Tiene tantas ganas de saber de ustedes.

Me tomó de la mano y yo se la sostuve por un momento.

—¿Está usted bien? —pregunté.

—Oh, sí... gracias. Me alegro tanto de que hayan venido. Quería haber pasado antes por la escuela, pero pensé que al principio estarían ustedes muy ocupadas.

—Enseñamos por las mañanas, y luego por la tarde de dos a cuatro —dijo Lilias—. A partir de esa hora nos encanta recibir visitas en cualquier momento.

—Roger dice que John Dale se ha ocupado muy bien de ustedes.

—En efecto —dijo Lilias cálidamente—. Nos sentimos muy agradecidas con él. Nos lo ha facilitado todo.

Atravesamos un gran vestíbulo, con paredes blancas y vívidas cortinas rojas. Subimos una escalera y nos dirigimos a una habitación del primer piso.

—Ya hemos llegado —dijo Myra abriendo con delicadeza una puerta.

Era un salón muy espacioso, con altos ventanales. Mi primera impresión fue la de una pintura de interior de uno de los maestros holandeses. El suelo estaba cubierto de baldosas delicadamente coloreadas, que producían una impresión de frescura. A continuación observé el pesado mobiliario, de estilo barroco, la mesa con las volutas y el ébano taraceado, el armario con estanterías, impresionantes columnas y bajorrelieves decorativos.

Pero no tuve demasiado tiempo para mirar a mi alrededor, porque Roger Lestrange se levantó y se acercó a nosotras, con las manos extendidas.

—Señorita Milne... señorita Grey... ¡qué placer! —Nos tomó a ambas de las manos y nos sonrió cálidamente—. Han sido muy amables al venir. Ya he oído hablar de su éxito. Resulta especialmente gratificante, pues recibiré el agradecimiento de las gentes de la ciudad por haberlas traído.

—Sólo llevamos muy poco tiempo aquí —empezó a decir Lilias.

—Y sólo tenemos catorce alumnos —añadí yo—, de modo que no se ha producido precisamente una estampida hacia la escuela.

—Nos sentimos realmente muy contentas —dijo Lilias, sonriéndome al escuchar mi comentario—. Fuimos advertidas de que sólo habría unos pocos alumnos, y el señor Dale no esperaba que ya hubiera tantos.

Roger miró a Myra, como a la expectativa, y ella se apresuró a decir:

—Vengan a sentarse. El almuerzo se servirá a la una.

—¿Qué les parece nuestra casa? —preguntó Roger.

—Estamos muy impresionadas por lo que hemos visto —contestó Lilias.

—Después del almuerzo la verán toda y entonces podrán emitir un juicio.

—Parecen estar aislados, aunque, desde luego, no es así en realidad —dije.

—Me alegro de que haya tenido usted esa impresión. Y tiene razón, claro. En una ciudad, nadie puede estar totalmente aislado. Pero es bueno estar aquí por razones de negocios y me gusta crear la impresión de separación, aunque no sea estrictamente cierto. Esa fue una de las razones por las que compré esta casa.

—¿De veras? Yo creí que se trataba de una casa que había pertenecido a su familia desde hacía años.

—Oh, no. La compré… con todo lo que contiene. Perteneció a una antigua familia holandesa que vivió aquí durante cien años. Decidieron que no les gustaba la forma en que estaban desarrollándose las cosas, así que la vendieron y regresaron a Holanda. Fue algo muy conveniente para mí. Nosotros… quiero decir, mi primera esposa y yo, queríamos un lugar y este parecía encajar en nuestra idea. Vinimos a verla y nos quedamos con todo lo que había aquí, los muebles, la señora Prost y, según creo, la mayoría de la servidumbre. La señora Prost sabrá cuántos eran.

—¿Y no le importó ocupar lo que había sido posesión de otras personas?

—No nos importó lo más mínimo. Nos pareció conveniente. Así era Margaret, mi primera esposa.

Miré a Myra y la vi algo encogida. Me pregunté qué significaría aquello. ¿O acaso no significaba nada? ¿Volvía a imaginar cosas?

Fuimos a almorzar, a un salón similar al anterior. Observé el suelo embaldosado, la pesada mesa y las sillas. Roger Lestrange se sentó en un extremo de la mesa, Myra en el otro, y Lilias y yo una frente a la otra.

—Hay algo que deseo preguntarles —dijo Roger una vez que empezamos a comer—. Es acerca de mi hijo, Paul. En estos momentos no tiene profesor. Me preguntaba si no sería conveniente enviarlo a Inglaterra para que vaya a una buena escuela. Es una gran aventura para él, y no estoy muy seguro de que se encuentre preparado. Pensé que... por un tiempo, si ustedes lo admitieran, podría enviarlo a su escuela.

—Pues nos encantaría —exclamó Lilias.

—Deben conocerlo antes de que se marchen.

Mientras los sirvientes africanos, de pasos silenciosos, servían la comida, Roger Lestrange hizo unos pocos comentarios sobre el tiempo, y me di cuenta de que Lilias se sentía impaciente por saber más cosas de Paul.

—¿No le parece demasiado joven para enviarlo a Inglaterra? —preguntó Lilias.

—Oh, no. Tiene nueve años de edad. ¿No es el momento en que los chicos empiezan a ir a la escuela? Imagino que, en Inglaterra, muchos chicos de su edad empezarán a ir a la escuela.

—Sí, pero en este caso se trata de enviarlo muy lejos... de su casa.

—No creo que eso le importe demasiado, ¿no te parece, querida? —Myra asintió, diciendo que no le importaría—. Es un muchacho un tanto extraño —prosiguió Roger—. Procura mantenerse fuera de nuestro camino desde que hemos venido. —Miro a su esposa, que pareció un tanto azorada, como si el hecho de que el muchacho se mantuviera apartado fuera culpa suya. Quizá al chico no le había gustado su madrastra, lo que era bastante probable. En cualquier caso, daba la impresión de que Myra aceptaba la culpabilidad—. Pero bueno, ya lo verán por ustedes mismas. —Enarcó las cejas y nos miró con cierta expresión de ansiedad—. ¿Saben?, estoy empezando a preguntarme seriamente si hicieron ustedes bien en venir aquí.

—¿Por qué? —me apresuré a preguntar, mientras Lilias le miraba interrogativamente.

—No me gusta cómo están desarrollándose las cosas. Ya hace algún tiempo que no me gustan, pero ahora que he vuelto, veo con mayor claridad lo que está sucediendo.

—¿Y qué está sucediendo?

—Kruger se está poniendo muy tozudo. Los problemas están a punto de estallar entre él y Chamberlain.

—¿Chamberlain?

—Joseph Chamberlain, el secretario de Estado para las Colonias. El problema se remonta a mucho tiempo atrás, casi se podría decir que a principios de siglo, desde que los británicos arrebataron El Cabo a los aliados holandeses de Napoleón. Creo haber mencionado ya el problema de los esclavos, cuando los británicos intentaron reformar las condiciones de los sirvientes khoi y promulgaron leyes destinadas a protegerlos contra la crueldad. Desde entonces siempre ha existido un cierto antagonismo entre los bóers y los ingleses.

—No parecen muy antagonistas respecto a nosotras, al menos individualmente.

—Oh, no. Son los líderes los que parecen dispuestos a saltar al cuello de los otros. No nos acusan a nosotros por lo que consideran la arrogancia de nuestros líderes.

—Ya nos hemos hecho bastante amigas de una serie de ellos —dije— Y todos han sido... bueno, especialmente amables con nosotras.

—Se trata más bien de una disputa entre estados. De todos modos, puede estallar. En esta ocasión no habrá ninguna otra gran emigración. Esta vez se mantendrán firmes y lucharán por su tierra.

—¿Cuál es esa gran emigración de la que habla? —preguntó Lilias.

—Es algo que sucedió hace unos cincuenta años, y que ellos denominan el Great Trek. Y lo recuerdan todavía. Las condiciones impuestas por los británicos les había privado de su mano de obra esclavizada, y fueron incapaces de arreglárselas en las zonas rurales, de modo que reunieron a sus familias y sus pertenencias y emprendieron una marcha en sus carretas tiradas por bueyes. La vida era difícil. Se trataba de gentes acostumbradas a trabajar duro, severamente religiosas y muy piadosas, como suele suceder, y creían firmemente que todo aquel que no pensaba como ellos se hallaba en la senda del infierno. Todo lo que deseaban era que se les dejara en paz con sus esclavos y su dogma, para trabajar y ganarse la vida. Así que, acosados por las tribus africanas, los zulúes, ndebeles y matabeles, a quienes también les resultaba difícil ganarse la vida debido a las leyes británicas contra la esclavitud, ¿qué podían hacer? Sólo escapar de sus gobernantes a otro país. Y así fue como surgió el Great Trek, o gran emigración, que atravesó todo el país. Llegaron hasta Natal y se instalaron en el Transvaal.

—Demostraron mucho valor —dijo Lilias.

—Nadie podrá acusarles nunca de que les falte valor. Luego, claro está, se descubrieron los diamantes, y el oro. Y eso ejerció un efecto muy notable sobre el país. La gente no dejaba de llegar y Rhodes y Jameson soñaron con la creación de un África británica. Lograron convencer a Lobengula, el rey de los matabeles, para que les hiciera concesiones mineras, y ya saben que esos territorios se han convertido actualmente en Rhodesia, una colonia británica. Pero el verdadero problema existe entre Kruger y Chamberlain.

—Eso significa que hay problemas entre los bóers y los británicos —dijo Lilias.

—Hubo un momento en que pareció probable que Alemania entrara en juego ayudando a los bóers, ya que no parecía que Gran Bretaña quisiera arriesgarse a entrar en una guerra con Alemania. Pero las cosas en Sudáfrica son muy distintas, y eso es precisamente lo que más teme la gente.

—¿No sería mucho mejor llegar a un compromiso? —preguntó Lilias.

—Los bóers no son gentes que acepten fácilmente ningún compromiso, a menos que se les imponga por la fuerza.

—¿Y no sería suficiente con que se les impusiera por la fuerza de Gran Bretaña? —pregunté.

—Es posible, pero creo que están preparados para poner a prueba esa fuerza. Ese es precisamente el punto clave de la cuestión: el derecho de voto que Kruger está imponiendo en el Transvaal. Los *uitlanders* superan en número a los bóers, de modo que Kruger no puede concederles el derecho de voto. Oh, querida, temo estar echando a perder el almuerzo, que deseaba fuera muy agradable. Nos sentimos muy felices de tenerlas aquí, ¿verdad, Myra?

—Sí, de veras —contestó ella fervientemente.

—Discúlpenme por haber sacado a relucir un tema al que quizá fuera mejor no prestar tanta atención.

—Si está sucediendo, creo que es mucho mejor saberlo —dijo Lilias.

—Bueno, no nos preocupemos por ello. Por el momento hay paz. Nadie quiere la guerra. Sería algo devastador para cualquier país y casi nadie se aprovecha de ello.

—A pesar de lo cual, siempre hay guerras —observó Lilias.

—Así es la naturaleza del hombre —dijo él con un suspiro—. Y ahora, deben ustedes conocer más este país. Les parecerá impresionante, hermoso y a menudo les inspirará un gran respeto.

Durante el curso de la conversación nos enteramos de que él sólo llevaba seis o siete años en Sudáfrica. La primera vez que le vi llegué a la conclusión de que no era de origen holandés, como solía suceder con la mayoría de las gentes procedentes de Sudáfrica; pero había leído en alguna parte que un cierto número de colonos franceses en África eran de origen hugonote, que habían abandonado su propio país para escapar de la persecución, y, a partir de su apellido, había supuesto que él podía ser uno de ellos. Al comentárselo, me dijo que, en efecto, era de origen francés, y que su familia se había instalado en Inglaterra en la época del edicto de Nantes. De modo que tuve razón al pensar que procedía de una familia hugonote. Sin embargo, él había pasado en Inglaterra la mayor parte de su vida.

—Sabe usted muchas cosas sobre su país de adopción —dije.

—Siempre creo en la conveniencia de saber todo lo que se pueda —dijo, mirándome fijamente—. Acerca de todo —añadió.

Me ruboricé y eso me molestó. ¿Es que siempre tengo que sospechar que alguien conoce mi secreto?, me pregunté.

Poco después de que termináramos de almorzar llego un mensajero a la casa preguntando por el señor

Lestrange, y diciendo que debía acudir sin dilación a encontrarse con un colega, pues había surgido algo importante que exigía su atención inmediata.

—Estoy desolado —dijo—. ¡En un momento como este! Es una pena que tenga que dejarlas.

—Quizá debiéramos marcharnos —dije.

—¡Oh, no! —exclamó Myra —. Tienen que conocer a Paul, y yo quisiera enseñarles la casa.

—Por favor, no se marchen sólo porque tenga que irme —dijo Roger —. Volveremos a vernos de nuevo, muy pronto. Debemos hacerlo, para compensar el que tenga que marcharme tan pronto. Así que... *au revoir.*

Me impactó el hecho de que Myra pareciera sentirse bastante aliviada una vez que él se marchó, y que incluso pareciera adquirir cierta dignidad en su ausencia. Ella le teme, pensé.

Sentía deseos de conocer a Paul Lestrange, y sabía que a Lilias le sucedía lo mismo. Lilias y yo éramos diferentes. Ella le valoraría como alumno, mientras que para mí era un personaje de lo que yo percibía como un drama misterioso. No podía desembarazarme de la idea de que existía algo extraño en aquella casa, y de que Myra era consciente de ello, siendo esa la razón por la que parecía sentirse tan nerviosa.

Paul era alto para un muchacho de su edad y no se parecía en nada a Roger. El cabello era muy rubio, los ojos de un color azul grisáceo, y su aspecto parecía receloso.

—Paul —dijo Myra—, estas son las dos damas que han abierto la escuela, las señoritas Milna y Grey.

El chico se adelantó con una actitud torpe y nos estrechó las manos a ambas.

—Acabamos de enterarnos de que es posible que te unas a nosotras —dijo Lilias.

—Me van a enviar fuera, para ir a la escuela —dijo muy convencido.

—Sí, también hemos oído eso. Pero todavía no es nada seguro, ¿verdad?

—Oh, no.

—¿Crees que te gustará venir a nuestra escuela mientras esperas a que se solucionen las cosas?

—Oh, sí, me gustará, gracias.

—Es una escuela algo pequeña —explicó Lilias—, y hay alumnos de todas las edades.

—Lo sé.

—Pero, desde luego, iremos aumentando poco a poco...

—¿Cuándo empezarás? —le pregunté.

—No lo sé.

—¿Por qué no empiezas mañana mismo? —preguntó Lilias—. Al principio de la semana.

—No me importa.

No parecía dispuesto a comprometerse y seguía mostrándose receloso. Pero, al menos, no parecimos caerle mal.

—Voy a enseñarles la casa a las señoritas Milne y Grey —dijo Myra—. Y luego les enseñaré el jardín. ¿Quieres acompañarnos?

Ante mi sorpresa, Paul dijo que sí.

Me pregunté si Lilias estaba pensando de él lo mismo que yo. Era un chico bastante encerrado en sí mismo. Pero resultaba difícil saberlo. Quizá se mostrara un poco receloso con nosotras, muchos niños son así al principio.

Empezamos la gira por la casa. Había varias habitaciones en el primer piso, todas ellas similares a las que ya habíamos visto. La escalera en espiral, bastante ornamentada, recorría la casa desde la planta baja hasta el piso superior. Había pesados muebles por todas partes y no pude evitar la sensación de que habían sido amorosamente adquiridos a lo largo de los años.

—No has vivido aquí toda tu vida, ¿verdad?

—Oh, no. Vinimos aquí... poco después de que ellos se casaran.

—¿Quiénes... se casaron? —pregunté extrañada.

—Mi madre... y él.

—Pero...

—¿Les gustan estas cortinas? —preguntó entonces Myra—. Fíjense en los bordados.

Lilias tomó el tejido entre las manos, pero yo me volví hacia Paul. El chico me miraba como si deseara hablar.

—Creyó usted que él era mi padre —dijo—. Pero no lo es. Deja que la gente lo piense así, pero no lo es. No lo es.

—Creo que procede de Amsterdam —prosiguió Myra—. Se puede adivinar por el estilo del bordado.

—¿Quieres decir que el señor Lestrange no es tu padre? —le pregunté a Paul.

—Mi padre murió —dijo el pequeño, moviendo la cabeza vigorosamente—. Murió en una mina de diamantes. Eso fue antes de que...

Me alejé un tanto de Myra y de Lilias, en compañía del chico.

—No lo sabía —le dije—. El señor Lestrange siempre habló de ti como si fuera tu padre.

—No, mi padre murió y luego mi madre se casó con él. Yo no soy su hijo. Tengo un padre real. Sólo que está muerto.

—Lo siento mucho.

El chico apretó los labios y mantuvo la cabeza alta. Yo pensé: Ya sabía yo que existían secretos en esta casa.

—Paul está muy interesado en la casa, ¿verdad, Paul? —preguntó Myra.

—Sí —contestó él—. Enseñémosles la escalera.

—Ya la veremos a su debido tiempo.

—¿Y la casa modelo?

333

—Desde luego.

—La escalera es muy exquisita —dije.

—Oh, no, no me refiero a esa —dijo Paul—, sino a la otra.

—Ah, ¿hay dos escaleras?

—Sí —contestó el chico, y observé que volvía a apretar los labios.

A su debido tiempo, llegamos a la escalera. Conducía desde el vestíbulo hasta el segundo piso. Evidentemente, se trataba de una escalera posterior, y supuse que sería utilizada por la servidumbre. Estaba cubierta por una alfombra verde, tensada por barras de bronce en cada escalón.

—Esta es —dijo Paul.

No pude ver nada de insólito en aquella escalera. Desde luego, no era comparable a la escalera en espiral por la que habíamos subido. Pensé que era bastante natural que una casa como aquella tuviera dos escaleras.

—Interesante —dije, de un modo bastante superficial.

Pero Paul la contemplaba con ojos encendidos, y Myra parecía sentirse decididamente incómoda. Tuve la extraña y desasosegante sensación de que ellos veían en aquella escalera algo que no era visible para Lilias ni para mí.

Poco tiempo después me encontré inspeccionando la casa modelo. Era algo extraordinario. Era una gran maqueta de la casa modelo que parecía de juguete, pero bastante grande. Se encontraba en una pequeña habitación, que ocupaba casi por completo y llegaba prácticamente desde el suelo hasta el techo.

De pronto, me di cuenta de que era una réplica exacta de la casa. Allí estaban todas las habitaciones, las dos escaleras, el pesado mobiliario, todo ello hecho en miniatura.

—Es como una enorme casa de muñecas —dije—. La más grande que he visto nunca.

—No es una casa de muñecas —dijo Paul—. Y no es para los niños.

—No —dijo Myra—. Roger me lo explicó. Se trata de una antigua costumbre. Empezó en Alemania y fue adoptada por los holandeses. Sus casas significan tanto para ellos, que incluso se hacen modelos de las mismas, réplicas exactas. Cuando se elimina algún mueble de la casa, también se retira de la casa modelo, y cuando se trae algo nuevo, se hace una copia exacta y se instala en el modelo.

—¡Qué idea tan extraordinaria! —exclamó Lilias—. Nunca había oído hablar de eso.

—Sí —dijo Myra—. Es una costumbre que ya no se sigue. Pero las personas que vivieron antes aquí lo hicieron. Probablemente, pensaron que abandonar la vieja costumbre les traería mala suerte. La gente hace a veces esas cosas, ¿verdad? Roger dice que es una excentricidad pero que divierte a la gente.

—La han visto con las puertas abiertas —dijo Paul, que parecía muy orgulloso de ella—. Es como quitar la parte frontal de una casa, y es la única manera de ver el interior, ¿verdad? En esta se puede ver todo. En las casas normales no se puede ver lo que hay dentro, pero esta no tiene puertas. Toda está abierta. Tampoco tiene la inscripción que se ve sobre la puerta de esta casa. No la vieron al llegar porque está cubierta de enredaderas. Creo que eso les gusta a algunas personas. Pero esa inscripción dice: «Los ojos de Dios lo ven todo.» Está escrito en holandés. La mayor parte de la gente de por aquí sabe lo que significa. Ahora está cubierto con enredaderas, pero eso no evitará que Dios lo vea todo, ¿verdad? —preguntó, dirigiéndome una extraña sonrisa.

—No, no lo impedirá —contesté.

—Le ha gustado, ¿verdad que sí? —preguntó—. Me refiero a la casa modelo.

—Creo que es fascinante. Nunca había visto una cosa igual.

Mi contestación pareció complacerle.

Después, salimos al jardín. Era muy amplio y aquella sección situada cerca de la casa estaba cubierta de prados, macizos de flores y pequeños caminos que la atravesaban; pero también había una zona bastante amplia en la que se había permitido el libre desarrollo de la naturaleza, y comprendí que eso sería lo que más podría atraer a un chico de la edad de Paul, quien, efectivamente, se sintió excitado al acercarnos.

—Creo que deberíamos regresar a la casa —dijo Myra—. Aquí podemos perdernos. Es como una selva.

—Vayamos sólo hasta la cascada —dijo Paul—. Yo no dejaré que se pierdan.

—¿La cascada? —repetí.

—Bueno —explicó Myra—, es una especie de cascada en miniatura. Hay una corriente de agua... aunque en realidad es poco más que un arroyuelo. Creo que se trata de un afluente de un río, en el que desemboca a varios kilómetros de distancia. Fluye desde terrenos más altos, y produce esta pequeña cascada. Es un lugar bastante atractivo.

Lo era, en efecto, aunque apenas era algo más que un arroyo. Debía de tener unos dos metros de anchura y sobre ella se había construido un desvencijado puente de madera. Pero era muy atractivo contemplar el agua descendiendo desde un nivel más alto, formando una pequeña cascada, como había dicho Myra. Paul se sintió encantado cuando la admiramos.

—Y ahora —dijo Myra—, tenemos que regresar a la casa.

—Oh, vayamos un poco más allá, hasta las cabañas —rogó Paul.

El chico parecía haberse pegado a mí.

—¿Qué son las cabañas? —pregunté.

—Es donde viven los sirvientes —me explicó.

—Una especie de cabañas de nativos —añadió Myra—. Son circulares y tienen techos de paja.

Habíamos llegado a un claro y las vi. Debía de haber por lo menos veinte. Era como un pequeño pueblo nativo. Había algunos niños pequeños jugando en la hierba, y a la puerta de una de ellas había sentada una anciana. Myra se detuvo, y todos nos detuvimos con ella.

—Es como una pequeña colonia —dijo Myra—. No podían vivir todos en la casa. Hay demasiados y a ellos no les gustaría. Les agrada su propio estilo de vida.

Un muchacho de la misma edad que Paul se acercó corriendo a nosotras. Se detuvo delante de Paul, sonriente. Paul le puso una mano sobre el hombro y le dio unas palmadas.

—Ese es Umgala, ¿verdad? —preguntó Myra.

—Sí —contestó Paul.

El chico puso una mano sobre la de Paul. Supuse que se trataba de una especie de saludo. Paul asintió ante el chico, y este le devolvió el gesto de asentimiento. Me di cuenta de que debía de ser una clase de ritual. Ninguno de los dos dijo nada.

—Vamos, Paul —dijo Myra, y luego volviéndose hacia nosotras, añadió—: Estoy segura de que no les gusta que seamos intrusos. —Obediente, Paul se volvió—. Pobre Umgala —dijo Myra—. Es sordomudo. Sus padres trabajan aquí.

Iniciamos el camino de regreso.

—¿Cómo puedes comunicarte con ese chico? —le pregunté a Paul.

—Así —contestó Paul moviendo las manos.

—Debe de ser difícil.

El chico asintió con un gesto.

—Sus padres son muy buenos trabajadores —dijo Myra—. Luban, su madre, trabaja en la casa, y Njuba, el padre, en el jardín. Es así, ¿verdad, Paul?

—Sí.

—Debe de ser terrible haber nacido así —dijo Lilias.

—Sí, pero el chico parece feliz. Se sintió contento de ver a Paul.

—Sí, Paul ha establecido una buena amistad con él, ¿no es así, Paul?

—Sí.

—Todo esto ha sido muy interesante —murmuró Lilias.

Regresamos lentamente hacia la casa y poco después nos despedimos.

Ya de regreso en la escuela, Lilias habló mucho sobre lo que había visto. Estaba encantada de tener a un nuevo alumno.

—No tenía la menor idea de que el señor Lestrange no fuera el verdadero padre del muchacho —dijo—. He oído lo que te dijo el chico.

—Siempre se ha referido a él como si fuera su hijo.

—Bueno, es el padrastro, claro.

—Pero dio la impresión de ser el verdadero padre del chico. No pudo haber estado casado durante mucho tiempo con su primera esposa. ¿No tuviste la sensación de que Myra parecía sentir miedo de algo?

—Bueno, Myra siempre ha tenido miedo hasta de su propia sombra.

—Sólo creí que estaba especialmente asustada.

—Parecía temerle al chico. Lo que sucede es que es una persona muy nerviosa.

—Me interesará conocer mejor a Paul.

—A mí también. Estoy segura de que será un alumno muy interesante.

—Creo que será difícil llegar a conocerlo bien. Parece tener alguna clase de obsesión mórbida.

—¿Acerca de qué?

—No estoy segura.

—Pues yo estoy segura de una cosa: tú harás todo lo posible por descubrirlo.

Aquella noche, escribí a Ninian Grainger. Le conté que Roger Lestrange nos había pagado un mejor camarote durante el viaje, y que yo lo había aceptado debido a que Lilias se sentía muy preocupada por su endeudamiento, que eso habría representado una gran tensión para ella, así que había pasado la cuestión por alto y lo había aceptado.

«Fue muy bondadoso por su parte —escribí—, y no me lo hizo saber hasta muy poco antes del final del viaje.»

También le escribí acerca de la escuela y de las grandes esperanzas que teníamos depositadas en ella. Nos gustaba Kimberley y empezábamos a llevarnos muy bien con los padres de nuestros alumnos; además, la amistad de los Lestrange nos permitía sentirnos no tan lejos de casa.

«Me sorprendió descubrir que Roger Lestrange no procede exactamente de este lugar. Al parecer, llegó aquí hace algunos años, procedente de Inglaterra. Se casó aquí y adquirió esta casa, bastante fascinante. Luego, su esposa murió. Ella tuvo que haber sido bastante joven. El hijo, que yo creía de él, es en realidad su hijastro. La madre del chico murió poco después del matrimonio.

»Lo cierto es que se han producido numerosas sorpresas, y tengo la impresión de que aún nos esperan más. El señor Lestrange, con quien almorzamos hoy mismo, nos dijo que existe un cierto malestar en el país, pero por aquí no se observa la menor señal de ello...»

¡Cuántas cosas le contaba! Pero le había prometido

que le comunicaría los detalles, y creo que la visita a Riebeeck House me había excitado.

Cerré la carta. La llevaría al correo al día siguiente.

Paul acudió a la escuela y Lilias se sintió muy contenta por ello. Como a todas las buenas maestras, le encantaba la perspectiva de un buen alumno.

—Desearía tener más alumnos como él —me dijo—. Me gustaría dedicarle mayor atención, pero, claro, tengo la impresión de que no tardará en marcharse a una escuela en Inglaterra.

Lilias era muy eficiente, y mi puesto era más o menos el de una sinecura, por lo que temía estar contribuyendo muy poco al desarrollo de la escuela.

En realidad, aquella escuela se parecía mucho a las de los pequeños pueblos de Inglaterra. En los pueblos pequeños donde había pocos alumnos para constituir una gran escuela, todos ellos eran dirigidos por una sola maestra. Todo dependía de ella. Si ella era buena, la escuela lo era también.

Lilias dijo que, en sus primeros tiempos, había asistido a una escuela de ese tipo, y descubrió que al empezar a asistir a otra más amplia estaba muy adelantada con respecto a las niñas de su edad educadas por institutrices.

—¡Cómo me gustaría disponer de una gran escuela, con varias maestras trabajando para mí y cien alumnos! Pero, por el momento, esto será suficiente.

Quiso compartir conmigo su salario, pero intenté convencerla de que eso era absurdo, puesto que ella trabajaba mucho más que yo. Estaba preparada para no cobrar nada en absoluto. Mis ingresos personales eran suficientes. Ella no quería saber nada al respecto, de modo que lo único que pude hacer fue convencerla para que aceptara la parte mayor del dinero. Lo cierto es que ella sola podría haber dirigido el lugar sin la menor dificultad.

Lilias se sentía feliz, y yo estaba encantada de que así fuera. Soñaba con agrandar la escuela. Pero, desde luego, eso era algo para el futuro. Me di cuenta, más que nunca, de que la enseñanza era su verdadera vocación, y de lo frustrada que debió de sentirse al verse confinada a realizar las tareas domésticas de la vicaría. John Dale compartía su interés por la escuela. Nos visitaba con frecuencia. Solía venir una vez terminadas las clases, y casi siempre traía consigo una botella de vino y algo de comida, y nos quedábamos hablando hasta bien entrada la tarde.

Una tarde en que Greta Schreiner trajo a Anna a la escuela, se quedó un rato con la intención de charlar un momento con una de nosotras. Hablé con ella, y me preguntó si no podría quedarme con Anna media hora extra, una vez terminadas las clases, porque ella tardaría en pasar a recogerla. Eso era algo que sucedía de vez en cuando con algunos niños, pues no queríamos que ninguno de los pequeños se marchara a menos que sus padres hubieran venido a buscarlos. Le dije a Greta que así lo haría.

Una vez terminadas las clases, Lilias salió para entrevistarse con los padres de un alumno, en la ciudad, que proyectaban enviar a sus dos hijos a la escuela, de modo que quedé a solas con Anna.

Nos sentamos ante la ventana, a la espera del regreso de Greta. Intenté interesar a la niña en algún juego, con objeto de que el tiempo transcurriera más agradablemente, pero obtuve una escasa respuesta, y me sentí bastante contenta cuando vi a Greta que se acercaba presurosa a la escuela.

Anna se acercó tranquilamente a su madre y yo también me acerqué a la puerta.

—Gracias, señorita Grey —dijo Greta—. Ha sido

usted muy amable. Espero que no haya sido mucho tiempo.

—Oh, no. En realidad, ha venido usted más pronto de lo que esperaba. Bien, adiós, Anna. Adiós, señora Schreiner.

Regresé al interior y, al hacerlo, escuché el sonido de los cascos de un caballo. Me asomé a la ventana. Roger Lestrange entraba en aquellos momentos en el patio. Detuvo su montura, saltó del caballo, y se aproximó a Greta Schreiner. Parecían conocerse bien, a juzgar por la manera en que él hablaba y reía y ella le respondía. Mis pensamientos retrocedieron a la casa de Edimburgo, y vi a Kitty riendo en la cocina con Hamish Vosper, y luego a la propia Kitty en los establos de Lakemere House, charlando con uno de los mozos. Algunas mujeres eran así. Parecían florecer en cuanto se hallaban en compañía masculina. Zillah era otra de ellas.

Les observé durante unos cinco minutos. Roger había vuelto su atención a Anna. De pronto, la tomó entre sus brazos y la sostuvo en el aire, por encima de su cabeza, al tiempo que se echaba a reír. Me pregunté qué pensaría la solemne Anna de este comportamiento tan familiar. No era la clase de tratamiento al que estaría acostumbrada con un padre tan puritano como el suyo.

Roger la dejó en el suelo. Se llevó la mano al bolsillo y extrajo lo que pareció una moneda, y la puso en la mano de la niña.

Y entonces sucedió algo extraño. Apareció Piet Schreiner, que cruzó el patio. Debía de haber estado oculto en alguna parte, observando, pues tomó la mano de Anna, le quitó la moneda y la arrojó al suelo, a los pies de Roger.

Por un momento, pareció como si Greta, Roger y la niña se hubieran quedado de piedra. Nadie dijo nada;

nadie se movió. Luego, Piet Schreiner tomó a Greta por el brazo y la arrastró, llevándosela de allí, con Anna tomada de la mano de su madre.

Roger miró la moneda en el suelo, se encogió de hombros y se volvió, dirigiéndose hacia la escuela, llevando su caballo por la brida, que ató en el poste que había a la entrada.

Había venido a vernos.

Cuando le abrí la puerta, me sonrió cortésmente y no mostró la menor señal de sentirse alterado por la pequeña escena en la que había tomado parte.

—Hola, ¿así que ha venido a vernos? —saludé.

—A verla a usted, señorita Grey.

—¿Está todo bien? Paul…

—Creo que Paul disfruta de su nueva escuela.

—No he podido evitar el observar lo que acaba de suceder.

—¡Oh, ese estúpido piadoso! Sólo fue porque le di dinero a la niña.

—Ha sido tan extraño.

—Supongo que él está un poco loco. Es un maníaco religioso. Cree que todo el mundo está destinado al fuego del infierno, excepto él mismo, claro.

Pareció tan extraño… cuando usted no había hecho más que mostrarse generoso con la niña.

Siento pena de su pobre esposa —dijo él, encogiéndose de hombros.

—Supongo que todo el mundo debe de sentir lástima de ella. Creo que le gustó mucho que se mostrara usted amable.

—Soy una persona amable. No puede imaginarse lo contento que me siento de ver cómo funcionan las cosas aquí. La señorita Milne ha salido, ¿verdad?

—¿Cómo lo sabe?

—¡Ja! Se lo diré. La señora Garton, a quien resulta que conozco, nos visitó ayer y habló de la posibilidad de enviar a sus hijas a estudiar a Inglaterra. Yo comenté entonces que eso era toda una aventura, sobre todo tal y como están las cosas ahora, y le dije que, mientras esperaba, podía enviar a sus hijas a esta escuela, que era realmente excelente desde que las dos nuevas maestras se habían hecho cargo de ella. Así se lo aseguré, puesto que yo mismo enviaba a Paul aquí. Le dije: «¿Por qué no consulta con la señorita Milne, que es la maestra encargada?» Y ella me contestó: «Lo haré mañana mismo.» Yo le dije: «Supongo que la señorita Milne acudirá a verla una vez hayan terminado las clases.» De modo que ya lo sabe usted, esa es la razón por la que sé que estaba usted sola.

Experimenté cierta inquietud. A pesar de su actitud amable y su evidente deseo de ayudar, tenía una vaga sospecha de cuáles podían ser sus verdaderos motivos.

—Supongo que se preguntará cómo le va a Paul con sus estudios —dije—. En opinión de la señorita Milne, es un chico muy inteligente. Y ella, claro está, sabe mucho sobre niños.

—Y usted también.

—Lo cierto es que, en realidad, no se me necesita aquí, donde sólo se requiere una maestra, por el momento.

—Y usted vino porque quería marcharse de Inglaterra.

—Me pareció una aventura excitante.

—¿Y la vida en Inglaterra no le parecía suficientemente excitante?

Me dirigió una mirada interrogativa. ¿Qué puede saber él?, me pregunté. No comprendía del todo la expresión de sus ojos. Imaginé que su mirada era un poco burlona. Pero no lograba comprender a aquel hombre. A pesar de todas sus palabras amables y de su actitud de galantería, tenía la sensación de que me estaba persiguiendo, y de que sabía que había tenido verdadera necesidad de marcharme de Inglaterra. Tuve que hacer un esfuerzo para alejar aquellos pensamientos.

—Me sorprendió saber que Paul no es su hijo.

—Oh… ¿no se había dado cuenta por sí misma?

—Creo… que usted dijo que era su hijo, o así fue al menos como lo entendí. Habló usted de él como si…

—Es mi hijastro, pero quería que me considerara como su padre. Al casarme con su madre creí que tenía una obligación que cumplir con él.

—Imagino que él recuerda demasiado bien a su padre como para aceptar a ningún otro. Ya sabe que los niños suelen ser fieles.

—Ahora sí que me doy cuenta —me sonrió con una expresión de desaprobación—. Pero, a pesar de todo, seguiré intentándolo.

—Si hubiera sido un poco más pequeño —dije—, habría resultado más fácil. Es posible que entonces hubiera olvidado a su padre y lo hubiera aceptado a usted.

—Lo sé.

—¿Qué edad tenía cuando murió su padre?

—Creo que cinco años.

—Ahora tiene nueve, ¿verdad? De eso sólo hace cuatro años.

—Sí, todo sucedió bastante rápidamente.

—Usted se casó con su madre poco después.

—Bueno, transcurrió más de un año… quizá unos dieciocho meses.

—Supongo que la rapidez con que ocurrió todo fue demasiado para él. A los siete años murió su madre, y a los nueve se encuentra con una madrastra y un padrastro. Oh, comprendo lo difícil que debe de resultarle adaptarse a tantos cambios.

—Yo no lo había pensado así. A mí me da la impresión de que Margarete murió hace mucho tiempo. Margarete…, ¡oh, era una mujer tan dulce y sencilla! Cuando murió su primer marido, no pudo enfrentarse a todo lo que había que hacer. La ayudé en sus asuntos. Ella estaba sola y yo me sentía preocupado. Finalmente, acordamos casarnos. Y luego ella... murió.

—¿Estuvo enferma?

—Al perder a su esposo estuvo una temporada bastante aturdida. Tenía la sensación de que era incapaz de afrontar la vida. Era la clase de mujer que necesita que alguien la cuide. Así lo hice yo, lo mejor que pude. Pero todo había sido una terrible conmoción para ella. Empezó a... por favor, no lo comente con nadie, pero el caso es que empezó a beber, al principio un poco. Creo que encontró cierto alivio en la bebida. Y yo no advertí que empezó a alcoholizarse. Lo hacía a escondidas, ¿comprende? Pero eso disminuyó su salud, y una mañana fue encontrada...

—¿Encontrada?

Él se volvió, como si quisiera ocultar sus emociones. Me tomó de la mano y me la apretó con fuerza. Luego dijo:

—Fue encontrada al pie de la escalera. —Supe inmediatamente de qué escalera se trataba, y también comprendí la obsesión de Paul por ella—. Se había caído —prosiguió él—. Fue un accidente. Me sentí muy aliviado cuando no surgió a la luz el hecho de que bebía a escondidas. Pensaron que había resbalado sobre la alfombra. Una de las barras que la sujetan estaba suelta. No obstante, ella cayó desde lo más alto, y se rompió el cuello.

—¡Qué terrible! Y usted llevaba tan poco tiempo casado con ella. ¡Pobre Paul!

—El chico se sintió muy alterado. A partir de entonces cambió y se volvió un chico triste. Echa mucho de menos a su madre.

—Lo comprendo. Y luego se casó usted con Myra... bastante pronto.

—Myra es una persona dulce y suave. Creo que me

recuerda algo a Margarete —permaneció en silencio por un momento y luego añadió—: Me siento bastante preocupado por Myra. Creo que puede experimentar un poco de nostalgia por su casa. ¿Cree usted que se siente feliz aquí? —Vacilé en contestar, y él agregó—: Dígame la verdad, por favor.

—Bueno... no, no creo que sea del todo feliz. Creo que tiene miedo de desilusionarle a usted.

—¡Desilusionarme! ¿Y por qué?

—Ella es una persona tranquila y un poco nerviosa, y usted...

—Soy precisamente lo opuesto.

—Así es, ¿no es cierto?

—Pensé que a ella le gustaría disfrutar de un poco de libertad. Su madre es un poco dominante, y en ese pueblo. El caso es que allí no se lleva una vida muy bulliciosamente alegre.

—Quizá ella no quiera llevar una vida bulliciosamente alegre.

—Pensé que podría apartarla de eso, hacerla feliz, Diana... ¿Me permites que te llame Diana? Lo de señorita Grey es tan formal, y ahora ya somos buenos amigos y aquí nos vamos a ver con frecuencia. Quería hablar contigo sobre ella. Quiero que la ayudes.

—¿En qué puedo ayudarla?

—Quiero que la veas más, que acudas a casa, que salgas con ella, de compras y para hacer todas las cosas que os gusta hacer a las mujeres. Me gustaría que fueras amiga de ella. Ven y quédate en casa. La señorita Milne es muy eficiente. Ella se las puede arreglar de vez en cuando sin tu ayuda. Me sentiría tan agradecido si pudieras... estar más cerca de Myra. Tú eres alguien de casa... y ya sois buenas amigas. Intenta descubrir qué podría hacerla feliz.

No podía comprenderle. Siempre me había dado la impresión que se creía capaz de afrontar cualquier situación. Sin embargo, allí estaba, pidiendo casi humildemente mi ayuda.

Me sentí intrigada. Siempre me habían interesado las personas y sus motivaciones, las razones por las que actuaban como lo hacían, la forma en que a menudo encubrían sus verdaderas intenciones mediante subterfugios. Lilias, en cambio, era tan diferente, tan realista y práctica. En el fondo, deseaba mucho saber lo que sucedía en aquella casa. Eso era algo que me fascinaba. Paul, la escalera, los apresurados matrimonios, la extraña muerte de Margarete. La vida en la escuela me parecía un tanto monótona y apagada. Lo que a Lilias le sentaba tan bien no era necesariamente lo más adecuado para mí, y yo no iba a dedicarme a la escuela tanto como ella.

—¿Quieres hacer esto por mí... por Myra? —me pidió.

—Me gustará ayudar en todo lo que pueda.

—Oh, puedes hacer mucho. Sé que puedes. Myra necesita una amiga. Te necesita a ti.

—Para entablar una amistad son necesarias dos personas —dije—. Es posible que Myra prefiera elegir por sí misma.

—Pero si ya es tu amiga. Se le ilumina el rostro sólo de pensar en tus visitas. Por favor, Diana, ven a vernos con más frecuencia.

—Desde luego, lo haré.

—Consigue que ella confíe en ti. Podrás ayudarla.

Fue en ese momento cuando regresó Lilias.

—¡Dos alumnos más! —exclamó y luego, al darse cuenta de que estaba acompañada—: ¡Oh... señor Lestrange!

—Y yo sé quiénes son —dijo él, levantándose y estrechándole la mano—. Fui yo quien sugirió a la señora Garton que le enviara a sus dos hijas.

—Gracias. Muy amable.

—Me alegro mucho de que todo haya salido a su entera satisfacción —dijo—. Y ahora, estaba a punto de marcharme. Espero que ambas vengan a vernos muy pronto. ¿Qué les parece almorzar con nosotros el próximo domingo? Tiene que ser un domingo, ¿verdad?

—Oh, sí, ese es el mejor día, debido a la escuela —dijo Lilias—. Me encantará ir... ¿y a ti, Diana?

—Sí, muchas gracias. Será un gran placer.

Una vez que se hubo marchado, Lilias me preguntó:

—¿A qué ha venido? Seguro que no ha sido sólo para invitarnos a almorzar.

—Está preocupado por su esposa.

—¿De veras?

—Cree que está muy sola, que siente nostalgia. Quiere que nos hagamos amigas. Realmente, parece preocupado por ella.

—Bueno, después de todo se ha casado con ella, ¿no?

—Le he prometido que iré a verla más a menudo.

Lilias asintió con un gesto y no tardamos en dedicarnos a preparar la cena.

Habían terminado las clases. Lilias estaba corrigiendo unas redacciones que había pedido a sus alumnos.

—Mira esto —me dijo—. Puse como tema «Lo más importante que me ha ocurrido.» Pensé que eso estimularía un poco la imaginación de los niños. Esperaba respuestas del estilo de «El día en que mi madre me regaló a *Thomas*, mi perro terrier», o «Un pícnic en las carretas.» Pero aquí hay una respuesta diferente. Es la de Paul. Ese chico tiene un verdadero sentido para lo dramático. Es interesante. Mira, léelo.

Tomé el ejercicio de redacción y observé la letra clara y redonda de Paul. Leí:

El «Tesoro de Kimberley.»

Lo más importante que me ha ocurrido fue cuando mi padre encontró el «Tesoro de Kimberley», que es un diamante. Pesa ochocientos cincuenta quilates, y eso es mucho, casi más que cualquier otro diamante que se haya pesado antes. Estábamos muy excitados cuando lo encontró, porque seríamos ricos cuando lo vendiera.

Yo lo vi. Parecía un trozo de piedra, pero mi padre me dijo que era un diamante. Yo vi cómo lo tallaron y trabajaron con él. Mi madre me dijo: «Ahora estaremos bien.»

Los demás estaban celosos de nosotros porque todos querían encontrar un diamante tan grande que los hiciera ricos para el resto de sus vidas. Entonces, alguien dijo que ese diamante traería desgracias. Los diamantes grandes pueden traer mala suerte, decían. Pero no les creímos. Pensamos simplemente que se sentían celosos porque ellos no habían descubierto el «Tesoro de Kimberley.»

Mi madre dijo que debíamos venderlo y abandonar el trabajo en la minería. Pero mi padre dijo que debía de haber más allí donde lo había encontrado. Quería ser no sólo rico, sino muy rico. Estaba seguro de saber dónde encontrar más diamantes como el «Tesoro de Kimberley.» Empezó a buscarlos, pero fue asesinado en la mina. Así que tenían razón los que decían que el «Tesoro de Kimberley» traía mala suerte.

Mi madre lloró mucho. A ella no le importaba el viejo diamante. ¿De qué servía si él había muerto? Pero no quiso venderlo. Dijo que él había querido conservarlo, así que ella haría lo mismo.

Luego se casó con mi padrastro, y él dijo que no valía la pena conservar un diamante como aquél sólo para mirarlo. Los diamantes significaban comodidad y riquezas. Así que vendió el diamante y nos fuimos a vivir a Riebeeck House. A él no le afectó la mala suerte porque, en realidad, el diamante nunca había sido suyo. Pero mi madre había sido la propietaria, así que ella sí tuvo mala suerte. Mi padrastro convirtió el diamante en la Riebeeck House, pero mi madre tuvo la mala suerte, y se cayó por la escalera y se mató.

Por eso el día más importante de mi vida fue cuando mi padre encontró el «Tesoro de Kimberley.»

Dejé el ejercicio y me quedé mirando a Lilias.

—¡Qué redacción más extraordinaria! —exclamé.

—A mí también me ha parecido así. Ese chico tiene mucha imaginación y una forma muy poderosa de expresarla.

—No creo que haya imaginado esta historia. Creo que fue así como sucedió.

—¿Crees que eso es cierto?

—Sé que su madre se casó con Roger Lestrange poco después de la muerte de su esposo, y que ella murió al caerse por la escalera.

—¿Y poco después él se casó con Myra?

—Sí. ¿Qué te parece todo esto?

—Que ese chico tiene un gran talento para expresarse por escrito.

—Has escrito una redacción muy interesante, Paul —le dije cuando lo vi.

—¿Le ha gustado? —preguntó él, iluminándosele los ojos.

—Mucho. Ese diamante... tuvo que haber sido muy excitante cuando tu padre lo encontró. Tú eras muy pequeño en aquel entonces. ¿Recuerdas algo de esa época?

—Oh, sí. Cuando ocurren cosas así, son muy importantes. Todo el mundo... hasta los pequeños, se entera de lo que ha pasado. A partir de entonces, todo fue diferente.

—¿Diferente con respecto a qué?

—A lo que había sido antes.

—¿Cómo había sido antes?

—En realidad, había sido más bonito. Estábamos juntos, mi papá, mi mamá y yo. Estábamos allí, los tres, y ahora ya no está ninguno de ellos.

—A veces, las cosas suceden así, Paul.

—¿Tuvo usted una madre?

—Sí, y ella murió.

—¿Cómo murió?

—Estuvo enferma durante mucho tiempo, y luego murió, tal y como sabíamos que sucedería.

—¿Y su padre?

—Él... también murió —contesté vacilante.

Paul no dijo nada durante un rato. Tampoco yo hablé. En mi mente se agolpaban recuerdos demasiado desagradables.

—Dijeron que traía mala suerte —dijo él al cabo de un rato.

—¿Qué?

—El diamante. Los diamantes pueden traer mala suerte si son muy grandes. Supongo que porque todo el mundo quiere tenerlos. Mis padres estaban muy bien antes de que lo encontraran. Mi padre tendría que haberlo vendido, y nosotros tendríamos que habernos marchado de aquí. Pero él quería seguir buscando más porque ya había encontrado ese. No habría muerto si no hubiera seguido buscando más. Se lo dejó a mi madre. Así que estaba allí y ella, al recibirlo, también recibió la mala suerte.

—Eso es pura fantasía, Paul, y tú lo sabes. Los diamantes no traen mala suerte en sí mismos.

—Ella lo tenía —insistió el chico con expresión de tozudez—, y se lo guardó y había mucha gente que lo quería. Había otro hombre que quería casarse con ella. Y todo fue debido al diamante.

—¿Cómo puedes estar seguro de ello?

—Porque lo sé. Y luego ella se casó con él, y entonces él tuvo el diamante. Pero lo vendió. Y compró Riebeeck House. Pero el diamante había sido de ella, así que ella murió.

—Quizá no estaba bien antes de que muriera.

—Estaba muy bien.

—Vamos a ver, Paul, ¿en qué estás pensando?

—Ella murió porque se cayó por la escalera. Estaba muy bien. ¿Por qué piensa usted que no lo estaba?

—No podía decirle que su madre se había dedicado a la bebida—. Si no hubiera tenido ese diamante, él no se habría casado con ella. Y no habríamos tenido esa casa tan grande, y entonces no se habría caído por la escalera. Todo fue por culpa del diamante. —Por un momento, pensé que estaba a punto de echarse a llorar—. Por todo eso, lo más importante en mi vida ha sido el «Tesoro de Kimberley.»

—Oh, Paul, no debes pensar así. Los diamantes no pueden hacerle daño a nadie.

—No por sí mismos... sino por lo que significan.

—¿Cómo podría un diamante hacer que tu madre se cayera por la escalera?

—No quiero decir que eso lo hizo el diamante. Pero como ella lo tenía, alguien pudo...

—¿Qué?

—No lo sé. Sólo desearía que mi padre no lo hubiera encontrado nunca. Desearía que hubiéramos podido seguir encontrando pequeños diamantes... lo bastante pequeños como para que no nos trajeran mala suerte.

—Paul —le dije con firmeza—, debes dejar de pensar de ese modo. Ya todo ha pasado. No te servirá de nada seguir pensando así, imaginando lo que habría podido ser. Intenta alejarte del pasado. Te esperan muchas cosas buenas. La señorita Milne cree que estás progresando mucho en la escuela.

Me miró con expresión de tristeza, con la frustración reflejada en sus ojos. Y yo sabía qué significaba aquella mirada: «Nadie me comprende.»

Tuve la sensación de haberle fallado. Era una actitud cobarde por mi parte, pero ¿había sentido miedo de que él pudiera decir demasiado de lo que sabía?

3

Figuras en una escalera

Fui a ver a Myra, tal y como me había pedido Roger.

—Ve por la tarde —me sugirió Lilias—. Me las podré arreglar sola durante dos horas. Pondré a los mayores ejercicios de aritmética, lo que los mantendrá ocupados, y de ese modo podré cuidar mejor a los demás. Disfrutaré haciéndolo. Para mí será un cambio.

Myra estuvo encantada de verme y pasé una tarde muy agradable con ella. Se mostró un poco reticente y yo no la sondeé; hablamos de temas intrascendentes, y mencionamos Lakemere y los asuntos del pueblo. Recordé algunos incidentes divertidos y logré hacerla reír. Cuando me disponía a marchar, me rogó que volviera otra vez a verla.

Al regresar a la escuela, Lilias me dijo:

—No veo por qué no puedes ir a verla de vez en cuando. Yo me las he arreglado muy bien. En realidad, no es difícil.

—Lo cierto es que te las podrías arreglar muy bien sin mí.

—Oh, no. Me sentiría desesperadamente sola. Es maravilloso poder hablar de las cosas contigo. En cualquier caso, yo no habría venido de no haber sido en tu compañía, y creo que esa ha sido una de las mejores decisiones que he tomado. John es tan buen amigo y se muestra tan interesado por los asuntos de la escuela... Me siento mucho más feliz de lo que había sido desde hace mucho tiempo. En casa me sentía tan frustrada, después de aquel desgraciado asunto del collar. Pero ahora creo que lo he superado. ¿Cómo te sientes tú?

—Oh, no creo que pueda olvidarlo nunca.

—La tuya fue una situación tan terrible, pero también la superarás... con el tiempo. Es agradable que conozcas a gente. Qué suerte tenemos de que John esté aquí para ayudarnos.

—Sí, la tenemos.

—Y el hecho de que vayas a ver a Myra os sentará bien tanto a ti como a ella. Debes volver a verla pronto.

Así lo hice, y fue durante mi tercera visita cuando Myra empezó a hablar conmigo de una forma más libre, y tuve la sensación de que podía preguntarle si se sentía preocupada por algo.

Ella vaciló por un momento, y finalmente contestó:

—Es esta casa. Hay en ella algo. ¿No lo nota?

—¿Qué quiere decir?

—Es como si tuviera dos partes. Una totalmente ordinaria, como una casa normal, mientras que la otra parece... llena de fantasmas. A veces, Diana, tengo la sensación de que ella continúa aquí.

—¿Quién?

—Margarete... la primera esposa de Roger.

—Ha muerto, Myra.

—Pero algunas personas creen que los muertos pueden regresar. A veces tengo la impresión... de que ella no puede descansar en paz. Fue su esposa, del mismo modo que yo lo soy ahora. Creo que debió de parecerse bastante a mí, que no era... muy atractiva.

—Eso es una tontería. Roger ha debido encontrarla atractiva, ya que se casó con usted.

—Creo que ella y yo somos como una misma persona.

—Realmente, Myra, está usted teniendo fantasías. Roger se casó con ella y la pobre murió poco después. Fue un trágico accidente. Esas cosas suceden.

—Lo sé. Eso es lo que me digo continuamente. Pero empiezo a pensar que ella no puede descansar en paz. Cuando la gente sufre una muerte violenta, se dice que a veces no pueden descansar, y que en ocasiones regresan. ¡Imagíneselo! Se está viva en un momento y al siguiente, sin la menor advertencia, se está muerta. De ese modo, una lo ha dejado todo sin acabar —me miró con expresión temerosa—. No me gustaría nada marcharme así de este mundo.

—¿Por qué piensa en esas cosas? Está usted aquí, goza de buena salud y en modo alguno es vieja. Tiene toda una vida por delante.

—A veces me pregunto si será cierto.

—¿Qué quiere decir? —pregunté mirándola intensamente.

—Oh… nada. Supongo que sólo estoy un poco nerviosa. Mi madre no dejaba de decirme que debía controlarme —se echó a reír—. Es usted una persona razonable, Diana.

—¿Lo soy? Lilias cree que no soy nada práctica. Asegura que poseo una imaginación muy viva. No sé qué pensaría ella de usted y de sus fantasías.

—Hasta mi madre admiraba a Lilias. No se puede imaginar lo mejor que me siento ahora que usted está aquí. Y es maravilloso poder disfrutar juntas de estas tardes tan agradables, que espero con anhelo. Supongo que estoy así porque últimamente no me siento muy bien. Roger me administra un tónico que me ha dado el médico.

—¿Así que el médico ha venido a verla?

—Vino a cenar, él y su esposa. Roger le dijo que no me sentía tan bien como a él le gustaría verme. Dijo que estaba distraída y que tenía nostalgia. Todo era muy natural, claro, pero se preguntaba si el médico no me podría dar algo para animarme. Bueno, el resultado fue que me envió algo mezclado con vino, y supongo que alguna otra cosa. No es muy agradable de tomar.

—¿Y le está sentando bien?

—No me he sentido muy diferente. Creo que sus visitas me sientan mucho mejor que el tónico del médico.

—En tal caso debemos continuar con esta medicina.

—Me alegro tanto de que Roger le haya pedido que venga.

—Sí, él estaba realmente preocupado por usted.

—Siempre se ha portado muy bien conmigo —vaciló y esperé a que continuara. Se mordió ligeramente el labio y dijo—: Quiere que me adapte, y es lo que intento hacer. A usted le gusta estar aquí, ¿verdad?

—Sí. Lilias está encantada. Representa un cambio tan grande con respecto al pueblo. Ella siempre quiso dedicarse a la enseñanza.

—Nos preguntamos por qué razón la había abandonado. —Pensé entonces en lo difícil que era abandonar una parte de la vida que se deseaba olvidar. Esa parte continuaba haciéndole daño a una, hiciera lo que hiciese—. Quizá necesitaba una temporada de descanso —prosiguió—. Acababa de terminar un trabajo y quizá no le gustaba la perspectiva de afrontar otro, aunque yo habría dicho que Lilias siempre estaría dispuesta a afrontar todo aquello que tuviera que hacer. Oh, bueno, me alegro de que todo le saliera bien —hizo una pausa y al cabo de un momento continuó—: ¿Qué estábamos diciendo sobre la casa? ¿Sabe usted que evito pasar por la parte donde ocurrió?

—¿Se refiere...?

—A la escalera. Siempre tengo la sensación de que hay algo... fantasmagórico en esa parte.

—Eso no es más que producto de su imaginación.

—Quizá, pero quiero que venga usted allí conmigo. Quiero hacerle comprender lo que siento.

—¿Quiere decir, ahora?

—¿Por qué no?

Se levantó y abrió el paso, mirando por encima del hombro, como para asegurarse de que yo la seguía.

Llegamos a aquella parte de la casa y nos quedamos de pie en la parte alta de la escalera. Comprendí a qué se había referido. En primer lugar, era un sitio oscuro y sombrío. Sólo había una pequeña ventana que proporcionaba un poco de luz, incluso en el atardecer. Podía haberse debido a eso, pero lo cierto es que todo parecía sombrío, incluso lúgubre, una sensación aumentada por el hecho de saber que, desde allí mismo, alguien había caído por aquella escalera, produciéndose la muerte.

—¿Lo ve? —dijo Myra—. Me doy cuenta de que usted también lo percibe.

—Sólo pensaba en la poca luz que hay en esta zona.

—Es algo más que eso.

—Ello se debe a que piensa en lo que sucedió aquí.

—Venga a echar un vistazo a la casa modelo —dijo ella, apartándose de allí—. Siempre lo hago cuando me encuentro en esta parte de la casa. Me parece fascinante contemplar la casa, tal y como es, pero a pequeña escala.

Al entrar en la habitación donde estaba la casa modelo, se detuvo, abrió la boca y lanzó una exclamación de sorpresa.

—¡Oh… mire!

Miré. Una pequeña figura tallada yacía al pie de la escalera. Por un momento, pensé que Myra iba a desmayarse, y la sujeté.

—Sólo es un trozo de madera —le dije.

—¿Quién lo ha puesto ahí?

—¿Quiere usted que vayamos a su habitación? —pregunté—. Parece realmente sobresaltada.

Me permitió que la llevara allí. Temblaba visiblemente. Le sugerí que se tumbara en la cama y, después de haberlo hecho así, me senté a su lado. Ella me sostuvo la mano y estuve segura de que deseaba decirme algo, pero no lograba reunir las fuerzas necesarias para ello.

—Quédese conmigo —me pidió—. No regrese esta noche a la escuela. Aquí hay muchas habitaciones. Quédese.

—Pero... —empecé a decir, asombrada.

—Por favor... se lo ruego. Deseo que se quede. Es importante para mí.

—Myra... ¿por qué?

—Sólo siento que...

Su expresión era muy grave y sus ojos me suplicaban más que sus palabras. Pensé: Tiene miedo de algo. Tengo que ayudarla. Si no lo hiciera y sucediese algo...

Volvía a dejar volar mi imaginación. ¿Qué estaba sucediendo en esta casa, en la escalera, en la casa modelo? Ella me estaba haciendo sentir que allí actuaban fuerzas malignas, tal y como probablemente las percibía. No podía dejarla.

—Le enviaré una nota a Lilias —dije—. Le diré que me quedo aquí esta noche.

—Oh, gracias. ¿De veras lo hará? Haga sonar la campana, por favor. —Así lo hice y no tardó en acudir una sirvienta—. Luban —dijo Myra—, ¿quieres preparar una habitación? En este mismo piso, por favor. La señorita Grey se quedará aquí esta noche.

Luban era una mujer joven y ágil. Su piel era tan negra como el ébano y sus grandes ojos negros parecían contener una sensación de tragedia. Recordé que era la madre del niño sordomudo que había visto en mi primera visita, y supuse que su aire de tristeza podría tener algo que ver con aquel pobre muchacho.

—Debo enviarle una nota a Lilias, inmediatamente —dije.

Myra me proporcionó pluma y papel y yo escribí una nota.

> Querida Lilias:
> Myra desea que me quede aquí esta noche. No se encuentra muy bien y creo que es importante para ella que me quede. Espero que te parezca bien.
>
> DIANA

Luban se hizo cargo de la nota y dijo que la enviaría enseguida.

Yo aún me encontraba en un estado de extrañeza tras haberme visto involucrada en aquella situación. Fue sólo después de recibir la nota de Lilias cuando me di cuenta de que, después de todo, no era nada tan extraordinario. «Pues claro que me parece bien —me escribió—. Siento que Myra no se encuentre bien. Transmítele mis mejores deseos.»

Ella aportaba un sereno sentido común a la situación, como siempre hacía.

A pesar de todo, la noche que pasé en Riebeeck House fue muy intranquila para mí. Cené con Myra en su habitación, pues ella dijo no sentirse muy bien para abandonarla. Roger se nos unió. Pareció muy contento de verme allí.

—Esto es algo encantador —dijo—. Ha sido tan amable por tu parte quedarte con Myra. Estoy seguro de que tú también estás muy agradecida con... Diana.

¿Por qué había hecho aquella pequeña pausa antes de pronunciar mi nombre?, me pregunté. Era casi como si supiera que no era ese mi verdadero nombre. Myra dijo que se sentía agradecida y que era una delicia tenerme allí, con ella.

—¿Y esa debilidad? —siguió preguntando él, con expresión de profunda preocupación.

—No ha sido nada. Supongo que sólo es por el calor. Aún no estoy acostumbrada.

—¿Crees que deberíamos consultar con el médico?

—Oh, no... no.

—¿Has tomado el tónico?

—Sí.

—Bien, ya veremos. Si continúas con estos ataques de debilidad, voy a insistir en que veas al médico. —Se volvió hacia mí y sonrió—. Tú y yo nos ocuparemos de cuidarla, ¿verdad, Diana?

—Estoy segura de que no tardará en ponerse bien.

Aquella noche, al encontrarme a solas en mi habitación, reflexioné sobre todo lo que se había dicho durante la tarde. Roger Lestrange parecía un esposo realmente preocupado por su mujer, pero, como siempre, yo no podía evitar el sentir un cierto recelo de él. Me pregunté una vez más por qué había vacilado al pronunciar mi nombre. Realmente, parecía como si él supiera que no era mi verdadero nombre.

Tenía que hablar con Lilias. Sin duda alguna, ella tranquilizaría mis temores. Pero Lilias no estaba allí, y yo me encontraba en una cama extraña, y en una casa en la que Myra creía que había fantasmas.

Durante aquella noche inquieta, hubo momentos en que tuve la impresión de empezar a quedar atrapada en algo misterioso, quizá siniestro, que era incapaz de comprender.

Al despertar a la mañana siguiente no pude recordar, por un momento, dónde me encontraba. Me senté en la cama, asombrada. Entonces, al contemplar los muebles de estilo holandés que me resultaban tan poco familiares, me di cuenta de que estaba en la Riebeeck

House, y recordé los acontecimientos de la noche anterior.

Al cabo de un rato entró Luban en mi habitación, trayéndome agua caliente.

—La señora Lestrange se sintió enferma durante la noche —me dijo con su tono de voz melancólico—. Está muy enferma, y el señor Lestrange... muy preocupado.

—¡Oh, querida! ¿Y está mejor ahora?

—Sí, sí... ahora está mejor.

En cuanto se marchó me lavé y me vestí. ¡Pobre Myra! Supuse que era una mujer bastante delicada. No resultaba fácil desarraigarse y vivir en otro país, y ella se había sentido terriblemente alterada por la pequeña figura de madera vista en la casa modelo. Me pregunté quién la habría puesto allí y por qué. ¿Se tenía la intención de que representara el cuerpo de Margarete? Así lo supuse, ya que estaba colocada al pie de la escalera. Aquello era algo que parecía lleno de malicia, y me pregunté si lo habría hecho Paul.

Bajé la escalera. El desayuno estaba preparado sobre la mesa, pero no había nadie. Salí a la terraza y bajé los escalones que conducían al jardín. Me sentí nuevamente impresionada por la exuberante belleza del lugar. Parecía particularmente delicioso a primeras horas de la mañana. El sol aún no calentaba mucho, todo parecía fresco y el aroma de las flores era casi abrumador. En el aire se escuchaba un zumbido de insectos. Mientras estaba allí, contemplando el paisaje, salió Roger Lestrange.

—Buenos días —dijo—. Has sido muy amable al quedarte la pasada noche.

—Me sentía un poco culpable por haber dejado sola a Lilias.

—Lilias es perfectamente capaz de cuidar de sí misma.

—Lo sé. ¿Cómo está Myra? Una de las sirvientas me ha dicho que no ha pasado buena noche.

—Esta mañana está mejor, gracias. ¿Quién te ha dicho que ha estado enferma?

—La sirvienta que me trajo agua caliente. Creo que se llama Luban.

—Ha debido de enterarse por la señora Prost. Luban no vive en la casa. Vive con su marido y su familia en una de las chozas.

—Sí, lo sé. Una vez fui por allí y vi el lugar.

—Pues sí, esta noche he tenido que llamar a la señora Prost. Estaba muy preocupado por Myra.

—¿Tan mal ha estado?

—No estaba muy seguro. No sé mucho de enfermedades. Estoy preocupado por ella, quiero decir, por Myra. ¿Qué te parece a ti?

—Creo que necesita un poco de tiempo para adaptarse a esta nueva vida. Después de todo vivió durante mucho tiempo en aquel pueblo y todo esto es muy diferente. Pero con el tiempo se adaptará.

—¿Lo crees así? —preguntó y pareció aliviado—. Ella nunca había estado antes tan enferma. Tenía algún que otro dolor de cabeza, pero anoche estuvo realmente enferma. Me sentí muy alarmado. Pensé en llamar al médico, pero ella me rogó que no lo hiciera. Y luego empezó a recuperarse un poco. Probablemente, comió algo que no le sentó bien.

—Oh, quizá fue eso. Sé que el calor puede ser muy pernicioso para quienes no están acostumbrados a él. Me atrevería a decir que no tardará en sentirse bien.

—¿No será mejor que la vea un médico?

—Yo misma veré cómo se siente.

—Eres un verdadero consuelo, D... Diana.

—Me alegro. Creo que se sintió bastante alterada por esa figura que vio en la casa modelo.

—¿Una figura? ¿Qué figura?

—Una figura tallada. Creo que era la de una supuesta mujer.

—¿En la casa modelo?

—Sí, allí estaba. Myra me estaba mostrando algunas partes de la casa y allí la encontramos...

—¿Cómo era?

—Bueno, estaba toscamente tallada.

—¿Como si fuera obra de los nativos?

—Supongo que podría ser, sí. Estaba allí, al pie de la escalera, no de la que tiene forma de espiral, sino de la otra.

—En el nombre de Dios, ¿quién ha podido dejarla allí? —murmuró con expresión sombría.

—Myra no tuvo la menor idea. Yo... bueno, simplemente estaba allí.

—Muéstramela —me pidió con bastante energía—. Muéstrame exactamente dónde está.

Entró presuroso en la casa y yo le seguí. Atravesamos rápidamente varias estancias, dirigiéndonos hacia el otro extremo del edificio.

La figura ya no estaba en la casa modelo.

—¿Dónde está? —preguntó elevando la voz—. Muéstramela.

—Ha desaparecido. Estaba ahí... justo ahí, al pie de la escalera.

Por un momento, él no dijo nada. Nunca lo había visto tan extrañado, sin saber qué decir. Al cabo de un rato, explicó:

—Ahí fue donde se encontró su cuerpo. Alguien... está jugando un juego estúpido. Tenemos que descubrirlo.

—Bueno, el caso es que eso la alteró —dije—. Por un momento, pensé que iba a desmayarse. Fue entonces cuando la llevé a su habitación.

Roger se había recuperado, pero el color se había desvanecido de su rostro y parecía bastante pálido.

—Gracias, Diana —dijo, y observé que esta vez había utilizado mi nombre sin la habitual vacilación—. Gracias por haber cuidado de ella.

Nos encaminamos hacia la otra parte de la casa y descendimos por la escalera en espiral.

—No le menciones a nadie lo de la figura. Eso puede alterar a la gente.

Le dije que no lo haría. Myra se unió a nosotros para tomar el desayuno. Nos dijo que se sentía considerablemente mejor.

—Hubo un momento que pensé que iba a morir —dijo.

—Oh, vamos, querida —dijo Roger—. Sabes que yo no permitiría tal cosa.

Myra se echó a reír. Parecía bastante feliz.

—Gracias por haberte quedado, Diana —dijo, tuteándome—. Me sentí realmente reconfortada por tenerte aquí. Vendrás y volverás a quedarte, ¿verdad?

—Yo voy a insistir en que así lo haga —añadió Roger.

Regresé a la escuela y me encontré con dos cartas. Una era de Ninian, y la otra de Zillah.

Ninian empezaba diciendo que debíamos regresar sin la menor dilación.

La situación está empeorando y no veo otra solución al problema que el estallido de la guerra. Chamberlain y Milner van a rechazar los cinco años de suspensión del derecho de voto sugeridos por Kruger y Smuts. Eso es lo que se espera. A quienes han contribuido tan ampliamente a la riqueza del país no se les puede negar que tengan voz y voto en los asuntos públicos. La derrota británica en Sudáfrica, hace unos cuantos años, fue una especie de humillación para nosotros. No podemos permitir que eso vuelva a suceder. Por aquí se ha extendido el rumor de que Chamberlain se dispone a enviar a diez mil soldados para reforzar el ejército que ya está ahí. Debe tomar conciencia de lo peligrosa que es la situación. Aún está a tiempo. Es muy probable que aún no se haya instalado muy firmemente. Usted y la señorita Milne deberían tomar el primer barco de regreso a Inglaterra mientras aún estén a tiempo.

Sin duda alguna, aún no había recibido mi carta, pues no hacía la menor mención a la misma. Volví a leer su carta. Contenía poco más que la expresión de la necesidad de que regresáramos a casa.

Luego abrí la carta de Zillah. La suya era más superficial.

Espero que todo te vaya bien. Ninian Grainger se siente muy preocupado por los problemas de ese país. Está convencido de que deberías regresar a casa. Me pide que te escriba y añada mi poder de persuasión al suyo. Así lo hago. Te echo de menos. La vida es bastante aburrida aquí. Creo que voy a dedicarme a viajar un poco. He estado varias veces en Londres, pero tengo la intención de irme al extranjero. Creo que eso será divertido. ¿No sería maravilloso si tú estuvieras aquí? Podríamos marcharnos juntas. Espero que pronto regreses a casa. Podríamos divertirnos mucho.

Le entregué la carta de Ninian a Lilias. La leyó y frunció el ceño.

—¡Regresar a casa! —exclamó—. Pues claro que no volveremos. Precisamente ahora que la escuela empieza a expandirse. Nos ha ido tan bien aquí. La gente es muy amable con nosotras. No querrán declararnos la guerra. Esa insistencia de Ninian es casi histérica.

—La gente de Kimberley es mayoritariamente británica.

—Pero los bóers y los nativos… también son muy amistosos.

—Bueno, en cualquier caso no sería nuestra guerra, quiero decir, la tuya y la mía.

—No estarás pensando en regresar, ¿verdad?

Vacilé. Pensaba en lo amable y reflexivo que estaba siendo Ninian. Me gustaba lo que Lilias denominaba su insistencia histérica. Me sorprendía y reconfortaba el hecho de que, después de tanto tiempo, yo siguiera siendo algo más que un caso ordinario para él. Me habría gustado mucho hablar con él, y me entristecía saber que estábamos tan alejados. De modo que, quizá, la respuesta tuviera que ser afirmativa: empezaba a pensar en regresar a casa.

Creo que si no hubiera sufrido un desengaño tan amargo con Jamie, si Ninian no hubiera demostrado tener tanto interés por Zillah, posiblemente habría afrontado mis verdaderos sentimientos hacia él. Pero después de haberme sentido tan desengañada, ¿cómo podía juzgar… incluso para mí misma? Quizá me había encontrado en un estado alterado desde que se produjo el juicio.

—¿Lo estás pensando? —quiso saber Lilias.

—Bueno… supongo que ya nos hemos instalado aquí.

—Y te sientes mucho mejor. Sé que es así. Ya no te sobresaltas cada vez que alguien menciona algo relacionado con el pasado.

—No, supongo que no.

—¿Qué vas a hacer? ¿Le vas a escribir?

—Supongo que sí… a su debido tiempo.

—Dile que sus preocupaciones son exageradas, que aquí todo sigue exactamente igual a como estaba cuando llegamos.

—Sí, se lo diré.

Lilias tenía razón. No podíamos hacer las maletas y

regresar a casa tan rápidamente sólo porque Ninian, a tantos miles de kilómetros de distancia, había oído rumores sobre una próxima guerra.

Empecé a visitar Riebeeck House con frecuencia. A veces me quedaba a pasar la noche. A Lilias no le importaba. Tuve la sensación de que prefería encargarse de todos los alumnos, y cada vez me daba más y más cuenta de que en la escuela se podía prescindir perfectamente de mi presencia. A Lilias le encantó poder pagar el primer plazo del pasaje abonado por la sociedad de emigración. Le dije que, puesto que pasaba cada vez más tiempo con Myra, no me merecía la parte del sueldo que cobraba, y que eso debía ser suyo. Pero ella se mostró recalcitrante.

—Ese es un tema cerrado —me dijo.

Mientras tanto, empecé a conocer bastante bien a la servidumbre de la casa de los Lestrange. Paul y yo nos habíamos hecho buenos amigos. A él le gustaba la escuela y progresaba bastante bien, y aunque yo seguía teniendo la sensación de que él sentía rencor contra su padrastro por haberse casado con su madre, parecía estar aceptándolo. Roger siempre se mostraba encantador conmigo, como lo era con todo el mundo. Les caía bien a todos los sirvientes, y llegué a la conclusión de que la casa se había transformado en un lugar bastante más agradable de lo que había sido bajo la dirección de los Riebeeck.

La señora Prost, el ama de llaves, pareció sentir un gran interés por mí. Era una mujer a quien le gustaba charlar, y debo confesar que eso también me gustaba a mí.

Una fuerte amistad empezó a desarrollarse entre Myra y yo, y creí que ella se sentía ahora menos nerviosa. La señora Prost me dijo que mis visitas le habían sentado muy bien. Ocasionalmente, me quedaba a dormir una o dos noches. Jugábamos juntas al ajedrez. Lilias me había enseñado y yo enseñé a Myra, quien se mostró entusiasmada con el juego.

Un día, Roger se marchó a Johannesburgo por cuestión de negocios y me pidió si podía pasar la noche en la casa para hacerle compañía a Myra. Le dije que así lo haría y ambas pasamos una tarde muy agradable charlando y jugando al ajedrez.

Por la noche, la señora Prost acudió a mi habitación para decirme que la señora Lestrange se sentía muy enferma y que necesitaba mi ayuda. La acompañé enseguida a la habitación de Myra.

Al cabo de un rato, se recuperó y dije que me quedaría con ella. Me sentí bastante aliviada cuando, a la mañana siguiente, vi que ya estaba bastante mejor. Se empeñó en quitarle importancia a su malestar.

—No se lo digas a Roger —me pidió—. Me alegro de que haya pasado en un momento en que él no estaba en casa. No le gusta la enfermedad, y se preocupa demasiado.

—Quizá debiera saberlo —repliqué—. Quizá debiéramos llamar al médico.

—Oh, no… no. Eso sería lo último. Te aseguro que estoy perfectamente bien. Sólo fue algo que comí, algo que no debió de sentarme muy bien. Pero ahora ya estoy bien.

Admitió sentirse un poco cansada y dijo que pasaría la mañana en la cama. Mientras descansaba, bajé al salón de la señora Prost.

—¿Cree usted que ha sido algo que ha comido? —le pregunté al ama de llaves.

—A la cocinera no le agradaría mucho oír eso, señorita Grey —replicó ella, que pareció un tanto conmocionada.

—Bueno, hay ciertas cosas que a la gente le sientan

mal. Es posible que se trate de algo que a ella no le sienta bien.

—No lo sé, pero admito que deberíamos llevar cuidado. Se sintió realmente mal, y me asustó. Me alegré de poder contar con usted, estando el señor Lestrange de viaje.

Me comentó que aquella casa era muy diferente a como solía ser antes.

—Cuando los Riebeeck estaban aquí, Dios santo, le aseguro que una tenía que llevarlo todo a rajatabla.

—Debe de conocer muy bien esta casa, señora Prost.

—Ya estaba aquí antes de casarme. Luego, mi esposo y yo… trabajamos aquí juntos. Él era el mayordomo y yo la doncella cuando nos conocimos, y yo me quedé después de casarnos. Nos fueron bastante bien las cosas, hasta que él murió, de un ataque al corazón. Fue muy repentino. Y entonces me quedé.

—Todo eso sucedió cuando los Riebeeck aún estaban aquí, claro.

—Jamás pensamos que pudiera producirse un cambio. Esta casa pertenecía a la familia Riebeeck desde hacía muchos años, creo que casi un siglo. Eran muy estrictos. Eran bóers, lo sé porque el señor Prost también era uno de ellos. Mi familia llegó a este país cuando yo aún era una niña. Y cuando una es inglesa, lo es para toda la vida, de modo que, aunque me casé con el señor Prost, en realidad nunca fui una de ellos. Supongo que sabe a lo que me refiero.

—Tuvo que haberse producido una gran conmoción cuando los Riebeeck decidieron vender la casa.

—¡Y que lo diga! Todo ello se debió a esos problemas que ocurren desde hace más de diez años entre los británicos y los bóers. Las cosas salieron mal para los británicos, pero el viejo señor Riebeeck dijo que aquello no terminaba allí, que habría más problemas y que no le gustaba el aspecto de la situación. Los británicos nunca permitirían que las cosas continuaran como estaban, de modo que pensó que sería mucho mejor marcharse cuando aún había tiempo. Él siempre había viajado bastante a Holanda, por razones de negocios. Era más holandés que cualquier otra cosa. Supongo que, al ir haciéndose viejo, sentía verdadero anhelo por instalarse en su patria. Así que vendió Riebeeck House con todo lo que contenía.

—Con los muebles y todo, incluida la casa modelo.

—Sí, con todo eso. Absolutamente con todo. Así que ahora todo está como solía estar antes. Bueno, el señor Lestrange se casó entonces con Margarete van der Vroon.

—¿Así que estaba usted aquí cuando eso sucedió?

—Pues claro que sí. Le puedo asegurar que se produjo un verdadero revuelo en la ciudad cuando Jacob van der Vroom descubrió aquel diamante. Todos admitieron que se trataba de uno de los mayores jamás descubiertos, no sólo en Kimberley sino en toda Sudáfrica.

—¿Conoció usted a los Van der Vroon?

—No, en realidad no. No conocí a ninguno de los mineros. Vivían en uno de esos lugares cerca de las minas, y que más bien parecen cabañas antes que casas. No, no puedo decir que los conociera. Sin embargo, ¡qué hallazgo! En la ciudad no se hablaba de otra cosa. No eran nada, y de la noche a la mañana...

—En aquella época, Paul aún debía de ser un niño. Me sorprendió saber que no era hijo del señor Lestrange.

—Oh, el señor Lestrange es un hombre tan bondadoso. Intenta esforzarse por ser un padre para ese chico. Ha logrado mucho con él. Cuando pienso en todo lo que ha hecho por el chico...

—Pobre Paul. Recuerda a su padre, y no se puede esperar que un niño de su edad cambie de padre cuando se le diga que así debe hacerlo.

—Es lo mismo. Yo creo que el joven Paul debería sentirse un poco más agradecido. Pero el señor Lestrange se lo toma lo mejor que puede. Para Margarete van der Vroon fue una verdadera suerte encontrar a un hombre como él.

—No creí que hubiera sido tan afortunada. ¿No murió poco después?

—Oh, sí, eso fue un trágico accidente. Pobre señor Lestrange. Se le quebró el corazón. Sólo llevaban casados un año. Yo solía pensar en la mucha suerte de ella. Haber tenido una encantadora casa como esta, y con un hombre como el señor Lestrange por esposo. Le puedo asegurar que antes no tuvo gran cosa. Compraron esta casa poco después de que se casaran. Y todo encajó perfectamente. Los Riebeeck lo dejaron todo tal y como estaba, incluyendo los muebles. Fue un hogar preparado ya para vivir, esperándoles.

—He oído hablar de eso.

—Y el señor Lestrange llegó aquí con su esposa. Tuvo que haberle abierto los ojos... después de haber vívido en una de aquellas pequeñas cabañas. Y Paul, que había perdido a su padre, pudo tener ahora a alguien que se ocupara de él. Allí estaba ella, como una pequeña cosa asustada que se encontró viuda de repente, aunque fuera una viuda que poseía algo de mucho valor, ese «Tesoro de Kimberley», según lo llaman. Había uno o dos tipos detrás de ella, o quizá deba decir que andaban detrás del diamante. El señor Lestrange, en cambio, fue diferente. Él tenía su propio dinero. Simplemente, se enamoró de ella. Creo que fue porque ella era una mujer joven, pobre e indefensa. Eso, de algún modo, le conmovió, y esa clase de situaciones pueden conducir al amor. La actual señora Lestrange también es un poco así. Desde luego, el señor Lestrange es un hombre muy tierno y bondadoso.

—Lo admira usted mucho.

—Cualquiera que hubiese trabajado para los Riebeeck lo admiraría. Son tan diferentes como el queso de la tiza.

—Ese matrimonio no duró mucho tiempo. Fue entonces cuando se produjo el terrible accidente.

—Creo que ella bebía —dijo, bajando el tono de voz hasta convertirlo en un susurro—. Bebía demasiado.

—¿De veras?

—El señor Lestrange se sintió muy consternado por ello. No quería que hubiera una sola mancha sobre su memoria. Pero creo que lo sucedido aquella noche ocurrió porque ella había bebido demasiado. No vio el escalón superior, y cayó por la escalera, matándose.

Se detuvo, evidentemente trastornada por los recuerdos.

—¿Quién la encontró? —pregunté.

—Yo. Fue a primeras horas de la mañana. Bajé a verla, como hacía todas las mañanas, para asegurarme de que todo estaba en orden. Y allí la vi… tumbada en el suelo, con el cuerpo retorcido. Fue algo terrible.

—Entiendo. ¿Cuánto tiempo llevaba allí?

—Dijeron que desde el amanecer.

—¿Y el señor Lestrange?

—Cuando se despertó, no la encontró en la habitación. Pensó que se había levantado temprano, como solía hacer. Se vestía sin despertarlo y luego bajaba al jardín. Le encantaba el jardín. Luego se veían para desayunar juntos.

—¿Y qué hizo usted?

—Corrí a la habitación de ambos y llamé con fuerza a la puerta. El señor Lestrange aún estaba durmiendo. Entré. No pude evitarlo. Lancé un grito: «Es la señora Lestrange. Está en el suelo, al pie de la escalera y parece... parece...» Él se levantó, tambaleante aún, se puso el batín y ambos bajamos. Fue terrible. Nos dimos cuenta de que estaba muerta. El señor Lestrange se sintió muy conmocionado. Todo lo que decía era: «Margarete... Margarete...» jamás había visto a un hombre tan consternado como él en aquellos momentos. Estaba muy alterado, con el corazón destrozado.

—Y no tardó en volver a casarse.

—Bueno, hay algunos hombres que necesitan tener una esposa, que se sienten como perdidos si no la tienen. Y la actual señora Lestrange, bueno, a mí me recuerda a la primera. Es muy suave. No se siente muy segura de sí misma, y está muy enamorada de su esposo. Claro que la señora Myra ha sido educada como una verdadera dama. De la otra, en cambio, no podía decirse lo mismo, por muy muerta que esté. No era exactamente una dama, pero ambas tienen algo similar...

—Creo que comprendo lo que quiere usted decir.

Di por terminada la conversación, con la sensación de que Roger Lestrange tenía que ser un buen señor para despertar tanta admiración y lealtad entre sus sirvientes.

Había cierta tensión en las calles. Se avecinaban problemas. Todo el mundo hablaba de ello y especulaba acerca de cuál sería el resultado. Se estaban llevando a cabo negociaciones entre Paul Kruger y Jan Smuts por un lado, y Joseph Chamberlain y el Alto Comisionado, sir Alfred Milner, por el otro. Se había llegado a un punto muerto mientras todos esperaban el resultado.

Se produjeron cambios en la ciudad. Se fortalecieron los efectivos de la guarnición y cada vez se veía a más soldados en las calles. También había otros rostros nuevos. Los afrikáners acudían a la ciudad. Escuchaba sus voces, veía sus rostros, de expresión dura y decidida, curtidos por el tiempo.

Durante mi breve estancia en Sudáfrica había descubierto que la mayoría de los bóers eran agricultores, mientras que los *uitlanders* se habían asentado en las ciudades. Estos últimos habían acudido para encontrar diamantes y oro, y eran ellos los que habían creado los bancos y los edificios oficiales, cambiando por completo el aspecto del lugar.

—Es como un pequeño milagro que ellos no toleren verse privados de tomar parte en el Gobierno —dijo Lilias.

Corría el mes de octubre de 1899, el último del siglo, cuando la tormenta estalló y Sudáfrica se encontró en guerra con Gran Bretaña.

Una vez que hubo terminado la escuela, John Dale vino a vernos. Estaba muy preocupado.

—No sé qué pasará —nos dijo.

—Sin duda alguna, estas gentes no podrán resistir —replicó Lilias—. Serán sometidos en apenas una semana.

—Nos hallamos en un terreno difícil —dijo John, que no estaba tan seguro de ello—, y los bóers están muy familiarizados con él. Además, no resulta tan fácil luchar estando tan lejos de casa.

—Tendremos los hombres necesarios.

—Pero en estos momentos no hay aquí suficientes fuerzas británicas.

—Sin duda alguna serán enviadas más. No hace mucho llegaron diez mil soldados.

—Disponemos de un armamento superior, claro, así como de hombres bien entrenados. Los bóers sólo son agricultores, y soldados a tiempo parcial, pero recuerde que combaten en un territorio que conocen muy bien, y que consideran como suyo. Tengo la incómoda impresión de que esto no va a resultar tan fácil como algunos imaginan —nos miró a las dos. La ansiedad de su expresión era evidente—. Iba todo tan bien —se lamentó—. Quizá no debieran haber venido ustedes.

—Yo no lo lamento —dijo Lilias, sonriéndole—. Nunca lo lamentaré.

Él le devolvió la sonrisa, aunque a mí me pareció un tanto triste. Luego dijo:

—La ciudad ya es diferente. Está llena de extranjeros. Se están preparando para apoderarse de ella en cuanto llegue el momento.

—Si lo consiguen no será por mucho tiempo —dijo Lilias.

—¿Y qué diferencia representará eso para nosotros? —pregunté.

—No lo sé. Quizá seamos considerados como los enemigos.

—La mayoría de la gente de la ciudad es lo que ellos denominan *uitlanders*.

—Ya veremos —dijo John encogiéndose de hombros.

Intentamos seguir con nuestra vida habitual, como hacíamos siempre. Pero todos nos sentíamos muy inseguros, y cuando empezaron a llegarnos noticias acerca de los triunfos de los bóers sobre los británicos, nos abandonaron las últimas esperanzas de que la guerra tuviera un final rápido.

Roger Lestrange, John Dale y la mayor parte de los hombres capaces de empuñar las armas se unieron a la guarnición, pues daba la impresión de que llegaría el momento en que sería necesario defender la ciudad. Es posible que los bóers fueran agricultores, que no estuvieran acostumbrados a la vida urbana, pero eran astutos y sabrían reconocer la importancia de una ciudad próspera como Kimberley. Sin duda alguna, intentarían apoderarse de ella.

Estábamos a principios de noviembre y nos acercábamos a la época más cálida del verano en Sudáfrica. El tiempo era casi insoportablemente caluroso.

Myra parecía sentirse cada vez más débil. Me confió que experimentaba ataques periódicos de su enfermedad.

—Me siento bastante débil —dijo—. No tengo ganas de comer. Claro que si se produce un asedio, supongo que nos faltará de todo.

—Esperemos que no —contesté—, pero mientras tanto estamos intentando que la vida transcurra con normalidad. Los niños siguen viniendo a la escuela y la vida continúa.

Una tarde acudí a Riebeeck House y encontré a Myra en un estado cercano a la histeria.

Fui a su dormitorio. Ella y Roger ocupaban ahora habitaciones separadas. Ella me había dicho que lo prefería así porque le preocupaba no dejarle descansar durante la noche.

—¿Qué ocurre, Myra? ¿Quieres decírmelo o...?

—Quiero decírtelo. Creo que he sido una verdadera estúpida. Pero, realmente, me ha asustado. Es algo misterioso.

—¿Qué ha ocurrido?

—Estaba en la casa modelo. Sé que no debería ir allí. Eso es algo que me altera después de haber visto aquella figura. Pero eso... estaba allí. Parecía tan real. Me quedé mirándolo fijamente. ¿Qué significa?

—Pero dime qué viste.

—Era una de esas figuras talladas. Era como si... algo hubiera sucedido. Ya te lo puedes imaginar.

—Pero ¿qué fue lo que viste en realidad?

—Era la figura de un hombre tallada en madera... y en los brazos sostenía... —se estremeció y ocultó el rostro entre las manos.

—¿Qué sostenía en los brazos, Myra? Tienes que decírmelo.

—Sostenía a una mujer. La sostenía en los brazos, como si se dispusiera a arrojarla por la escalera.

—¡Oh, no! —murmuré.

—Fue terrible —dijo ella mirándome, con expresión temerosa—. Porque ella… Margarete, había caído por la escalera. Salí corriendo de allí, gritando. No pude evitarlo. Fue porque… pareció significar algo. Roger estaba allí. Trató de tranquilizarme. Tardé algún tiempo en poder contarle lo que había visto. Entonces, él se dirigió a esa habitación, y yo le seguí. Temía que la figura ya no estuviera, y que diera la impresión de que me lo había inventado todo.

—¿Y estaba?

—Sí, él también la vio.

—¿Qué hizo?

—La tomó en sus manos. Estaba muy enojado porque a mí me había alterado tanto. La sostuvo en la mano, observándola por un momento. Luego quiso volver a ponerla donde estaba, pero no se sostuvo en pie. La dejó en la parte superior de la escalera. Luego, me rodeó con un brazo y me trajo de nuevo a mi habitación. Dijo que había alguien decidido a gastar bromas pesadas y que iba a descubrir quién era, y que, fuera quien fuese, dejaría de pertenecer a la servidumbre de la casa.

—¿Y lo ha descubierto?

—No —contestó negando con un movimiento de la cabeza—. Oh, es tan bueno conmigo, Diana. Me ha obligado a acostarme. Dijo que todo esto no eran más que tonterías, nada de lo que preocuparse. Me comporté como una estúpida y la única razón por la que se sintió tan enojado fue por lo mucho que me alteró el incidente.

—¿Quién crees que habrá podido hacer una cosa así?

—No lo sabemos. Roger ha intentado descubrirlo.

Ha reunido a toda la servidumbre en la biblioteca y ha pedido que saliera quien lo hubiese hecho. ¿Quién se había creído que resultaba divertido poner figuras en la casa modelo? Les dijo que ninguno de ellos debía tocar esa casa, excepto quienes tuvieran que limpiarla, bajo la supervisión de la señora Prost.

—¿Dijo alguien algo?

—Nadie. Pero Roger está decidido a descubrir quién fue.

—Myra, ¿por qué crees que alguien haría una cosa así?

—No lo sé.

—Ese alguien se ha tomado la molestia de tallar la figura y luego dejarla allí.

—Creo que ha sido alguien que ha tratado de asustarme.

—¿Con pequeñas figuras como esa?

—No lo comprendo.

—Dime lo que piensas, Myra. ¿Por qué estás tan asustada?

—Es debido a esa escalera. Creo que alguien intenta decirme que Margarete no se cayó por la escalera porque hubiera estado bebiendo mucho... Creo que me están diciendo que lo sucedido no fue un accidente.

—Y te preguntas si...

—Yo... a veces tengo la sensación de que las figuras que han aparecido en la casa modelo son una especie de advertencia.

—¡Oh, Myra!

—Tengo miedo de acercarme a esa escalera. Pero también experimento una especie de impulso por ir allí. Es como si alguien... me estuviera atrayendo hacia ese lugar.

—¿Alguien?

—Parece una tontería, pero suceden cosas extrañas. Roger es un hombre muy atractivo, ¿verdad?, y yo...

bueno, yo soy una mujer bastante insignificante. Resulta muy inusual que un hombre como él haya querido casarse conmigo.

—Se ha casado contigo, Myra. Tuvo que haberlo deseado.

—Pensé que Margarete podría sentirse un poco… celosa.

—¡Pero si ella ha muerto!

—Dicen que los muertos regresan a veces. Y estamos en la misma casa. ¡Imagínatelo! Ella fue muy feliz aquí, con él. Jamás había sido tan feliz hasta entonces.

—Paul dice que fueron una familia bastante feliz hasta que murió su padre.

—Pero él no comprendería la clase de amor que ella debió de sentir por Roger. Creo que en esta casa continúan viviéndose las vidas pasadas, y que ella intenta separarnos… atrayéndome a mí hacia la muerte…

—Realmente, Myra, eso son tonterías.

—Lo sé, pero sólo estoy contándote lo que siento.

—Bien. En primer lugar, ella no puede hacer tallas en madera ni dejarlas en la casa modelo para asustarte, ¿verdad? ¿Y cómo va a atraerte para que caigas por esa escalera?

—Yo voy a veces por allí. Me quedo de pie en la parte superior de la escalera desde la que ella saltó.

—Vamos, Myra, no pareces tú misma. Esos ataques te han debilitado demasiado. Te han hecho tener extraños sueños y fantasías, quizá incluso alucinaciones. Tienes que recuperarte y volver a la normalidad. Ningún fantasma puede obligarte a hacer lo que no deseas hacer, ni puede colocar figuras en ningún lugar. Prométeme que no volverás a deambular a solas por esa parte de la casa.

—Te lo prometo.

Me sentí muy preocupada por ella. Hablé del asunto con Lilias. Representó un cambio con respecto al tópico permanente de la guerra, pero, para mí, era una situación de lo más alarmante.

—Debe de estar perdiendo la cabeza —dijo Lilias con su estilo tan práctico—. En el pueblo solía decirse que Myra siempre fue un poco imbécil.

—Ella no es ninguna imbécil, sólo está nerviosa. Nunca ha confiado demasiado en sí misma. Eso es algo muy distinto.

—No creerás que bebe a escondidas, ¿verdad?

—He llegado a planteármelo. Eso le produciría las fantasías.

—Es posible que así sea. Creo que esa puede ser la respuesta.

—Pero no cabe la menor duda de que las figuras estaban allí. Roger las vio.

—Debo admitir que se trata de un asunto muy extraño.

—Mira, primero fue una figura colocada al pie de la escalera, y ahora esta otra más intrincada de un hombre sosteniendo a una mujer en sus brazos y disponiéndose a arrojarla.

—Sólo se me ocurre sugerir una cosa.

—Que él la empujó por la escalera —asentí.

—O que alguien lo hizo.

—Bueno, ella tenía ese diamante que valía una verdadera fortuna. Y él se casó con ella quizá con excesiva rapidez. Es posible que alguien sienta rencor contra él.

—Sí, pero ¿quién?

—Bueno, en estos momentos hay cosas mucho más importantes de las que ocuparse. Me pregunto durante cuánto tiempo podemos continuar así. Nos están rodeando. Oh, sí, claro que tenemos otras cosas más importantes en que pensar, que no en esas pequeñas figuras talladas.

Las noticias que se filtraban hasta nosotras seguían siendo inquietantes. No se había producido la victoria rápida y fácil esperada por los británicos.

Había una antigua canción que recordaba de mi niñez, y que revivió de nuevo al principio del conflicto. La escuché cantar a la gente en Kimberley cuando se hablaba de guerra.

> *No queremos luchar,*
> *pero por Jingo que sí lo hacemos,*
> *tenemos los hombres, tenemos los barcos,*
> *y también tenemos el dinero.*

De algún modo, aquella letra parecía estar muy lejos de la verdad. Las duras realidades de la guerra eran muy distintas a los sueños de gloria.

La depresión se abalanzó sobre nosotros. La guerra empezó en octubre, y la depresión nos alcanzó en diciembre; hasta el momento no habíamos tenido noticias de que se hubiera conseguido ningún éxito apreciable, sino todo lo contrario.

Yo percibía un aire de triunfo entre los bóers de Kimberley. No nos comunicábamos con ellos; había recelos entre nosotros, ya que ¿cómo podíamos saber quién era espía y quién no?

Fueron semanas bastante difíciles. Algunas personas abandonaron las ciudades, sobre todo los hombres jóvenes que querían participar en la lucha.

Un día que fui a Riebeeck House encontré a Njuba en los jardines.

—¿Ocurre algo? —le pregunté al ver una expresión de abyecta miseria en su rostro.

—Mi chico… se ha marchado —dijo.

—¡Umgala! —exclamé—. ¿Adónde se ha marchado?

—No lo sé, señorita. Sólo se ha marchado. No ha estado en casa esta noche.

—No puede haber ido muy lejos. ¿Para qué querría marcharse de casa un chico como Umgala?

—Es un buen muchacho. No habla... no oye... pero es un buen muchacho.

—Lo sé —le aseguré—. ¿Desde cuándo falta de casa?

—Una sola noche, y un día.

—¿Ha intentado alguien buscarlo?

—Se lo he pedido al señor. Dijo que intentarían encontrarlo. Pero muchos se marchan ahora, dijo el señor. Quizá Umgala también.

—Estoy segura de que regresará, Njuba.

—Yo sé. —Se golpeó el pecho—. Lo siento aquí, señorita. Se ha marchado y no volverá.

Dejé al pobre hombre sacudiendo la cabeza con pesar. A Paul lo encontré muy alterado.

—Umgala se ha escapado —me dijo.

—Su padre me ha dicho que se ha ido.

—¿Adónde habrá ido? No puede hablar. Además, ¿por quién querrá luchar? ¿De qué lado se pondrá?

—Es un muchacho extraño, Paul. Es posible que haya tenido alguna razón para marcharse.

—Le conozco. Él no quería marcharse.

—Pues al parecer, eso es lo que ha hecho. En estos momentos hay muchas personas que abandonan la ciudad, Paul. Vivimos una época extraña.

—Quisiera que se terminara de una vez esta guerra tan estúpida.

—Estoy segura de que la mayor parte de la gente piensa lo mismo —dije.

Roger habló conmigo al día siguiente. Yo había acudido a la casa para ver a Myra cuando él me interceptó en el jardín.

—Quería hablar contigo, D... Diana —dijo— Las cosas no están yendo bien. Pero eso ya lo sabes. Se acercan a un clímax. Los bóers están obteniendo buenos resultados. No tardarán mucho en apoderarse de la ciudad.

—Seguramente la situación no podrá continuar así. Tendrá que producirse un cambio muy pronto.

—Con el tiempo, quizá, pero todavía no. Quería decirte que me marcho esta noche.

—¿Que te marchas? ¿Adónde?

—No puedo decírtelo.

—¿Quieres decir... que vas a cumplir una misión secreta?

—Ya sabes cómo van las cosas aquí. Necesitamos más refuerzos. Los comandos bóers se están acercando demasiado. Tenemos que conseguir ayuda. Voy a ver qué puede hacerse.

—¿Así que... te marchas esta noche?

—Sí —asintió—. Y quiero que te ocupes de Myra. Estoy muy preocupado por ella. Se encuentra en un estado realmente muy nervioso.

—Lo sé.

—Me pregunto si te importaría quedarte con ella durante algunas noches. Ya sabes... cuando no se siente bien, y con la situación como está...

—Claro que haré lo que pueda.

—He hablado con el médico. Él cree que todo es una cuestión mental. A ella le ha sido muy difícil adaptarse. El médico le está administrando ese tónico.

—Pues no parece estar haciéndole mucho bien.

—El doctor Middleburg dice que se necesita tiempo. Todo este... trastorno ha sido demasiado para ella.

—¿Te refieres al matrimonio?

—Oh, no —contestó, sonriéndome—. No me refería a eso. Dios sabe que he hecho todo lo posible para que sea feliz. Se trata de este extraño país, de haber tenido que abandonar su hogar y de que, precisamente ahora, cuando empezaba a adaptarse, haya estallado esta guerra. ¿Querrás convencerla para que continúe tomándose el tónico? Creo que no se lo ha tomado con regularidad y esa es la razón por la que no ha sido tan efectivo como esperábamos. ¿Te ocuparás de que se lo tome tal y como se le ha prescrito?

—Haré lo que pueda.

—Bien. Estoy seguro de que esto no tardará en quedar superado y podremos volver a la normalidad.

—¿Lo crees realmente así?

—No tardaremos en hacerles hincar la rodilla. Es inevitable. Lo que sucede es que al principio hay que superar grandes dificultades. Los bóers son muy tozudos porque creen tener a Dios de su parte.

—¿Todos ellos lo creen así?

—Supongo que no, pero, desde luego, esos comandos están llenos de apasionamiento.

—Quizá sea porque es su hogar y es aquí donde viven. Y no quieren que nadie les arrebate lo que es suyo.

—¿Lo mismo que ellos se lo arrebataron a otros?

—Oh, sí, desde luego. Pero de eso hace ya mucho tiempo y el lugar donde la gente ha vivido durante generaciones significa algo especial para ella. Para nosotros, esto no es más que una mina de oro, un país donde vale la pena impulsar el desarrollo, otra joya para la Corona del Imperio.

—Eres muy elocuente, pero todos estamos de acuerdo en una cosa: queremos que esta guerra termine de una vez para poder volver a nuestro estilo de vida normal. Por favor, cuida de Myra en mi ausencia.

—Haré todo lo que esté en mi mano.

—Gracias. Ahora me siento más tranquilo.

Se marchó de Kimberley aquella misma noche, y dos días más tarde nos convertimos en una ciudad asediada.

4

Asedio

El caos reinó durante los días siguientes. La ciudad estaba llena de rumores. Los comandos bóers estaban a poco más de un kilómetro de distancia y avanzaban sobre nosotros. Habían decidido no apoderarse de Kimberley, sino rodear la ciudad. No sabíamos qué pensar.

La gente salía a las calles y permanecía allí formando pequeños grupos, conversando, vigilantes y temerosos. Luego se metían de nuevo en las casas, y reunían a sus familias. Y entonces las calles quedaban desiertas. La situación cambiaba de una hora a otra, y nadie sabía lo que estaba sucediendo en realidad.

Entonces, los refugiados procedentes de los barrios extremos empezaron a llegar a la ciudad, exhaustos, algunos necesitando atención médica, tambaleantes y con muchas cosas que contar. Los soldados de la guarnición patrullaban por las calles. Todo el mundo estaba alerta, a la espera de la llegada de los bóers.

Algunos dijeron que la ciudad estaba bien defendida. Otros, en cambio, decían que nunca resistiría un ataque violento.

Algunos hombres lograron entrar en la ciudad, atravesando las fuerzas de los bóers al amparo de la oscuridad. Algunos de ellos llegaron heridos y los hospitales ya estaban llenos. Todos los médicos disponibles trabajaban en ellos.

La vida había experimentado un vuelco completo.

Fue durante esos primeros días del asedio, cuando, a pesar de lo que estaba sucediendo en la ciudad, mi mente se vio completamente distraída por la incertidumbre que pendía sobre nosotras como consecuencia de los acontecimientos ocurridos en Riebeeck House.

Llegó un mensajero de la señora Prost. Sentía molestarme en momentos como aquellos, en los que todos estábamos tan preocupados, pero la señora Lestrange estaba muy enferma y preguntaba por mí. ¿Podía acudir inmediatamente a la casa? Fui enseguida. La señora Prost me saludó con expresión de ansiedad.

—Está terriblemente mal —me dijo—. He enviado a buscar al médico, pero no lo hemos podido encontrar. Supongo que estará en el hospital. Pensé que sería mejor esperar un poco, teniendo en cuenta cómo están las cosas. No sé, creo que ha perdido la cabeza.

—Lléveme a su habitación.

—Sí... claro. Pensé que sería mejor avisarla.

A pesar de las palabras de advertencia, me sentí conmocionada al verla. Apenas si la reconocí. La mirada de sus ojos era salvaje, y tenía las pupilas dilatadas. Levantó la mirada, fija, al verme.

—¿Quién es usted? —preguntó. Y luego añadió enseguida—: Oh, sí... sí. Eres Diana. Diana, dile que se marche... que se marche.

Miré a la señora Prost, quien me hizo una seña con la cabeza, hacia la ventana. Myra miraba directamente hacia allí.

—Ella ve algo en la ventana —me susurró la señora Prost.

—Todo está bien, Myra. Aquí no hay nadie, excepto la señora Prost y yo.

—Quédate —me rogó—. No te marches o... ella regresará. —Me acerqué a la cama y la rodeé con un brazo—. ¿Te quedarás conmigo?

—Lo haré. Claro que me quedaré.

Se reclinó contra mí y cerró los ojos. Estaba murmurando algo que no pude comprender. La señora Prost me miró.

—La dejaré con ella. Volveré a enviar a alguien en busca del médico. Si me necesita, llámeme.

Se marchó. Myra permaneció quieta, con los ojos cerrados. Respiraba pesadamente. De pronto, abrió los ojos.

—Diana —dijo.

—Estoy aquí. Voy a quedarme contigo, Myra. Me quedaré todo el tiempo que quieras.

Eso pareció tranquilizarla. Me tomó de la mano y la apretó.

—Ella ha estado aquí —murmuró—. No dejaba de mirarme, y me hacía señas.

—¿Quién ha estado aquí?

—Margarete.

—Está muerta.

—Lo sé. Pero ha regresado.

—Si has visto a alguien, ha tenido que ser a otra persona.

—No. Era Margarete. Estaba celosa, ¿comprendes? Ella lo ha perdido a él, y ahora es mío. Eso no lo puede soportar. Quería que yo muriera.

—Margarete está muerta, Myra. Y tú estás aquí.

—Pero voy a morir.

—Pues claro que no.

—¿Quién me lo impedirá?

—Yo lo haré. Yo voy a cuidarte.

—Roger me cuidó. Fue tan bondadoso, tan amable. Yo no era lo bastante buena para él, pero nunca lo demostró. Siempre tenía miedo de que...

—Lo sé.

—Él quería que me sintiera bien. Me decía: «Tómate el tónico. Asegúrate de que lo tomas. Te hará bien.» Y lo tomé. No he dejado de tomarlo...

Dirigió la mirada hacia la pequeña mesita de noche que tenía junto a la cama. La botella estaba allí, medio vacía.

—¿Así que lo has estado tomando regularmente?

—Le prometí que así lo haría.

—Me pidió que te convenciera para que lo tomaras con regularidad durante su ausencia.

—Se preocupa por mí. Realmente, se preocupa. Eso demuestra...

—En ese caso, Myra, eres una mujer afortunada. Y tienes que ponerte mejor.

—Lo intento. Tomo el tónico... lo mismo que si él estuviera aquí.

—Estoy segura de que así lo haces. Myra, procura dormir un poco.

—Si me duermo, tú te marcharás... y si te marchas, ella volverá.

—Ni yo me marcharé, ni ella volverá. Myra, ella no está aquí. Ella es algo que has soñado, y no existe más que en tu imaginación. —Cerró los ojos, sacudió la cabeza y una lágrima surgió por debajo de los ojos cerrados—. Intenta dormir.

—Prométeme que te quedarás.

—Te lo prometo.

—Entonces lo haré.

—Y yo estaré aquí cuando despiertes.

Sonrió y me sorprendió ver la rapidez con que se quedó dormida.

Estudié su rostro. Estaba pálido y ojeroso. Era muy diferente a la mujer joven que había conocido por primera vez en Lakemere. Cierto que había sido reservada, insegura, que había estado demasiado asustada por su madre autoritaria, pero qué diferente había sido entonces de la pobre criatura agotada que ahora yacía en la cama.

Me tenía sujeta por la mano y yo empezaba a sentir

en ella una sensación de hormigueo; me las arreglé para soltarla sin despertarla.

Me dirigí a la ventana y miré hacia el exterior. Qué pacífico parecía todo. Tenía exactamente el mismo aspecto que la primera vez que lo vi. Resultaba difícil creer que se hubieran producido tantos cambios a nuestro alrededor.

¿Qué nos ocurriría a todos durante los próximos meses?, me pregunté. Pensé en los grandes asedios del pasado, de los que había oído hablar, o sobre los que había leído algo. El asedio de Orleans, cuando Juana de Arco se apoderó de la ciudad para devolverla al trono de Francia, infundiéndole nuevo espíritu; el asedio de París, del que no había transcurrido tanto tiempo. ¿Cómo era vivir en una ciudad asediada? Los alimentos escasearían, desde luego. No habría medio alguno de conseguir nuevos suministros. La gente moriría de hambre. Había oído que algunos de ellos se habían visto reducidos a tener que comer perros y ratas. El simple pensamiento de ello era nauseabundo. Esto era diferente. Estábamos siendo asediados por un puñado de comandos, por guerrilleros, no por tropas entrenadas para combatir. La mayoría de ellos eran campesinos. No podrían resistir mucho contra el entrenado ejército británico. No tardaríamos en ser liberados.

Y Myra, la pobre Myra. Había sido feliz. Se había casado con un hombre muy atractivo; había emigrado a un nuevo país, y ahora se encontraba en este estado. No había podido creer que la felicidad imaginada con Roger Lestrange hubiera podido ser suya para siempre. No había creído ser digna de él. Su madre le había hecho sentir su inferioridad. La pobre Myra había sido aceptada porque era una Ellington, y porque tenía una fortuna propia.

Regresé a la cabecera de la cama y contemplé su rostro dormido.

Unos golpes ligeros en la puerta me sobresaltaron. Me moví con rapidez, y, al hacerlo, tropecé con la pequeña mesita. Intenté sujetar la botella, pero fue demasiado tarde. El tónico de Myra empezó a derramarse sobre la alfombra, rodeado por trozos de cristal. La señora Prost entró entonces en la habitación.

—Mire lo que ha ocurrido —dije.

—Oh, enviaré enseguida a alguien para que lo limpie. Es el tónico de la señora Lestrange, ¿verdad?

—Sí, me temo que sí. Tendremos que conseguir más. Pensaba que quizá fuera mejor que enviara a buscar al médico.

—No hay la menor esperanza de conseguir que venga ahora. Los médicos están muy ocupados en el hospital. Anoche, una pequeña partida de hombres consiguieron atravesar las líneas y algunos de ellos están muy malheridos. Lo volveremos a intentar más tarde. ¿Cómo está ella?

—Se ha quedado dormida.

—Pobre señora —dijo la señora Prost, sacudiendo la cabeza.

—Siento mucho haber derramado ese tónico —me disculpé—. Ha sido un descuido imperdonable por mi parte.

—No importa. Sólo es el tónico. El médico le recetará más, en cuanto logremos dar con él.

—Confío en que ella esté bien sin tomárselo, al menos durante un tiempo.

—Oh, no tardará mucho tiempo. Creo que podremos conseguirlo. Aunque no pueda venir… sí se lo podrá recetar. Estamos en unos momentos terribles. Supongo que se quedará aquí durante una temporada, señorita Grey.

—Prometí que así lo haría. ¿Puede usted enviar a alguien a la escuela y explicarle a la señorita Milne que permaneceré aquí durante unos pocos días?

—Desde luego, y luego enviaré a alguien para limpiar esto. No me gusta que haya por ahí vidrios rotos.

—Espero que podamos conseguir pronto más tónico.

—Estoy segura de que podremos arreglarlo. De todos modos, haremos lo posible.

Me quedé con Myra durante todo el día. Ella pasó durmiendo la mayor parte del tiempo, y en cuanto abrió los ojos me buscó con la mirada. Observé su expresión de alivio cuando vio que yo seguía allí.

—Me siento a salvo —dijo—. Ella no podrá hacerme nada mientras estés aquí, porque tú no puedes verla y no crees que está aquí, ¿verdad? Ella sólo está ahí, en mi mente. Es así, ¿verdad?

—Sí, así es —asentí.

—Entonces, quédate, por favor.

—He prometido que así lo haré.

—¿Toda la noche?

—Sí. Estaré aquí. Le he enviado una nota a Lilias.

Eso la reconfortó.

Pasé toda la noche en su habitación, sentada en un sillón, junto a la cama, dormitando. Su aspecto me había alarmado tanto que llegué a plantearme si lograría resistir toda la noche. Me sentí aliviada cuando amaneció y la miré, a la luz de la mañana. Respiraba con mayor facilidad y parecía más tranquila. La señora Prost me trajo café, pan y mantequilla.

—Ha pasado una noche tranquila.

—Parece que se siente mejor cuando está usted aquí. Enviaré algo para desayunar, por si lo quiere. Últimamente rechazaba incluso la comida. Le sentaría muy bien comer un poco de gachas. Todavía queda un poco de avena. Sólo Dios sabe cuándo podremos conseguir más.

—La avisaré en cuanto se despierte y ya veremos si podemos conseguir que coma algo.

—Y yo enviaré a alguien para ver si podemos localizar a ese médico. Ella necesitará su medicina.

—Oh, sí. Fue un grave descuido por mi parte.

—Los accidentes son cosas que pasan. Bien, avíseme en cuanto despierte.

Se marchó. El café y el pan con mantequilla tenían buen sabor. Empezamos a apreciar la comida cuando comprendemos que la posibilidad de que nos dure es mínima, pensé.

Eran casi las diez de la mañana cuando Myra se despertó. Había decidido quedarme allí hasta que eso sucediera, y me alegré de haberlo hecho, pues en cuanto se despertó y me vio, dijo:

—Oh, Diana. Me alegro tanto de que estés aquí.

—¿Cómo te encuentras? Has pasado una noche de sueño muy buena.

—¿Ya es por la mañana?

—Sí, son las diez.

—¿He dormido toda la noche?

—Es algo raro, ¿verdad?

—Habitualmente, me despertaba y veía cosas...

—Pues esta noche no te has despertado. Yo he estado aquí todo el tiempo.

—¿Qué? ¿Has pasado la noche aquí sentada?

—No ha sido gran cosa. El sillón es bastante cómodo. He dormitado durante horas. Quería estar aquí por si despertabas.

—Oh, Diana, tengo mucha suerte de poder contar con una amiga como tú.

—Tengo que hacerte una confesión. Anoche tiré al suelo tu botella de tónico, y me temo que he echado a perder todo su contenido. Ha ensuciado todo el suelo. Lleva cuidado dónde pisas. Lo han limpiado todo, pero han quedado pequeños fragmentos de cristal.

—¡El tónico! —exclamó ella —. Se suponía que debía habérmelo tomado anoche.

—Espero que podamos localizar hoy mismo al médico. Ya lo hemos intentado, pero, al parecer, todos los médicos están en el hospital. Confío en que no eches mucho de menos el tónico.

—Roger me hizo prometer que lo tomaría.

—Lo sé. Tenía una gran fe en él, pero no te preocupes. Creo que el médico vendrá hoy mismo y luego conseguiremos más.

Durante el día, Myra pareció mejorar. Habló razonablemente y ya no tuvo más alucinaciones.

Me quedé con ella durante todo el día, y el médico no vino. La señora Prost sugirió que esa noche yo utilizara la habitación contigua, de modo que, si se me necesitaba, todo lo que había que hacer era llamar dando unos golpes.

—No puede usted pasarse dos noches sentada en el sillón —añadió.

Ante mi sorpresa, Myra estuvo de acuerdo.

Advertí que la habitación que me habían asignado era la misma en que solía dormir Roger. No era tan grande como la que él había compartido con Myra, y que ella ocupaba ahora a solas. La cama era cómoda y había una mesa de despacho junto a la ventana. No dormí muy bien. Casi esperaba escuchar golpes en la pared, llamándome.

Me alegré al darme cuenta de que había llegado la mañana. Acudí inmediatamente a la habitación de Myra. Dormía tranquilamente. El bastón con el que debía llamarme, golpeando en la pared, continuaba en la misma posición donde yo lo había dejado la noche anterior.

Durante la mañana casi volvió a parecer ella misma, y yo me sentí encantada. Por la tarde vino finalmente el médico. La señora Prost y yo estuvimos presentes mientras la examinaba.

Más tarde, el médico se sentó en el salón y habló

con nosotras. Primero se disculpó varias veces por no haber podido pasar antes.

—El caos reina en el hospital —dijo—. La gente sigue atravesando las líneas del enemigo... si es que se les puede considerar como tales. Estoy seguro de que esto no durará mucho más tiempo. Bien, por el momento no hay nada de que preocuparse con respecto a la señora Lestrange. No sé qué le ha ocurrido, pero se va a poner bien. Está débil, pero su corazón está bien y también los pulmones. Todos sus órganos funcionan bien. Es posible que algún insecto la haya intoxicado. Como usted sabe, señora Prost, por aquí hay algunos venenosos, y les encanta la sangre nueva. Se abalanzan sobre los recién llegados. Y creo que algunos de los que llevamos aquí algún tiempo ya somos inmunes a ellos. Lo que ella necesita ahora es recuperarse.

—Ha tenido alucinaciones —dije.

—Eso es posible. Yo tampoco llevo aquí tanto tiempo como para saberlo con seguridad. Estoy seguro de que los recién llegados reaccionan con mayor rapidez a esos bichos venenosos. Necesita comer buena carne roja. Es una pena que las cosas estén como están.

—A propósito, doctor Middleburg, tuve un accidente y derramé el tónico que usted le recetó. Creo que aún necesitará más.

—Se lo recetaré.

—Nos sentíamos preocupadas porque le faltara.

—Oh, no. Sólo se trataba de un preparado suave. Creo que puede seguir tomándolo. Si usted puede enviar a alguien, le daré más.

Me sentí muy aliviada cuando nos dejó a solas, y la señora Prost pareció sentir lo mismo que yo.

Aquella tarde, uno de los sirvientes fue a recoger el tónico y yo dije que ya no volveríamos a dejarlo en la mesita de noche. Había una pequeña cómoda en la habitación, y lo dejé allí.

Pasé otra noche en Riebeeck House y a la mañana siguiente quedé encantada al ver que la mejora de Myra continuaba.

Regresé entonces a la escuela y prometí que pasaría a visitarla al día siguiente.

Eran momentos muy difíciles. A la ciudad no llegaban alimentos, y las tiendas de comestibles tenían que ser vigiladas. Se había impuesto la ley militar, y nadie sabía cuál sería nuestro destino de un día para otro.

Lilias hizo un esfuerzo por continuar trabajando con normalidad en la escuela, a pesar de que no acudieron todos los alumnos. John Dale seguía visitándonos con frecuencia.

—Es un amigo maravilloso —decía Lilias más de una vez.

Parecía muy ansioso por protegernos y a menudo traía de contrabando pequeños artículos alimenticios a la escuela.

De vez en cuando, los soldados atravesaban las líneas de comandos que rodeaban la ciudad. Habitualmente, eso sucedía al anochecer. Nos traían noticias y así nos enteramos de que no éramos la única ciudad asediada. Ladysmith y Mafeking se encontraban en una situación similar.

Aquel estado de cosas se hacía cada vez más y más alarmante. La fácil victoria esperada por los británicos ya se había postergado, sin saber cuándo se produciría. Estaban aprendiendo algo sobre las dificultades de luchar en un país extraño, lejos del hogar, en un terreno desconocido para ellos, mientras que el enemigo era plenamente conocedor de todos los peligros.

—Ninian tenía razón —dije—. Hubiéramos tenido que regresar a casa.

—Yo no lo hubiera hecho —replicó Lilias.

John Dale, que en ese momento estaba presente, le dirigió una sonrisa. Se me ocurrió entonces que el sentimiento existente entre ambos era fuerte y se fortalecía aún más a medida que transcurría el tiempo, como suele suceder con esos sentimientos en una situación como la que vivíamos.

Claro que ella deseaba estar allí. Pero ¿y yo? Me hubiera gustado marcharme a casa, sin que entonces me importara nada de lo que tuviera que afrontar allí, ya que de ese modo habría podido ver a Ninian. Cuando una se halla cerca de la muerte —¿y cómo podríamos saber en aquellos momentos qué nos depararía el futuro?—, afronta la verdad. Me di cuenta de que me hallaba en camino de enamorarme de Ninian. Hasta ese momento, mi relación con Jamie me había inducido a mostrarme precavida.

Sí, me habría gustado mucho estar en casa, con Ninian.

Sin embargo, estaba allí, en una ciudad asediada, enterada apenas de lo que sucedía a mi alrededor, sin saber a ciencia cierta si estallaría un conflicto violento y cuándo sucedería.

No servía de nada negarlo. Deseaba haberme marchado de regreso a casa. Y no porque tuviera miedo de aquella guerra, sino simplemente porque habría preferido estar cerca de Ninian.

Me alegraba el hecho de que la escuela estuviera cerca de Riebeeck House. Una no podía caminar ni siquiera cortas distancias sin ser parada por los soldados. Estaban en todas partes. Se vigilaba de cerca a los comandos, que rodeaban la ciudad, y de vez en cuando se escuchaban disparos de fusilería. Los soldados patrullaban por las calles y nadie se aventuraba a salir después del anochecer.

Estábamos en Navidades. Qué nostálgica me sentí y, estoy segura de ello, qué nostálgicos debieron sentirse otros muchos al pensar en las Navidades en casa: los leños de Navidad en el fuego, quizá la nieve en el exterior, la seguridad. ¡Qué diferente era todo esto!

Aquí estábamos, en un país extraño, tan diferente del nuestro, en una ciudad asediada por un enemigo que podía lanzarse en cualquier momento al asalto y obligar a nuestra guarnición a rendirse.

Lilias y yo nos sentábamos en el pequeño porche y hablábamos. Insectos cuyos nombres no conocíamos volaban a nuestro alrededor. Los atardeceres eran cálidos, incluso después de la puesta del sol. Yo sentía nostalgia por la lluvia y por Ninian. Me imaginaba una vida en la que hubiera conocido a Ninian en otro tiempo y lugar, no en mi juicio; soñaba que todo volvía a ser como había sido en vida de mi madre. Me imaginaba que Ninian era traído a casa por uno de nuestros amigos de Edimburgo, y que el amor surgía entre nosotros. Zillah no estaba presente en mis sueños, desde luego. Ella pertenecía a la pesadilla que yo intentaba aparentar que no había existido nunca.

¡Sueños inútiles! Pero Ninian había mostrado su preocupación por mí. Su última carta había sido urgente. «Regresa a casa.» ¿Lo habría escrito así si yo no le hubiera importado un poco?

Luego, la realidad se impuso en mis pensamientos. Recordé cómo había dirigido su atención a Zillah.

—Deberíamos intentar hacer algo para Navidad —dijo Lilias.

—¿Como qué? —pregunté.

—Como organizar algún tipo de fiesta para los niños. Digamos que el día de Nochebuena.

—¿Organizarles una fiesta? ¿Con pato o con pavo? ¿O quizá con delicados rellenos de nuez, seguidos con pudín de ciruelas? No creo que esos artículos estén incluidos en la ración de esta semana, Lilias.

—De todos modos, me gustaría organizarles una fiesta. Hacer juegos y esa clase de cosas.

—Sí, supongo que podríamos dedicarnos a jugar. Y eso sería todo. No estamos en el lugar adecuado para organizar fiestas.

—Eso no importa, creo que deberíamos intentar hacer algo. Quizá ellos puedan traer su propia comida.

—¡Pues claro que no! ¿De dónde iban a sacarla?

—Del poco dinero que hayan podido ahorrar.

—No creo que eso sea mucho. ¿No se te ha ocurrido pensar, Lilias, que la comida es cada vez más escasa?

—Bueno, supongo que eso es lo que sucede siempre en los asedios.

Lilias estaba decidida. A la escuela seguían acudiendo unos pocos niños, aunque su número disminuía a ojos vistas. Paul era uno de los que venían. Lilias estaba decidida a actuar como si no hubiera nada de que preocuparse. Les dijo a los niños que no tardaríamos en ser liberados. La reina y sus soldados nunca permitirían que permaneciéramos mucho más tiempo en aquel estado. Una de las glorias de hallarse bajo la protección de la bandera británica era que esta ondeaba sobre la mayor parte del mundo. Y así lo demostró indicando en el mapa todas las partes señaladas en rojo.

—Es un imperio en el que jamás se pone el sol —les dijo—, porque cuando es de noche en Inglaterra, es de día en alguna parte del mundo que pertenece a nuestro gran imperio.

Hablaba con tal fervor y pasión que todos los niños creyeron que seríamos rescatados en poco tiempo, y algunos de ellos, estoy segura, esperaban ver aparecer a la misma reina a la cabeza de sus soldados.

Paul se mostró muy entusiasmado con la proyectada fiesta de Navidad. Sugirió algunos juegos para la ocasión. Lilias comunicó a los niños que aún acudían a la escuela que debían decir a sus compañeros que íbamos a tener una fiesta el día de Nochebuena, y que todos debían venir si podían hacerlo.

El veintitrés de diciembre, Paul llegó a la escuela en un estado de gran excitación. Llevaba consigo un gran bote y cuando abrió la tapa puso al descubierto cuatro peces de tamaño regular.

—Es para la fiesta —dijo—. Después de todo, podremos organizar un festín.

—¿Dónde los has conseguido? —preguntó Lilias.

—En la cascada —contestó—. En nuestros terrenos.

—No sabía que hubiera peces allí —dijo Lilias.

—Pasaba por allí y vi los peces saltar por la cascada y pensé: Serán buenos para comérselos. Así que regresé a casa, me hice con una caña... y los capturé.

—¡Qué descubrimiento! —exclamó Lilias—. Es la providencia. Paul, vas a hacer posible nuestro festín de Navidad.

—Podemos hacer pan —sugerí—. Aún nos queda algo de harina.

—Pan y peces —dijo Lilias—. Esto es verdaderamente un milagro.

La fiesta fue un gran éxito. Acudieron la mayoría de los niños. Anna Schreiner no vino. Su padre dijo que la Navidad no era momento adecuado para celebrar fiestas y alegrarse, sino para rezar. ¡Pobre y pequeña Anna! No creo que ella tuviera gran cosa de que regocijarse en estas Navidades.

No obstante, cocinamos los peces. No es que hubiera mucha cantidad, pero era diferente. Hicimos limonada y, aunque los niños no quedaron precisamente saciados, por lo menos pudieron dedicarse a sus juegos.

La historia de los peces se extendió por toda la ciudad. ¡Comida! ¡Y había sido descubierta en una corriente de agua que corría por los terrenos de Riebeeck

House! La gente empezó a tomar sus cañas de pesca y acudió a la corriente.

No creo que se hicieran grandes capturas, pero cualquier cosa era bienvenida, por pequeña que fuera.

Ya nos encontrábamos en enero. Las cosas habían cambiado poco, excepto por el hecho de que la comida escaseaba más y no había medios de obtener suministros frescos. Las esperanzas de una pronta liberación se estaban desvaneciendo.

Myra había experimentado una recuperación sorprendente. Aún estaba algo débil y nerviosa, pero ya no tenía alucinaciones. Incluso a ella misma le sorprendió que hubiera podido creer en ellas.

Me impuse el deber de estar presente cuando el médico volvió a visitarla, porque anhelaba saber qué tenía que decir.

Él parecía creer que se trataba de una mujer bastante histérica, a la que le había sido difícil adaptarse al nuevo país, especialmente en las actuales circunstancias. Estaba más y más convencido de que había sido envenenada por algún insecto. Sus síntomas podían haberse debido perfectamente a alguna forma de veneno; y había reaccionado mal, a la vista de su pasado estado de salud. No obstante, el problema ya parecía superado y ahora mejoraba a cada día que pasaba. Todo lo que necesitaba era alimentarse bien, lo que no era muy fácil en aquellas circunstancias, pero lo principal consistía en dejar de preocuparse tanto por sí misma. Entonces, todo se arreglaría.

—Asegúrese de que la tela mosquitera está bien puesta durante la noche. Evite todos aquellos lugares donde haya muchos insectos. Realmente, no creo que haya necesidad de que vuelva a visitarla.

Eran buenas noticias.

Debía de haber transcurrido una semana desde la última visita del médico, y yo me dirigía a verla cuando, al acercarme a la casa, intuí que algo desastroso había ocurrido. Los sirvientes, que parecían estar por todas partes, no hacían más que gritar. Hablaban atropelladamente, y no pude comprender lo que decían, aunque capté algunas palabras sueltas.

Al descubrir lo sucedido, sentí náuseas de la conmoción que me produjo.

La señora Prost, que estaba en el jardín, me vio y se acercó. Ella me contó lo ocurrido. Al parecer, uno de los chicos, que había estado pescando cerca de la cascada aquella tarde, había descubierto el cuerpo del pequeño sordomudo, hundido en el agua. El muchacho había ido inmediatamente a decírselo a Njuba.

—Ha estado allí desde que desapareció... allí arrodillado, mirando fijamente el agua. Es terrible. Pobre muchacho.

—¿Cómo ha podido suceder? —pregunté.

—No hacemos más que plantearnos la misma pregunta —contestó la señora Prost—. Recordará usted cómo desapareció. Pensamos que se había marchado... y pensar que durante todo ese tiempo permaneció allí, dentro del agua... muerto.

Aquella tarde permaneció vívidamente reflejada en mis recuerdos. Todavía veo a Njuba arrodillado allí, junto a la orilla. Jamás había sido testigo de tanta desdicha. Cuando acudieron los hombres para recuperar el cuerpo, él seguía allí. Luego, se incorporó, con las manos fuertemente entrelazadas y gritó:

—¡Es mi chico! Alguien lo mató. No lo olvidaré.

Luban lo tomó de la mano y lo condujo de regreso a su cabaña, y escuchamos lamentaciones durante todo el día.

Ciertamente, el chico había sido asesinado. Había suficientes evidencias como para demostrar que había sido estrangulado, aun a pesar de que había permanecido durante tanto tiempo bajo el agua.

—¿Quién pudo hacerle eso a ese chico? —preguntó Myra.

—¿Y por qué? —pregunté.

—Vivimos tiempos terribles. ¿Crees que eso tiene algo que ver con la guerra?

—No lo sé. ¿Qué daño podría haber hecho él a cualquiera de los dos bandos?

Era un misterio y, durante unos días, la gente no habló de otra cosa. Todo el mundo se hacía dos preguntas: ¿quién lo había hecho? ¿Y por qué? Y nadie fue capaz de contestarlas.

Pero cuando había tantas cosas de las que preocuparse, la misteriosa muerte del pequeño nativo no pareció tener mucha importancia.

Necesariamente, la vida se hizo más dura a medida que transcurrió el tiempo. Sabíamos que todos nos hallábamos en peligro. Con la llegada de cada nuevo día nos preguntábamos si aquel sería el día en que los bóers decidirían atacar la ciudad. Pero la guarnición había sido fortalecida poco antes de que empezara el asedio; había soldados por todas partes; el ataque, en caso de producirse, no sería tarea fácil, y la batalla sería feroz.

Lilias se mostró tan fuerte y práctica como siempre. Y debido a su creciente amistad con John Dale, no tuve la sensación de estar abandonándola por el hecho de hacer frecuentes visitas a Riebeeck House. Myra necesitaba mi compañía mucho más que ella.

Empecé a conocer mejor a Paul. Era un chico muy agradable y tuve la sensación de que disfrutaba bastante con los peligros inherentes de vivir en una ciudad asediada. Para él, el peligro significaba excitación, lo que era preferible a una vida aburridamente ordinaria.

Estaba aprendiendo a disparar, como hacían muchos chicos de su edad, pero, desde luego, no disponía de munición real, que era conservada para el caso de que se la necesitara para la batalla.

Parecía que yo había pasado a formar parte de los habitantes de Riebeeck House, porque cada vez pasaba más tiempo allí.

La actitud de la señora Prost para conmigo me extrañó un poco. Nunca estaba segura de saber cómo me consideraba ella. Había veces en que creía ser bien recibida, y tenía la impresión de caerle bien. Otras veces, en cambio, parecía considerarme con una especie de recelo. Esto me sorprendió un poco pues yo habría dicho que era una mujer bastante predecible, con ideas fijas de las que le resultaría difícil apartarse.

Ella sentía un gran afecto por Myra. En realidad, Myra no podía caerle mal a nadie. Siempre se mostraba respetuosa con los sirvientes y nunca se comportó con ellos con la menor arrogancia. Era tan diferente de su madre como podía serlo una persona de otra. Era una mujer gentil, inofensiva y agradable.

Comprendí los sentimientos que abrigaba la señora Prost hacia ella, pero, en cualquier caso, su actitud parecía oscilar entre una confidente amistad y un extraño alejamiento.

Un buen día descubrí la razón de todo ello, y me causó una gran impresión.

Myra se había echado en la cama, como hacía la mayoría de los días, pues todavía se cansaba con facilidad, y la señora Prost me dijo si yo podía ir a su pequeño salón.

Así lo hice y una vez que estuve sentada allí comprendí que la actitud del ama de llaves era decididamente extraña. Era como si estuviera haciendo un esfuerzo por cumplir un deber desagradable. Finalmente, empezó a hablar.

—Hace ya algún tiempo que tenía intención de hablar con usted, señorita Grey —dijo—. Ha estado rondando por mi cabeza y no podía decidir qué era lo mejor que podía hacer.

—¿Se refiere a algo relacionado con la señora Lestrange?

Ella apretó los labios y frunció el ceño.

—Bueno, en realidad no, aunque supongo que se podría decir que ella podría sentirse preocupada.

—Dígame de qué se trata, por favor.

Se levantó y se dirigió a un pequeño aparador que había en un rincón de la habitación. Abrió un cajón y tomó un pañuelo que me tendió.

Ante mi propia extrañeza, lo reconocí como uno de mis pañuelos. Me lo había regalado mi madre, junto con otros cinco. Todos ellos tenían mis iniciales bordadas en una esquina. Observé la D y la G atractivamente bordadas. Davina Glentyre. Me ruboricé ligeramente, pues en mi mente surgió una imagen de Zillah diciéndome: «Es mucho más seguro utilizar las mismas iniciales.» Qué razón había tenido.

—Es suyo, ¿verdad, señorita Grey?

—Oh, sí, lo es. ¿Dónde lo ha encontrado usted?

—Bueno, eso es lo que me ha desconcertado un poco. Tenía intención de hablar con usted al respecto desde hace algún tiempo. Ha sido tan buena con la señora Lestrange, y sé lo que ella siente por usted. Pero cuando descubrí eso...

—No sé a qué se está refiriendo.

—Creo que sí lo sabe, señorita Grey. Haga un esfuerzo por recordar. Fue el día... en que pasó una de las noches en esta casa. Encontré el pañuelo bajo la cama del señor.

—¿Qué? ¿Y cómo fue a parar allí?

Me ruboricé con cierta intensidad mientras ella me miraba, sacudiendo suavemente la cabeza.

—Y ahora —siguió diciendo—, debe saber que no soy una de esas personas que creen que la gente debe vivir como si estuviera en un convento, cuando no lo está. Sé que esas cosas pueden suceder... siendo los hombres como son. Pero, de algún modo, es diferente cuando se trata de una mujer.

Me levanté de mi asiento, indignada.

—¿De qué me está acusando, señora Prost?

—Siéntese, por favor, señorita Grey. No la estoy acusando en realidad. El señor es un hombre muy atractivo. Además, es un hombre amable, pero hasta los hombres amables se dejan arrastrar por sus fantasías, y no está en la naturaleza del hombre controlar esa clase de cosas. Pero con las mujeres es muy diferente. La mujer debe ser un poco más cuidadosa.

—Lo que está usted dando a entender es absurdo.

—Lo sé, lo sé —asintió ella con un gesto de la cabeza—. La tentación surge y debo admitir que él es un hombre muy atractivo, y que posee todo el encanto que puede desear una mujer. Y también sé que las cosas no son... bueno, como debieran entre él y la señora Lestrange, durmiendo en habitaciones separadas y todo eso. Pero sólo pensé que debía ser usted más cuidadosa. Se me ocurrió mirar debajo de la cama para comprobar si habían limpiado. No lo habían hecho... y allí estaba ese pañuelo.

—No tengo ni la menor idea de cómo fue a parar allí.

—Bueno, en todo caso, pensé que sería mejor advertírselo. Cuando el señor regrese y usted continúe entrando y saliendo de esta casa... como si fuera de la familia...

—No tiene por qué preocuparse por nada de eso, señora Prost. Jamás ha existido nada de naturaleza íntima entre el señor Lestrange y yo.

—Supuse que se lo tomaría de ese modo. Esa es la

razón por la que no le dije nada antes. No soy precisamente una persona remilgada. Pensé que podría haberse tratado de un simple desliz. Esas cosas suceden. No estoy diciendo que sea nada bonito... pero ahí está.

—Debo insistir... —empecé a decir.

—Bueno, en cualquier caso, le he dicho lo que tenía que decirle. No es asunto mío, pero creo que podría producir problemas.

—Continúo asegurándole que no hay nada... nada...

—Oh, supongo que se cayó allí de alguna forma. Nunca se sabe cómo ocurren esas cosas, ¿verdad? Pero ahí estaba... y no me habría gustado que lo hubiera descubierto otra persona.

Me levanté, sin dejar de apretar con fuerza el pañuelo.

—Señora Prost, le aseguro que jamás estuve en esa habitación hasta la noche en que dormí en ella, cuando la señora Lestrange estaba tan enferma y el señor Lestrange se había marchado.

—Si usted lo dice, querida, a mí me parece muy bien. Sólo pensé que debía mencionárselo, porque cuando él regrese... bueno, no sería muy bonito, ¿verdad? Ni para usted, ni para él, ni para la señora Lestrange.

—Comprendo que no me crea usted —dije.

—Mire. Somos buenas amigas. Por eso se lo he dicho... por eso he querido advertirla. Estas cosas pueden causar muchos problemas.

—Pero sigo asegurándole que...

—Está bien —dijo ella—. Le he dicho lo que tenía que decirle y ese es el final del asunto.

Pero ¿era realmente el final del asunto? La señora Prost creía que yo visitaba a Roger Lestrange en su dormitorio. Sentí deseos de alejarme corriendo de aquella casa y no volver a poner jamás los pies en ella.

En cuanto regresé a la escuela, Lilias se dio cuenta de que algo me había sucedido.

—¿Te ha ocurrido algo malo? —me preguntó.

Permanecí en silencio durante unos segundos, y finalmente estallé:

—No quiero volver nunca a esa casa.

—¿A Riebeeck? ¿Qué ha ocurrido?

—La señora Prost... cree que he tenido una... relación con Roger Lestrange.

—¿Una relación?

—Encontró un pañuelo bajo la cama de él. Eso fue la mañana después de que me quedara a dormir en la casa, en un momento en que él también estaba. Y a partir de ahí sacó sus conclusiones. —Lilias se me quedó mirando fijamente—. ¿Tú no creerás...? —pregunté.

—Pues claro que no.

—Es horrible, Lilias. A esa mujer le parece que él es irresistible. Es algo terrible. No ha dejado de decirme que lo comprendía. Creo que eso ha sido lo peor de todo. Y creo que cuando me mostró el pañuelo me ruboricé, como si hubiera sido culpable. Era uno de los que me había regalado mi madre. Tenía mis iniciales. Por un momento, me pilló de sorpresa. Había creído mejor encontrar un nombre que tuviera las mismas iniciales que mi nombre verdadero. Si no lo hubiera hecho así, ella no habría sabido que ese pañuelo era mío.

—Espera un momento —dijo Lilias con tranquilidad—. No nos queda mucho té, pero esta es una buena ocasión para tomarlo.

Estar allí sentada, hablando con Lilias, era un verdadero alivio para mí.

—¿Crees que alguien puso el pañuelo allí? —preguntó.

—¿Quién? ¿Y por qué?

—Alguien que pretendía sugerir que habías pasado una noche en esa habitación.

—No la señora Prost.

—No. No parece que eso tenga mucho sentido. Pero supongamos que alguien lo puso allí para que ella lo descubriera.

—Podría haberlo encontrado alguna otra persona.

—Quizá eso no habría importado.

—¿En qué estás pensando, Lilias?

—No lo sé con exactitud. Pero en esa casa hay alguien que ha deseado sugerir que tú y Roger Lestrange erais amantes.

—Pero ¿por qué?

—Eso forma parte del misterio. ¿Cómo es posible que tu pañuelo haya ido a parar a un lugar en el que hasta entonces no habías estado, a menos que alguien lo llevara allí?

—Dime lo que estás pensando, Lilias —le pedí, frunciendo el ceño.

—No estoy segura. Myra estaba allí...

—Ella no se encontraba bien. Esa fue la razón por la que me quedé.

—Se comportaba de un modo un tanto extraño, ¿no es cierto? ¿No se imaginaba cosas? Quizá deseara demostrar algo contra su esposo y contra ti.

—Ella le adora, y creo que él también a ella.

—Pero ella veía visiones. ¿O eso sucedió más tarde? Sólo estoy dejando correr libremente mis pensamientos. Lo cierto es que ese pañuelo fue encontrado allí. Alguien tuvo que ponerlo. ¿Quién fue? Y, quizá lo más importante, ¿por qué?

—Creo que ya no querré volver jamás a esa casa. No, no volveré.

—Si no lo hicieras podría parecer que eres culpable.

—¿Cómo podría decírselo a Myra?

—Mantente alejada durante un tiempo y observa a ver cómo te sientes. Es posible que se te ocurra algo. ¡Un pañuelo! Resulta extraño ver los problemas que puede causar un objeto tan insignificante. Piensa en Desdémona. Pero intenta no ponerte demasiado triste por ello. Creo que aún queda suficiente té como para tomar otra taza. No debemos desperdiciar este precioso té.

No habíamos llegado a ninguna conclusión, pero, como siempre, para mí había sido un verdadero alivio hablar con Lilias.

Una sensación de desesperación se había extendido por la ciudad. Sabíamos que algo tendría que suceder pronto. No se hablaba de rendición, pero ese pensamiento se respiraba en el ambiente. La gente no podía seguir viviendo sin comida, por muy fuerte que fuera su espíritu.

Ahora, ya nada atravesaba el cerco. Durante aquel enervante y caluroso mes de enero esperamos noticias. Escuchábamos el sonido esporádico de fuego de fusilería, que a veces parecía acercarse más. Ocasionalmente, un obús estallaba en la ciudad y había bajas. Vivíamos acostumbrados a la idea de que en cualquier momento podríamos contarnos entre ellas. La familiaridad facilitaba vivir con esa angustia. Supongo que la aceptamos y que dejó de torturar nuestras mentes.

De todos modos, en momentos así parecía de lo más incongruente sentirme alterada por la sugerencia que se había hecho acerca de mí; y, sin embargo, eso era algo que tenía constantemente presente. Las imágenes sugeridas por las conclusiones de la señora Prost aparecían una y otra vez en mi mente, y siempre estaba allí el misterio de quién habría dejado mi pañuelo en aquella habitación. Eso sólo podía deberse a que alguien deseaba demostrar algo contra mí.

Lilias, con quien volví a hablar del tema, dijo que le estaba dando demasiada importancia.

—Has sufrido una gran conmoción —me dijo—, y debes llevar cuidado de no permitirte imaginar que alguna especie de destino fatal está actuando en contra tuya.

Sabía que ella tenía razón cuando me dijo que me sentía acosada por mi pasado. Había esperado escapar a él abandonando Inglaterra. Sabía tan bien como ella que no había esperanza alguna de llevar una vida tranquila hasta que no lograra alejarme de lo ocurrido.

—La inocencia debe ser tu verdadero escudo contra todo eso —dijo Lilias—. Sabes que eres inocente. Yo sabía que era inocente cuando fui acusada. Eso ayuda. Le he contado a John lo del asunto del collar de perlas, y él está de acuerdo conmigo.

Ella tenía razón, claro. Yo debía ser razonable. Probablemente, el pañuelo había quedado atrapado en algo y de ese modo había llegado a la habitación. Parecía poco plausible, pero a veces ocurrían hasta las cosas más extrañas.

Al cabo de unos días empecé a sentirme un poco mejor, aunque seguía sin tener el menor deseo de volver a Riebeeck House.

Myra acudió un día a la escuela. Ahora tenía mucho mejor aspecto. Su curación había sido bastante milagrosa, y de su actitud había desaparecido la mayor parte de su anterior nerviosismo.

Me miró con expresión consternada.

—No has vuelto a verme.

—Bueno… he tenido muchas cosas que hacer aquí.

Ella pareció sorprendida por mi respuesta, pero no siguió preguntando.

—Te hemos echado de menos —prosiguió—. La señora Prost estaba bastante alterada.

Pensé que así debía sentirse. Al fin y al cabo, me había alejado a causa de ella. De todos modos, me alegraba el hecho de que me hubiera dicho lo que pensaba. Prefería eso a que continuara con sus especulaciones.

—Pensó que podrías haberte sentido ofendida por algo. Le dije que eso eran tonterías. Pero pensé que sería mejor venir a verte. ¿Está todo bien?

—Apenas si se puede decir así, Myra. La situación empeora por momentos. No tardaremos en empezar a morirnos de hambre.

—Sí, lo sé. Y alguien fue asesinado anoche, cerca de la iglesia.

—Es inseguro ir por las calles.

—Es inseguro estar en cualquier parte, de modo que da lo mismo estar en un sitio o en otro. Me pregunto cuándo terminará todo esto. Oh, Diana, me pregunto qué habrá sido de Roger. ¿Dónde estará?

—No lo dijo, ¿verdad? Pero claro, no podía decirlo. Tenía que cumplir alguna misión para la guarnición. Supongo que se trataba de comunicar a los demás lo que estaba sucediendo en la ciudad, y conseguir ayuda si era posible.

—Rezo para que esté bien. Es terrible que no esté aquí, ahora que me siento mucho mejor. Él no podía comprender qué era lo que me pasaba. Solía preocuparse mucho. Y pensar que fue un condenado insecto. ¿Quién habría podido pensar que unos animalitos tan diminutos pudieran hacer tanto daño? En Riebeeck nos hemos sentido todos muy consternados a causa del pobre y viejo Njuba.

—Lo ocurrido con su chico ha sido realmente terrible.

—Si hubiera sido un accidente, habría sido distinto… aunque eso también resultara horrible. Pero pensar que fue estrangulado y que alguien le asesinó deliberadamente.

—¿Quién pudo hacerle eso a un muchacho indefenso como él, Myra?

—Es un verdadero misterio. De no haber sido por el asedio de la ciudad, supongo que se habría abierto una investigación. Pero ahora nadie piensa en otra cosa que en el asedio y en cuánto tiempo podremos resistir.

—Eso es comprensible.

—Lo que quería decirte es que el pobre Njuba ha empezado a actuar de una forma extraña. Deambula de un lado a otro, murmurando palabras por lo bajo. Entró en la casa, y lo encontramos entrando y saliendo de las habitaciones… como si anduviera buscando algo. La señora Prost lo descubrió abriendo armarios. Le preguntó qué buscaba y él fue incapaz de decírselo. Ella no supo qué hacer. Envió a buscar a Luban para que se lo llevara a su casa. Es muy triste. Pobre Luban. Ha perdido a su hijo y ahora su esposo parece estar perdiendo la cordura. ¡Qué cosas tan terribles suceden, Diana!

—Sí —asentí—. Eso es cierto.

—Ven a verme, por favor.

—Para ti también es muy fácil venir a verme aquí.

—Sí, pero en la casa hay más espacio y los jardines están muy bonitos.

—Está bien, iré.

Lilias se sintió contenta cuando se lo dije.

—Es lo mejor. La señora Prost pensaría que tenía razón si te mantuvieras alejada. Estoy segura de que podrás convencerla de que estaba equivocada.

—No estoy tan segura de ello —repliqué— Creo que ella ya se ha hecho a la idea de que su señor es un hombre irresistible, y lo exonera por completo; y no tiene muy buena opinión de mí porque él es el hombre involucrado en este asunto.

Llegó el mes de febrero. Vivíamos de exiguas raciones. Por la mañana, al despertarnos, nos preguntábamos qué nos depararía el día. Aquella situación no podía prolongarse por mucho más tiempo. Algo tendría que suceder, y pronto.

Ahora se producían continuos intercambios de disparos, que ya habían dejado de ser esporádicos para convertirse en algo normal. Una noche, un grupo de tres hombres logró entrar en la ciudad, tras haber atravesado las líneas de las fuerzas que nos rodeaban. Uno de ellos estaba herido.

A la mañana siguiente hubo júbilo en las calles. La gente salió de sus casas y habló con una animación que yo no había visto desde hacía algún tiempo. Aún no debíamos abandonar la esperanza. Los británicos estaban avanzando. Habían sufrido una gran derrota en Spion Kop, pero a partir de entonces las cosas habían empezado a cambiar. Habían llegado refuerzos y municiones al país. Se mencionaban dos nombres con respeto: el mayor general Horatio Herbert Kitchener, y el mariscal de campo sir Frederick Sleigh Roberts. Ahora avanzaban y acudían en nuestro rescate.

Nuevas esperanzas surgieron por todas partes. La gente volvió a decir que no era posible que el gran Imperio británico fuera derrotado por un puñado de campesinos. Ahora, los británicos le habían tomado la medida al territorio. «Tenemos los hombres, tenemos los barcos y también tenemos el dinero.»

La esperanza fue un gran revitalizador. La gente volvió a sonreír en las calles. «Esto no durará mucho. Kitchener y Roberts están en camino.»

Fui a Riebeeck House. Myra se encontraba muy bien. Haberme mantenido apartada habría implicado que las sospechas de la señora Prost eran ciertas. De todos modos, no me gustaba la idea de quedarme en el interior de la casa. A menudo le sugerí a Myra que saliéramos a sentarnos en los jardines, que estaban muy hermosos. La fragancia de las flores, el murmullo de los insectos, todo proporcionaba una sensación de paz, incluso en aquellos momentos tan difíciles. A veces, paseábamos.

Fuimos más allá de la cascada, donde se había encontrado el cuerpo del pobre Umgala, y continuamos hasta las cabañas. No sé qué impulso me condujo hasta aquella cabaña en particular. Estaba un poco apartada de las demás y daba la impresión de estar a punto de desmoronarse. La hierba crecía alta a su alrededor. Había un agujero en el techo de paja.

—Creo que eso habría sido reparado de no ser por todo lo que ha sucedido —dijo Myra.

—¿Quién está a cargo de mantener todo esto en orden?

—Los nativos. Son sus casas, y ellos se encargan de cuidarlas.

Algo me impulsó a seguir avanzando y, al hacerlo, un niño surgió ante nosotras. Nos sonrió, con los dientes muy blancos contrastando contra su piel oscura.

—¿De quién es esta casa? —preguntó Myra.

La sonrisa del niño desapareció y miró furtivamente por encima del hombro.

—Nadie vive aquí, señorita. Ahí está el hombre diablo.

—¿El hombre diablo? —pregunté.

—Es mal sitio. Las señoritas no deben ir.

—Sólo es una de las cabañas que han sido descuidadas. Eso es lo único de malo que tiene esta.

—El viejo vive allí y muere. Nadie quiere entrar. Es malo. Umgala... no sabe. Él va... le gusta. Siempre está ahí. Él muere...

La mención de Umgala me sorprendió. Entonces, quise entrar en la cabaña.

—Echemos un vistazo —dije, y empecé a caminar.

—No... no, señorita —el chico estaba realmente alarmado—. Mal lugar. Grandes serpientes en la hierba. Serpientes del diablo. Esperan... para morderla...

—Llevaremos cuidado —dije, y continué.

—Quizá fuera mejor que no… —empezó a decir Myra.

Pero yo ya estaba avanzando con mucho cuidado por entre la hierba alta.

Llegué ante la puerta, levanté el pestillo y entré. Escuché un zumbido y un insecto enorme, que me pareció una enorme libélula, cruzó el interior de la cabaña y se posó en un pequeño banco.

—¡Vámonos! —gritó Myra—. No nos vayan a picar.

Pero hubo algo que me retuvo allí. Debajo del banco había una caja basta y junto a ella, sobre el suelo de tierra apisonada, observé virutas y trozos de madera.

Crucé la estancia. El enorme insecto seguía posado sobre el banco. Sin dejar de observarlo, abrí la caja. Tuve que agitarla un poco para conseguirlo y entonces vi varias figuras de madera tallada, entre las que se encontraba aquella que yo misma había visto al pie de la escalera de la casa modelo. Me volví hacia Myra, de pie ante la entrada.

—¡Aléjate! —me gritó—. Esto no me gusta nada.

—Ese muchacho… —dije lentamente—, dijo que Umgala venía aquí, que nadie más venía, que siempre estaba aquí… antes de que fuera asesinado.

—Yo me marcho —dijo Myra—. Este sitio es horrible…

La seguí. Myra ya avanzaba por entre la hierba alta.

—Myra —dije—. Myra, era Umgala…

En ese momento, vimos la serpiente. Se había levantado y estaba cerca de nosotras. Siseaba ominosamente. Había estado escondida entre la hierba. Evitándola, corrí tras Myra. Creo que tuvimos mucha suerte al haberla visto a tiempo.

Llegamos al claro y nos detuvimos, jadeantes. Me volví para mirar hacia atrás. Ya no quedaba el menor rastro de la serpiente. Myra temblaba, y la rodeé con un brazo.

—Ahora ya todo está bien —le dije, tranquilizándola—. Ha quedado atrás, entre la hierba.

Y lo único en que podía pensar era: Umgala hizo las figuras... y fue asesinado. Fue un descubrimiento inquietante. Me sentí aturdida y desconcertada. Las ideas se arremolinaban en mi mente. Pensé que sería mejor no mencionarle mi descubrimiento a Myra. Antes quería comentarlo con Lilias.

Myra se agarró a mí.

—Ha sido tremendo... esa cosa tan horrible entre la hierba. Nos estaba esperando, mientras estuvimos en ese lugar... Estaba allí, en la hierba, esperándonos. Yo no quería entrar allí. Sabía que había algo terrible. Odio esa clase de lugares, Diana, y ahora quisiera regresar a casa.

Me di cuenta de que por «casa», no se refería a Riebeeck. Deseaba estar en Lakemere.

—Te sentirás mucho mejor después de un descanso —le dije, tranquilizándola a ella y a mí misma.

Pero, en realidad, no estaba pensando en ella, sino en aquel muchacho que había tallado las figuras y que había muerto por eso. La señora Prost se acercó a nosotras, desde el prado.

—Oh, buenas tardes, señorita Grey. Señora Lestrange, parece como si hubiera visto usted un fantasma.

—Hemos visto una serpiente —dije.

—Bichos nauseabundos.

—Estaba cerca de nosotras —dijo Myra—, escondida entre la hierba. Nos siseó.

—¿Qué clase de serpiente era?

—No lo sé. Era grande. Sólo atinamos a salir de allí corriendo.

—Y con mucha razón. —Nos acompañó de regreso a la casa—. Una buena taza de té es lo que necesitarían ahora —dijo—. Pero el caso es que no queda. La situación empieza a ser crítica cuando una quiere tomar una taza de té y no queda nada.

Quería marcharme. Deseaba desesperadamente hablar con Lilias cuanto antes.

—Debería usted recostarse un poco, señora Lestrange —dijo la señora Prost—. Parece muy agitada.

—Creo que eso es una buena idea, Myra —dije.

Ella estuvo de acuerdo. Poco después, me despedí de ella y me dispuse a partir, pero al salir de su habitación la señora Prost me estaba esperando.

—Hay algo que debo decirle, señorita Grey —dijo. Vaciló un momento. ¿Iba a pedirme disculpas por lo que había sugerido durante nuestro último encuentro?—. Venga a mi habitación, por favor.

Nos dirigimos allí. La señora Prost parecía sentirse un tanto azorada y yo empecé a sentirme incómoda, repentinamente temerosa de lo que ella pudiera revelar a continuación.

—Tendría que habérselo dicho antes —dijo—, pero no encontré el valor necesario. Sin embargo, usted me cae muy bien. Yo no podía creerlo y, sin embargo, allí estaba.

—¿Sí? —pregunté con voz débil.

—Yo… sé quién es usted realmente.

—¿Qué… quiere decir?

—Es usted la señorita Davina Glentyre.

Tuve que sujetarme a los brazos del sillón donde estaba sentada. Me sentí aturdida y mareada. Aquello que tanto había temido, había terminado por suceder. La señora Prost me miraba fijamente.

—¿Cómo… lo ha sabido? —conseguí preguntarle.

Ella se levantó y se dirigió a un aparador, abriendo un cajón, el mismo de donde había sacado el pañuelo la vez anterior. Esta vez, sacó dos recortes de periódico y me los entregó. Me quedé mirando fijamente los titulares.

«¿Culpable o inocente? La señorita Davina Glentyre ante el tribunal. El decano de la facultad se dirige
al jurado.»

No pude seguir leyendo el texto. Las letras bailaban ante mis ojos. Todo lo que pude ver fueron aquellos titulares condenatorios.

—¿Desde cuándo lo sabía? —pregunté, y pensé enseguida: ¿Qué importa eso ahora? Ella lo sabe.

—Oh... desde hace algún tiempo.

—¿Cómo?

—Bueno, lo descubrí de una forma curiosa. Estaba
limpiando el polvo en la habitación del señor Lestrange, y él entró. A él le gustaba tener de vez en cuando
una pequeña charla, actuando siempre como un caballero, sin hacerla sentir a una pequeña ni nada por el estilo. Le dije: «Terminaré en un momento, señor. Siempre prefiero hacerle yo misma la habitación, para
asegurarme de que todo está bien.» Él me contestó: «Es
usted muy buena, señora Prost. Sólo he venido a recoger unos papeles. No se preocupe por mí.» Se dirigió a
la mesa de despacho y tomó unos papeles y, al hacerlo,
estos dos recortes de periódico cayeron al suelo. Los
recogí, y no pude evitar leerlos.

—¿Los tenía él guardados en su escritorio? Entonces...

La señora Prost asintió con un gesto y prosiguió:

—El señor Lestrange me dijo: «Ahora ha visto usted estos recortes, señora Prost, de modo que usted y
yo debemos tener una pequeña charla. Siéntese.» Así
que me senté, y él continuó: «¿Reconoce usted a esta
joven?» Contesté: «Sí, es la misma que se hace llamar
señorita Grey.» «Ella ha sido muy desgraciada —me
dijo—. Yo creo en su inocencia. Definitivamente, no
fue culpable de haber asesinado a su padre. No se puede pensar una cosa así de ella, ¿verdad, señora Prost?
No de una joven bonita y encantadora como la señori-

ta Grey.» «No —contesté—, no podría pensarlo, señor, pero…» Entonces, él me dijo: «Ella ha venido aquí para empezar una nueva vida. Yo deseo ayudarla, señora Prost. ¿Querrá usted hacer lo mismo?», a lo que contesté: «Estoy dispuesta a hacer lo que usted me diga, señor.» «En tal caso, tome estos recortes —dijo—, y guárdelos en alguna parte. Simplemente, ocúltelos. No debería haberlos dejado por ahí. Los sirvientes… ya sabe, uno de ellos podría haberlos descubierto. Hágase cargo de ellos y asegúrese de que nadie los vea. Quiero que me ayude usted a rehabilitar a la señorita Grey. Esa joven me agrada mucho. Es una dama que se merece otra oportunidad.» Y entonces me entregó estos recortes.

—¿Por qué se los entregó a usted? ¿Por qué quería que los guardara?

—No me lo dijo. Y yo pensé que era lo mejor que podía hacer, puesto que él así me lo había pedido. —Tomó de nuevo los recortes y volvió a guardarlos en el cajón—. Nadie entra aquí, a menos que yo lo invite. Yo me arreglo mi propia habitación. El señor Lestrange tiene razón. Están mucho más seguros aquí conmigo, que en su habitación.

—Pero ¿por qué querrá conservarlos?

—No lo sé. Sólo pensé que debía guardarlos… tal y como él me había pedido. Es posible que quisiera recuperarlos. Pero lo que yo quería decirle era que lo sabía. Supongo que la señora Lestrange no lo sabe, ¿verdad? —negué con un gesto de la cabeza—. Bueno, en tal caso sólo lo sabemos el señor y yo.

Me estaba sintiendo enferma. Hubiera querido salir corriendo de allí. Primero la conmoción de lo que había descubierto en la cabaña, y ahora, inmediatamente después, este nuevo golpe que me había dejado la mente completamente en blanco.

—¿Qué va usted a hacer? —pregunté.

—No voy a hacer nada. Pero pensé que usted me comprendería mejor si yo le decía lo que sabía. Me he dado cuenta de lo mucho que le agrada usted al señor Lestrange. Después de todo, él ha hecho un esfuerzo por ayudarla, ¿no le parece? ¿No fue él quien le informó sobre la existencia de la escuela? Esa es la razón por la que está usted aquí. Su secreto está a salvo conmigo. Hace ya algún tiempo que lo sé. Eso sucedió poco antes de que el señor Lestrange se marchara, claro. Cuando regrese, le informaré de que se lo he dicho. Le diré que me pareció lo más correcto por mi parte. Y ahora, mire, no se preocupe. El señor Lestrange no cree que hiciera usted aquella cosa tan terrible… y yo tampoco. Las muchachas bonitas no andan por ahí asesinando a la gente, y mucho menos a sus propios padres. Probablemente, él mismo tomó ese arsénico. Los hombres son así a veces, y teniendo una esposa joven. Es fácil de comprender, y eso fue lo que pensaron, ¿verdad?, porque a usted la dejaron en libertad. De modo que no se preocupe. Yo seguiré llamándola señorita Grey, aunque no lo sea. Pero ahora ya no podría usted utilizar su verdadero apellido, ¿verdad?

Deseaba que dejara de hablar. Me levanté.

—Me voy ahora, señora Prost.

—Muy bien. Pero no se preocupe. Sólo pensé que debía usted estar al corriente de que yo lo sé, y de que no tengo nada contra usted. Sólo tiene que llevar cuidado, eso es todo. Lo comprendo. Soy la clase de persona capaz de ponerme en el lugar de los demás. Yo también fui joven en otros tiempos. Pero usted no desea tener problemas.

—Si no le importa, quisiera marcharme.

—Descanse un poco. Sé que esto ha sido una conmoción para usted, pero conmigo es un secreto seguro, así que no tema nada.

Me apresuré a regresar a la escuela. En cuanto me vio, Lilias se dio cuenta de que algo andaba mal.

—¿Qué noticias traes? —me preguntó—. Al parecer ha habido bastante actividad por la ciudad. No tardará en romperse el cerco.

—Lilias, he sufrido una conmoción terrible. La señora Prost…

—¡Oh, no! ¿Otra vez con lo del pañuelo?

—No, esta vez no se trata de eso. Ella sabe quién soy en realidad. Tiene recortes… de periódico sobre el caso. Sabe todo lo que sucedió en Edimburgo.

—¡No! ¿Cómo ha podido enterarse?

—Roger Lestrange tenía esos recortes de periódico. Se los entregó a ella. Así que él sabe… y ahora ella también lo sabe. ¿Lo ves? No hay escapatoria posible. No se puede escapar de una cosa como esa.

—Vamos a ver qué ha sucedido. Ella te ha dicho que él le entregó los recortes, ¿no es cierto?

—Ella estaba limpiando la habitación. Él entró para recoger algo de su escritorio y los recortes se cayeron al suelo. Ella los recogió… y los vio.

—Algo bastante fortuito, ¿no te parece?

—Por la forma en que me lo contó, parece que fue accidental. Ella se dio prisa por recogerlos del suelo. Y no pudo evitar el verlos. Había una imagen mía. Él se dio cuenta de que ella lo había observado. Entonces le dijo que creía en mi inocencia y que deseaba ayudarme.

—¿Y por eso guardaba los recortes y los dejó caer a los pies de ella?

—Le entregó los recortes a ella, diciéndole que lo hacía así por temor a que pudieran caer en manos de alguno de los sirvientes.

—¿Qué habría de malo en haberles pegado fuego?

—No sé por qué razón tenían que guardarse. Pero el caso es que ella los tiene. Ella lo sabe, Lilias. Dice que cree en mi inocencia, y que desea ayudarme tanto como él. Oh, Lilias, desearía no haber conocido nunca a Roger Lestrange. Desearía no haber venido aquí.

—Me pregunto qué significará todo esto. ¿Por qué permitió que ella viera esos recortes? ¿Por qué se los entregó... para que los guardara? ¿Qué significa todo esto?

—No lo sé.

—En cualquier caso, no me gusta.

—Oh, y además ha ocurrido otra cosa. Se me había olvidado. He descubierto quién hizo aquellas figuras talladas y las colocó en la casa modelo. Fue Umgala, el pequeño sordomudo que fue asesinado.

—¿Qué?

—Una de las cabañas está vacía. Al parecer, alguien murió allí, y ya sabes lo supersticiosos que son esas gentes, ¿verdad? Está un poco apartada de todas las demás y en bastante mal estado. Uno de los chicos nos advirtió que no entráramos allí, y nos dijo que Umgala solía ir allí con frecuencia... y que no tuvo suerte. Fue asesinado. Al parecer, el pequeño creía que eso se debía a que había entrado en ese lugar. Yo entré y vi restos de madera en el suelo. Abrí una caja que encontré y descubrí una de las figuras talladas. La que yo misma había visto en la casa modelo.

Lilias me miraba con expresión de incredulidad.

—¿Y crees que fue asesinado porque talló aquellas figuras y las colocó en aquel lugar?

—Oh, Lilias, empiezo a creer casi cualquier cosa.

—Esas figuras fueron importantes.

—Oh, sí. Había una al pie de la escalera. No vi la otra... la que alteró tanto a Myra. Se trataba de un hombre que sostenía a una mujer en los brazos, y fue colocada en la parte superior de la escalera. Myra dijo que fue colocada de tal modo que daba la impresión de que la figura masculina se disponía a arrojar a la figura femenina escalera abajo.

—Parece ser que Umgala vio lo que sucedió. No podía hablar... de modo que intentó explicarlo de otro modo.

—Sí, estaba tratando de comunicarse con alguien, de decirle que no había sido ningún accidente. Margarete Lestrange no se había caído por la escalera de modo accidental, sino que había sido deliberadamente empujada y, de hecho... asesinada.

—Y por esa razón murió el muchacho. Todo esto empieza a adquirir un cariz muy siniestro.

—Sólo empezamos a obtener un poco de luz sobre lo sucedido.

—Parece que a alguien no le gustó esa figura.

—A Roger Lestrange no le gustó. Se puso furioso cuando la descubrió. Sin embargo, dio la impresión de que se sentía así debido a lo mucho que había alterado a Myra.

—Y poco después de eso, el muchacho desapareció.

—¿Crees que... asesinó a su primera esposa, y que luego habría matado a Myra? Ella ha mejorado mucho desde que él se marchó. Casi se ha recuperado por completo. Empezó a sentirse mejor inmediatamente después de que yo rompiera accidentalmente la botella de tónico que tenía en la mesita de noche. ¿Acaso estaba siendo envenenada... no por un insecto indeterminado, sino por su esposo, que le administraba el veneno en el tónico? Es una situación terrible. ¿Asesinó a su primera esposa y estaba intentando ahora eliminar a la segunda?

—Eso es una teoría —dijo Lilias pensativamente—. Tenía razones para hacerlo, ¿no te parece?

—Su primera esposa tenía el gran diamante... el «Tesoro de Kimberley.» Él compró Riebeeck con el dinero de ella, y luego ella murió. Después, él acudió a Inglaterra en busca de una esposa, de una mujer con dinero y que fuera dócil y sumisa. Como comprenderás, Myra encajaba perfectamente en lo que él deseaba.

—¿No te parece que vamos demasiado rápidas?

¿Fue todo así de simple? Y siguiendo esa misma línea de reflexión, veo otro aspecto del caso. ¿Por qué se mostró interesado por ti?

—¿Lo estaba?

—Desde luego que sí. Eso es evidente.

—Cierto, fue él quien pagó el nuevo camarote.

—¿Qué?

—No te lo había dicho porque sabía que no te gustaría. El primer camarote que nos asignaron fue el que nosotras pagamos con nuestro billete. No hubo ningún error. Fue él quien pagó la diferencia. Esa fue la razón por la que nos trasladaron a otro mejor.

—¡Qué estúpida fui! —exclamó Lilias—. Debería haberme dado cuenta. ¿Por qué no me lo dijiste?

—No me enteré hasta que casi estábamos en Ciudad del Cabo, y para entonces ya era demasiado tarde. No podríamos haber vuelto a nuestro antiguo camarote. Pensé que te habrías enojado por lo del dinero, así que decidí aceptarlo graciosamente.

—Le devolveré ese dinero —dijo Lilias—. Pero no es eso lo que debe preocuparnos ahora. Eso quedará para más tarde. Estoy intentando encontrarle un sentido a todo esto. Esa historia del pañuelo encontrado debajo de su cama al día siguiente de que pasaras una noche en esa casa. ¿Y si fue él quien lo puso allí? Y los recortes de periódico… cayéndose casualmente al suelo. ¡Qué historia! Él quería que la señora Prost los viera. ¿Y por qué se los entregó para que los guardara? ¿Por qué? Oh, Davina, no me gusta esto. Creo que puedes estar en peligro.

—¿Cómo?

—¿Es que no lo comprendes? Su primera esposa murió en circunstancias misteriosas.

—¿Fue así? Ella se cayó por la escalera… después de haber estado bebiendo.

—Puede haber sospechas. Ella había heredado ese

diamante y murió poco después de contraer nuevo matrimonio. Luego, él volvió a casarse, con una mujer sumisa, muy similar a la primera, y, además, también con dinero. Myra ha estado siendo envenenada lentamente. Es posible que fuera astuto y decidiera eliminar a la segunda, pero no utilizando el mismo método que empleó con la primera. En tal caso, habría querido tener una coartada. Se encontró entonces con una mujer que había sido acusada de haber envenenado a su padre, que la había amenazado con desheredarla. Había sido juzgada por ese asesinato y las sospechas todavía recaían sobre ella, ya que el resultado del juicio había sido «No probado.» Esa mujer acude a la casa de él; el ama de llaves encuentra el pañuelo de ella bajo la cama. Quizá no sea más que una pequeña indiscreción, pero la indiscreción no significa asesinato. Esa mujer está interesada por el elegante señor de la casa, pero este ya tiene una esposa. En cierta ocasión esa mujer ya fue juzgada por el asesinato de alguien que se interpuso en su camino. ¿Y si ella fuese realmente culpable? ¿Acaso no intentaría utilizar de nuevo el mismo método? Sé que esto no es más que una alocada suposición. Él habría alcanzado el éxito, y tú ya no serías necesaria. Pero si no lo lograba… bueno, entonces tenía un chivo expiatorio. Oh, Davina, es posible que esté fantaseando, pero ¡esa podría ser la verdad!

—¿Cómo se te pueden ocurrir cosas tan terribles?

—Porque soy práctica. Y soy tozuda. Intento obtener una imagen clara. No hago más que preguntarme por qué esto, por qué aquello. Y lo que hago es imaginar el peor de los casos y ver si encaja… y podría encajar, Davina. Podría.

—Estoy asustada, Lilias. No podría volver a pasar por toda esa pesadilla. Hay muchas cosas que concuerdan. Él siempre me ha hecho sentir un poco incómoda. Y ahora… ahora tengo la sensación de que estuvo allí desde el principio, como esa serpiente que vimos entre la hierba, esperando el momento de lanzarse al ataque, allí escondida, tendiéndome la trampa debido a lo que ya me había ocurrido antes. Gracias a Dios que pudimos escapar. Incluso puedo darle gracias a Dios por el asedio de la ciudad. Si él se hubiera quedado... oh, ¡no puedo soportar el imaginármelo! Lilias, si todo esto es cierto, cuando regrese esperará encontrar muerta a Myra.

—Quizá no regrese... quizá no lo sepamos nunca. ¿Cómo vamos a saber lo que está ocurriendo en el resto del país? Las personas mueren en las guerras. ¿Adónde se marchó? No lo sabemos. Dio a entender que se marchaba a cumplir una misión secreta, ¿no es así? ¿Cómo podría saberse eso con un hombre así? Pero si regresa... quizá sepamos más.

—Difícilmente podrá volver mientras continuemos asediados.

—Entonces nunca sabremos la verdad.

—¿Qué vamos a hacer, Lilias?

—Sólo podemos esperar y ver qué pasa. Pero te diré una cosa: cuando regrese, si es que regresa, estaremos preparadas.

Aquella noche estuvimos despiertas hasta bastante tarde, hablando, pues ninguna de las dos era capaz de dormir. Repasamos una y otra vez todo aquello que nos había parecido importante.

No podía creer que él me hubiera ayudado a venir aquí sólo porque había planeado asesinar a su esposa y deseaba encontrar un chivo expiatorio en caso de que surgiera esa necesidad.

—Es posible que no fuera planeado deliberadamente —dijo Lilias—. A menudo esa clase de cosas no lo son. Quizá, al principio, deseó realmente ayudarte. Tuvo que haber descubierto bastante pronto que tú eras Davina Glentyre.

—Recuerdo aquella ocasión... Tú también estabas allí. Habíamos visitado a la señora Ellington y yo sufrí una caída del caballo. Kitty también estaba presente y lanzó un grito, llamándome por mi nombre.

—Lo recuerdo. Eso habría sido suficiente.

—Es un nombre poco corriente. Eso pudo haber iniciado una cadena de asociaciones en su mente. Indudablemente, se mostró muy amistoso. Estaba tan ansioso para que acudiera a la casa a hacerle compañía a Myra. Luego sucedió lo del pañuelo y lo de los recortes...

—Podemos seguir dándole todas las vueltas que queramos, Davina, y seguiremos sin estar seguras. Esperemos a ver qué sucede cuando regrese. Quizá entonces podamos enterarnos de más cosas.

Y seguimos hablando.

No tuvimos que esperar mucho tiempo. Sabíamos que el ejército se estaba acercando. Entre el ejército y la ciudad estaban los comandos bóers, ¿y qué podían esperar unos grupos de combatientes aficionados, recién sacados de sus granjas, en conflicto con soldados entrenados?

¿Cómo podían Kruger y Smuts resistir a Kitchener y Roberts... y al ejército británico? El rompimiento del cerco era inevitable. Podría producirse en cualquier momento. Los estábamos esperando. Y finalmente, llegaron.

Pareció que todos los hombres, mujeres y niños de la ciudad salieran a la calle. Salimos para vitorearlos cuando entraron, y la bienvenida que les dispensamos fue tumultuosa. La gente se abrazaba y se besaba de alegría.

—Todo ha terminado. Ya están aquí. Siempre supimos que vendrían...

Casi dio la impresión de que había valido la pena pasar por aquel asedio para vivir aquellos momentos tan maravillosos en que todo había pasado.

Mafeking y Ladysmith también fueron liberadas.

—Los buenos soldados del imperio. El viejo y bueno de Kitchener —gritaba la gente.

Durante aquellos días, todos nos dejamos arrastrar en alas de la victoria.

La liberación de Kimberley fue una experiencia tan emocionante que, a pesar de todo lo que me había sucedido recientemente, también me vi arrastrada por el regocijo general. Sin embargo, nunca dejé de tener presente la terrible toma de conciencia del mal que había estado a punto de caer de nuevo sobre mí.

Una vez transcurridos los primeros días, cuando ya empezábamos a acostumbrarnos al ejército en la ciudad, a que llegara la comida con regularidad, a festejar la victoria y cantar *Dios salve a la reina,* empecé a sentirme preocupada por el pensamiento de que Roger Lestrange pudiera regresar. ¿Qué pasaría entonces? ¿Qué podría decirle? No podía acusarle de haber intentado envenenar a su esposa, y de haber trazado un plan maligno para incriminarme. No podía decirle: «Myra empezó a recuperarse en cuanto dejó de tomar el tónico que tú tanto insistías en que tomara.» ¿Qué diría con respecto al pañuelo y a los recortes de periódico? Tal y como había señalado Lilias, aquello no eran más que teorías, aun cuando parecieran muy plausibles.

Pero no tuve que volver a hablar de nuevo con Roger Lestrange.

Regresó cuatro días después de la liberación de la ciudad.

Nunca llegué a saber lo que dijo ni lo que pensó

cuando regresó a su casa y vio que Myra estaba viva y se encontraba bien, porque la misma noche de su regreso, alguien que le esperaba oculto en los jardines de Riebeeck House disparó contra él y lo mató.

En cuanto nos enteramos de la noticia, Lilias y yo tuvimos la seguridad de que nuestra teoría había sido correcta. Estábamos convencidas de que Njuba lo había matado porque había descubierto que Roger Lestrange era el asesino de su hijo.

Las noticias se difundieron con rapidez y John Dale acudió a la escuela para comunicárnoslas.

—¿Quién lo mató? —pregunté.

—Nadie lo sabe aún. Se sospecha de uno de los sirvientes que últimamente había estado actuando de un modo extraño.

Entonces estuve segura de que había sido Njuba.

—Pobre Myra —dije—. Estará destrozada. Tengo que ir a verla.

—Te acompañaré —dijo Lilias.

En Riebeeck House reinaba el caos. El cuerpo de Roger Lestrange había sido depositado en una de las habitaciones. Myra sollozaba amargamente.

La señora Prost estaba presente. Al verme, pareció aliviada.

—Me alegro de que haya venido —me dijo—. No hay forma de consolarla. Y pensar que ha regresado a casa para esto.

Descubrieron a Njuba en los jardines. Parecía aturdido y con la mirada enloquecida.

—Se ha vuelto loco —dijo Lilias—. Pobre hombre. Su cerebro no ha podido resistirlo.

—¿Qué le sucederá? —pregunté con un susurro.

—Es un asesinato —dijo Lilias—, lo mires como lo mires. Es posible que sea justicia bruta, pero no deja de ser un asesinato.

Njuba no dejaba de murmurar:

—Él mató a mi hijo —sostenía un botón—. Estaba... en la mano de mi hijo. Es de su chaqueta. Yo lo encontré. Él mató a mi hijo, y mi hijo le arrancó el botón y lo sujetó en la mano. Aún estaba allí... cuando lo encontré.

Se lo llevaron.

De modo que había una prueba de que Roger Lestrange había asesinado al pobre sordomudo. Eso sólo pudo haber sucedido porque el chico conocía el secreto de la muerte de Margarete, y como no podía explicarlo con palabras, lo había hecho utilizando las figuras que había tallado. Si Roger Lestrange había podido matar a su primera esposa... habría podido hacer lo mismo con un pequeño sordomudo. Así, la teoría de que pretendía desviar la culpabilidad hacia mí no parecía tan ilógica, sobre todo teniendo en cuenta que ahora estábamos seguras de que había preparado el camino por medio del pañuelo y de los recortes de periódico. Había intentado atraerme, para que yo estuviera allí, presente, en caso de que surgiera la necesidad. Y había esperado el momento oportuno para lanzar su ataque, como una serpiente escondida.

La pobre Luban estaba medio loca de dolor. Todos tratamos de consolarla. Myra ayudó en ello. Luban había perdido a un hijo, y estaba a punto de perder a su esposo; pero Myra también había perdido a su esposo. Parecía irónico que hubiera podido amar tanto a un hombre que había intentado asesinarla, al mismo tiempo que hacía todo lo posible por encantarla. Pero creo que al ayudar a Luban, Myra encontró un cierto solaz a su propio dolor.

Las secuelas de la historia extrañaron a todo el mundo cuando, al día siguiente, Piet Schreiner hizo un anuncio en la capilla.

Se irguió en el púlpito, frente a toda la congregación de fieles. La capilla estaba llena de gente que había acudido a dar gracias a Dios por la liberación de la ciudad.

—Esta es la justicia del Señor —dijo Piet Schreiner en voz alta—. Yo maté a Roger Lestrange. Él merecía morir. Era un pecador. Sedujo a la mujer con la que me casé, y luego la abandonó. Yo me casé con ella para salvar a su familia de la vergüenza y dar mis apellidos a su hijo. Dios me iluminó para que lo hiciera así, y yo siempre obedeceré al Señor. Ahora me ha iluminado para que destruyera a este despojador de vírgenes, a este fornicador, a este diablo que ahora se encuentra ante el supremo Hacedor. Será juzgado por lo que es, y los fuegos del infierno le esperan. Ese hombre, Njuba, ha sido falsamente acusado. Lo había matado en su corazón. Tenía sus razones. Pero yo, y sólo yo, he destruido a ese miserable pecador. Soy el mensajero del Señor, y ahora que mi tarea ha sido cumplida, abandono este mundo para dirigirme al lugar de gloria que me aguarda.

La congregación de fieles escuchó atónita aquellas palabras. Una vez que terminó de pronunciarlas, Piet Schreiner se llevó un revólver a la cabeza, y se pegó un tiro.

La liberación de Kimberley no significó que la guerra hubiera terminado, y la euforia no tardó en disiparse. La comodidad de poder pasear por las calles sin el temor a sufrir una muerte repentina, y el hecho de que los alimentos ya no escaseaban, nos proporcionaban a todos el mayor de los deleites. El país seguía encontrándose bajo los estragos de la guerra, y una victoria aquí y otra allá no iban a detener a los bóers. Eran gentes muy persistentes. Como quiera que estaban acostumbrados a un duro estilo de vida, creían estar luchando por su patria, y estaban decididos a resistir.

Sabían muy bien que su ejército era inferior al británico, pero eso no les impedía formar grupos guerrilleros que atacaban los cuarteles del ejército británico y las líneas de comunicación, que eran esenciales para poner punto final a la guerra.

Así pues, la esperada paz se retrasó.

No obstante, nuestro asedio había terminado. Intentamos volver a la vida normal, en la medida de lo posible, y los alumnos regresaron a la escuela.

Yo iba con frecuencia a Riebeeck House, a pesar de que tenía que ver a la señora Prost, algo que me seguía azorando. Ella se sintió profundamente afectada por la muerte de Roger Lestrange. La revelación de que el chico muerto había logrado retener un botón de una de las chaquetas del señor había conmocionado profundamente a todo el mundo. Njuba se había apoderado de aquella chaqueta, y la había guardado como prueba irrefutable. Luego, se produjo la acusación pública de que él había sido el padre de la hija de Greta Schreiner. Para la señora Prost, Roger Lestrange había sido un héroe, y no cabe la menor duda de que le habría gustado pensar que otro hombre había sido el padre de la hija de Greta. Pero difícilmente podía justificar el asesinato de un muchacho indefenso y sordomudo.

En cuanto a Myra, permaneció postrada durante algunos días, después de la muerte de su esposo, pero poco a poco empezó a recuperarse. Tomó a Njuba y a Luban bajo su cuidado personal. Njuba estaba muy enfermo y corría el peligro de perder la cordura. Me sorprendió la forma en que ella y Luban se ayudaron la una a la otra en aquellas circunstancias. Paul estuvo con ella la mayor parte del tiempo. Al niño le había gustado mucho Umgala. Más tarde, Paul me dijo que el muchacho había intentado comunicarle algo, pero que él no había podido descubrir de qué se trataba. Entonces, Umgala debió de haberlo intentado a través de las figuras. Si él hubiera podido comprender lo que Umgala trataba de decirle, este no habría tenido necesidad de tallar aquellas figuras y, presumiblemente, no habría sido descubierto colocándolas en la casa modelo, con lo que se habría podido evitar su muerte.

Pero en aquellos momentos, él y Myra se habían necesitado mucho.

Por la noche, solía quedarme en la cama, repasando los dramáticos acontecimientos de los últimos meses, y no dejaba de pensar en la conjetura de que Roger Lestrange había tenido intenciones de utilizarme. En mi mente quedaban pocas dudas de que él había intentado asesinar a Myra, y tampoco dudaba de que lo hubiera logrado de no haber sido por el giro de los acontecimientos, porque si la ciudad no se hubiera visto bajo asedio, él habría podido regresar antes para completar su tarea.

Dejé que mi mente se desbocara e imaginé a la señora Prost entrar en la habitación de Myra para descubrir que había muerto... envenenada por algún insecto. Pero ¿se habría producido una investigación? ¿Habrían descubierto entonces que el tónico estaba envenenado? En el caso de que se hubiera sospechado del esposo, él habría podido sacar su as de triunfos... perfectamente preparado para ser jugado. Diana Grey era, en realidad, Davina Glentyre. Ella había estado mucho tiempo con la fallecida, y durante todo ese tiempo esta había tomado su tónico con regularidad. Ella se había quedado a dormir en la casa. Se había descubierto un pañuelo bajo la cama del señor Lestrange, lo que sugería que ella lo había visitado en su habitación. El señor Lestrange la había ayudado mucho. ¿Tendría ella esperanzas de casarse con él? En tal caso, existiría un motivo, y Davina Glentyre ya había sido sometida a juicio por el asesinato de su padre, que se había interpuesto en su camino.

Me sentía invadida por sudores de temor al imaginarme el tribunal. La única diferencia habría sido que este sería en Kimberley, y no en Edimburgo. Y entonces me decía una y otra vez que eso no había llegado a suceder. Me decía que había sido salvada... por la guerra. Pero no dejaba de pensar en lo que habría podido ser.

Me decía que había estado en peligro, debido a lo que me había sucedido antes. Que no había forma de escapar del pasado. Que me había seguido hasta allí. Que en realidad, yo estaba allí debido precisamente a ese pasado. Él había tenido intenciones de asesinar a Myra y echarme la culpa a mí. Ahora ya no podía hacerme ningún daño, pero la gente se enteraría de mi pasado. No había forma de escapar de eso.

De vez en cuando, recibíamos noticias de lo que estaba sucediendo. Johannesburgo y Pretoria se hallaban ahora en manos de los británicos, pero Wet y De la Rey, con sus bandas de comandos, acosaban al ejército por todas partes. Kitchener empezaba a sentirse impaciente con los bóers, que se negaban a aceptar la derrota. Seguía una política de tierra quemada, incendiando aquellas granjas en las que se creía se habían refugiado los guerrilleros; empezó a crear campos de concentración a los que enviaba a todos los sospechosos. Pero la resistencia continuaba. Los bóers seguían mostrándose tan decididos como siempre, y la guerra proseguía.

Un día por la tarde los niños empezaban a marcharse a casa, terminadas ya las clases, y Lilias y yo estábamos guardando los libros, cuando escuchamos unos golpes en la puerta. Fui a abrir. Allí delante había un hombre. Me quedé mirándolo fijamente. Por un momento, pensé que estaba soñando.

—Esto debe de ser una sorpresa para ti —dijo él.

—¡Ninian! —grité.

Lilias acudió enseguida. Se quedó tan boquiabierta como yo.

—¿Es real...? —casi tartamudeó.

Y cuando él entró en el vestíbulo, sentí que una alegría abrumadora tomaba posesión de mí.

Se sentó en la pequeña habitación cerca del aula, y nos contó lo difícil que le había sido llegar hasta allí.

—He tenido que hacer un montón de formalidades. Todos los barcos transportaban tropas. Pero me las arreglé, aduciendo un caso importante para una clienta muy especial.

—¿Una clienta? ¿Entonces...?

—Tú eres la clienta —me dijo.

Lilias nos preparó la comida. Y no me permitió ayudarla en nada. Supuso, al igual que yo, que Ninian deseaba estar a solas conmigo. Pero yo aún me sentía perpleja, maravillada ante el hecho de que estuviera allí.

Percibí que tenía cosas importantes que decirme, pero que deseaba esperar el momento apropiado. Poco después, Lilias anunció que la comida estaba preparada, disculpándose por su sencillez.

—Ya no estamos asediados, pero las cosas aún siguen siendo un poco difíciles.

Hablamos sobre el asedio y las noticias de la guerra. Ninian creía que ya no duraría mucho más tiempo. Los bóers eran superados en número. De no haber sido por las dificultades del terreno, no habrían tenido ni siquiera una oportunidad.

Me daba cuenta de la impaciencia de Ninian, que yo misma compartía. Deseaba saber qué le había inducido a emprender un viaje tan largo y en plena guerra.

Lilias fue muy perceptiva y en cuanto hubimos terminado de comer dijo que tenía que ir a ver a John Dale, y nos pidió que la disculpáramos por su ausencia.

—Sé que le tienes mucha confianza —dijo Ninian en cuanto ella se hubo marchado—, y que sois grandes amigas, pero creo que lo que tengo que decirte debo decírtelo a solas.

—Deseo escucharlo —le aseguré.

—Sabes que me sentí muy inquieto ante la perspectiva de que vinieras aquí, y cuando me enteré de que Lestrange había pagado por ese camarote y se había hecho amigo tuyo, y que tú estabas viendo mucho a su esposa, que se hallaba bastante enferma, empecé a sentirme más y más inquieto.

—¿Sabes que ha muerto?

—¿Muerto? —replicó mirándome sin comprender. Se lo expliqué y él se llevó una mano a la cabeza—. Entonces, estás a salvo —dijo—. Eso explica muchas cosas. Yo tenía razón. ¡Oh, qué suerte has tenido de poder escapar!

—Cuéntame lo que sepas.

—Son pruebas irrecusables contra él. Cuando me lo presentaste, creí reconocer su rostro, pero no supe quién era hasta después de tu partida. Hasta entonces, no pude recordar dónde había visto ese rostro con anterioridad. Lo cierto es que ese hombre era un asesino... y de la peor especie. No la clase de hombre que mata en un arrebato de pasión, o como consecuencia de una sensación de injusticia, sino que era el que mata a sangre fría, por la avidez del dinero. Mató a dos mujeres, con las que previamente se había casado por su dinero, y estaba planeando este tercer crimen... el de Myra Ellington. ¿Cómo está ella?

—Ahora está bien. Ha estado muy enferma. Pero Roger Lestrange se marchó poco antes de que se cerrara el cerco de la ciudad y no pudo regresar.

Luego le expliqué lo sucedido con el tónico. Ninian emitió un profundo suspiro.

—Gracias a Dios que rompiste aquella botella, pues de otro modo podría haber sido demasiado tarde. Déjame que te cuente más cosas de ese hombre. La razón por la que se despertaron mis sospechas sobre él fue debido a un caso que se planteó en Australia, y del que tuve noticia porque hubo una querella por cuestiones de dinero. Eso puso de manifiesto uno de los aspectos más sutiles de la ley y, como sabes, tenemos registradas toda esa clase de cosas. Un hombre llamado George Manton se marchó a Australia desde Inglaterra. Una vez allí, se casó con una joven y rica heredera, y nueve meses después del matrimonio ella apareció ahogada. Su fortuna pasó al esposo al cabo de pocos meses. Él era ese George Manton. Parece que, varios años después de la muerte de su esposa, el padre de la heredera viajó a Inglaterra. Tenía una hija de cuatro años de edad. Mientras estaba en Inglaterra, volvió a casarse; el matrimonio no tuvo éxito y la pareja acordó separarse; el marido regresó a Australia, y la esposa permaneció en Inglaterra. Pero hubo un hijo de ese matrimonio y, a su debido tiempo, ese hijo reclamó su parte en la fortuna de su padre. El caso fue juzgado tanto en un tribunal inglés como en otro australiano, y durante el transcurso del mismo se publicó una imagen de George Manton. Fue entonces cuando la vi. Pero hasta después de tu partida no relacioné el caso con él ni busqué los documentos pertinentes. Cuando me enteré de que Myra estaba enferma, me sentí muy alarmado. Recuerda que te escribí, diciéndote que regresaras inmediatamente a casa.

—Pensé que sólo lo decías porque la guerra era inminente.

—Sí, en efecto, pero también estaba esto otro… Además, había otra razón.

—¿Cuál?

—Una razón personal. Pero de eso te hablaré más tarde. Tenía la fuerte sensación de que estabas en peligro.

—Tanto Lilias como yo hemos pensado que sí lo estuve. Pero háblame antes de esa esposa en Australia.

—En tu carta mencionaste que él había tenido una primera esposa que murió debido a una caída por una escalera. A mí me pareció demasiada coincidencia. Una esposa ahogada en Australia pocos meses después de celebrado el matrimonio, otra que se cae por una escalera, y la tercera... muy enferma, sin duda alguna por algún tipo de veneno. Estaba variando sus métodos. Y entonces... se había tomado mucha molestia en conseguir que tú fueras con más frecuencia a la casa.

Le conté lo del pañuelo encontrado por la señora Prost. Ninian se mostró impresionado.

—No creo que quepa la menor duda —dijo—. ¡Qué subterfugio!

—Creo que asesinó a un pobre muchacho nativo que le había visto empujar a su primera esposa por la escalera. El muchacho era sordomudo y estaba con frecuencia en la casa. Nadie le prestaba mucha atención. Su madre trabajaba allí. Talló unas figuras que colocó en una casa modelo que tienen, y de la que te hablaré más tarde. Yo lo descubrí en una cabaña medio derruida al observar las virutas de madera dejadas durante la talla. Roger Lestrange tuvo que haber descubierto que aquellas figuras las talló el muchacho. Quizá lo descubrió merodeando por la casa, o colocando allí la figura. Entonces, debió de haber llegado a la conclusión de que el muchacho sabía algo. Todo encaja en su lugar, y parece horrible.

—Nunca deberías haber venido aquí, Davina.

—Ahora lo sé.

—No me perdonaré el haberte puesto en contacto con esa sociedad de emigración.

—En aquel entonces pareció una buena idea, y podríamos haber ido a Australia, o a Estados Unidos, que fue lo que planeamos en un principio.

—En cuanto te lo sugerí me sentí furioso conmigo mismo. Pero tú querías marcharte.

440

—Creí que esa era la respuesta. Ahora sé que no hay ninguna forma segura de escapar. Como ves…

—Yo intenté llegar aquí antes —dijo él, asintiendo.

—¿Y has recorrido toda esa distancia…?

—Sí, he recorrido toda esa distancia —asintió, sonriendo—. Es un verdadero milagro que todo haya salido así. El resultado podría haber sido muy diferente.

—Estoy segura de que él iba a sugerir que yo confiaba en casarme con él y que, para ello, pensé en eliminar a su esposa.

—Probablemente, confiaba en salir adelante con esa historia, tal y como había hecho en otras dos ocasiones. Quizá pensó que dos muertes en la misma casa podrían haber despertado sospechas, aunque utilizara métodos diferentes. Parece razonable suponer que le pareció una buena idea tenerte a ti cerca, como una vía de escape para él, en caso de que algo saliera mal. Desde luego, confiaba en no tener necesidad de utilizarte de ese modo, y que cuanto menos jaleo se armara, tanto mejor. Pero quería tenerte a mano por si acaso fuera necesario.

—Parece todo tan fríamente calculado.

—Era un hombre calculador, y también con mucha sangre fría. Qué agradecido me siento al ver que no pudo llevar a cabo su diabólico plan. Fue un hombre que vivió violentamente. Fue un acto de justicia que muriera como murió.

—Dos personas lo habían condenado a muerte: el padre del muchacho asesinado estaba muy alterado porque alguien lo mató antes de que él pudiera hacerlo.

—¡Qué forma de marcharse de este mundo! Pero ahora debemos regocijarnos, Davina. Yo podría haber llegado demasiado tarde para salvarte.

—No creo que hubiera podido volver a pasar otra vez por todo aquello. El tribunal… la cárcel. Es un estigma terrible que me resulta muy difícil sobrellevar.

Se levantó y se acercó a mí. Me hizo levantar y me rodeó con sus brazos. Siguiendo un impulso, yo también le abracé.

—Gracias, Ninian. Gracias por haber venido.

—No podía olvidarte —me dijo—. Estabas continuamente en mis pensamientos. Ese veredicto de «No probado.» Deberían haber sabido que tú no pudiste hacer una cosa así.

—Había pruebas contra mí.

—Aquella mujer, Ellen Farley, nunca ha sido encontrada, ¿sabes? Simplemente, desapareció. ¿Por qué tuvo que desaparecer así? Podría haber salido en cualquier momento a la luz. Sólo Dios sabe lo mucho que intentamos encontrarla. Su declaración habría sido muy importante.

—No puedo quitarme de la cabeza el hecho de que hayas recorrido toda esta distancia.

—Tuve la sensación de que una carta no era suficiente. Ya te pedí antes que regresaras a casa. Sabía que sería difícil llegar hasta aquí, debido a la guerra. Pero aquí estoy.

—¿Y esa razón personal de la que ibas a hablarme?

—Después de que te marcharas, me di cuenta de lo que significaba para mí no volver a verte. Fue entonces cuando supe que estaba enamorado de ti.

—¿Tú... enamorado de mí?

—¿Es que no te lo has imaginado?

—Sabía que te habías tomado un interés especial por mi caso... pero los abogados deben interesarse por sus casos. Pensé que te sentías más bien atraído por mi madrastra.

—¡La encantadora Zillah! —exclamó, sonriendo—. Tenía la sensación de que ella sabía mucho más de lo que nos había contado. Fue gracias a ella como pudimos conseguir el veredicto que obtuvimos. Ella fue un testigo vital. Pero aún sigo teniendo la impresión de que hay mucho más. Y quería descubrirlo. Por esa razón me dediqué a cultivar su amistad. Lo que más deseaba era llegar a la verdad. Sé lo que significa haber terminado un juicio con un veredicto de «No probado.»

—Gracias, Ninian. Has sido maravilloso conmigo. Me has ayudado mucho.

—No he hecho lo suficiente —dijo él, negando con un gesto de la cabeza—. Debería haberte demostrado la devoción que sentía por ti. Quiero que sepas exactamente qué es lo que siento. Te amo y quiero que regreses conmigo a Escocia. —Le miré fijamente, asombrada—. Deseo que te cases conmigo —añadió. Por un momento, pensé que no había entendido bien sus palabras—. Abrigo la esperanza de que yo te importe algo.

Permanecí en silencio. Estaba demasiado emocionada para hablar. Había anhelado estar con él. Recordé cómo me había dolido el interés que demostró por Zillah. En cuanto le vi allí, delante de la puerta, no pude creer en lo que veían mis ojos. No podía acostumbrarme a la idea de que había hecho aquel largo viaje, sólo para verme.

¿Sentía algo por él? Siempre había sentido algo por él. Me había sacado de una situación de abatimiento, me había apoyado con su determinación por defenderme. Cuando abandoné Inglaterra y pensé que ya nunca volvería a verlo, mi desolación había sido tan profunda que me obligué a mí misma a no admitirlo. Me había dicho una y otra vez que mi depresión se debía al hecho de que abandonaba mi patria. Pero no se trataba tanto de eso como de dejar atrás a Ninian.

—Nunca te he olvidado —dije.

—Con el tiempo, podré importarte algo —dijo, tomándome de las manos y besándolas.

—No necesito tiempo —dije—. Tú me importas ya ahora. En cuanto he abierto esa puerta y te he visto, me he sentido en el momento más feliz de mi vida.

—Entonces... —dijo, con expresión repentinamente radiante—, ¿vendrás conmigo ahora? ¿Te casarás conmigo?

—¿Regresar contigo... a Edimburgo? ¡No puedes decirlo en serio!

—Claro que sí. Esa es la razón por la que he venido hasta aquí, para llevarte de regreso conmigo. No quiero que volvamos a separarnos jamás.

—Seguramente, no lo has pensado con suficiente seriedad.

—Davina, llevo semanas en que apenas pienso en otra cosa.

—Pero ¿has considerado lo que significaría eso?

—Lo he considerado.

—Tú, una figura en alza en los medios de la jurisprudencia, casada con alguien que ha sido juzgada por asesinato, con un veredicto de «No probado.»

—Créeme, todo eso ya lo he considerado.

—Sería algo muy nocivo para tu carrera.

—Estar contigo será lo mejor que pueda ocurrirme en la vida.

—Había esperado que demostraras un sentido común más sereno.

—Eso es lo que estoy haciendo. Sé lo que deseo y estoy haciendo todo lo posible por conseguirlo.

—Oh, Ninian, qué tonto eres, ¡y cuánto te amo por tu tontería! Pero no puede ser. ¿Quieres que regrese a Edimburgo... el lugar donde ocurrió todo? ¿Cómo puedo hacer una cosa así? Allí me conoce todo el mundo. Aquí ya me ha sido bastante difícil soportar el hecho de que la señora Prost conoce mi verdadera identidad. Pero allí... todos la sabrían. Y si te casaras conmigo, todo se recordaría. Sospecharían de mí, Ninian. Tendríamos que afrontar la verdad. Siempre habría quienes creerían que yo maté a mi padre. Y eso arruinaría tu carrera.

—Si yo no pudiera resistir cualquier cosa de ese tipo, no merecería seguir una gran carrera.

—Mi presencia impediría tu ascenso. No podría hacerlo, Ninian. Pero jamás olvidaré que me lo has pedido.

Me tomó por los hombros y me sacudió con suavidad.

—Deja de decir tonterías. Vamos a hacerlo. Vamos a desafiarlos a todos. Ahora sé que me amas... y yo te amo a ti. Eso es lo que verdaderamente importa. El resto... bueno, ya nos enfrentaremos con ello cuando surja.

—No puedo permitirlo. Es maravilloso, quijotesco y noble, pero...

—Eso es lo que más satisface mis propios deseos. Quiero casarme contigo. Si me rechazaras, jamás volvería a ser feliz. Escúchame, Davina, habrá dificultades. Eso lo sé. Es posible que se produzcan momentos difíciles de vez en cuando. Pero estaremos juntos. Los afrontaremos juntos, sean los que fueren. Eso es lo que deseo, Davina, más que cualquier otra cosa en el mundo. No puedes imaginarte lo que han sido estos últimos meses para mí. Llevo todo ese tiempo pensando en ti, imaginándote en este lugar, aquí, bajo el asedio de la ciudad. Ha sido más de lo que podía soportar. Y luego me enteré de lo de Roger Lestrange... y pensé en los esfuerzos que él había hecho para conseguir que te instalaras aquí. Tenía que venir, tenía que verte, que explicarte mis sentimientos, y ahora no voy a permitir que vuelvas a alejarte de mí. Voy a estar contigo durante el resto de mi vida.

—Es una perspectiva maravillosa —dije con tristeza—. Pero no puede ser... Lo sé.

—No, no lo sabes. Lo que tengamos que afrontar, sea lo que fuere, es mucho mejor afrontarlo juntos.

—Pero tú no tienes necesidad de afrontar nada. Deberías regresar a Edimburgo, continuar tu carrera de éxitos, convertirte algún día en el presidente del Tribunal Supremo...

—¿Sin ti? Desde luego que no. Voy a eliminar todas tus excusas.

—Pero sabes muy bien que son... sensatas.

—Quizá, en ciertos aspectos. Pero aquí estamos hablando de amor. Y ahora, Davina, ¿quieres casarte conmigo?

—Desearía decir que sí, más que ninguna otra cosa.

—En tal caso, eso es más que suficiente.

Y así, me entregué a las fantasías.

Lilias regresó en compañía de John Dale. Tuvo que haber presentaciones y explicaciones. Había mucho de que hablar sobre la guerra y sobre lo que se pensaba y sentía de ella en Gran Bretaña.

Ninian dijo que había voces entusiasmadas, y otras que disentían. Pero las victorias se celebraban siempre con gran júbilo; Kitchener y Roberts eran los héroes del momento. Nos explicó las dificultades de viajar en tiempos de guerra, y el tiempo que había pasado intentando encontrar pasaje.

Finalmente, los hombres se marcharon, John Dale en dirección a su casa, y Ninian de regreso a su hotel. Dijo que volvería a verme a la mañana siguiente. Había muchas cosas de que hablar.

Una vez que se hubieron marchado, Lilias me miró interrogativamente.

—Eso ha sido toda una sorpresa —dijo— Ha venido hasta aquí para ver a una cliente. ¿Qué significa eso? En realidad, ha venido para verte a ti, ¿verdad?

—Sí —contesté—. Me ha confirmado muchas de las cosas que habíamos pensado sobre Roger Lestrange. Tuvo otra esposa en Australia, a la que encontraron ahogada. —Lilias me miró fijamente—. Y creo que nuestra teoría sobre el papel que él me destinó en sus planes era la más correcta.

Lilias cerró los ojos y apretó los puños.

—¡Qué escapatoria! —murmuró—. Así que Ninian lo descubrió.

—Sí, hubo un juicio acerca del dinero de su primera esposa, y Ninian tuvo acceso a los registros.

—Así que pensó que podías hallarte en peligro. Ha sido un viaje muy largo. Supongo que pensó defenderte... si fuera necesario.

—Me ha pedido que me case con él.

—Comprendo. ¿Y tú...?

—¿Cómo puedo aceptarlo? ¿Cómo puedo regresar a Edimburgo... como su esposa? Eso arruinaría su carrera.

—¿Y bien?

—Lilias, ¿cómo puedo aceptarlo?

—Te lo ha pedido. Dios santo, ha venido hasta aquí sólo para decírtelo. Eso ya puede darte una idea de la profundidad de sus sentimientos, ¿no te parece?

—Sí —asentí, sintiéndome feliz—. Pero, de todos modos, no puedo aceptar.

—Claro que puedes —insistió ella—. Y lo aceptarás.

¿Cómo podía evitar aquella sensación de intensa felicidad que se había apoderado de mí? No podía suprimir mis verdaderos sentimientos. Era feliz. Ninian me amaba. Había hecho aquel largo viaje, en los momentos más difíciles, sólo porque temía que yo pudiera estar en peligro.

¿Qué podía hacer? Jamás podría escapar de mi pasado... y tampoco Ninian, si él lo compartía. Él lo sabía.

Nadie podía saberlo mejor que él. Sin embargo, lo escogía porque eso era lo que deseaba.

Así que yo regresaría a casa.

Ninian no dejaba de hacer planes. Nos casaríamos en Kimberley. Luego, viajaríamos de regreso a casa como marido y mujer.

No servía de nada retrasar la decisión. El viaje de regreso sería largo y difícil. Tendríamos que ir a Ciudad del Cabo y esperar a que partiera un barco. Pero sabíamos adónde íbamos y eso no nos importaba mientras permaneciéramos juntos.

Me había planteado qué ocurriría al dejar a Lilias pero todo pareció solucionarse perfectamente. Con una boda a la vista, pareció de lo más natural que se celebrara otra. Desde hacía algún tiempo, me había dado cuenta de que existía una relación especial entre Lilias y John Dale, quien finalmente le pidió que se casara con él. Me sentí encantada de la noticia.

Habría dos matrimonios el mismo día, lo que sería de lo más apropiado, puesto que las dos habíamos llegado hasta allí juntas.

Myra se mostró triste ante la perspectiva de mi partida. Ella no lo sabía todo acerca de su esposo. No hablamos de él. El asesinato del muchacho sordomudo había sido más que revelador, puesto que existía la incontestable evidencia del botón de una de las chaquetas de Roger Lestrange para demostrar la acusación contra él. Evidentemente, Umgala había sido testigo del crimen que él cometiera con su primera esposa, y había intentado revelar lo que sabía… así que tuvo que morir. Ahora, el propio Roger estaba muerto y Myra ya no era su esposa. Se había sentido completamente fascinada por su marido, pero, al mismo tiempo, le había temido. Ella no sospechaba lo cerca que había estado de ser asesinada.

Pero nosotros no hablamos del tema. Ella se sintió aturdida y desconcertada, pero poco a poco pareció ir dándose cuenta de que debía iniciar una nueva vida. Por muy extraño que pudiera parecer, volvió toda su atención hacia Paul. Entre los dos se ocuparon de Njuba. Cuidaron de él y de Luban, y eso los acercó a todos.

Hubo momentos en que pensé que Myra podría desear regresar conmigo y, en efecto, ella misma consideró la posibilidad durante un tiempo. Pero a medida que fue madurando su nueva relación con Paul, ambos decidieron que sería mucho mejor que el muchacho se quedara en su país natal, y entonces ella decidió quedarse con él.

Así pues, Ninian y yo nos casamos y, a su debido tiempo, emprendimos el viaje de regreso a Inglaterra.

Edimburgo

1

Probado

Nunca había sido tan feliz en mi vida como lo fui durante aquellos primeros meses, inmediatamente después de convertirme en Davina Grainger. Ninian y yo llegamos a un acuerdo tácito por el que nos comprometimos a no pensar más allá del futuro inmediato.

Ninian sabía tan bien como yo que en cuanto llegáramos a Edimburgo tendríamos que afrontar ciertas dificultades, pero por el momento nos olvidamos de ellas.

Fuimos compañeros íntimos durante el día, y amantes apasionados por la noche. Fue una existencia idílica, siempre y cuando no pensáramos en lo que nos depararía el futuro.

Pero, desde luego, era casi imposible no pensarlo y hubo momentos en que pensé con recelo cómo serían las cosas cuando regresáramos a casa. La gente recordaría y, aunque tuviera la buena educación de no hablar de ello, desde luego estaría en sus mentes. Debíamos prepararnos para soportar momentos de incomodidad, momentos de tensión.

Todas las dificultades propias del viaje nos parecieron divertidas sólo porque estábamos juntos. Nos reíamos de ellas.

Conseguimos llegar a Ciudad del Cabo, donde pasamos una semana a la espera de abordar un barco. Una vez que nos hicimos a la mar tuvimos un maravilloso viaje de regreso a casa. Las tormentas nos parecieron divertidas; y cómo disfrutamos durante los largos y cálidos días, sentados en cubierta y hablando de la buena fortuna que teníamos de poder estar juntos. Pero, a medida que fuimos acercándonos a casa, deseé contener el transcurso del tiempo para hacer durar más los días que nos quedaban. Sabía que Ninian sentía lo mismo que yo. Pero no había forma de detener el tiempo, a pesar de que me decía continuamente a mí misma que regresaba con Ninian, y que sólo por eso representaba una gran diferencia.

Finalmente llegamos a Southampton, nos despedimos de las amistades trabadas en el barco y pasamos una noche en Londres, antes de emprender el viaje de regreso a Edimburgo.

Al llegar, la ciudad me pareció fría y poco acogedora. Ninian había vivido hasta entonces con sus padres, pero ahora que estábamos casados compraríamos nuestra propia casa. Por motivos obvios, estaría situada cerca de los tribunales. Al principio, sin embargo, tuvimos que instalarnos en casa de sus padres, donde teníamos intención de permanecer hasta que encontráramos casa.

Me sentí algo incómoda ante la perspectiva de conocer a sus padres, y en cuanto los conocí me di cuenta de que ellos no aprobaban nuestro matrimonio.

La señora Grainger era una dama gentil, de cabello gris y brillantes ojos negros. Su padre se parecía bastante a Ninian, alto, de aspecto un tanto imponente, con una nariz aquilina y ojos azules y brillantes, de mirada astuta.

—Ninian, cuánto nos alegramos de tu regreso —dijo la señora Grainger—. Y esta es Davina...

Me tomó de las manos y me besó en ambas mejillas. Luego me miró, tratando de ocultar que me estaba valorando. Pero, desde luego, eso fue lo que hizo, como no dejé de observar. Yo era su nueva nuera, y, naturalmente, quería hacerse un juicio sobre mí. Debía dejar de pensar que todas aquellas personas a las que conocía se preguntarían inmediatamente: ¿mató o no mató a su padre?

El señor Grainger se mostró menos inclinado, o fue menos capaz de ocultar sus sentimientos. Su actitud conmigo fue fría. Para mí estuvo claro que, en su opinión, su hijo había cometido una tontería al casarse conmigo.

Intenté ser razonable. Me dije que su reacción era natural. Claro que se sentían desilusionados. El señor Grainger había alcanzado una elevada posición en su profesión y evidentemente deseaba que su hijo hiciera lo mismo; nadie mejor que él podía darse cuenta de que yo representaría un obstáculo, antes que una ayuda en su carrera.

Ninian me aseguró una y otra vez que sus padres se acostumbrarían a nuestro matrimonio. La gente siempre consideraba a su descendencia como si fueran niños, durante toda su vida. Lo cierto era que objetaban contra aquel matrimonio, no contra mí en particular.

Yo no esperaba que se sintieran contentos por el hecho de que su hijo se casara con una mujer que había sido juzgada por asesinato, y que sólo estaba libre gracias a que la acusación contra ella no había sido probada. ¿Qué padres se sentirían contentos en una situación así? Les comprendí bastante bien, y sabía que los días felices habían quedado atrás.

—No tardaremos en tener nuestra propia casa —me dijo Ninian.

Y yo pensé que debíamos encontrarla cuanto antes.

Los padres de Ninian recibían invitados con frecuencia, la mayoría de ellos relacionados de una u otra forma con la ley. Todos eran extremadamente bien educados y, aunque estuvieran familiarizados con mi caso, llevaron mucho cuidado de no mencionar nada que pudiera dar pie a hablar de ello. De hecho, hubo veces en que parecieron hacer estudiados esfuerzos por evitarlo, pues a menudo discutían casos que tenían un interés particular para su profesión.

Pero hubo una ocasión en que vinieron a cenar un antiguo amigo y su esposa, trayendo consigo a su hija y esposo, que acababan de llegar de la India. La conversación giró alrededor de un nuevo estatuto que había entrado en vigor últimamente, y acerca del cual se expresaron puntos de vista a favor y en contra.

—Todas esas leyes sobre casos antiguos en los que ya nadie está interesado —dijo la mujer joven.

—Querida —le interrumpió su padre—, este tema ha despertado un tremendo interés entre todas las personas relacionadas con la profesión.

—Bueno, a mí me parece aburrido —replicó ella—. Deberíamos hablar más bien acerca de algunos de los casos más interesantes en que han participado. De asesinato, por ejemplo. Seguramente, habrán participado en alguno de ellos.

Un tenso silencio se extendió sobre la mesa. Yo miré fijamente mi plato.

—Yo estaba muy interesado en lo que decía el presidente del Tribunal Supremo —dijo el padre de Ninian.

—Como el caso de Madeleine Smith —prosiguió la joven—. ¿Recuerdan ese caso? Oh, ya sé que sucedió hace años. Ella quedó en libertad, a pesar de que estoy segura de que lo cometió. Dijeron que no había quedado probado. ¿Es cierto que sólo tienen ese veredicto en los tribunales escoceses? Dicen que ella se marchó a Estados Unidos para empezar allí una nueva vida. En realidad, eso era lo único que podía haber hecho…

Me di cuenta de la tensa situación creada en la

mesa. Supongo que la joven que acababa de hablar era la única entre los presentes que no sabía quién era yo.

Inmediatamente, se cambió de tema de conversación. La joven pareció un tanto perpleja. Tuvo que comprender que debía de haber dicho algo inconveniente. Estaba segura de que, más tarde, se le diría quién estaba presente en la cena.

Me sentí muy alterada por el incidente. En cuanto nos encontramos solos, Ninian intentó consolarme. Pero no fue nada fácil.

—No tendrías que haberte casado conmigo —le dije—. No deberías haberte encontrado nunca en esta clase de situación. Te has visto arrastrado a ella. Y eso continuará sucediendo. Estará ahí durante toda nuestra vida.

—No, no... la gente olvidará.

—No se han olvidado de Madeleine Smith, y de eso debe de hacer por lo menos cincuenta años.

—Bueno, fue un caso muy notable.

—El mío también lo fue, Ninian.

—Conseguiremos nuestra propia casa.

—Eso no impedirá que la gente siga hablando.

—Si al menos no estuviéramos aquí... en la ciudad.

—Sería lo mismo, sin que importara dónde estuviéramos. Ni siquiera pude escapar a ello en Kimberley.

Ninian intentó restarle importancia, pero comprendí que él se sentía tan alterado como yo misma.

Supongo que esa fue la razón por la que tomó una decisión sobre la casa al día siguiente.

Se trataba de una casa agradable, situada en una de las plazas rodeadas de casas de piedra gris. Estábamos cerca de Princes Street y, a pesar de todos los recuerdos que eso despertaba en mí, encontré placer en ello. Paseé por el jardín y pensé en Jamie, y en Zillah, que nos había descubierto allí.

Cuando comunicamos a los padres de Ninian que habíamos encontrado una casa que nos convenía, no pudieron ocultar su alivio. Tuve la sensación de que la sombra que pendía sobre mi vida también estaba afectando a la de Ninian.

La casa no estaba lejos de la que había sido la de mi padre, donde había pasado mi niñez y donde había ocurrido la terrible tragedia. No podía decidirme a visitar a Zillah, ya que eso habría supuesto volver allí. Me preguntaba si los Kirkwell y los Vosper continuarían trabajando en aquella casa, y si Zillah se habría enterado de que yo estaba en Edimburgo.

Nos trasladamos a nuestra casa y allí me sentí un poco mejor. Poco después, descubrí que estaba embarazada.

Eso aparejó un gran cambio. Dejé de lamentarme y de pensar que todo el mundo recordaba lo que me había sucedido. Experimenté una gran alegría, al igual que Ninian. Hasta la actitud de sus padres conmigo se suavizó un tanto. Se sintieron encantados ante la perspectiva de tener un nieto.

Un día, recibí una nota. Estaba escrita a mano y parecía de Zillah, aunque la caligrafía era ligeramente menos descarada de lo que solía ser. Al abrirla me di cuenta de que, en efecto, era de ella.

Mi querida Davina:
Tengo entendido que has vuelto a utilizar tu verdadero nombre, y he oído decir que estás en Edimburgo. Mi querida niña, ¿por qué no has venido a verme?
Las cosas no me han ido muy bien últimamente. Estoy lamentablemente enferma. La enfermedad me ha afligido repentinamente, y aquí estoy... más o menos convertida en una inválida. No sé cómo suceden estas cosas. Un buen día estaba sana y saludable y enferma al siguiente. Es algo de lo más molesto. Al principio, sólo tuve una tos horrible, de la que no he podido librarme. Me dicen que es tisis, y resulta una verdadera molestia. A veces me siento bastante enfer-

458

ma, mientras que otras veces vuelvo a ser yo misma. Pero hago planes y no puedo ponerlos en práctica.

Ven a verme, si puedes soportar el estar con una pobre inválida.

Con mi amor, como siempre,

ZILLAH

Tras haber recibido aquella nota no pude hacer otra cosa que visitarla inmediatamente, aunque para ello tuve que reunir todo mi buen ánimo.

La señora Kirkwell me abrió la puerta. Supuse que había sido advertida de mi probable llegada.

—Oh, buenas tardes, señora Grainger —me saludó—. Qué alegría volver a verla.

—Buenas tardes, señora Kirkwell. ¿Cómo está usted?

—Todo lo bien que cabe esperar, gracias.

—¿Y el señor Kirkwell?

—Él está bien. Y usted tiene el mismo aspecto de siempre, Dios santo, y pensar que se vio atrapada en ese horrible lugar. Dijeron que había sido un asedio, ¿verdad? Debería haber visto usted a la gente en la calle cuando nos enteramos de que habían sido liberados, incluyendo Mafeking y Ladysmith. El señor Kirkwell está enterado de cómo fue todo. Se ha pasado todo el tiempo siguiendo las noticias en los periódicos y contándonos a los demás lo que iba sucediendo. Y ahora que está usted aquí, bueno… queríamos saber… No podía dejar de pensar que nuestra señorita Davina se encontraba entre aquellos salvajes.

—No eran salvajes, señora Kirkwell.

—Bueno, pues casi… eran extranjeros. Y usted estuvo allí encerrada, en aquel lugar. La recuerdo cuando era tan pequeña que apenas si me llegaba a la altura de la rodilla… y luego verse encerrada en un lugar así. La señora Glentyre la está esperando.

—¿Está muy enferma, señora Kirkwell?

—Va y viene. Un día se encuentra bien y al otro mal. Nunca se sabe. Desde luego, ella le quita importancia. Poco podíamos imaginarnos que fuera a caer enferma así. Está tan contenta de que haya regresado usted. La acompañaré enseguida a su habitación. Eso es lo que ella me ha ordenado.

Subí aquella escalera que me resultaba tan familiar, para dirigirme a la habitación que tan bien conocía.

Ella estaba sentada en un sillón, junto a la ventana. Quedé sorprendida al verla. Estaba mucho más delgada, aunque el cabello parecía tan brillante como siempre. Sin embargo, su color no parecía corresponder con su rostro bastante ojeroso. Me acerqué a ella y la tomé por las manos.

—Oh, Davina… mi dulce Davina. Ha sido maravilloso que hayas venido.

—Habría venido antes de haberlo sabido.

—¿Sólo porque soy una pobre vieja enferma?

—Para mí ha sido bastante difícil regresar aquí. Temía no poder resistirlo.

—De modo que te casaste con el señor Grainger —dijo ella, tras dirigirme un gesto de asentimiento—. ¿Cómo te va eso?

—Muy bien.

—Él no hacía más que plantearme preguntas. Y luego se marchó para buscarte y traerte de regreso a casa. Las noticias vuelan en una ciudad como esta. ¡Dios santo! ¡Eso sí que ha sido una sorpresa! Demuestra lo mucho que se sentía atraído por ti. ¡Y pensar que hubo un momento en que creí que se sentía atraído por mí! Pero me di cuenta de que eso sólo era porque él quería saber más cosas. Es un verdadero investigador. Pronto le tomé la medida. Pero ahora me encanta volver a verte. Cuéntame acerca del terrible período por el que has pasado. Encerrada en aquella ciudad, así, y supongo que sin mucho que comer, viviendo de lo que se pudiera conseguir —se estremeció visiblemente—. Aquí nos enteramos de muchas de las cosas que sucedieron. No olvidaré fácilmente la que se armó aquí cuando nos enteramos de la liberación de Mafeking. ¡Hubo ruido en las calles durante toda la noche! Yo no dejaba de pensar que tú estabas allí. Me alegro mucho de verte.

—Háblame de ti, Zillah.

—Oh, las cosas no salieron como imaginaba. Tenía planes. Iba a comprar una casa en Londres. Quería marcharme al extranjero. Iba a disfrutar un poco de la vida. Lo tenía todo planeado y, de pronto, esto. Empecé a toser. Al principio sólo fue una pequeña molestia. Luego, ya no podía librarme de la tos. El médico sacudió la cabeza con una expresión pesimista cuando me examinó. Y así me enteré de que tengo esta enfermedad. Debí de haberla contraído durante aquella época en que formé parte de las Alegres Pelirrojas.

—Lo siento, Zillah. Eso es lo último que hubiera pensado que podría sucederte. Así que ahora tienes que guardar reposo, ¿no es cierto?

—No sólo lo tengo que hacer, sino que a veces incluso lo deseo. Hay días en que me siento bien y otros en que estoy mal. En ocasiones, casi me siento bien del todo. Es entonces, cuando aprovecho esos momentos.

—Todo lo demás parece seguir más o menos igual aquí. La señora Kirkwell está como siempre.

—Ella es como un antiguo monumento... ella y su esposo. Nunca se me olvidará la primera vez que vine. ¡Cuánto tiempo hace de eso, Davina!

—Lo recuerdo muy bien. En aquel entonces pensé que nunca había visto a alguien que se pareciera menos a una institutriz.

—Siempre me has dedicado bonitos cumplidos, querida. ¡Y pensar que hubo un momento en que pensaste en convertirte en institutriz! ¿Qué ocurrió con esa vieja escuela tuya?

Se lo conté, y también le dije que Lilias se había casado.

—De modo que las dos conseguisteis marido. Después de todo, no parece ser una profesión tan aburrida. Ha sido un viaje provechoso.

—Tú hiciste lo mismo —dije. Y por un momento, ambas permanecimos sumidas en nuestros propios pensamientos—. ¿Y cómo está el resto de la servidumbre?

—Las chicas se marcharon. Ahora hay nuevas. Sólo se quedaron los Kirkwell.

—¿Y los Vosper?

—Tampoco están aquí. Ahora tengo a Baines. El señor y la señora Baines se ocupan de los establos. Ella ayuda en la casa y él es un buen hombre. Aunque últimamente tampoco tengo necesidad de utilizar mucho el carruaje.

—¿Qué ocurrió con los Vosper?

—Oh, salieron al mundo exterior. Eso fue, al menos, lo que hizo Hamish. Ahora está metido en el negocio de las carreras de caballos, o algo parecido. He oído decir que está ganando mucho dinero.

—¡Siempre tuvo una opinión tan buena de sí mismo!

—Al parecer, ha conseguido que otras personas también lo crean así.

—¿Lo has visto alguna vez?

—De vez en cuando. A veces viene a ver a los Kirkwell. Creo que le gusta poner de manifiesto su riqueza y recordar los viejos tiempos.

—¿Has tenido alguna noticia de Ellen Farley?

—¿Ellen Farley? Oh...

—¿Recuerdas que antes trabajaba aquí? ¿No fuiste tú quien la contrató? Creo que fue a ella a quien se intentó encontrar durante... el juicio.

—En efecto. Ellen Farley, la que desapareció sin dejar rastro.

—Ninian solía decirme que, si hubiera podido encontrarla, ella habría corroborado mi historia, ya sabes, admitiendo que me pidió comprar aquellos polvos.

Se inclinó hacia adelante colocando una delgada mano blanca sobre la mía.

—No pienses en eso, querida. Todo ha pasado y terminado. Eso es lo que me digo más de una vez. No sirve de nada recordarlo.

—Para mí no todo ha pasado, Zillah. Nunca pasará. Durante toda mi vida estaré esperando a que alguien me lo recuerde y se pregunte si soy realmente culpable o no.

—Oh, no. Ha quedado en el pasado. La gente olvida.

—Quisiera que así fuera.

—¡Qué tema de conversación tan mórbido! Tu Ninian es un hombre encantador, ¿verdad? Así lo pensé. Te ama de veras, ¿no es así? Debes sentirte agradecida por ello, y tú no lo habrías conocido de no haber sido… por lo que sucedió. Eso debería ser un consuelo, ¿no te parece? Debe de quererte mucho, ¿no?, pues de otro modo no habría emprendido ese terrible viaje a Sudáfrica para encontrarte, ¿no crees?

—No, no lo habría hecho.

—Eso es bonito. Piensa en eso y no en lo otro.

—Lo intento. Y hay algo que quiero decirte, Zillah. Voy a tener un bebé.

—¿De veras? ¡Qué noticia tan maravillosa! En cuanto lo tengas debes traérmelo para que lo vea.

—Aún no ha llegado ese momento.

—Lo esperaré con impaciencia. Voy a vivir el tiempo suficiente para verlo.

—¿Qué quieres decir?

—Nada. Sólo digo tonterías. Sólo es por esta molesta tos. A veces, se apodera de mí. Me siento tan contenta de verte feliz y de que vayas a tener ese bebé. ¡Y qué contento se sentirá Ninian!

—Sí, está muy contento.

—Y yo también. Me alegro de que al final todo se arreglara para ti.

Estar con ella era estimulante, y mientras hablaba con ella se me olvidó, temporalmente, que desde el punto de vista físico apenas si era una sombra de la mujer que yo había conocido.

Recibí una carta de Jane, la hermana de Lilias. Me invitaba a pasar unos días con ellos. Sentía grandes deseos de saber por mí noticias de Lilias, así como de verme, claro. ¿Y si iba a pasar unos días en compañía de mi esposo? Seríamos bien recibidos.

Comprendí su ansiedad por recibir noticias de Lilias a través de alguien que había estado con ella durante todo el asedio, y decidí que debía hacer ese viaje antes de que mi embarazo se hallara demasiado avanzado.

Se presentó entonces una oportunidad. Ninian tenía que ir a Londres por cuestión de negocios. Me habría llevado con él, pero pensé que sería buena idea que pasara unos pocos días en la vicaría mientras él se quedaba en Londres. Podríamos viajar juntos hasta la capital y, desde allí, yo continuaría viaje hacia Devon.

Tuve que contarle a Jane todos los detalles que recordaba, empezando por el viaje, hasta todo lo concerniente al asedio y a nuestros respectivos matrimonios. Ella y su padre me escucharon con la máxima atención, haciendo de vez en cuando alguna que otra pregunta.

Naturalmente, se mostraron muy interesados por saber cosas de John Dale, y les dije que era un joven admirable, que adoraba a Lilias tanto como ella a él. Los ojos del vicario se iluminaron por unas lágrimas que no llegó a derramar, mientras que Jane, más desinhibida dejó escapar una o dos.

—Cuando las cosas se hayan asentado un poco —dije—, ella querrá que viajen ustedes a hacerle una visita. O quizá venga ella a verles.

—Ya nos las arreglaremos para viajar nosotros e ir a verla —dijo Jane con firmeza, mirando a su padre.

Tuve que contarles más cosas sobre el asedio, así como de nuestras primeras impresiones al llegar allí. Continuamos hablando hasta que llegó el momento de retirarnos a descansar.

Al día siguiente se recibió un mensaje de la señora Ellington. Se había enterado de que estaba en la vicaría y me rogaba que acudiera a verla antes de marcharme. Ella también quería saber noticias de Myra. Así que fui a visitarla.

—Myra se sintió tan desconsolada con la muerte del querido Roger —dijo—. Muerto por un loco.

Supuse que ella no conocía toda la historia y llegué a la conclusión de que no era yo la más indicada para contársela. Pobre Myra. Su madre se preguntaba por qué no regresaba a casa.

—Myra se está creando un hogar para sí misma en aquel país —le expliqué—. Parecía estar adaptándose. Y, además, está Paul.

—El hijo del querido Roger. Nos habló de él cuando estuvo aquí.

A pesar de todo no le expliqué nada. No había ninguna necesidad de dejarle entrever la verdad diciéndole que, en realidad, Paul no era hijo de Roger.

—No es muy mayor —dije—, y necesita de alguien que se ocupe de él.

—Lo comprendo. Pero sería mucho mejor para Myra traérselo consigo. Yo me ocuparía de cuidar al hijo de Roger. Podría ser educado aquí, lo cual sería mucho mejor para él.

—Como comprenderá, él tiene su hogar allí. Nació en ese país.

—Pero sería mucho mejor para él estar aquí.

No servía de gran cosa oponerse a las opiniones de la señora Ellington, a pesar de lo cual insistí.

—Viven en una casa bastante grande, que hay que dirigir, y Myra disfruta haciéndolo. Se ha adaptado bastante bien, y su principal preocupación en estos momentos es el muchacho. Él la ayuda a ir superando la tragedia ocurrida. Myra sufrió una terrible conmoción.

—Y toda esa gente atreviéndose a rebelarse… y ella en medio de tanta confusión.

—¿Se refiere usted a los bóers?

—A estas alturas, esa guerra ya debería haber terminado. La gente dice que no puede durar mucho más tiempo.

Me hizo numerosas preguntas, y pude satisfacer su curiosidad, hasta cierto punto. Creo que, al marcharme, ella ya se había reconciliado un poco más con la idea de la ausencia de Myra.

Me dio las gracias por haber ido a verla y expresó su esperanza de que encontrara otra ocasión para visitarla antes de marcharme. Añadió que, a pesar de todo, insistiría en que Myra regresara a casa, aunque sólo fuera para hacerle una visita.

Al salir de la mansión vi a Kitty. Me imaginé que debía de estar esperándome.

—Hola, Kitty —la saludé—. ¿Cómo estás?

—Ahora me he casado, señorita. Me casé con Charlie, que trabaja en los establos. Vivimos allí. Y ya tengo un pequeño bebé.

—Oh, Kitty, eso es maravilloso.

—Señorita Davina… hay algo que debería decirle. Lo he estado pensando desde entonces.

—¿De qué se trata, Kitty? —Ella se mordió los labios y miró por encima del hombro. Comprendiendo que no deseaba hablar allí, le dije—: ¿Quieres venir a la vicaría a verme? Estaré allí durante otros dos días.

—Sí, señorita. ¿Cuándo le parece bien?

—¿Mañana por la tarde?

—Oh, sí, señorita. Iré mañana por la tarde.

—Me he alegrado mucho de verte, Kitty. Y también me alegro por tu bebé. Debe de ser maravilloso.

—Es una pequeña niña encantadora.

—Debo verla antes de marcharme.

A la tarde siguiente, ella acudió a la vicaría. Le había dicho a Jane que ella vendría y que deseaba decirme algo, de modo que Jane nos dejó a solas en la pequeña habitación donde el vicario solía entrevistarse con sus feligreses.

—Es algo que he estado pensando —empezó Kitty—, porque la señorita Lilias me dijo que no lo mencionara y yo... le prometí que no lo haría...

—¿De qué se trata?

Se mordió un labio y siguió vacilando. Finalmente, dijo:

—Fue en aquella ocasión en que se cayó usted del caballo.

—Lo recuerdo. Me llamaste por mi nombre.

—Sí, así fue. La llamé «señorita Davina». En cuanto lo dije sentí deseos de morirme, pero no pude hacer nada por evitarlo, se me escapó involuntariamente. Pensé que ese caballo iba a arrastrarla sobre el suelo. Eso pudo haber sido terrible.

—Comprendo cómo sucedió.

—Bueno, el caso es que el señor Lestrange estaba allí... y me oyó.

—Sí. Pensé que podría haberte escuchado.

—Era un caballero encantador, siempre muy amable. Siempre tenía para mí una palabra y una sonrisa. Aunque no lo crea, desde que he conocido a Charlie nunca… bueno, ya sabe lo que quiero decir. No quisiera que nada saliera mal entre Charlie y yo. Desde entonces no he vuelto a mirar a nadie más.

—Pero tú… ¿miraste al señor Lestrange?

Mi mente retrocedió al patio situado delante de la escuela, al momento en que Greta Schreiner le sonrió. En aquellos momentos yo había pensado en Kitty. Ahora pensé: De modo que también sedujo a Kitty… La sedujo para obtener información sobre mí. Kitty era físicamente atractiva, la clase de atracción de una mujer que no sabe negarse a nada, como muy bien dijo Lilias en cierta ocasión. ¿Qué había sucedido? Alguna especie de promesa por parte de él, la seguridad de una seducción rápida.

—Me hizo muchas preguntas sobre usted y a mí se me escaparon algunas respuestas… sobre cómo había muerto su padre y cómo la habían acusado a usted.

—Ya comprendo.

—Le dije que había visto su imagen en los periódicos… en dos ocasiones. Había recortado esos artículos y uno de los hombres que sabía leer me los leyó. Conservé los recortes y… bueno, como él estaba tan interesado… se los enseñé. El señor Lestrange los tomó y me dijo que le gustaría leerlos con más calma. Pero nunca me los devolvió. Lo siento mucho, créame. En cuanto lo hice me di cuenta de mi error. Pero él se mostró conmigo como un amable caballero, y yo sabía que no haría ningún daño que él supiera… No hizo ningún daño, ¿verdad? Él siempre fue tan amable con usted. —No dije nada. Permanecí allí sentada, escuchándola—. Sabía que no iba a pasar nada, pero lo cierto es que había prometido no decir nada a nadie, y resulta que lo dije. Él era la clase de hombre capaz de conseguir cualquier cosa de una chica si así lo deseaba. Y usted y la señorita Lilias habían sido tan buenas conmigo…

—Está bien, Kitty. Ahora ya todo ha pasado. Él ha muerto.

—Sí, eso es lo que he oído decir. Me sorprendí mucho al enterarme. Un hombre tan encantador como él...

—Ahora ya no debes pensar más en hombres encantadores, Kitty, excepto, desde luego, en Charlie.

Se encogió de hombros como una niña y sonrió.

—Oh, me alegro de que todo esté bien y no haya pasado nada —dijo—. Desde entonces que no podía quitármelo de la cabeza.

Le pregunté por el bebé y por Charlie y regresé con ella a los establos para conocer a la pequeña. Le dije que yo también esperaba un bebé, y sus ojos se iluminaron de alegría. Kitty era una buena muchacha en el fondo de su corazón, y yo sabía que el haberme contado aquello había representado para ella quitarse un gran peso de encima.

Realmente, se había sentido muy consternada de pensar que había traicionado la confianza que yo había depositado en ella. Pero ahora lo había confesado y había sido perdonada.

Regresé a Edimburgo y me sentí muy feliz durante los meses siguientes. Apenas podía pensar en nada que no fuera la próxima llegada del bebé. Cada vez que me era posible, visitaba a Zillah. Me sorprendió el interés que demostró por el nacimiento del bebé.

En una ocasión en que me alejaba de la casa me encontré con Hamish Vosper. Iba vestido ostentosamente, con un traje marrón y un clavel en la solapa. Se quitó el sombrero con un gesto exagerado para saludarme y observé que su cabello negro relucía de brillantina.

—¡Pero si es la señorita Davina! —exclamó—. ¡Santo Dios, reluce usted llena de salud!

Sus ojos me valoraron con lo que me pareció cierto matiz burlón.

—Gracias —le dije.

—¿Todo va bien? —preguntó.

—Muy bien.

—Pues entonces ya somos dos —dijo, guiñándome un ojo.

—Ya veo que ha prosperado usted mucho.

Se dio una palmada en el muslo, con un gesto exagerado.

—No puedo negarlo. No puedo negarlo.

—Me parece muy bien. Buenos días.

Me alegré de escapar. Me seguía pareciendo tan repulsivo como cuando se sentaba en la cocina y observaba procazmente a las doncellas, al mismo tiempo que se tiraba con suavidad de los pelos del brazo.

Mi hijo nació en el mes de marzo de aquel año de 1902, el mismo mes en que finalmente terminó la guerra en Sudáfrica y se firmó el tratado de paz de Vereeniging, por el que los bóers quedaban privados de su independencia.

Me pregunté cómo le irían las cosas a Lilias. Estaba segura de que allí se habría experimentado un gran alivio al conocerse la noticia del final de la guerra.

La mayor parte de mi tiempo la ocupaba mi hijo. Lo llamamos Stephen, el mismo nombre que el padre de Ninian quien, junto con su esposa, se sintió tan encantado con su pequeño nieto que estuve segura de que casi me perdonó del todo por ser yo quien era.

En cuanto a mí, durante esa época olvidé todo lo que había pasado antes.

Llevé al niño a ver a Zillah. Ella se sintió encantada. Nunca se me había ocurrido que a ella le hubiera gustado emplear su tiempo con los niños. Pero su enfermedad la había cambiado. En el pasado pareció esforzarse por conseguir excitación, por buscar la aventura; ahora, en cambio, casi parecía reconciliada consigo misma.

Yo me sentía mucho más feliz de lo que hubiera creído posible, pues no podía lamentar nada de lo que me había llevado a mi estado actual. Recordaba a Zillah diciéndome que si toda aquella pesadilla no se hubiera producido, no habría conocido a Ninian. Y, en tal caso, Stephen tampoco habría existido.

Le escribí a Lilias contándole el maravilloso hijo que tenía, y ahora que la guerra había terminado también recibí noticias de ella. Estaba esperando a su vez un hijo. El lazo entre nosotras parecía más fuerte que nunca. Ambas habíamos pasado por momentos trágicos, y finalmente habíamos encontrado la felicidad.

A veces, la felicidad puede parecer algo frágil, pero ahora yo tenía a Ninian y a mi hijo, y me sentía mucho más segura.

Transcurrieron los meses. Stephen empezó a sonreír primero, luego a gatear y poco a poco a ir dándose cuenta de las cosas. Al pequeño le gustaba Zillah. Se sentaba en su regazo y la miraba fijamente. Se sentía bastante fascinado por su cabello rojizo. Ella seguía tomándose muchas molestias por cuidar de su aspecto. Se empolvaba delicadamente la piel, y tenía unos ojos brillantes por debajo de las cejas negras. A veces, yo pensaba que no podía estar muy enferma, excepto por el hecho de que estaba muy delgada.

Un día recibimos noticias que nos sorprendieron. Hamish Vosper había muerto en una riña con un rival. Al parecer, había indicios de algo a lo que se denominó la mafia de Edimburgo.

Se puso al descubierto que, durante algún tiempo, habían existido problemas entre dos bandas rivales, ambas involucradas en negocios sucios, y que Hamish

Vosper, jefe de una de ellas, había sido asesinado por el otro. Según la prensa, aquella clase de hombres representaban una verdadera desgracia para el buen nombre de la ciudad de Edimburgo.

Se sospechaba que no sólo decidían los nombres de los caballos a los que se permitía ganar las carreras, sino también de utilizar drogas para poner en dificultades a los supuestos ganadores, así como otros muchos delitos.

«No queremos ese tipo de bandas en Edimburgo —escribió uno de los articulistas—. La muerte de Hamish Vosper es un acto de justicia cometido con uno de nuestros ciudadanos más innobles.»

En cuanto me enteré de la noticia acudí a ver a Zillah. La señora Kirkwell me recibió con una actitud de triunfo contenido.

—Siempre supe que ese Hamish Vosper terminaría muy mal —me dijo—. No quisiera hablar mal de los muertos, pero el señor tendría que haberlo despedido en cuanto fue descubierto en compañía de aquella doncella, en una de las habitaciones de la casa. Bueno, yo ya pensaba que podría suceder algo parecido a lo que ha pasado. Un día le dije a mi marido: «Ese hombre no es bueno, acuérdate de mis palabras.» Iba por ahí, con su ropa tan ostentosa, haciendo gala de su importancia. Y fue entonces cuando le dije a mi esposo: «Ese hombre no es bueno, acuérdate de mis palabras.» Resulta terrible pensar que estuvo trabajando en esta casa, que fue uno de nosotros, como si se pudiera decir… aunque en realidad nunca lo fue. Y luego, cuando usted se marchó, solía venir por aquí, e incluso subía a ver a la señora Glentyre. Jamás pude comprender por qué se lo permitía ella.

Subí a ver a Zillah. Parecía tener mejor aspecto, como si algo bueno hubiera sucedido.

—Hoy me siento estupendamente bien —me dijo—. Vuelvo a ser la misma de siempre.

—Desde luego, así lo parece. ¿Has leído hoy los periódicos?

—Sí, claro que sí. Sin duda alguna, estás pensando en lo de Hamish.

—Es bastante extraño, sobre todo porque estuvo aquí y nosotras nunca lo supimos.

—Sí.

—Nunca me gustó ese hombre, pero pensar en él ahora y saber que está muerto…

—Esas cosas ocurren. Parece que llevaba una vida peligrosa, y cuando se hace eso no puede sorprenderle a uno tener un mal final.

—¿Tenías alguna idea…?

—Bueno, sí… Supuse que andaba metido en cosas no muy buenas. Era de esa clase de hombres. Andaba metido en toda clase de chanchullos. Casi se podría decir que jugaba con fuego, hasta que al final se quemó.

—¿Le viste recientemente? Hace poco me lo encontré al salir de aquí.

—Solía venir a la casa. Quería que los Kirkwell vieran lo bien que le iban las cosas. Era un estúpido. Su muerte constituye una lección para todos nosotros, Davina.

Su actitud no dejó de sorprenderme. Pero, en realidad, Zillah siempre me había sorprendido.

—Es una guerra entre bandas —fue el comentario de Ninian—. Esa clase de cosas ocurren en algunos lugares desde hace años, aunque debo admitir que no es lo que uno esperaría encontrar en una ciudad como Edimburgo. Pero es un indicativo de que puede suceder en cualquier parte. Esperemos que sea el final de la historia, al menos aquí.

Zillah continuó mejorando. Se sentía bastante animada. Yo la veía con frecuencia, porque ella disfrutaba estando con Stephen.

Recuerdo vívidamente una conversación que sostuve con ella por esa época. Stephen estaba jugando en un rincón de la habitación, y ambas lo observábamos. De pronto, Zillah dijo:

—Es un niño de lo más adorable. Jamás pensé que yo pudiera desear tener niños. Pero, ¿sabes?, cuando lo miro pienso en lo que me he perdido.

—Quizá vuelvas a casarte.

—Ya es un poco tarde para eso —replicó ella sonriéndome con ironía.

—Nunca se sabe. Ahora te encuentras bastante mejor. Podrías curarte. No tienes tantos años y eres muy hermosa. —Ella se echó a reír con ligereza y yo dije entonces—: A veces me siento preocupada por Stephen.

—¿Preocupada? No le pasa nada malo, ¿verdad?

—Oh, no. Tiene una salud perfecta. Sólo pienso en que alguien pueda decir algo.

—¿Decir qué?

—Que alguien recuerde. Alguien puede decir que su madre fue sometida a juicio por asesinato, y recordar cuál fue el veredicto.

—Eso ya es un asunto concluido.

—No por lo que a mí respecta, Zillah. Para mí siempre estará ahí. ¿Cómo puede sentirse alguien al saber que su madre pudo haber sido una asesina?

—Stephen jamás pensará eso.

—¿Y cómo va a poder evitarlo? La pregunta sigue abierta, y siempre lo estará.

—Eso es un pensamiento mórbido.

—Pero es la verdad, Zillah.

—La gente se olvida de esas cosas… y él crecerá con el tiempo.

—Es posible que alguien lo recuerde. No hace mucho alguien se refirió al caso de Madeleine Smith, y eso ocurrió hace más de cincuenta años.

—Bueno, ese fue un caso muy famoso.

—El mío también fue bastante conocido.

—Debes dejar de preocuparte por eso. Stephen va a estar bien.

Pareció decirlo muy convencida, pero me di cuenta de que mis palabras la habían dejado muy pensativa. En el fondo, sabía que lo que acababa de decir era muy cierto.

Entonces, le conté toda la verdad sobre Roger Lestrange; cómo, a través de Kitty, había descubierto mi verdadera identidad; cómo se había quedado los recortes de periódico en los que se hablaba de mi juicio; cómo había pretendido usarme, en caso necesario, para revelar que yo había sido previamente acusada de asesinato y que podía haber estado dispuesta a volver a intentar el mismo método.

—Resulta difícil de creer —susurró, profundamente afectada por lo que le acababa de contar.

—Pues, a pesar de todo, es cierto. ¿Comprendes ahora lo que quiero decir? Eso es algo que tendré siempre presente mientras viva.

Permaneció en silencio durante unos momentos, mirando fijamente delante de sí, sin ver. Luego me tomó de una mano y me la apretó con firmeza.

—Debes dejar de preocuparte por eso —me dijo lentamente—. Vas a estar muy bien. Y Stephen también lo va a estar.

Un día acudí a visitar a Zillah y, ante mi sorpresa, la señora Kirkwell me dijo que había salido. Los labios de la señora Kirkwell mostraron una expresión de desaprobación al decírmelo.

—No se encuentra bien —me dijo—. Se lo dije así: «Tiene que estar loca para salir en esas condiciones, señora Glentyre.» Se abrigó muy bien, pero distaba mucho de tener buen aspecto... y está tan delgada. Se lo nota uno hasta en la ropa.

—¿Por qué habrá querido salir? No salía de casa desde hacía varias semanas, ¿verdad?

—Sólo cuando recibe esa carta. Esa es la única vez en que sale.

—¿Una carta?

—Sí. Es una carta que recibe de vez en cuando. Y entonces siempre insiste en salir.

—Espero que se sienta bien. Claro que estos últimos días parecía estar mejor.

—Eso es cierto. Pero me siento preocupada por ella. Desearía que hubiera venido usted antes, señora Grainger. Quizá en ese caso habría podido acompañarla.

—¿No tiene idea de adónde fue?

—Bueno, en realidad sí lo sé. La escuché dar las órdenes al conductor de un coche de alquiler. Eso es otra cosa. Le dije: «¿Por qué no la acompaña el señor Baines?» Ella me contestó que no quería molestarlo. Y ahí está ese pobre hombre, que apenas si saca el carruaje alguna vez.

—Sí, eso es extraño. Quizá no fue muy lejos.

—Ha ido a un lugar llamado Coven.

—¿El Coven? ¿No es ese pequeño local de té situado en Walter Street?

—El mismo. Un establecimiento abierto no hace mucho tiempo. Realmente, me tiene preocupada. Me pareció que estaba un poco temblorosa.

—Comprendo —dije.

Salí de la casa y me dirigí caminando hacia Princes Street.

Había salido a tomar el té, porque eso era lo que se servía en el Coven. Pensé que todo se debía a que deseaba salir un poco. Probablemente, le aburría permanecer tanto tiempo encerrada en casa. Eso sería verdaderamente molesto para alguien como ella, acostumbrada siempre a una vida más alegre. Me la imaginé tomando un coche de alquiler hasta el establecimiento, para tomar allí un té con pastas, y luego regresar a casa. Sólo era una pequeña salida para distraerse.

Realmente, era una mujer muy frágil. Por un momento, pensé en pasarme por el Coven para ver si se encontraba bien. Podía tomar una taza de té con ella. Le sugeriría que podíamos hacer juntas aquellas pequeñas excursiones de vez en cuando, siempre que se sintiera un poco mejor. Eso le permitiría salir alguna vez de la casa.

Decidí hacerlo así y me dirigí hacia el Coven. Era un local pequeño. En el escaparate había pastas hechas en casa y un cartel que anunciaba: ALMUERZOS. TÉS.

Miré por el escaparate, entre las pastas, y la distinguí enseguida. Pero no estaba a solas. Había una mujer con ella.

Miré fijamente, primero a ella y luego a la mujer que la acompañaba. En esta última me pareció ver algo familiar. En ese momento, la mujer se volvió y pude verle la cara con toda claridad.

Era Ellen Farley.

No pude apartar la mirada de ella y, por un momento, Zillah giró la cabeza y miró en dirección al escaparate. Nos estábamos mirando directamente a los ojos.

Sus ojos se dilataron ligeramente y el color apareció súbitamente en sus mejillas.

Me volví rápidamente y me marché de allí.

Me dirigí directamente a mi casa y subí a mi habitación.

Zillah había salido para encontrarse con Ellen Farley, ¡la testigo clave que no había podido ser encontrada!

¿Qué significaba aquello? ¿Qué podría significar?

No pude descansar. Deseaba decírselo a Ninian. Pensé en todo el trabajo que él se había tomado para encontrar a Ellen Farley, sin el menor éxito. Habría significado tanto que ella hubiera declarado ante el tribunal, atestiguando que me había pedido que comprara arsénico. Eso habría explicado el hecho de que mi nombre apareciera en aquel libro de la droguería, que tanto daño me había causado.

Recordaba las palabras de Ninian, repetidas en más de una ocasión: «¡Si pudiéramos encontrar a esa mujer!»

Resultó que aquella noche él tuvo que quedarse a trabajar hasta bastante tarde en un caso complicado. La noche anterior se había traído unos libros a casa, con la esperanza de encontrar un precedente que pudiera serle de utilidad. Se trataba de una cuestión legal que deseaba verificar.

¡Tenía que decirle que la había visto! ¿Pude haberme equivocado? Pudo haberse tratado de alguien que se le pareciera. Debería haber entrado en aquel local. ¿Por qué había sido tan estúpida como para marcharme de allí? Me había sentido tan perpleja, tan aturdida y conmocionada.

Pero Zillah me había visto. Su expresión había sido de horror. Aquella otra mujer tenía que ser Ellen Farley. Pero, incluso ahora, las dudas me acuciaban. ¿Podía confiar en lo que había creído ver?

Estaba ya acostada cuando Ninian regresó a casa. Parecía muy cansado. Al día siguiente tendría que actuar ante el tribunal. Pensé que sería mejor hablar con él a la mañana siguiente… después de haber visto a Zillah.

Y, en efecto, a la mañana siguiente fui a ver a Zillah. La señora Kirkwell me recibió en el vestíbulo.

—Está muy mal —me dijo—. He enviado a buscar al médico, que debe de estar a punto de llegar. Empezó a ponerse mal ayer, después de su salida. Regresó en muy mal estado.

—¿Regresó sola?

—Oh, sí. El conductor del coche de alquiler llamó a la puerta y me ayudó a entrarla. Dijo que no parecía sentirse bien. La hice meterse en la cama inmediatamente, y le anuncié que mandaría a llamar al médico. Pero ella se negó y dijo que se encontraría mejor hoy por la mañana.

—¿Y no lo ha estado?

—No —negó la señora Kirkwell con un gesto—. Así que he mandado venir al médico, sin pedirle permiso a ella. Creí que eso sería lo mejor.

—Sí, ha hecho lo correcto. Subiré a verla.

Estaba tumbada en la cama, apoyada sobre las almohadas. Parecía tener dificultades para respirar.

—Hola, Davina. No puedo hablar mucho. Es por mi respiración.

Me dirigí hacia la cama y me senté cerca.

—Zillah, dime...

Ella me interrumpió con un gesto, señalándome la mesa, sobre la que había un sobre bastante abultado.

—Es para ti. También hay otro —me dijo. Observé que, en efecto, había otro sobre más pequeño junto al primero. Ambos llevaban mi nombre—. Puedes... leerlos cuando yo me haya marchado.

—¿Marchado? ¿Adónde?

Ella se limitó a sonreírme.

—Me refiero al sobre más grande. El contenido del pequeño lo puedes leer cuando regreses a casa.

—Todo esto es muy misterioso.

—Lo comprenderás —dijo levantando una mano, con un gesto débil—. Ya verás...

—Ha sucedido algo —dije—. Ayer no debías haber salido.

—Tuve que hacerlo —dijo—. Tú viste...

—¿Era ella, realmente? No podía creerlo.

—Lo comprenderás. Tuve que hacerlo... Ya verás.

Escuché que alguien subía la escalera. Poco después, hubo unos golpecitos en la puerta y la señora Kirkwell la abrió y entró en compañía del médico.

—Ah, señora Glentyre... tengo entendido que hoy no se encuentra muy bien —dijo el médico.

La señora Kirkwell me miró significativamente, dándome a entender que debía marcharme.

Bajé la escalera, preguntándome qué había sucedido. No me había equivocado. Ella había estado con Ellen Farley. ¿Qué podía significar eso?

Llevaba los dos sobres apretados en la mano, el más grande y el pequeño. Me había dicho que abriera el pequeño en cuanto llegara a casa. Me dirigí al salón para esperar a que el doctor terminara con su visita. Una vez allí, abrí el sobre pequeño y leí su contenido:

Querida Davina:

He estado pensando tanto en ti, sobre todo desde tu regreso. Hay muchas cosas que debes saber, y las sabrás. He estado a punto de confiar en ti muchas veces, pero finalmente no pude. Simplemente, no tuve el valor necesario. Pero debes saber, y ahora ya no creo que falte mucho tiempo.

Sé que no me queda mucho más tiempo. El doctor así me lo ha dado a entender, más o menos. Le rogué que me dijera la verdad. No quería permanecer en la ignorancia. No existe cura para la enfermedad que padezco. Puedo tardar un día, o una semana, o un mes. Pero no puede ser mucho más tiempo. ¿Quién lo va a saber mejor que yo misma?

Quiero que leas lo que he escrito. He tardado mucho tiempo en escribirlo. Lo hice hace ya algún tiempo, en cuanto supe lo enferma que estaba. Pero aún no puedo decírtelo. Tendrás que esperar. Y cuando lo sepas, lo comprenderás todo.

Nunca creí que pudiera llegar a quererte tanto. Me siento tan feliz por el hecho de que te hayas casado con Ninian. Él es un buen hombre y te ama realmente. Ha demostrado su devoción, y cualquier mujer debería sentirse agradecida por ello.

Así que sé feliz. No va a haber nada que impida que tú, Ninian y el pequeño Stephen llevéis una vida feliz. Eso es todo lo que deseo para ti. Pero, por favor, por favor, no abras el otro sobre hasta después de mi muerte. Sé que te resultará difícil, pero soy egoísta... y deseo que esperes.

Alguien que te ama,

ZILLAH

Releí la carta una y otra vez. Sentí el ardiente deseo de abrir el otro sobre, pero me contuve.

No había podido hacerle la pregunta que había venido a hacerle. ¿Por qué había estado Ellen Farley en aquel local en compañía de ella? Zillah había parecido alterada al recibir la carta que, sin duda alguna, le enviaba Ellen. Ella siempre salía cuando recibía una de esas notas. ¿Por qué razón había estado viéndose con Ellen Farley?

Se abrió la puerta y la señora Kirkwell entró en el salón, acompañada por el médico. Me levanté, sin saber qué decir. El rostro del médico tenía una expresión muy seria.

—Está muy enferma —dijo—. Se ha producido una grave desmejoría, y me temo que para peor. Ahora está descansando. Descansará todo el día. Su respiración es bastante mala. Mañana enviaré a una enfermera para que la cuide. Durante el resto del día estará bien porque dormirá la mayor parte del tiempo. Creo que deben prepararse ustedes para lo peor.

—Lo sabíamos, desde luego —dijo la señora Kirkwell—. Sabíamos que estaba empeorando.

—Pasaré a verla mañana —dijo el médico, asintiendo con un gesto—. Déjela dormir. Es lo mejor para ella.

La señora Kirkwell lo acompañó a la puerta y cuando regresó dijo:

—Fue una verdadera tontería haber salido ayer. Si no se lo dije veinte veces, no se lo dije ninguna.

—Bien, señora Kirkwell, no sirve de nada que me quede aquí. Simplemente, pasaré para verla un momento antes de marcharme.

—Sólo asómese. No la despierte.

Subí la escalera… muy consciente de los sobres que llevaba conmigo. La contemplé un momento. Aún estaba con el torso un poco incorporado por las almohadas. Supongo que eso le facilitaba la respiración. Estaba muy quieta y tenía las manos blancas colocadas sobre el cobertor, inertes.

Se hallaba profundamente dormida.

Ya nunca más podría volver a hablar con ella.

Tres días más tarde murió.

Me sentí muy triste al cobrar conciencia de que ya no la volvería a ver, de que ya no podría hablar nunca más con ella.

Había pasado a visitarla, como hacía cada mañana. En aquellas ocasiones había subido a su habitación a verla, pero estaba muy cansada y siempre medio dormida.

Realmente, no me sorprendió el día en que acudí a la casa y observé las hojas de las ventanas cerradas.

Era el aspecto de una casa en la que se había producido una muerte.

Más tarde, abrí el sobre y leí su contenido:

> Mi querida Davina:
> Voy a contarte todo lo que sucedió. Como suele decirse, voy a contarte la verdad, toda la verdad y nada

más que la verdad. Y voy a hacerlo a mi manera, porque para mí es muy importante que comprendas cómo sucedió todo, y espero que no me juzgues muy duramente.

Quiero que te imagines a una muchacha que nunca tuvo gran cosa en su vida. No entraré en detalles acerca de mis orígenes, pero te puedo asegurar que fueron muy sórdidos. Siempre fui una niña triste y aturdida. Cierto que tuve a mi madre. Fui hija única.

En cuanto a mi padre, siempre parecía borracho. Apenas si recuerdo nada más de él. Todo el dinero que ganaba se lo gastaba en la taberna local. Fue una verdadera lucha el poder salir adelante. No siempre había lo suficiente para comer. Yo tenía catorce años de edad cuando murió mi madre. Luego, me escapé de casa.

No te aburriré contándote todo lo que me sucedió, pero el caso es que terminé trabajando en una casa de huéspedes de mala muerte, cerca de Tottenham Court Road. Todo lo que tenía era mi cabello rojizo y la clase de aspecto capaz de llamar la atención de la gente. Tiempo atrás ya había aprendido que esas eran las cosas que podía utilizar en mi beneficio. Y así lo hice.

En esa pensión llamé la atención de un pequeño agente teatral, y a través de él conseguí uno o dos papeles de poca importancia. No fue nada bueno. Lo único que yo tenía era mi buen aspecto.

Todas las pequeñas cosas que me sucedieron en esa época no tienen la menor importancia para lo demás, de modo que las pasaré por alto. Finalmente, me uní a las Alegres Pelirrojas y fuimos actuando de un *music hall* a otro mientras teníamos contratos.

Entonces llegamos a Edimburgo. Aquí fue donde, en realidad, empezó todo. Los hombres solían acudir al teatro para echarnos un vistazo a las chicas. Algunos nos esperaban a las puertas de los camerinos. Ya sabes cómo suelen ser esa clase de cosas. Una noche me encontré allí a Hamish Vosper.

Sé lo mucho que te disgustaba ese hombre. Siempre te ocurrió lo mismo con él. Pero tenía algo que atraía a algunas mujeres. Era arrogante y egoísta, pero también era muy viril... era un hombre. Él se consideraba irresistible con las mujeres y, de algún modo, así se lo hacía sentir, así que, durante un tiempo, yo fui una de aquellas mujeres. Solía acudir al teatro todas las noches en que actuábamos, y luego estábamos juntos.

Me habló de su señor, un caballero que era muy estricto, del tipo de los que siempre andan alabando a Dios, pero que por debajo de esa actitud le gustaba tomarse alguna indulgencia de vez en cuando. Hamish me dijo que tenía un cierto ascendiente sobre él porque había descubierto en qué andaba metido. Hamish me contó que tenía una esposa inválida y que, desde luego, no había sucedido gran cosa entre ellos desde hacía algunos años, lo que era algo más de lo que el viejo podía soportar. Así que se tomaba sus pequeñas libertades. Era consciente de que Hamish lo sabía, y este sólo tenía que guiñarle el ojo, como él decía, para que su señor pasara por alto todo aquello que Hamish deseara.

Era una situación intrigante, y una noche el propio Hamish me presentó a tu padre.

Me llevó a cenar y nos gustamos el uno al otro desde el principio. Era un caballero muy cortés y yo no había conocido a muchos como él. Puedo asegurarte que se sintió muy atraído por mí, lo que me hizo sentir atraída por él. No tardamos mucho tiempo en empezar a ir juntos a hoteles. Lo hacíamos todo muy discretamente, debido a la posición que él ocupaba. Yo pensé que aquello no duraría mucho tiempo, pero él me quería cada vez más, casi de una forma un tanto sentimental.

Hamish se desternillaba de risa, y tenía una ligera idea de lo que ocurría. «Tienes que venir a la casa —me decía—. Ya sé... podrías ser una institutriz. Hay una jovencita.» Eso me hacía reír. ¿Yo... institutriz? Bueno, el caso es que las Alegres Pelirrojas estaban a punto de marcharse. Cuando llegábamos a un sitio siempre teníamos algún éxito ocasional. Sabíamos desde hacía tiempo que no éramos lo bastante buenas como para actuar en el West End. Esa era la razón por la que nos dedicábamos a recorrer el país. Pensé que sería agradable disponer de una bonita casa y no tener que estar viajando tanto por ahí, de modo que acepté la propuesta de Hamish y le dije que me interesaba aquel asunto de la institutriz.

Te aseguro que no sé cómo se las arregló Hamish. Yo no tenía la menor idea de que ya había una institutriz, de la que se tenía que desembarazar de algún modo. No habría estado de acuerdo en consentir que hiciera lo que hizo, o al menos no creo que lo hubiera admitido. Como comprenderás, deseo ser absolutamente honesta. Y en aquellos momentos me sentía bastante desesperada.

Bueno, el caso es que tu Lilias se marchó y Hamish le sugirió a tu padre que me empleara en su lugar. Y él estuvo de acuerdo, lo que demuestra lo loco que estaba tu padre por mí.

Me caíste muy bien desde el principio. Yo sabía, desde luego, que no podía enseñarte gran cosa. Tú estabas mucho mejor educada de lo que yo estaría jamás, pero pensé que aquello resultaba un poco divertido... y que, desde luego, era mucho mejor que andar por ahí con las Alegres Pelirrojas, actuando para públicos cada vez más y más exigentes.

Entonces, tu padre me pidió que me casara con él. Yo no podía creer en mi buena estrella. Dejaría atrás mi antiguo estilo de vida. Aquella era la oportunidad de mi vida. Estaría cómodamente instalada durante el resto de mi vida, y sería la amante esposa de un anciano muy rico. Incluso parecía demasiado bueno para que fuese verdad.

Me sentía mucho más contenta de lo que me había sentido nunca. Me había olvidado de Hamish. Tendría un hogar seguro y una promesa de comodidad durante el resto de mi vida. Sería la señora de la casa. Pero Hamish continuaba siendo el cochero.

Él se sentía muy insatisfecho. ¿De quién había sido la idea? ¿Y quién estaba sacando el mayor provecho de la situación, mientras que él no conseguía nada? Entonces se le ocurrió un plan. Quería casarse conmigo… y convertirse en el señor de la casa. Me sentí horrorizada ante lo que eso implicaba. Yo me sentía contenta de mi nueva vida y también de mi esposo y de mi hijastra. Me gustaba todo eso. Pero Hamish no quería saber nada al respecto. Él lo había empezado todo y ahora estaba dispuesto a que todo saliera tal y como él deseaba.

Ya puedes imaginarte el resto. Fui débil. Hamish aún ejercía cierto poder sobre mí. Yo sabía lo que había en su mente. Tendría que haberlo descubierto. Tendría que haber confesado mi relación con él. ¡Oh, hubo tantas cosas que debería haber hecho!

Davina, no te puedes imaginar lo que significó para mí la comodidad de esa casa, la vida fácil y todo lo demás. Nadie puede comprenderlo, a menos que haya pasado antes por lo que yo tuve que pasar. No estoy justificando nada. No hay excusas. Simplemente, me pareció que ya estaba metida en aquello, y que ahora me veía obligada a continuar.

Hamish lo planeó todo. Nos libraríamos del anciano. Yo llevaría luto durante un año. Hamish me consolaría. Después de un período respetable, me casaría con él. Pero, desde luego, me aseguraría antes de que la fortuna del anciano fuera a parar a mis manos. No pretendíamos quedarnos en Edimburgo. La gente habría levantado las cejas si una ex institutriz se hubiera casado con el cochero de la casa. Venderíamos la casa y nos marcharíamos al extranjero. Él lo planeó todo.

Ellen Farley, aunque, desde luego, no es ese su verdadero nombre, era una amiga de Hamish. Él la introdujo en la casa. Pensó que sería una buena idea tener a uno de los sirvientes trabajando para nosotros.

Bien, fue él quien compró el arsénico para las ratas. Había algunas cerca de los establos, y se aseguró de que otras personas las vieran, y fue el hecho de que estaban allí lo que le dio la idea de hacerlo de esa manera. Hamish dijo que sabía algo acerca del arsénico. En realidad, siempre decía saber algo de cualquier cosa. Su idea consistía en envenenar lentamente a tu padre. Pensó que lo mejor sería hacerlo a través del oporto que solía tomarse todas las noches.

Luego se produjo todo aquel jaleo sobre ti y Jamie, y en la casa todo el mundo se enteró de que tu padre te había amenazado con desheredarte. También sabíamos que había elegido a Alastair McCrae para que te casaras con él. Si te hubieras casado con Alastair McCrae no habrías entrado a formar parte del plan de Hamish, pero no lo hiciste así, y Hamish quería prepararse una coartada, como él lo llamaba, por si las cosas no salían tan bien como las tenía planeadas. Al igual que hizo Roger Lestrange, pensó que sería una buena idea disponer de un chivo expiatorio, por si algo salía mal. Supongo que estos asesinos tan calculadores piensan todos igual. Al igual que hiciera Roger Lestrange, él también te tendió una trampa, para tener disponible a alguien por si acaso necesitaba desviar la culpabilidad hacia otra persona. Decidió que tú fueras su chivo expiatorio porque el destino le proporcionó una razón: la objeción de tu padre a aquel joven con quien deseabas casarte.

Hamish arregló las cosas para que fueras tú quien comprara el veneno. Ellen debía pedirte que así lo hicieras. Créeme, por favor, si te digo que en aquellos momentos yo no estaba enterada de eso. Hamish no me lo dijo. Pensaba que yo era una remilgada, blanda y sentimental, y también sabía que había empezado a quererte mucho. ¿Recuerdas aquella noche en que regresé tan tarde? Estuve con Hamish. Fuimos a un lugar situado fuera de Edimburgo. Es cierto que en aquel entonces éramos amantes. Sé lo terrible que debe parecerte eso, y no sirve de nada que te ofrezca excusas, porque realmente no las hay. Hamish estaba muy ansioso de que no nos descubrieran, porque eso habría echado a perder todos sus planes, así que siempre que nos veíamos lo hacíamos a cierta distancia de la ciudad.

¿Recuerdas aquella mujer tan inquisitiva que vino a la casa una mañana? Fue cuando yo regresé tarde y justifiqué mi tardanza diciendo que el carruaje se había estropeado. Ella iba a decirle a tu padre que había visto el carruaje frente a un hotel de mala reputación. Incluso había esperado y nos había visto salir juntos a los dos. Se lo iba a contar todo a tu padre. Fue entonces cuando Hamish decidió que su plan debía ponerse en práctica aquella misma noche.

Ellen cumplió la parte que le tocaba representar en el plan y se marchó aduciendo una grave enfermedad de su madre.

Entonces ocurrió. Y tu padre murió.

Pero las cosas no habían salido del todo como las planeara Hamish. En primer lugar, debo decirte que yo no sabía que Ellen te había pedido que compraras el arsénico. Hamish no me había contado nada de eso. Supongo que no debo justificar ninguno de mis actos. Yo participé en el plan y jugué mi parte en él. Soy, pues, culpable de asesinato. Pero yo no te habría utilizado a ti. Y cuando fuiste juzgada sufrí. Realmente, sufrí mucho. Puedes preguntarte por qué no confesé en aquel entonces todo lo que había pasado. Pero no tuve el valor para hacerlo. Debo decir que me sentía dominada por Hamish, pero ni siquiera estoy tan segura de ello. Tenía la sensación de hallarme atrapada y de que no había forma alguna de salir de la trampa, excepto haciendo lo que hice. Hamish pensó realmente que podríamos salir del asunto. No tenía verdadera intención de que fueras acusada. Sólo lo había dispuesto así para el caso de que las cosas se volvieran contra nosotros. No quería correr riesgos. Pero realmente pensó que podríamos salir bien librados. Tu padre ya había sufrido uno o dos ataques anteriores, El médico lo había visto y no había sospechado nada. En el fondo de la mente de Hamish anidaba el pensamiento de que era tan inteligente que todo debía salir tal y como lo había planeado.

Bien, ya sabes lo que ocurrió después. Te detuvieron y acusaron de asesinato. Fue algo terrible para ti. Pero, por favor, créeme si te digo que también lo fue para mí. Hubiera deseado contarlo todo, confesar. Hamish me amenazó. Hubo momentos en que sintió verdadero pánico y perdió toda su seguridad en sí mismo. Todos nos encontrábamos aterrorizados.

Lo que más me dolió fue lo que te hicieron a ti. Realmente, pensé que la muerte de tu padre sería aceptada como un desenlace natural. Yo no podía dormir. Tenía que hacer algo.

En una de las estanterías de las caballerizas, encontré restos del arsénico que había comprado Hamish. Sólo eran unos pocos granos que quedaban en el mismo papel que envolvía el veneno. Hamish ni siquiera se había molestado en desembarazarse de ello, porque tenía una coartada perfecta por haberlo empleado contra las ratas. Y fue entonces cuando se me ocurrió la idea. Sabía que el arsénico tenía ciertos poderes. Recordé a un hombre a quien había conocido cuando formaba parte de las Alegres Pelirrojas; aquel hombre tomaba arsénico. Me había dicho que lo tomaba para sentirse más joven.

Tomé aquel papel y puse los granos que quedaban en otro papel. Luego dije que lo había descubierto en el cajón y que tu padre me había confesado que en cierta ocasión había tomado arsénico adquirido en el extranjero.

De ese modo, proporcioné el elemento de duda. Sabía que jamás volvería a tener ningún otro momento de paz si hubieras sido condenada por asesinato.

Cuando escuché aquel veredicto, me sentí furiosa. Había querido que fueras puesta en libertad sin la menor sombra de duda. Desde entonces siempre quise poder recompensarte por todo lo sufrido. Quería dejarlo todo atrás y que pudiéramos empezar de nuevo. Y aquellos idiotas emitieron un veredicto de «No probado.»

Pero, al menos, fuiste puesta en libertad. Me alegré

mucho por eso. Quería que estuvieras en libertad, pero no comprendí que tendrías que vivir durante el resto de tu vida con la sombra de la duda pendiente sobre ti.

Me sentí desgarrada por dentro. Yo había estado de acuerdo con el plan. No sirve de nada decir que me hallaba bajo el hechizo de Hamish, de que había sufrido una juventud muy desgraciada. Soy culpable, y jamás podré perdonármelo a mí misma.

No disfruto de lo que he conseguido. No había quedado gran cosa de la fortuna de tu padre, que al principio me había parecido mucho más rico. Hamish se llevó una buena parte de la misma… y no dejaba de pedir más y más. Eso le permitió meterse en negocios, que finalmente le condujeron a la muerte. Durante todo este tiempo he sido chantajeada. No quise casarme con él. Creo que se dio cuenta de que eso podía resultar peligroso para él. El asesinato de tu padre había sido «No probado»; siempre podía surgir alguien que deseara saber la verdad. Dejó de presionarme acerca de eso, pero quiso llevarse la parte del león de los despojos.

Luego estaba Ellen. Ella aparecía con regularidad, exigiendo sus beneficios. Ellen, sin embargo, no es una mala mujer. La vida también ha sido bastante dura para ella. Tiene la intención de marcharse al extranjero. Le hablé de ese país que tanto os ayudó a ti y a Lilias Milne. Pero quería recibir algo antes de marcharse. Me planteaba sus exigencias regularmente. Creo que a estas alturas ya estará camino de Australia o de Nueva Zelanda. Creo que ella aprendió una buena lección. Era una mujer asustada, siempre temerosa de que alguien pudiera descubrirla. Hamish nunca debería haberla metido en esto. Ella se sentía casi tan alterada como yo cada vez que venía a plantearme sus exigencias. No era una criminal natural, al menos, no más de lo que lo soy yo misma. Ambas fuimos impulsivas, tratando con todas nuestras fuerzas de encontrar un lugar bajo el sol, sin darnos cuenta de lo mucho que tendríamos que pagar por ello.

Bien, Hamish ya no podrá hacer más daño, y yo me acerco al final.

Encontrarás adjunta una narración explícita de todo lo sucedido. No quiero que se hagan públicos los sórdidos detalles de mi vida. Esto sólo lo he escrito para ti. Te ruego que le entregues a tu querido Ninian la carta que te adjunto. Él sabrá qué hacer con ella. Se trata de mi confesión. En ella explico todo lo que es necesario explicar. Eso es todo lo que la gente necesita saber y a partir de ese momento serás exonerada de toda culpabilidad. Tu caso ya no será «No probado.»

Que Dios te bendiga, Davina. A pesar de todas mis iniquidades, te he querido mucho. Has sido como una hija para mí. También he querido mucho al pequeño Stephen, y deseo que todo sea perfecto para vosotros. Quiero eliminar para siempre ese estigma que cayó sobre ti.

A partir de ahora, ya nadie podrá decir que el caso contra ti fue «No probado.»

Sé feliz. Ahora tienes una oportunidad de serlo.

Adiós para siempre, Davina.

ZILLAH

Apenas si había podido leer las últimas líneas de aquella larga carta, debido a las lágrimas que nublaban mis ojos.

Más tarde, le mostré la carta a Ninian.

La leyó con atención y cuando levantó su rostro hacia el mío, vi reflejada en él la alegría que sentía.

Se levantó y me tomó de las manos. Luego me abrazó con fuerza contra su pecho.

—Ella tiene razón —dijo—. Somos libres. Todo ha terminado, Davina. Sabía que no nos equivocábamos al decidir regresar y afrontarlo. Todo ocurrió aquí, y aquí debía hallarse la solución.

—Es muy extraño —dije—. Ella hizo todo eso… y, sin embargo, realmente la quise. Era una mujer verdaderamente… adorable, a pesar de lo que hizo.

—La vida es muy extraña. La gente es extraña. Y ella tiene mucha razón al decir que ahora podemos ser felices. El caso ha quedado plenamente probado, Davina, mi amor, probado sin la menor sombra de duda.

Estaba radiante de alegría; supongo que ambos lo estábamos. La vida era algo muy bueno y ahora nos parecía mucho más luminosa, después de haber salido de la oscuridad. Ahora podía contemplar el futuro sin miedo. Tenía a mi esposo, tenía a mi hijo, y Zillah me había despejado el camino hacia la más completa felicidad.

Índice

Esta edición de 4.000 ejemplares
se terminó de imprimir en
Encuadernación Araoz S.R.L.,
Avda. San Martín 1265, Ramos Mejía, Bs. As.,
en el mes de junio de 2005.